ANCESTRAL

Ancestral

Arianne Martín

Papel certificado por el Forest Stewardship Council®

Primera edición: febrero de 2025

© 2025, Arianne Martín
© Istockphoto por la ilustración de la página 3
© Shutterstock por las ilustraciones de las páginas 159, 189, 221, 291 y 353
© 2025, Penguin Random House Grupo Editorial, S. A. U.
Travessera de Gràcia, 47-49. 08021 Barcelona

Penguin Random House Grupo Editorial apoya la protección de la propiedad intelectual. La propiedad intelectual estimula la creatividad, defiende la diversidad en el ámbito de las ideas y el conocimiento, promueve la libre expresión y favorece una cultura viva. Gracias por comprar una edición autorizada de este libro y por respetar las leyes de propiedad intelectual al no reproducir ni distribuir ninguna parte de esta obra por ningún medio sin permiso. Al hacerlo está respaldando a los autores y permitiendo que PRHGE continúe publicando libros para todos los lectores. De conformidad con lo dispuesto en el artículo 67.3 del Real Decreto Ley 24/2021, de 2 de noviembre, PRHGE se reserva expresamente los derechos de reproducción y de uso de esta obra y de todos sus elementos mediante medios de lectura mecánica y otros medios adecuados a tal fin. Diríjase a CEDRO (Centro Español de Derechos Reprográficos, http://www.cedro.org) si necesita reproducir algún fragmento de esta obra.

Printed in Spain – Impreso en España

ISBN: 978-84-666-8145-2
Depósito legal: B-21.324-2024

Compuesto en Llibresimes

Impreso en Black Print CPI Ibérica
Sant Andreu de la Barca (Barcelona)

BS 8 1 4 5 2

*Para Lander y Alain,
por hacer que este viaje llamado vida merezca la pena.
No se me ocurre mejor compañía. Os amo con locura*

Prólogo

Se va a liar una buena movida

Faye

Nueva York, 23.55 h

Hay un cadáver a mis pies.
Cierro los ojos y respiro hondo para tranquilizarme.
A ver cómo salgo de esta.
Siempre me pasa igual. Si hay dificultades en un kilómetro a la redonda, allí estaré yo.
Digamos que es uno de mis talentos naturales.
Si además involucra algo sobrenatural, las posibilidades de que me tope con ello se multiplican. Nunca he tenido la menor oportunidad de librarme de este... «contratiempo».
Y es catastrófico porque justo ahora, que estoy a un paso de conseguir el puesto como ayudante del brujo jefe, no puedo permitir que ninguna de mis actividades nocturnas extracurriculares me afecte.
Sopeso todas las opciones que tengo, por eso tardo unos segundos en reconocerlo. Es el alfa de la manada de los licántropos. Tampoco ayuda que el callejón en el que ambos nos encontramos esté tan mal iluminado.
Definitivamente la situación no es fácil de controlar. Es-

tamos demasiado cerca de la discoteca de seres sobrenaturales más concurrida de todo Nueva York.

En ese momento, mi conciencia libra una batalla contra mi ambición. ¿Quedarme y ayudar o largarme y seguir con mi propósito de parecer una bruja que cumple las normas y no se escapa de la comunidad cuando cae la noche?

Solo para permitirme tener unos segundos más de reflexión, muevo las manos en la secuencia correcta mientras recito las palabras que me sé de memoria para impedir que la magia escape del lugar. Quizá eso me regale un poco de tiempo.

—¿Por qué estás tardando tanto, Faye? —me llega la voz de Levi desde la entrada del callejón y me sobresalta. Me gustaría decirle que no grite, pero no puedo hacerlo sin elevar yo también la mía. Al ver que no respondo y, tras lanzar un sonoro suspiro, escucho sus pasos acercándose—. Más te vale que me estés obligando a meterme en este lugar mugriento por una buena razón... —Su voz se apaga cuando se coloca a mi lado y baja la cabeza para contemplar el cuerpo—. Ouch.

—Sí, ouch. No sé cómo vamos a salir de esta.

—¿Ese no es el alfa de los Marsalis? —pregunta agachándose para verlo mejor.

—El mismo.

—Se va a liar una buena movida. Era un tipo majo —añade Levi, como si en vez de encontrarnos ante un asesinato, siguiésemos buscando al demonio que nos han pagado por encontrar—. Tenemos que largarnos. Toda la manada sabe ya que está muerto. Van a sentir cómo se desvanecen sus marcas.

—He hecho un conjuro para que no emita magia durante un tiempo. Eso ralentizará el proceso. No puedo dejarlo aquí tirado —aseguro mientras observo a la víctima, que sigue sangrando. Lleva muerto apenas unos minutos. Por instinto, muevo la cabeza a los lados en busca del posible asesino, pero como ya sabía de antemano, no hay nadie.

—A ver, él no se va a quejar —bromea mi amigo, que tiene un sentido del humor demasiado tétrico para el gusto de cualquiera. Supongo que es un daño colateral resultado de convertirte en vampiro. Al ser un vejestorio con pinta de veinteañero, se me olvida que ha vivido demasiadas cosas. Hace falta mucho más que un cuerpo apuñalado para impresionarlo. Al igual que a mí. La diferencia es que yo todavía estoy muy en sintonía con mi humanidad. Me cuesta mucho dejarlo aquí tirado sin más.

—Podríamos descubrir quién lo ha matado —insisto, pasando por alto su comentario.

—¿De verdad quieres quedarte?

La pregunta, con el significado implícito que tiene, resuena entre los dos mucho tiempo después de que mi mejor amigo la lance. Lo que no está diciendo es si voy a elegir a este alfa, con el que apenas he tenido contacto, por encima de limpiar la memoria de mi abuela. Necesito mantener mi fachada de bruja perfecta para lograr el puesto de ayudante y tener acceso a los registros importantes de nuestra comunidad. Necesito hacerlo por ella.

Suspiro.

Levi alza el brazo para pasármelo por el cuello y acercarme a él en un gesto que pretende ser reconfortante. Ya sabe cuál es mi decisión antes de que abra la boca.

—Hay que ver lo sencillo que es perder los escrúpulos en este mundillo —murmuro—. Vámonos.

Mientras nos alejamos antes de que llegue nadie de la manada a investigar y gracias a todo lo que es sagrado, solo puedo pensar en que cada vez me resulta más sencillo escoger el camino moralmente cuestionable.

Esta noche, cuando me acuesto, después de terminar el trabajo para el que me han contratado y con el dinero guardado bajo los listones del suelo de la esquina derecha de mi habitación, rezo para que nadie descubra que he estado en la escena del crimen.

1

Ojalá pudiera borrar su sufrimiento

Reese

Nueva Orleans, 22.55h

Tengo que atrapar a este lobo.
Los árboles pasan a mi lado a toda velocidad. Necesito encontrarlo. Viro a la derecha cuando percibo el olor de su estado de ánimo agrio. Diviso un destello de pelaje gris y acelero. Se está alejando del bosque. Mierda. No puedo permitirlo. No puedo dejar que regrese a la ciudad otra vez a sembrar el caos. Borrarle la memoria a la gente es algo muy farragoso y, a pesar del esfuerzo, siempre se escapa algún detalle. De no ser así, a día de hoy no tendríamos miles de historias de licántropos.
Esta persecución con la que llevamos tres días tiene que acabar ya.
Clavo las patas con fuerza en la tierra húmeda para no resbalar y corro todavía más rápido. Los troncos se vuelven borrones que apenas logro esquivar. Me centro en evitarlos con el instinto. Es mucho más efectivo que cualquier otro sentido.
Solo un poco más.

Ya casi está.

Estoy tan cerca del lobo que me arriesgo a impulsarme con las patas traseras y lanzarme unos centímetros hacia delante para desequilibrarlo.

La satisfacción me recorre cuando lo logro, pero solo puedo saborearla durante un instante antes de que ambos comencemos a rodar por la tierra embarrada. Mi pelaje se ensucia y me golpeo con fuerza contra una piedra en la pata. Se me escapa un gruñido. Mierda. Pero no me permito ni un segundo para experimentar dolor o para reponerme. En este momento la adrenalina tendrá que hacer su trabajo.

Mientras ruedo, cada vez que estoy con las patas en la dirección correcta, trato de hundirlas en la tierra. Acabo frenando antes que el otro lobo que, sumido en la desesperación y llevado por su instinto, da vueltas sin control y lanza mordiscos al aire. Quiere hacer tanto daño como siente en su interior. Lo comprendo. He estado ahí, pero no puedo permitirlo.

No hay muchas reglas en nuestro mundo de licántropos. Puede que seamos las criaturas mágicas con menos normas y restricciones. Solo las básicas para mantener a nuestra especie a salvo. Y él ha incumplido la más importante de todas: no mostrar a los humanos lo que es.

Cuando deja de rodar, se queda quieto durante unos segundos para recomponerse, y yo aprovecho para agacharme y prepararme a la mitad de un salto para atacar. Es el lugar perfecto para arrinconarlo.

Veo los ojos dorados de Dorian y le hago un gesto con el hocico para que vaya por el otro lado. No nos hace falta hablar para entendernos, fruto de todos los años que llevamos juntos.

En cuanto se mueve, lo estampo contra el tronco. Suelta

un chillido animal cuando se golpea el costado contra la madera astillada. Pero eso no me hace detenerme. Llevamos días intentando darle caza. Ha entrado en estado salvaje. Necesito romperle mucho más que un par de costillas para que no represente una amenaza. Por eso sigo golpeando, mordiendo. Hasta que siento cómo su resistencia se quiebra.

Como el resto todavía no ha llegado, tengo que ser yo quien tome la decisión de qué hacer con él. ¿Matarlo u obligarlo a vivir? ¿A quién quiero engañar? Hubiese tratado de imponer mi decisión de igual manera. Siempre lo hago. Por eso tengo una relación tan tensa con el licántropo al mando de la unidad.

Dudo unos instantes antes de convertirme en humano, aunque no debería. Hay un motivo por el que no es bueno pasar largos periodos de tiempo en nuestra forma secundaria. Yo debería saberlo mejor que nadie. Pero, aun así, no puedo evitar disfrutarlo. Ser un lobo significa libertad. Significa no necesitar a nadie. Ser humano, sin embargo…, es mucho más complicado.

El lobo tirado a mis pies gruñe a pesar de encontrarse en un estado deplorable y me saca de mis reflexiones. Aprieto la mandíbula antes de mandar la orden a mi cerebro. Antes de decidir convertirme.

Es una explosión de magia. Noto cómo cada célula de mi cuerpo se remueve. Es como si mi piel se diera la vuelta. Como si tuviera dos lados. Los huesos crecen y se alinean, la carne se apelmaza o se hincha y, tras una fracción de segundo, soy otra parte de mí. La humana. La que menos me gusta. Aquella que necesito utilizar para no volverme salvaje.

Dorian se transforma también y siento la magia que sale de él rozarme la piel antes de que sus pies descalzos entren en mi campo de visión junto al otro licántropo.

El lobo desprende un aroma a desesperación que poco tiene que ver con que lo hayamos atrapado y mucho con el motivo que lo llevó a acabar así.

—Nos has dado muchos problemas —digo acercándome a él. Por supuesto, no me responde. Se limita a dirigir sus ojos apenas lúcidos hasta mí con una mezcla de odio y un dolor tan intenso que cuesta mirarlo sin que se te cuele en el alma. Es la clase de sufrimiento del que todos huimos. Ese que tenemos pánico de experimentar, que ni siquiera queremos tener cerca, aunque pertenezca a otra persona por temor a que lo atraigamos—. Hazme un favor y conviértete en humano. Tu *vendetta* ha acabado, no vamos a permitir que sigas mostrándote y poniendo a nuestra especie en peligro. Tu caza de humanos acaba de terminar.

El lobo solo me observa y, por la rabia que veo en sus ojos, comprendo que no me está entendiendo. No sin dejar a un lado al animal y permitir que el lado racional lo acompañe. El problema es todo a lo que se va a tener que enfrentar. A las consecuencias de sus actos pero, sobre todo, al suceso que lo ha llevado a este estado. Quizá lo más honrado sea matarlo. Aun así, voy a obligarlo a vivir. A pesar de que muchas veces me pregunto si es lo correcto. Quizá dentro de unos días se dé cuenta de que todavía le queda algo por lo que luchar, quizá él mismo decida acabar con su vida o vuelva a hacer lo mismo y finalmente sea yo el que me vea obligado a matarlo. Quizá eso es lo que necesita.

Miro el pequeño bolso de cuero que tengo colgado alrededor del cuello y al rozar el vial, siento alivio. No lo he perdido. Las transformaciones son muy duras y, al igual que la ropa se destroza, en muchas ocasiones también otros objetos.

Cuando levanto la poción y se la lanzo, nos acercamos todavía más a él para arrinconarlo. Se va a revolver a pesar de que ahora mismo parece no tener fuerzas. Que te obliguen a transformarte con magia duele como el infierno. Es antinatural. Es como si alguien te metiera la mano dentro de la cabeza y te atravesase todo el cuerpo hasta llegar a la cola para darte la vuelta como un calcetín. No es algo hermoso de sentir, ni de ver.

—Todo va a salir bien —dice mi mejor amigo para tratar de aliviar al licántropo, pero ninguno de los presentes se lo cree. No con lo que le ha sucedido. No con toda la sangre humana que adorna su pelaje. No después de lo que ha perdido.

A los pocos segundos de que el líquido comience a deslizarse por su pelaje, empieza la transformación. Los saltos antinaturales entre el estado animal y el humano, las convulsiones, el sonido de los huesos al romperse y volver a repararse… Contemplo con horror sin apartar la vista cómo los cambios se suceden durante más tiempo pero de forma errada. A veces tiene cabeza humana y cuerpo animal, a veces es un hombre con patas o cola de lobo y, cuando por fin estoy a punto de estrangularlo para que deje de sufrir, la conversión se realiza de forma correcta y, ante nosotros, aparece una persona con aspecto destrozado y sin conocimiento.

—¡Reese! ¡Dorian! —comenzamos a escuchar las voces de nuestros compañeros de grupo.

—Espero que nunca me tengan que hacer esto, tío —reflexiona Dorian en voz alta observando al licántropo con una mezcla de pena y asco.

Siento que tengo que aligerar el ambiente. Han sido unos días bastante duros.

—Me acabas de dar una idea maravillosa —lo provoco y elevo la comisura del labio en una sombra de sonrisa—. Tranquilo que por si el dolor no te permite disfrutar de la función, lo grabaré con el móvil para que puedas verlo siempre que quieras.

—Eres un cabrón retorcido. —Finge estar escandalizado por mi amenaza, pero puedo captar el alivio en su voz por haber conseguido distraerlo.

En el momento en el que llega el resto de los integrantes de mi unidad, todo se difumina. En cuanto aparece el lobo al mando, me relego a un segundo plano y me alegro de no tener que dirigir. Siempre me pone demasiado tenso porque soy consciente de que no debería encargarme yo.

Nos acercamos a los todoterrenos para vestirnos y recoger algunos víveres antes de meternos en el coche. Estamos demasiado lejos de nuestra base y, teniendo en cuenta las condiciones del lobo, lo mejor es que nos quedemos allí a pasar la noche. No es bueno que siga teniendo contacto con la civilización.

Un par de horas después estamos todos sentados alrededor de la hoguera, relajados pero, al mismo tiempo, muy atentos a la menor señal de que el hombre que hemos rescatado recupere su estado salvaje.

Esto es lo peor. El hombre está desesperado, asumiendo inevitablemente lo que ha sucedido. Ese es el problema; que, aunque trates de huir de algún suceso que te haya atormentado, este siempre vuelve cuando regresas a tu forma humana. Convertirte en lobo, entregarte al animal, solo paraliza el dolor por un tiempo, pero no lo elimina. No soluciona las cosas. Y cada vez que veo ante mis ojos llegar a alguien a esa conclusión, yo mismo revivo el instante en el que me sucedió a mí. A veces me pregunto si de verdad los estamos salvando o si en realidad los estamos obligando a vivir en un mundo que ya nada tiene para ellos.

Me meto otro pedazo de carne en la boca y trato de disfrutar de su delicioso sabor para apartar la amargura que ha comenzado a trepar por mi garganta. Siempre la misma mierda.

Esta es la parte que menos me gusta del trabajo. Por otro lado, la libertad de no vivir en manada y de no tener que encajar con ellos es sin duda lo mejor. No he nacido para pertenecer a una manada, por mucho que este grupo de lobos disfuncionales formemos una especie de familia a la que ninguno quiere pertenecer.

Ojalá pudiera borrar su sufrimiento en vez de obligarlos a procesarlo.

—Gran trabajo, Reese. —Taylor interrumpe mis cavilaciones.

Levanto la mirada para observar al jefe.

—Quizá deberíamos haberlo matado.

—Quizá —concuerda él.

No podemos hablar más, ya que justo en ese instante todo mi mundo comienza a derrumbarse.

Empieza con un golpe de calor sobre el pectoral izquierdo mientras mantengo una aburrida conversación trivial por obligación. Reconozco al instante lo que está pasando, puesto que ya me ha sucedido antes, solo que esta vez es una pérdida verdadera.

La punzada solo tarda unos segundos en aparecer. Luego lo hace el miedo, que eclipsa todo lo demás.

Me llevo la mano al pecho y de golpe lo comprendo. Mi tío ha muerto. Por unos instantes me quedo sumido en una especie de bruma de incredulidad y dolor, mucho dolor.

Solo cuando soy capaz de hacer algo más que boquear tratando de tomar aire, me llevo las manos a la parte baja de la camiseta y me la levanto. Necesito comprobarlo. Solo cuando veo que mi runa familiar ha desaparecido, el impacto me desgarra con fuerza; solo cuando percibo ese dolor en cada célula de mi cuerpo por la pérdida imposible, siento que necesito compartir mi sufrimiento con alguien. Y ese alguien es mi mejor amigo. El hombre que se ha arrodillado a mis pies y me mira con horror y con tanta pena que me desgarra aún más. No necesita que le diga lo que pasa. Lo sabe de sobra. Pero, aun así, necesito verbalizarlo. Sacarlo de dentro.

—Mi tío acaba de morir.

Y este es el final de mi vida. Ojalá lo hubiera sabido en ese instante.

2

Solo hay un tipo de magia prohibida

Faye

Solo hay un tipo de magia prohibida.
No puedo evitar reflexionar sobre ello mientras observo las tazas de porcelana que reposan en la mesa redonda cubierta con un mantel de terciopelo morado que tengo frente a mí.
Mis decisiones últimamente están siendo, como poco, cuestionables.
Ninguna bruja en este mundo juega con la muerte o con la resurrección. No si quiere seguir siendo ella misma. Desde que el mundo tiene memoria, cada hechizo o ritual que se ha realizado de ese calibre ha terminado con la bruja enloquecida, y muchas veces en consecuencia, muerta, casi siempre a manos de su propia comunidad.
Y de ello es de lo que acusaron a mi abuela.
No me lo trago.
Me gustaría pensar que estoy por encima de caer en la tentación de realizar algún ritual así, pero a juzgar por la situación en la que me encuentro en este momento y por todas las líneas que he cruzado los últimos años para limpiar su nombre, no estoy cien por cien segura.

Si alguien que amo muriese..., sí, no estoy segura.

—Levántate y salta —le ordeno a Damaris, la actual ayudante del brujo jefe, rompiendo el silencio en la trastienda, tras echar un vistazo a su taza y asegurarme de que está vacía.

Levanta la mirada de las cartas de tarot que tiene frente a ella y que está lanzando para practicar, y me observa con extrañeza. Mierda. Tenía que haber echado más Kadupul. Odio no tener acceso a los libros específicos para la clase de pociones que necesito hacer. ¿Qué pasa, que solo puedes aprender a manipular a la gente si eres parte del consejo o el jefe de una comunidad de brujas?

Había sospechado que no llevaba suficiente cantidad, pero como tuve que hacer trabajos asquerosos durante un mes para aquel vampiro solo para conseguir un bote pequeño, la verdad es que me costó bastante utilizar más.

Mi intento de realizar una poción de control ha fracasado.

Sigo mirando a Damaris con fastidio. Es una mierda que no pueda controlarla, pero ¿quizá está lo suficientemente drogada como para que mantengamos una conversación sin que se acuerde? Desde luego, con la mala leche que gasta, si en cualquier momento le llego a pedir algo tan ridículo estando lúcida, me hubiera mandado a la mierda. Quizá la poción le haga estar un poco más colaboradora de lo habitual.

A juzgar por la forma fija en la que me mira, no creo que esté fina del todo. Mierda. Espero no haberle hecho papilla el cerebro.

—Damaris —comienzo a hablar con el tono de voz más dulce que soy capaz de utilizar—, ¿sabes si Tariq ha decidido ya quién va a ser su siguiente ayudante?

Solo queda una semana para que el brujo anuncie quién

será su nueva ayudante durante el próximo año. A mi favor tengo que soy una clase muy rara de bruja. ¿En mi contra? Que soy la nieta de aquella a la que asesinó por volverse malvada. Sí, tengo que jugar muy bien mis cartas si quiero conseguir el puesto. Y lo deseo con toda mi alma. Es la única forma de conseguir acceso a los registros de lo que sucedió con mi abuela. Tengo que limpiar su nombre. Puede que todos los integrantes de nuestra comunidad crean a pies juntillas de lo que la acusaron, incluida mi madre, pero yo no me lo trago.

—Eh... Ah... —Lanza una serie de balbuceos incongruentes mientras clava los ojos vidriosos en mí.

—¿Y quién es?

—La bruja es... —comienza a hablar y mi cuerpo vibra de la emoción. Se me dispara la imaginación. Casi saboreo el triunfo de descubrirlo cuando Damaris se queda callada de golpe y se le abre la boca.

—Eh, Damaris —la llamo primero chasqueando los dedos para que se centre y luego, cuando veo que no es suficiente, me inclino sobre la mesa para agarrarla de la barbilla—. Dime quién es. Un nombre. Solo un pequeño nombre —comienzo a rogar. Esto es un desastre.

Fantástico, le he fastidiado el cerebro.

Y eso no es lo peor, lo realmente jodido es que no voy a sacar nada de ella. Dejo caer la cabeza sobre la mesa y me permito unos segundos para lamentarme antes de pasar a la acción. La misión ha sido un fracaso. Levi se va a reír de mí cuando se lo cuente luego.

Escucho un ruido en la escalera y me levanto. Barajo la posibilidad de meter a Damaris en un armario para esconder las pruebas que me incriminen, pero pronto veo que es nuestro gato. Respiro aliviada. Estoy más tensa de lo habitual porque hoy no es el mejor día para estar junto a una bruja drogada, sobre todo cuando has sido tú la responsable, porque el mundo sobrenatural de Nueva York está completamente alterado con la muerte del alfa de los Marsalis.

Sí, el mundo sobrenatural de Nueva York se está reorganizando. Aunque no creo que el poder vaya a cambiar de manos. Por lo que he escuchado, el hijo del alfa es el que ha ocupado el puesto de forma natural. Nadie lo ha desafiado. No es que yo sea la persona más indicada para hablar, pero las leyes de sucesión de los lobos me parecen barbáricas.

Aunque no es momento de reflexionar. Tengo que entrar en acción y asumir que mi idea para sonsacarle información a Damaris ha sido una mierda.

Voy hasta la estantería que recorre toda la pared para coger los ingredientes necesarios y realizar una poción sencilla y contrarrestar, con suerte, los efectos de esta. Parece que más que de control le he dado una para dormir.

Cuando la campanilla de la tienda de antigüedades suena, casi se me escapa un grito. Estoy tan concentrada mezclando que se me olvida que estamos en un lugar muy público. En la unión entre la tienda que tenemos abierta de cara al público y la puerta que esconde el edificio gigantesco en el que vivimos todos los brujos de Nueva York.

Si el tiempo no me apremiase tanto, no sería tan imprudente. O puede que sí. Está bien reconocerse a una misma cuando se tiene cierta tendencia a los desastres.

—Mierda —digo a nadie en particular.

Giro sobre los talones y me acerco a todo correr a Damaris para levantarle la cabeza de la mesa, donde la ha dejado caer y está babeando sobre la carta de la muerte. La obligo a tragar el contenido y rezo para no terminar matándola, bien atragantada o bien por toda la mezcla de hierbas que le he dado en un momento.

—¡Ya voy! —elevo la voz para que se me escuche al otro lado.

—Tranquila, espero —regresa la voz de un hombre.

—Vamos, Damaris, espabila, por favor —digo a la bruja antes de volver a colocarle la cabeza sobre el mantel.

Quizá si alguien la ve mientras estoy atendiendo al cliente, pueda pensar que está durmiendo una siesta. Dios. ¿A quién quiero engañar? Esto es un problema de proporciones gigantescas. Pero tengo que seguir como si nada.

—Buenos días —saludo cuando salgo a la tienda. Borro de mi cara todo rastro de tensión y dibujo mi expresión más dulce. Esa de la que nadie duda nunca—. Lamento la espera. Tenía unos asuntillos que resolver.

—No te preocupes. —Mueve la mano en el aire para restarle importancia—. Necesito algo muy… específico —comenta lanzándome una mirada para calibrar mi expresión. Mirada que por supuesto finjo no ver. A veces es mejor hacerse la tonta.

—Entiendo. ¿Me podrías dar más información para ver si puedo ayudarte?

—Claro. —Esboza una sonrisa que pretende ser tranquilizadora, pero alcanzo a ver que tiene fundas en los dientes y que estas esconden unos bordes afilados. Puede que sea un tritón. Mis ojos se van directamente a sus piernas, pero por supuesto no me encuentro con una cola. Habrá tomado algo, porque juraría que no estoy equivocada en cuanto a lo que es—. Estoy buscando una poción que haga que un ser cambie definitivamente su estado. Ya sabes, convertirse en otra cosa.

Me quedo mirándolo mientras calculo las posibilidades de que la quiera para algo turbio, pero no llego a ninguna conclusión. Podría ser por cualquier motivo.

—Me han dicho que si existe lo que necesito, es aquí donde tengo que buscar —añade para empujarme. No hay que ser muy listo para comprender que no está hablando de las pócimas normales que vendemos en la tienda. Quizá debería preocuparme más que mis actividades extracurriculares se estén volviendo tan populares.

Pero como no tengo tiempo para detenerme a ahondar ahora mismo en ello, decido aceptar por lo menos reunirme con él y quitármelo de encima por el momento.

—Puede que tenga lo que necesitas, pero no estás en el lugar adecuado —digo bajando la voz para que solo él pueda escucharme. Estamos solos, pero nunca se es lo suficientemente precavido—. Si estás muy interesado, te aconsejo que vayas esta noche a la discoteca Eclipse. Puede que allí encuentres lo que buscas.

El tritón no tarda en entender lo que quiero decir.

—La verdad es que me apetece conocer la noche neoyorquina.

—Bien. En ese caso puede que nos veamos allí.

Asiente con la cabeza. Cuando se da la vuelta para irse, lo sigo con la mirada hasta la puerta. Luego, regreso con Damaris. Se me escapa un suspiro de alivio, pero solo dura unos segundos, ya que la campana de la puerta vuelve a sonar indicando que tenemos una nueva visita.

Esta tortura no se va a acabar.

Vuelvo a la tienda y me encuentro con que han entrado tres hombres. Lo que me faltaba. Mis ojos se ven atraídos como un imán hacia uno de ellos y, cuando nuestros iris se encuentran, se me eriza el vello de los brazos. Luego, un escalofrío me recorre todo el cuerpo. Me quedo anclada al lugar incapaz de moverme. Me siento... me siento... rara.

¿Qué acaba de pasar?

—¿Les puedo ayudar en algo? —pregunta de pronto la voz de Damaris sobresaltándome. Me trago la maldición que me llega a la boca. El susto que me ha dado.

Despego los ojos del hombre a duras penas, tengo que centrarme en la bruja. Ver cómo están las cosas.

La analizo durante un segundo. Parece bastante normal para todo lo que le he hecho. ¿Se habrá dado cuenta de lo que ha pasado?

Justo cuando estoy pensando en ello, uno de sus acompañantes abre la boca y se me cae el mundo encima.

—Venimos a hablar con Tariq. Soy el nuevo alfa de la manada Marsalis.

No me fastidies.

Parece que los problemas se me están amontonando.

La cuestión es ¿se me caerán encima y me aplastarán o lograré esquivarlos?

3

No descansaré hasta que descubra quién lo ha asesinado

Reese

Lo primero que me atraviesa es la incredulidad.
Lo segundo, la idea absurda de llamar a mi tío para despedirme. Mi mente no es capaz de procesar que ya no está aquí, en el plano terrenal, junto a nosotros. No asimila que lo he perdido para siempre.
Después llega la rabia. Es un sentimiento mucho más deseado. Un sentimiento que acojo en mi seno con los brazos abiertos. Es la gasolina que me impulsa mientras viajamos a Nueva York. Ciudad a la que había jurado no regresar. Ciudad que odio con todo mi ser. Ciudad que me recuerda todas mis fallas y las de mis progenitores.
—Amigo, deja de gruñir, estás asustando a todo el jodido avión —me llama la atención Dorian.
—No deberías estar aquí —es todo lo que respondo y, pese a que no le he dado la razón, dejo, en efecto, de gruñir. Ni siquiera era consciente de que lo estaba haciendo.
—Te he oído las diez primeras veces que me lo has dicho —replica echándose hacia atrás en el asiento, con los ojos cerrados, como si no tuviera una puta preocupación en el mun-

do—. Igual que tú me has oído a mí decir que, donde tú vayas yo iré, cabezota.

Fulmino con la mirada su cara relajada mientras por mi pecho se extiende, una vez más, el dulce calor de la lealtad. Desde que Dorian y yo nos conocimos cuando éramos un par de niños, formamos un vínculo que estoy seguro de que se va a esforzar durante toda su existencia por proteger, al igual que yo, por mucho que refunfuñe.

Tres horas después llegamos al aeropuerto internacional John F. Kennedy y el límite de mi paciencia está tan estirado que el lobo que ha venido a recogernos apenas cruza unas palabras conmigo.

Más de una hora después llegamos a la mansión de mi tío en el Prospect Park de Brooklyn, donde vive toda la manada. Cuando me bajo del vehículo y veo la construcción, me atraviesa un dolor insoportable. No me puedo creer que esté aquí y no vaya a verlo. No me puedo creer que haya abandonado este mundo. No entiendo por qué ha tenido que morir él con la cantidad de hijos de puta que hay en el mundo. Mi tío era posiblemente uno de los únicos faros de luz que aún quedaban en la Tierra. No es que fuera un bendito, ningún alfa que tenga que proteger a los suyos puede serlo, pero sí que era un hombre justo, paciente, un hombre que amaba a sus seres queridos por encima de todo.

Al notar que me cuesta respirar y que los ojos se me están llenando de lágrimas, me obligo a moverme. No pienso derrumbarme. He venido aquí para descubrir qué coño ha pasado. Para despedirme de él.

Dorian me acompaña como una sombra reconfortante cuando decido que es hora de que entremos en la mansión. Al entrar en el salón veo a una figura conocida. Su ligero parecido con mi tío hace que el corazón me dé un vuelco.

—Primo —saluda el que ahora es la única familia de sangre que me queda; abre los brazos como si quisiera que me acercase a él. No. Eso no va a suceder—. Me alegro de que hayas dejado tus deberes para venir a despedir a mi padre. Significa mucho para mí. —Se le quiebra la voz y, en vez de provocarme lástima, me hace querer poner los ojos en blanco. Siempre ha sido demasiado melodramático para mi gusto.

—Theodore —le devuelvo el saludo haciendo un breve asentimiento.

—Kelsie os ayudará a instalaros. —Señala a una loba que está de pie a su derecha—. Tienes pinta de no haber dormido en días —comenta lanzándome una mirada con una mezcla de pena y disgusto. No cumplo con sus estándares de pulcritud con mis sencillos pantalones vaqueros y mi aspecto de haber estado corriendo por el bosque durante días.

—No quiero descansar. Quiero saber qué cojones le ha pasado a Michael. Quiero saber quién lo ha matado. ¿Cómo estás organizando la búsqueda del asesino? Tenemos que trazar un plan.

—Entiendo que estés enfadado, Reese, pero no deberíamos hablar aquí de esto —comenta con un vistazo a nuestro alrededor.

Sigo la trayectoria de sus ojos y me encuentro con un montón de lobos que observan nuestro intercambio. Algunos se han escondido, pero otros nos miran abiertamente, tan ávidos de información como yo.

—¿Qué hacía en ese callejón?

—Me parece, Reese, que es mejor que no lo descubramos nunca. Quiero seguir viendo a mi padre de la misma forma que antes —dice y siento sus palabras como si me hubieran arrojado cuchillos ardiendo.

No lo puedo evitar. Me lanzo a por él, gruñendo, enseñando los dientes, dispuesto a destrozarlo. O lo habría hecho si mi amigo no se hubiera abalanzado sobre mí para evitarlo.

—¿Quieres empezar una pelea con el único familiar que te queda en la casa de tu tío? —pregunta, y ha elegido las palabras de forma tan adecuada que me frena en seco.

—Acaba de insinuar que estaba haciendo algo turbio —gruño entre dientes.

—Estoy seguro de que no lo quería decir así, Reese.

—Ahora no es el momento de tratar el tema. Deja tus cosas, respira un poco y a la noche quedamos en mi despacho para organizar todo —dispone Theodore mirando a Dorian en vez de a mí. Se ha dado cuenta de que no pienso dar mi brazo a torcer. Que lo necesita a él para tratar de controlarme—. Me encantaría quedarme con vosotros y ayudaros a instalaros, pero he quedado con el brujo jefe de Nueva York. Ya sabes, es otro de los miembros del consejo —dice y se calla durante unos segundos para dejar espacio a que reflexionemos en lo que es importante ahora, pero más que ganas de aplaudirle, lo que siento son deseos de golpearlo solo para poder sacar un poco del dolor y la rabia que llevo dentro. Entiendo que tiene que estar a la altura de su nuevo puesto, pero me gustaría que se sintiese tan destrozado como yo—, y si no salgo ya, llegaré tarde.

Lo decido en una fracción de segundo.

—Vamos contigo.

Por la forma en la que aprieta los labios, que quedan estirados en una línea recta, sé que mi proposición lo molesta. No quiere incomodar a los miembros del consejo, pero francamente a mí me la pelan. Todos ellos.

—Bien —acepta, como sabía que haría.

Si es inteligente, lo mejor que puede hacer para que me largue cuanto antes es dejarme investigar.

No me trago que nadie odiase tanto a mi tío como para asesinarlo por muchos enemigos que un alfa pueda tener. No me trago que acabase en un callejón solo haciendo Dios sabe qué. No le pega, no es su estilo. Si alguien trata de convencerme de que estaba haciendo algo turbio, buena suerte, porque no lo voy a creer.

No descansaré hasta que descubra quién lo ha asesinado y pague por ello.

4

Huele a bosque, a rayos de luna llena y... a libertad

Reese

Tardamos un buen rato en llegar hasta la zona de los brujos. O puede que en este punto mi paciencia esté agotada. Trato de distraerme mirando por la ventanilla del coche, a los edificios que pasan a nuestro lado como un borrón. La ciudad ha cambiado desde la última vez que estuve aquí. Es más moderna, más impersonal y aún más individualista.

La detesto.

El edificio de los brujos todavía está en la misma calle de Queens. La fachada de ladrillo color arena siempre me ha parecido hermosa. Supongo que los seres mágicos siempre permanecemos inmutables al cambio. Convivimos en un mundo en el que apenas participamos, nos escondemos de todos sin atrevernos a mostrar quiénes somos por miedo a las represalias. Sí. Los humanos son muy intolerantes. Y poco perceptivos. Aunque tengo la sensación de que incluso un humano podría captar la magia que se desborda desde la puerta de la tienda de antigüedades.

Estoy tan perdido en mis reflexiones que solo regreso a la realidad cuando mi primo abre la puerta del establecimiento y la campanilla suena sobre nuestras cabezas. El cuerpo comienza a vibrarme y las cejas se me fruncen.

Me pongo alerta por si el instinto me quiere decir que estamos en peligro. ¿Qué coño me está pasando?

Pongo un pie en el interior y el olor que impregna el ambiente me golpea más fuerte que un puñetazo. Huele a bosque, a rayos de luna llena y... a libertad. La boca se me hace agua. Es todo lo que más me gusta en el mundo.

Por un instante, busco la fuente de su origen como si, de no encontrarla, fuese a morir en este puto instante. No tardo en encontrarla. Proviene de una chica menuda de pelo largo que está de espaldas a mí. Tardo unos segundos en darme cuenta de lo que sucede, me gustaría pensar que de haberlo hecho, me hubiese largado antes de que la conexión se formase, pero no estoy seguro. Luego, todo sucede como a cámara lenta. Ella se da la vuelta poco a poco, mientras retira el mechón rebelde que le ha caído sobre la cara, y mi cuerpo se prepara para lo que está punto de ocurrir.

Es puro instinto animal. Un conocimiento ancestral.

Me tenso, incapaz de hacer nada más que aceptarlo. Como si en vez de ser parte del suceso fuese un mero espectador sin ningún poder.

Es como un rayo que impacta sobre mi corazón y luego se extiende a la velocidad de la luz por cada átomo de mi cuerpo. Se propaga como un virus imparable. Lo cambia todo a su paso. Lo modifica.

Me llevo la mano al pecho cuando noto cómo la marca comienza a formarse, como si me la estuvieran grabando a fuego.

Esto no puede estar sucediendo.

Pero cuando nuestros ojos se encuentran, no puedo negarlo. Es mi compañera. Una especie de desazón se extiende por mi pecho. ¿O es necesidad? ¿Anhelo?

No necesito tenerla más cerca para saber que no es una loba, sino una bruja. Me observa con la confusión pintada en su rostro angelical. No entiende qué acaba de pasar. Bien. Es mejor que no lo sepa. Que no entienda que la voy a rechazar porque lo último que quiero en este mundo es tener una compañera.

Me da igual que las Moiras hayan decidido que nuestros destinos estén unidos. No estoy hecho para tener alguien a quien cuidar, al igual que mis progenitores y, ya que estamos, tampoco para ser padres.

Estoy aquí únicamente para descubrir qué ha sucedido con mi tío y enterrarlo. Luego me iré.

Tan solo me quedará el recuerdo de que, en algún lugar al que no pienso volver, hay una persona que está hecha para mí.

No voy a aceptarla.

Jamás se enterará de que soy suyo.

Entonces ¿por qué no puedo despegar los ojos de su mirada?

—¿Les puedo ayudar en algo? —escucho que una mujer pregunta, pero no me concentro en ella.

—Venimos a hablar con Tariq. Soy el nuevo alfa de la manada Marsalis —interviene Theodore.

—¿Estás bien, Reese? —me susurra Dorian y me da un golpe en el brazo para captar mi atención. Poco sabe él que acaba de salvarme del torbellino de sensaciones que me tiene retenido.

Cuando arranco los ojos de la chica, me resulta un poco más sencillo pensar, pero solo un poco.

—Sí. ¿Vamos? —digo, y sigo a mi primo, al que la otra bruja está mostrando el camino.

Sin que yo le dé permiso, mi mirada se desplaza por la

tienda en busca de mi compañera —solo pensar en esa palabra hace que un hambre voraz se extienda por mis venas; lo único que consigue aplacarla es la culpa, no tengo nada para entregarle—. Cuando descubro que se ha marchado, experimento un pinchazo de pérdida en el pecho que se me antoja desproporcionado para tratarse de una persona a la que he visto dos segundos en mi vida.

Me fuerzo a olvidarme de ella. Que se aleje de mí es lo mejor que me puede pasar.

Ascendemos por unas escaleras ocultas tras una puerta y luego cruzamos un pasillo enmoquetado hasta el despacho del brujo jefe. Me las arreglo para saludar cuando toca y lanzar un amago de sonrisa cuando es necesario. Pero, a pesar de mi convicción, de tomar la única decisión que puedo con respecto a mi compañera, paso toda la reunión extremadamente distraído. Apenas los escucho hablar sobre que mi primo sustituya a su padre en el consejo. Nada que me interese. Lo único que quiero esclarecer es la muerte de mi tío. Saber quién coño lo ha asesinado.

—Hermano, cálmate un poco —me pide Dorian dándome un codazo para que vuelva a la realidad—. No nos interesa molestar al consejo. Son demasiado influyentes y los necesitamos de nuestro lado para poder investigar. O por lo menos para que no nos obstaculicen.

Tiene razón.

—Cuando acabemos quiero ir al lugar... —titubeo antes de soltar la palabra, porque la muerte de mi tío cada vez es más real en mi mente y me está destrozando. Ponerlo en palabras solo lo hace peor— del asesinato. Aquí estamos perdiendo el tiempo.

Dorian asiente.

Justo al terminar, sin demorarnos un solo segundo, nos

largamos a la mansión a prepararnos antes de ir al lugar donde mi tío perdió la vida. Necesitamos una ducha y cambiarnos de ropa.

Cuando llegamos, me desnudo frente al espejo antes de meterme en la ducha y me permito admirar la marca de compañeros durante unos segundos. El aire se me atasca en la garganta contra mi propia voluntad. Trazo el dibujo con asombro, casi con reverencia, incapaz de creer que me haya sucedido a mí. Estoy fascinado por lo hermosa que es pese a no estar del todo dibujada. Nunca terminará de formarse porque ella jamás sabrá lo que somos. No realizaremos el ritual que nos terminaría de unir como compañeros. No puedo tener un gesto más puro hacia ella.

Aparto los ojos del espejo y me obligo a asearme. Esta es la única vez que me permitiré pensar en la marca y en ella. Está decidido.

No hay vuelta atrás.

5

Hay algo en ese lobo...
que me pone los pelos de punta

Faye

Cuando estoy segura de que todo el mundo en la comunidad duerme, me escapo por la ventana de mi habitación.

Al principio temía precipitarme al abismo, pero con los años me he vuelto una experta en escalar. Supongo que era eso o quedarme espachurrada adornando el pavimento.

Al tocar el suelo con los pies, me oculto entre las sombras y me alejo de las farolas; cuando llego al final de la calle, echo a correr. Tengo tan interiorizado el camino hasta la discoteca que no necesito hacer uso de la totalidad de mi cerebro, por lo que mi mente divaga, ofreciéndome de nuevo la imagen del lobo que ha aparecido hoy en la tienda. Se me eriza el vello del cuerpo al instante. Hay algo en él que... me pone tensa.

Levanto la cabeza cuando me planto frente al cartel de Eclipse. Su luz roja de neón me da la bienvenida como cada noche.

—¿Con quién hemos quedado? —me preguntan al oído y suelto un grito por el susto.

—¡Joder! —exclamo. Mi primera reacción es golpear a mi atacante, hasta que me doy cuenta de que es Levi. Entonces, en vez de contenerme, le pego más fuerte—. ¿Podrías buscar un poco de sutileza en tu interior? Sería todo un detalle para los que todavía estamos vivos. Si muero, ¿con quién te vas a entretener?

—Yo también te he echado de menos —señala pasando por completo de mi comentario. A juzgar por cómo le brillan los ojos, disfruta habiéndome asustado—. ¿Has tenido un buen día?

—Lo estaba teniendo hasta que has aparecido tú —me quejo, lo que solo lo divierte más.

—No sé qué haría sin ti, te lo juro. Supongo que vivir una vida aburrida y ordinaria de vampiro, todo el día chupando sangre y matando. Fue divertido al principio, pero con el tiempo hasta eso se vuelve tedioso. —Se carcajea al verme poner los ojos en blanco—. ¿Y bien? ¿De quién vamos a ocuparnos esta noche? —pregunta mientras recorremos la cola por la parte exterior de las bandas rojas de terciopelo. Al llegar a las puertas, saludamos al portero de esta noche con un gesto de cabeza y nos abre la cinta para que podamos acceder.

—Lo primero —comienzo a responder a su divagación anterior—, durante el día estás muerto para el mundo, por lo que difícilmente te puedes pasar todo el tiempo chupando sangre.

—Eres cruel, me das justo en mi mayor debilidad. —Se lleva la mano al centro del pecho fingiendo dolor. No se lo cree ni él. Nos acercamos a la barra para pedir lo mismo de siempre.

Un agua para mí (nunca me ha gustado beber y no pienso gastarme el dinero que tanto me cuesta ganar en cualquier cosa que no sean ingredientes para mis pociones o sobornos que me ayuden a estar más cerca de limpiar el nombre de mi abuela) y una botella de sangre cero negativo para Levi (es pijo hasta para eso). Tiene suerte de que nuestro centro de negocios esté ubicado en una discoteca para seres sobrenaturales. Por supuesto, no es exclusiva para nosotros. No hay manera de mantener a los humanos al margen de nada.

—Y lo segundo —continúo cuando nos sirven, como si no me hubiese interrumpido mientras vamos a nuestro sitio de siempre: al reservado con la butaca de terciopelo negro con patas plateadas, absurdamente hermosas, que daría un brazo por tener en mi habitación. Echaría las mejores siestas de la historia, lo que me vendría bien teniendo en cuenta que es casi el único momento del día en el que puedo dormir—, vamos a ser sinceros. No te gusta matar porque es demasiado engorroso y eres un príncipe.

Los ojos de Levi se encienden de placer, como si le hubiera lanzado el mayor de los elogios.

—¿Qué puedo decir? Me tienes calado —bromea, y se reclina en el sofá en una postura que refleja lo encantado que está consigo mismo.

—Bruja —me saludan y levanto la cabeza para encontrarme con el tritón con el que hemos quedado.

Bien. Si empezamos pronto, puede que tenga algo de sueño reparador esta noche. Si logro quitarme de la cabeza que están investigando la muerte del alfa.

—Tritón —le devuelvo el saludo.

—Mi nombre es Keanu —se presenta alargando la mano.

—Yo soy Faye y mi amigo es Levi. —Sigo su ejemplo y nos presento—. Y cuéntame, ¿qué es lo que necesitas?

—Eres una chica directa, Faye. Me gusta eso.

Pero su forma de actuar cuenta otra cosa distinta. Parece más encantado por nuestra compañía que por obtener la poción que ha venido buscando hoy a la tienda.

Dios, no soporto a los seres mágicos, son todos demasiado complejos. Hago otro par de intentos por que me diga exactamente lo que necesita, pero no hay forma. Pasa de mí.

Levi y Keanu se enfrascan en una charla sobre lo mucho que ha cambiado el mundo desde el siglo pasado que, francamente, es soporífera. Todavía no me termino de acostumbrar a los seres que son tan viejos a pesar de no parecerlo. La verdad es que me ha sorprendido cuando el tritón ha revelado su edad. No sabía que ellos también envejecían tan despacio. De verdad que a veces pienso que las brujas somos las que peor paradas salimos en la comunidad mágica. Quizá sea el propio uso de la magia lo que nos hace vivir solo los años normales de un humano, como si consumiésemos con su uso parte de la vida alargada que nos correspondería.

Abro la boca una vez más para interrumpirlos y acabar cuanto antes, pero pongo los ojos en blanco cuando una mujer se acerca a nuestro cliente, o por lo menos lo será cuando me diga de una puñetera vez qué es lo que necesita, y los dos se saludan como si fuesen viejos amigos que no se han visto en años. Dios. Menuda broma del destino. Siento cómo la esperanza de que hoy acabemos pronto se evapora de mi sistema.

Me llevo las manos al puente de la nariz y me lo aprieto, como si eso me fuese a ayudar a encontrar un poco de paciencia en mi interior.

No sabría decir qué es lo que me hace llevar la mirada a la otra punta de la discoteca, pero la cuestión es que, cuando lo hago, me encuentro de golpe con el lobo de la tienda. Su tamaño, la fuerza que desprende, pero, sobre todo, sus ojos extrañamente sobrenaturales de un azul imposible me atrapan como si fuese un cervatillo. No es que pueda verlos desde aquí, pero sí capto un brillo especial. Siento un escalofrío recorrerme todo el cuerpo.

Cuando nuestros ojos se encuentran, aparto la mirada de golpe. Maldigo para mis adentros al notar cómo se me calientan y enrojecen los pómulos. Me ha descubierto. De verdad, ¿qué me pasa con este chico? Si es que se le puede llamar así a alguien de ese tamaño.

—Te gustará saber que conozco a ese lobo —dice Levi, suena tan petulante que me pican las manos de las ganas de darle un puñetazo y eso que no soy una persona violenta.

Vale, solo lo soy cuando me provocan.

Noto que está mirando la rojez de mis mejillas con diversión. Estúpido.

—Hay muchos lobos en la discoteca, no sé de cuál estás hablando —le digo, ganándome una risa divertida de su parte, aunque ambos sabemos que no es verdad—. Además, deberías borrar ese tono de superioridad, que conozcas a todo Nueva York por ser un vejestorio no es algo por lo que deberías alardear.

Mi pulla solo lo divierte más.

—Es el sobrino del alfa de los Marsalis —explica con tranquilidad, como si no se estuviese refiriendo al lobo que encontramos ayer asesinado—. Su tío lo acogió cuando solo era un niño y sus padres lo abandonaron. —Se me escapa un jadeo, los licántropos nunca abandonan a sus hijos ni a nadie de la manada, es algo casi imposible. Sin poder evitarlo, mi mirada va hasta el lobo. Lo analizo mientras Levi sigue relatándome su historia—. Se cuenta que ambos progenitores se mataron entre ellos. Fue un escándalo cuando el chico llegó a Nueva York, pero a pesar de que toda la comunidad mágica esperaba que se comportase como un loco, la verdad es que nunca dio un solo cotilleo jugoso. Cuando llegó a la mayoría de edad, se marchó.

—Sois una panda de cotillas, de lo peor.

—¿Qué puedo decir? —pregunta Levi encogiéndose de hombros—. La vida eterna no es tan divertida como parece. Y claro, hasta yo, que no siento deseo sexual, soy capaz de ver que está muy bueno.

Se me escapa una risa. Lo que hace que el hombre del que estamos hablando vuelva a posar su mirada en mí. Me estremezco, a pesar de que aparto la vista de golpe y solo la hemos cruzado durante un instante.

Hay algo en ese lobo... que me pone los pelos de punta.

Es como si me estuviera... vigilando.

Mierda. El corazón se me sube hasta la garganta. Necesito que nos alejemos de él. Salir de su foco. Pero necesito a Levi de mi lado para lograrlo.

—¿Podrías traernos algo de beber para que terminemos de charlar? Tengo la boca seca —digo. Hago un giro de muñeca y recito un conjuro sencillo que se aprende como a los cinco años de edad para traspasar el agua a otro lugar. La derramo cerca de la barra. Con un poco de suerte nadie se resbalará y se matará por mi culpa. Le enseño a nuestro acompañante la botella vacía.

Keanu me observa con extrañeza durante unos segundos antes de asentir e ir a por otra bebida.

—¿Se puede saber qué te pasa?

Se voltea para mirarme con el ceño fruncido. Levi es experto en analizarme. Casi tanto como en fingir desinterés por todo.

—No me gusta la forma en la que nos observa el lobo —le susurro—. ¿Y si se ha dado cuenta de que estuvimos en ya sabes dónde?

No me atrevo a decir «en el callejón junto al alfa muerto». Hay mucho ruido en la discoteca, pero no sé hasta qué punto tienen los lobos el oído superdesarrollado.

Toda la diversión desaparece del rostro de mi amigo.
—Eso nos traería problemas. —Está de acuerdo conmigo.
—Tenemos que largarnos de aquí. Cuando venga el tritón, nos buscamos una excusa y lo llevamos al cementerio para hablar con él con tranquilidad. Quizá deberíamos estar el resto de la noche sin llamar mucho la atención.
—Suena a un buen plan —coincide Levi.

Reese

Ir al callejón en el que mi tío perdió la vida me deja una sensación asquerosa en el cuerpo.

Noto la desazón que, mezclada con rabia e impotencia, se adhiere a cada partícula de mi ser y logra que me cueste el doble realizar cualquier acción. Me siento sobrepasado y muy triste.

No sé cómo descubrir quién está detrás de su muerte, parece que nadie tiene la menor idea de por qué o cómo ha sucedido. Y mi primo está demasiado ocupado jugando a ser el nuevo alfa como para ayudarme.

Me siento perdido y frustrado por lo que, cuando Dorian propone que nos acerquemos a la discoteca que hay cerca para ver si alguien sabe algo, me parece la mejor idea del mundo.

Además, está frecuentada por seres sobrenaturales. Si puede haber respuestas a su muerte en algún sitio, es allí.

Por supuesto, no contaba con que ella también estuviese ahí y, sobre todo, con no ser capaz de apartar la mirada de su persona.

Es molesto. Debería estar centrado en la investigación. No en analizarla.

Y ¿qué hace con un vampiro? No es que me importe la chica, pero su elección de compañía es bastante cuestionable.

—¿Se puede saber por qué irradias un aire de «voy a asesinaros a todos»? Estás asustando a la gente —pregunta Dorian con una sonrisa prendida de la boca mientras pide algo en la barra. Le he dicho tres veces que no hemos venido a relajarnos, pero él ha insistido en que no podemos ponernos a hacer preguntas sin pedir una copa, porque nadie va a colaborar si piensa que estamos aquí para investigar. Le he gruñido, pero no me ha quedado más remedio que darle la razón.

Antes de que pueda seguir mi línea de visión y descubrir que estoy mirando a la bruja, aparto la mirada de golpe.

En vez de contestarle, me limito a hablar sobre lo que de verdad hemos venido a hacer aquí. Si Dorian se entera de que he encontrado a mi compañera, no habrá un solo día del resto de mi vida en el que no me obligue a aceptarla. Y no. No voy a hacerlo. Nadie puede obligarme. Ni él ni las Moiras.

—El asesino de mi tío pudo haber estado aquí, demonios, podría estarlo ahora mismo. Vamos a centrarnos en la tarea.

—Sí, señor —responde con recochineo, pero se pone a ello.

Ojalá yo fuese capaz de hacer lo mismo.

Me centro en mi tarea por diez minutos. Encuentro a los licántropos y hablo con ellos; creo que es el mejor curso de acción por el momento, luego ya iremos ampliando la búsqueda.

Pero mis ojos no tardan en regresar a ella. La miro, vestida con un llamativo jersey de lentejuelas rosa, y no por primera vez en la noche me pregunto qué hace aquí. No encaja. La dulzura que desprende, el brillo..., pero ¿qué estoy pensando? ¿A mí qué más me da el aspecto de la desconocida?

Me fuerzo a seguir con el interrogatorio, pero en el momento en el que me doy cuenta de que ya no está en la discoteca y que la he perdido de vista, muy a mi pesar, siento un nudo de angustia. Maldita sea. Odio estos sentimientos irreales. No son bienvenidos.

Puede que sea lo mejor. Quizá ahora pueda concentrarme en buscar al asesino de mi tío en vez de en ella. Con suerte, con lo grande que es Nueva York, nuestros caminos no volverán a cruzarse.

Mi decisión de olvidarme de la bruja dura la friolera de medio minuto. Luego, salgo a la calle para buscarla. No aviso a Dorian. No quiero que sepa adónde voy y, si no me acompaña, por lo menos uno de los dos estará cumpliendo con lo que de verdad hace falta hacer.

No me supone el más mínimo esfuerzo encontrar y seguir su rastro. El olor tan increíble que desprende su cuerpo es algo que no voy a olvidar en la vida. Un aroma que reconocería entre mil diferentes.

Maldigo mientras la sigo en la noche de Nueva York en vez de investigar la muerte de mi tío.

Este es el peor contratiempo posible.

—¿Se puede saber qué hacemos en el cementerio? —pregunta Dorian y mascullo. No solo porque me haya descubierto, sino porque estaba tan centrado en seguir a la chica que no he estado lo suficientemente atento al resto de las señales.

—La bruja de la tienda de antigüedades ha venido hasta aquí.

En la cara de Dorian se dibuja un gesto de incredulidad.

—¿De qué estás hablando?

—Está haciendo algo raro —aseguro.

—¿Y eso qué más nos da a nosotros? —pregunta, y me fastidia que de nuevo tenga razón. Pero no se la voy a dar. No quiero que se dé cuenta de que, en realidad, el que está actuando de forma extraña soy yo.

—Tengo una corazonada.

Caminamos con sigilo hasta el panteón donde se pierde su rastro. Es una hermosa construcción en piedra blanca con dos ángeles a cada lado. Sobre el arco de la entrada está escrito el apellido Johnson. Trato de hacer memoria y creo que pertenece a un linaje de brujas. ¿Será el suyo? ¿Qué está haciendo aquí?

Accedemos al interior y la desilusión me golpea con fuerza.

Está vacío.

No hay más que una estancia circular con unas cuantas tumbas y un banco de piedra en el centro, pero sin rastro de ella.

—Aquí hay algo —indica Dorian señalando una pared y, a pesar de que frunzo el ceño, tampoco tenemos nada que perder.

Me coloco enfrente y alargo la mano para tocarla. Cuando lo hago, atravieso un fino velo de magia. En realidad, aquí no hay un muro.

Pillada.

Sonrío y, sin pararme a pensarlo, lo atravieso. Pienso desentrañar este misterio ahora mismo.

Al otro lado del velo encuentro el acceso a unas escaleras. Las bajo con sigilo mientras lo observo todo a mi alrededor. A medida que vamos llegando al final, empiezan a aparecer objetos. Un libro por aquí, un candelabro olvidado por allí. Parece que este lugar se utiliza a menudo. No tiene rastro de telarañas y el aroma de ella está fuertemente concentrado.

Me paro en seco cuando llegamos a un rellano y una voz masculina reverbera en el panteón.

Hay sitio de sobra para esconderse a los lados de la escalera. Dorian lo hace en el hueco de la izquierda y yo, en el de la derecha. Me asomo para ver el interior cuando estoy seguro de que no nos han oído llegar.

La estancia es circular y está repleta de estanterías desiguales, lo que solo le da un toque más personal al lugar. Algunas contienen libros; otras, tarros y algunas, plantas. Parece una tienda de brujería. Elevo la mirada para ver que la luz que ilumina la estancia proviene de decenas de velas que están suspendidas en el aire mediante magia. Es hermoso. Lleno de colores y objetos. La observo detrás de la única mesa de madera maciza que hay. Mis ojos se quedan anclados en ella. Se ha retirado la melena sobre un hombro, lo que le deja el cuello al descubierto. Trago saliva cuando las manos comienzan a picarme por las ganas que tengo de tocarla al recorrer con la mirada ese pedazo expuesto de piel.

—Entonces ¿tienes la poción que necesito? —pregunta el hombre y dirijo la atención hacia él. Veo al amigo de la chica de pie, a su lado, y me alegro de que no la haya dejado sola. O quizá debería preocuparme también por él. Aunque lo dudo. Pese a que es un vampiro, se muestra excesivamente cercano a ella.

Pero el hombre no retiene durante mucho tiempo mi interés. En el mismo momento en el que ella se gira para buscar en las estanterías, mis ojos la siguen. Admiro sus delicadas manos mientras tocan algunos botes, casi como si pudiera sentir lo que contienen con solo palparlo. Me obligo a no llevar la mirada a su trasero cuando se agacha. Lo que me cuesta un esfuerzo vergonzosamente grande.

Respiro aliviado cuando se levanta y se acerca con un bote pequeño de cuello alargado lleno de un líquido verde muy denso.

Observo el intercambio. Ella le muestra la poción y le explica cómo usarla. Luego, él le da las gracias y un fajo de billetes.

Solo cuando el hombre abandona el lugar, me hago notar.

Faye

—Qué interesante. —La voz del lobo, del que por desgracia no he conseguido huir, reverbera por las paredes de piedra mientras observa cada rincón de la estancia. Juro que repasa cada bote, cada libro y cada puñetero artilugio. La punzada que siento en el pecho se va intensificando.

El muy cabrón ha esperado a que realicemos el intercambio para descubrirse.

—¿Necesitas algo? —pregunto tras decidir que el mejor curso de acción es hacerme la tonta y que el tinglado que tengo aquí montado es normal.

—La verdad es que no sabía que los brujos de tu comunidad teníais negocios propios. —Sus palabras, pese a haberlas dicho en un tono suave, contienen una clara amenaza—. Soy Reese, por cierto.

No le ofrezco mi nombre, él tampoco se molesta por sacarme el mío.

—¿Qué quieres? —pregunto con dureza esta vez.

Sus pupilas se clavan en mí haciendo que me tiemblen las piernas. Madre mía. Necesito que se vaya.

—Nada —dice por fin, después de unos segundos de una tensión insoportable.

Acto seguido se da la vuelta. Lo sigo con la mirada mientras abandona el panteón.

El «por ahora» que no ha verbalizado se va haciendo más

grande a medida que su implicación se instala dentro de mi cuerpo.

Voy a tener noticias de este lobo pronto, y no tiene pinta de que vayan a ser muy positivas.

Nunca sale nada bueno de que alguien te chantajee.

¿Qué pasará si descubre que estuve en el lugar del crimen?

6

Si fuese inteligente saldría corriendo de esta ciudad

Faye

Duermo mal toda la noche por culpa del lobo.

No sabría decir qué es peor: la agonía de saber que podría haber dicho algo y que no lo ha hecho o que me hubiera chantajeado directamente. Creo que lo segundo habría sido mucho mejor; por lo menos sabría a qué atenerme.

¿Ahora?

Lo único que tengo es un nudo en el estómago y la cabeza llena de él.

Así que, cuando me preparo el desayuno y me siento a la mesa de la cocina para devorarlo, no tengo demasiada energía para evitar discutir con mi madre.

—Hoy trabajas por la mañana en la tienda, ¿verdad, hija?
—Su pregunta es absolutamente neutral, como si en vez de familia fuéramos dos personas que se han encontrado en el rellano de su casa.

No sabría decir el momento exacto en el que nuestra relación se deterioró tanto que ya casi parece irreparable.

—Sí, tengo turno de mañana —comento mientras mastico la tostada. Cuando observo que mi madre sigue dando vueltas por la cocina sin hacer nada en realidad, vuelvo a hablar; quizá quiere que tengamos un día de tregua—. Y a la tarde vamos a hacer un ritual en el reino de las hadas.

—Suena muy interesante.

—Lo es.

Nos quedamos calladas como si se nos hubiera olvidado cómo ser madre e hija mientras la frustración, el rencor y las palabras no dichas se materializan a nuestro alrededor.

Ella es la primera en romper el ambiente opresivo.

—Sé que quieres que Tariq te dé el puesto, que quieres limpiar nuestro apellido, pero lo que hizo la abuela no se puede reparar, cariño. —He malinterpretado su comportamiento. No quiere una tregua, quiere que renuncie a mis ideales. Igual que siempre. Aprieto los labios en una fina línea para no decirle lo que de verdad pienso; esas cosas no se le pueden decir a una madre, pero su falta de amor por mi abuela me lo hace difícil—. No quiero que te decepciones cuando elija a otra en tu lugar.

—Soy una bruja intachable —respondo, pese a saber que no es verdad, pero a sus ojos sí que lo soy.

—Eso sigue sin borrar lo que hizo ella. —No se me escapa el tono apesadumbrado de su voz—. Nada lo hará. Quizá tus hijos tengan la oportunidad de vivir en una comunidad que no los juzgue. Para nosotras ese barco ya zarpó, Faye.

La rabia arde en mi interior.

—No entiendo cómo puedes creerles. —Me levanto de la mesa de golpe y la silla en la que estaba sentada cae hacia atrás con un ruido sordo que me hace rebajar un poco mi furia. Se me antoja una reacción exagerada, pero no me estoy comportando así solo por esta ocasión. Es el cúmulo de situaciones semejantes. Es por su falta de lealtad a su familia—. ¿Es que no recuerdas a tu propia madre? ¿Lo maravillosa que era?

—Faye —dice mi nombre con tristeza y eso solo me enfurece más.

—No, mamá. Nunca me lo creeré. Y tú tampoco deberías hacerlo. Es más —añado señalándola con el dedo—, no pararé hasta que limpie su nombre.

—Ni se te ocurra, Faye. No te metas en ningún lío, eso solo nos hundirá más. Permitieron que nos quedásemos, no podemos fallar ahora.

Antes de que pueda decir algo de lo que me arrepienta, llaman a la puerta de nuestro apartamento.

Casi respiro aliviada. Nuestra discusión no ha tenido la oportunidad de seguir escalando. Jamás encontraremos un punto común en el centro de nuestras ideas. Solo podré convencerla si le demuestro, al igual que al resto de la comunidad, que mi abuela era inocente. Yo solo era una niña cuando la mataron tras acusarla de haber cometido asesinatos atroces, solo había vivido cinco años de mi vida a su lado, pero ¿mi madre? Llevaba toda una vida junto a ella.

No consigo unir en mi cabeza a la mujer que, con un cariño enorme, me enseñó mis primeros hechizos con la que la comunidad cree que asesinó a tantas personas.

Cierro los ojos para poner mis emociones bajo control mientras mi madre corre hasta la puerta. Su comportamiento servicial y agradable en exceso me saca de mis casillas.

—Tariq quiere verte. —Cuando escucho el nombre del brujo jefe, me conecto de golpe a la realidad.

Damaris está en el centro de nuestra cocina y yo ni siquiera me había enterado.

Siento un nudo de preocupación formarse en mi estómago. ¿Y si el lobo le ha dicho algo? Mierda. Cualquier otro día me habría emocionado la idea de que Tariq me llamase. No hoy. Busco en el rostro de la ayudante el menor rastro de lo que puede querer, pero no hallo nada diferente en sus ojos esmeralda.

—¿Me puedes cubrir en la tienda? —le pregunto a Damaris.

—Claro —responde ella con total normalidad. Si me estuviera llevando a que me expulsasen, no parecería tan tranquila, ¿verdad? Tampoco parece que se acuerde de nada de lo que sucedió ayer. Bien. Ojalá pueda seguir manteniendo mi fachada durante un poco más de tiempo.

Ha aceptado, como no podía ser de otra manera, ya que, en el mundo de las brujas, al menos las que vivimos en una comunidad, trabajamos por el bien común. Todo es de todos. Comemos, nos vestimos y mantenemos un techo sobre nuestras cabezas con el mismo dinero. Aquí no hay espacio para el individualismo.

Voy a mi habitación a terminar de prepararme y me cepillo los dientes a toda prisa antes de salir con Damaris.

Juro que mientras desciendo las escaleras y avanzo por el pasillo que lleva directamente al despacho del hechicero siento como si me estuviera dirigiendo a la horca.

Al llegar a la puerta elevo la mano y golpeo. Luego me doy un discurso motivacional y trato de convencerme de que no me ha llamado para nada malo.

Toda mi relajación salta por los aires cuando se abre la puerta y veo que en el interior está el lobo. El corazón me da un vuelco. ¿Por qué ha tenido que venir a hablar con él? ¿Por qué lo dejé marchar anoche en vez de enfrentarme a él y convencerlo de que estar callado le traería más beneficio que abrir la boca? ¿Cómo he podido fastidiar de esta manera la oportunidad de oro que podría haber tenido?

—Qué bien que estés con nosotros —me saluda Tariq con una sonrisa en la cara que me hace quedarme parada, tremendamente desconcertada.

Mi mirada se dirige hasta el lobo como un rayo. ¿Qué está pasando?

Cuando veo que este me está mirando con una mueca que se podría interpretar como divertida en una persona con problemas para expresar sus emociones, me pongo todavía más alerta.

—El placer es mío —contesto con mi sonrisa más dulce. Llegados a este punto, lo mejor es seguir usando mi tapadera y asegurarme de lo que está pasando antes de comenzar a dar explicaciones, por si por algún milagro del destino el lobo no se lo ha contado.

—Por favor, siéntate con nosotros —indica Tariq volviéndose para señalar una silla.

Solo cuando sigo el camino que traza su mano me doy cuenta de que hay más gente en el despacho. ¿Cómo no me he dado cuenta antes? No sé qué tiene este lobo que hace que pierda la concentración cuando lo tengo cerca.

Ahora me siento todavía más perdida. Por lo visto hay una reunión del consejo en mi hogar. No solo está el lobo, sino todos los representantes de las especies mágicas de Nueva York.

—Estamos hablando sobre el sepelio de Michael —comenta y, como se me contrae la cara en un gesto raro a pesar de que hago el mayor esfuerzo de mi vida por no reaccionar, me explica quién es—: El alfa de los Marsalis.

No digo nada. ¿Qué puedo decir? Todavía no tengo muy claro si me han descubierto y me están poniendo a prueba o si simplemente todo es una coincidencia.

La reunión por sí sola no debería importarme lo más mínimo. No es ni la primera vez ni la última que se reúnen en nuestra casa, pero sí la primera desde que estoy ocultando el haber estado en el lugar del asesinato de uno de sus difuntos miembros. Mientras, entre otras cuestiones, se debate cómo va a ser su entierro.

¿Lo peor?

Que el lobo que lleva un día atormentándome y el cual está investigando mi problemilla me está haciendo un agujero en la cabeza con sus ojos penetrantes.

Mierda. Con lo cerca que estoy de lograr el puesto...

—Quiero que sea un entierro perfecto. Digno de mi padre —dice otro de los lobos. Lo observo y me doy cuenta de que también vino ayer con Reese a la tienda.

—Déjalo en nuestras manos. Estoy seguro de que sabremos estar a la altura, conozco una bruja perfecta para hacer el ritual, ¿verdad, Faye? —El brujo jefe me lanza la pregunta y me saca de golpe de mis cavilaciones.

—Por supuesto —respondo esbozando mi sonrisa más dulce—. De hecho, será todo un honor.

Lo miro y trato de leer en su expresión si me está ocultando algo, pero no veo más que la misma calidez de siempre. Tiene arrugas en las comisuras de los ojos por lo mucho que suele sonreír. Es el único rasgo que delata el paso del tiempo. Este es otro de los motivos por los que no entiendo el resentimiento de mi madre. ¿Por qué dice que todos nos odian si Tariq jamás nos ha hecho un desprecio?

Paseo la vista por la sala y me quedo durante unos segundos de más anclada en los ojos de Reese. Su mirada azul y penetrante me acelera el corazón. Decido que ninguno de ellos sabe nada.

Así que, si esto es una especie de prueba por parte de Tariq para que demuestre mi valía, estoy más que dispuesta a aceptarla. Preparar el ritual del entierro de un miembro tan importante del mundo mágico es todo un honor, no estaba exagerando cuando lo he dicho.

—Maravilloso —responde satisfecho—. Todos sabemos que Faye está destinada a hacer grandes cosas. Seguro que muy pronto nos sorprende con algún trabajo especial —bromea con su sonrisa calurosa.

Tengo que esforzarme por mantenerme tranquila en la silla y no elevar la mano en el aire y gritar: «¡Sí, joder, lo he conseguido!». Porque todos los presentes comprendemos que es una manera de decir que voy a tener el puesto.

Mantengo las manos en mi regazo y me comporto con suma tranquilidad.

Gracias a lo más sagrado, el foco pronto se aleja de mí mientras debaten los detalles.

Cuando las miradas de la sala se dispersan, me relajo por fin. Odio la presión de tener la atención. Tengo miedo de hacer algún gesto que delate que la máscara que les presento no es más que eso, lo que quiero que vean de mí. Estoy a solo un paso en falso de que toda mi tapadera se derrumbe.

Sobre todo, porque el lobo me observa como si fuese capaz de ver por debajo de todas mis capas. Como si no le supusiera ningún problema ver lo que albergo en mi interior. Es espeluznante. Necesito que se vaya. Que retire la vista de mí.

Reese

¿A qué demonios está jugando esta bruja y por qué todo el mundo parece tragarse esa mueca dulce en su cara?

Es todo lo que puedo pensar mientras estamos sentados en la habitación jugando a ser normales. Jugando a que todos tienen como prioridad darle una despedida a la altura de lo que mi tío se merece. Quizá, si no estuviera ahogándome en un espacio cerrado con su olor a rayos de luna podría concentrarme en lo hipócrita que me parece todo.

Aunque puede que yo sea el más hipócrita de todos. No he advertido al jefe de su comunidad sobre lo que está haciendo la bruja solo para poder utilizar esa información a mi antojo. ¿En qué clase de lobo me convierte eso?

No lo quiero ni pensar.

Durante toda la reunión me cuesta horrores apartar la mirada de ella y, según va pasando el tiempo, una necesidad comienza a crecer en mi interior. Una bola de lava grande y brillante.

No tengo muy claro a qué está jugando, pero voy a hacer todo lo que esté en mi mano para descubrirlo.

Cuando esas palabras se cruzan por mi mente me doy cuenta de lo jodido que estoy.

Si fuese inteligente saldría corriendo de esta ciudad y no regresaría nunca.

¿Cuál de los dos deseos ganará?

7

Tiene que ser una broma de mal gusto

Reese

Me siento más que frustrado.
Y en este caso no es solo por la investigación del asesinato de mi tío. Es por el maldito deseo que se ha desatado en mi interior por descubrir más cosas acerca de la bruja.
Faye.
Su nombre se dibuja en mi mente y se me antoja como la palabra más hermosa que he escuchado nunca. Es asqueroso. ¿Qué narices me está pasando? Solo debería preocuparme por encontrar al culpable. Debería estar deseando largarme de esta ciudad de una vez.
Entramos de nuevo en la discoteca Eclipse. La música a todo volumen, las luces parpadeantes y los cuerpos moviéndose nos dan la bienvenida.

—Quizá quieras relajarte un poco antes de que nos encontremos con el testigo —comenta Dorian dándome un golpe en el costado para que le haga caso. No le hace falta elevar la voz pese al ruido. Es una de las ventajas de tener los sentidos tan desarrollados.

Le gruño y enseño los dientes, molesto por su comentario, pero me detengo. Tiene razón.

—Es esta maldita ciudad. No soporto estar aquí. Necesito que encontremos ya al asesino de mi tío y acabemos con él.

Nos movemos entre la marea de cuerpos hacia el reservado en el que hemos quedado con el testigo. Todavía no entiendo por qué ha querido quedar aquí. ¿Para sentirse seguro? Podríamos matarlo y deshacernos de él antes de que nadie se diese cuenta. No es que no podamos, sino que no queremos. Es una cuestión de principios. Solo matamos cuando es necesario.

Dorian sigue hablando, completamente ajeno a la batalla que se disputa en mi interior. Ajeno a todo lo que me está sucediendo.

—Lo haremos, te lo juro. Y antes de que te des cuenta estaremos de nuevo con nuestra unidad en libertad. Con la tierra acariciando nuestras pezuñas y corriendo bajo la luna.

—Solo espero que todo acabe antes de la luna llena. No quiero tener que pasar por ella aquí.

—Pues a mí sí que me gustaría. —Lo miro sorprendido y veo que tiene la comisura de la boca elevada en una sonrisa del todo traviesa—. Creo que sería… interesante. Hay mucho amor para recibir aquí —comenta abriendo los brazos como si se estuviera refiriendo a este lugar en concreto.

Siento un escalofrío al imaginar estar sumido en el trance y rodeado de tantos seres. No. No es mi idea de diversión.

Digamos que el concepto de lo que significa disfrutar de la luna llena de Dorian y el mío son diametralmente opuestos.

Me quedo parado en medio de un paso cuando veo a la bruja entre el gentío. Cómo no. Tenía que estar aquí para terminar de torturarme. Y para distraerme del todo. Ahogo la punzada de curiosidad que surge en mi interior junto con las ganas de acercarme a ella y tenerla cerca. Estos sentimientos antinaturales y para nada proporcionados no son bienvenidos. Parece que la chica tiene algo así como una especie de doble vida. Pero no es mi problema. No es mi maldito problema, joder.

Me obligo a entrar en el reservado.

Sentado en un sillón negro de terciopelo hay un hada esperándonos. Tiene una elegancia de otro mundo, como si en vez de tocando la butaca estuviera flotando. Puede que las hadas sean los seres más mágicos de toda la comunidad.

Cuando traspasamos la pesada cortina y esta vuelve a caer en su sitio, el sonido de la música a todo volumen cesa. Me alegro de que el reservado esté insonorizado con magia. Eso nos facilitará las cosas.

—Buenas noches. —Dorian se hace cargo de la conversación puesto que se da cuenta de la tensión que emana mi cuerpo. Es mejor amigo de lo que merezco.

—Mi nombre es Gwyllion. Vengo a petición de la reina fae —dice el hombre con pomposidad. Por la mente se me pasa la imagen de él de pie e inclinándose hacia delante. Sacudo la cabeza. Joder con los seres feéricos. Es espeluznante..., perturbador, que puedan implantar imágenes en los demás de esa forma. Quizá alguien debería explicarles que hay que pedir permiso antes de meterse en la cabeza de cualquier ser—. Era una gran amiga de Michael, el alfa.

Su comentario me ablanda un poco.

—Lo agradecemos. Toda ayuda es bienvenida —digo y me siento frente a él.

Desearía quedarme de pie, pero comprendo que mi impaciencia no es socialmente aceptable. Por mucho que a mí me guste ir directo al asunto y tener la menor interacción posible, sé que otros necesitan preparar el terreno primero.

—Celebramos un baile hermoso en su honor para despedirlo.

—Los bailes de las hadas son legendarios —comenta Dorian y el interés se aprecia con claridad en su voz.

A juzgar por la sonrisa que se muestra en la cara del chico, parece complacido por el cumplido de mi amigo. Lo que me faltaba. Que se pongan a ligar los dos.

—Podríamos invitarte al siguiente si gustas —comenta Gwyllion en un tono sugerente.

Abro la boca antes de que lo haga mi amigo. No tengo tiempo para sus ligues. Que le pida su contacto cuando terminemos.

—Dicen que has visto algo. ¿Es cierto? —Dejo que la amenaza impregne cada una de mis palabras. Quiero que sepa que esto no es un juego. Que estoy dispuesto a hacer lo que sea para descubrir la verdad y, sobre todo, que no tengo ni tiempo ni ganas de que me mareen. Por mucho que ofrezca palabras conmovedoras sobre mi tío.

Quiero irme de aquí cuanto antes.

La presencia de mi compañera solo hace las cosas más difíciles.

Dorian me mira y no hace falta que añada nada. Sé lo que está pensando: «Nunca me dejas divertirme».

—Sí —responde el hada sin titubear—. Vi a unos chicos salir corriendo de allí cuando fui a orinar —comenta sin pudor.

—¿Podrías describirlos? —pregunto, rezando para que su respuesta sea afirmativa.

Dorian se mueve hasta el borde del asiento como si se estuviese preparando para ir a buscar a los culpables en cuanto el chico diga quiénes son.

—Claro. Los he visto infinidad de veces aquí y esta noche

también han venido —asegura con rotundidad. El estómago me da un vuelco, porque algo en mis entrañas me dice que son ellos antes de que el hada lo confirme. Se levanta del asiento y corre la pesada cortina para buscarlos y señalarlos con el dedo.

Algo se agita en mi interior.

Y necesito decirme a mí mismo que aunque los hayan visto allí, no implica necesariamente que hayan hecho nada malo. Pero a juzgar por la forma en que la sangre me golpea con fuerza los oídos, el pánico no piensa lo mismo. ¿Puede ser el sino tan cabrón de que la persona destinada a mí, mi compañera, haya acabado con la vida de mi tío?

Ni siquiera yo, rechazado por mis propios padres, merezco esta mierda.

—¿Son ellos? ¿Estás seguro? —No sé por qué insisto tanto. Quizá porque no quiero creer que mi compañera esté relacionada con la muerte de mi tío.

—Absolutamente.

—¿Esa no es la bruja de hoy? —pregunta Dorian con un ligero tono sorprendido.

—Sí. —Aprieto los dientes y me dirijo hasta ella.

Hay muchas cosas que me tiene que aclarar. Esta vez no la voy a dejar en paz tan fácil, por mucho que su cercanía sea una jodida tortura.

Faye

Tiene que ser una broma de mal gusto.

¿Cómo es posible que el lobo esté también aquí esta noche? ¿Cuándo va a acabar esta pesadilla?

Miro hacia la entrada de la discoteca calculando mentalmente lo que tardaría en llegar. Sí, puede que sea la mejor opción. Pero antes de que pueda poner una mano sobre el brazo de Levi para decirle que nos largamos, una montaña se cruza en mi camino y oculta todo lo que tengo delante.

—Tenemos que hablar —dice el lobo cuando se coloca frente a mí.

Necesito elevar la cabeza para poder plantarle cara. De cerca es todavía más inmenso.

—No tengo nada que hablar contigo —aseguro y le reto con la mirada.

—Podemos tener esta conversación de forma discreta o aquí en medio de la discoteca. Tú eliges. —Eleva una ceja para desafiarme y me entran ganas de arrancársela.

Odio tener que hacerle caso porque yo sea la que tiene más que perder. No es justo.

Lo sigo en silencio. Tanto Levi como su amigo nos acompañan. Cuando salimos al callejón lateral de la discoteca y el aire nocturno de Brooklyn me golpea en la cara, me pregunto si me está poniendo a prueba. ¿Por qué hemos salido por aquí en vez de por la puerta? No puede ser porque estaba más cerca.

Como me lleve al callejón en el que me encontré a su tío, juro que voy a salir corriendo. ¿Ridículo? Puede, pero no me siento con energía de enfrentarme a eso ahora mismo.

—¿Estás implicada en la muerte de mi tío? —pregunta de golpe en el mismo momento en el que nos detenemos. Juro que noto un tono dolido en su voz, pero cuando lo miro, a juzgar por la forma en la que me taladra con los ojos, me lo he inventado.

—Algo un poco fuerte que decir, ¿no? —respondo forzándome a no reaccionar; le dedico mi expresión más dura.

Vale que parece que ha descubierto que he estado allí, pero

yo no tengo nada que ver con su muerte. Puedo salir de esta. O por lo menos eso es lo que quiero decirme a mí misma.

Ahora la cuestión es jugar bien mis cartas para que Tariq no se entere. Quizá si colaboro con él. Mi mirada se ve como atraída hacia sus labios fruncidos y la aparto de golpe. Quizá lo mejor sea borrarles a los dos la memoria y acabar con esta situación cuanto antes.

Parece que el lobo me lee la mente.

—Ni se te ocurra hacer nada raro, bruja. —El tono despectivo con el que lo dice me hace dar un paso en su dirección, como si mi metro sesenta pudiera de alguna manera intimidar a semejante hombre.

—Creo que es un buen momento para que nos presentemos —le interrumpe su amigo—. Me llamo Dorian —comenta con una sonrisa agradable antes de ofrecernos la mano para que se la estrechemos. Como si deseara despejar la tensión que sobrevuela el ambiente. Debería saber que, por mucho que se esfuerce, eso no sucederá.

No sé qué prefiero, si su actitud relajada o la excesivamente intensa del otro.

—Yo soy Levi. —Mi amigo es el primero en decir su nombre y se acerca a Dorian para darle dos besos, lo que casi me hace reír.

Cuando se planta enfrente del otro, supongo que por la mirada asesina que le lanza, se dan la mano.

—Reese —ofrece el lobo.

—Faye —me presento yo y le tiendo la mía.

Sus ojos van directos a mis dedos y juro que lo noto ponerse tenso. Después de unos segundos comprendo que no me la va a estrechar. Me amonesto a mí misma por la punzada de dolor que siento a la altura del pecho. ¿Qué más me da el desprecio de este idiota?

—¿Tienes alergia a las brujas o solo es que eres gilipollas? —pregunto sin poder evitarlo.

De hecho, si pudiera desprenderme de su mirada, me largaría ahora mismo. No tengo tiempo para que me traten mal.

—Todo lo que he averiguado sobre mi tío lleva hasta ti. Así que no, no es porque seas una bruja, es porque parece que no eres de fiar —me dice mientras ladea la cabeza como si quisiera analizarme. Ver lo que guardo en mi alma. Me saca de quicio.

Mierda.

Es lo último que cabría esperar. Y lo terrible del asunto es que lo primero que me pasa por la cabeza es alivio. No me ha tocado porque no sabe si puede fiarse de mí. No porque le dé asco.

Cuando llego a esa conclusión, me maldigo a mí misma. Debería estar pensando en cómo voy a salir de esta. Tiene demasiadas cosas en mi contra.

Al ver que no digo nada, Reese da un paso en mi dirección.

—Eh, tío, ni se te ocurra acercarte a ella —masculla Levi. Sorprendida, giro la cabeza para mirarlo. Nunca suele mostrarse agresivo, por lo menos no hasta que un enfrentamiento se vuelve ineludible, en cuyo caso se convierte en alguien completamente destructivo.

Lobo y vampiro se encaran como si fuesen dos carneros. Ambos enseñan los dientes y gruñen. Aunque debo reconocer que Reese parece mortal. Es enorme y su gruñido hace que me tiemblen las piernas. Ojalá fuese por el miedo y no porque su demostración de fuerza me excita.

En algún momento desde el día que lo vi por primera vez hasta ahora mismo se me ha tenido que romper el cerebro. No cabe otra explicación.

—Controla a tu novio si no quieres que pierda su inmortalidad.

—¿Acabas de amenazar con matarme? —pregunta Levi con una mezcla de sorpresa e indignación.

—Para nada. Él nunca haría eso. Solo quiere que nos entendamos, ¿verdad, Reese? —interviene su amigo, que parece bastante más cabal que él—. Sobre todo, cuando lo que más le interesa es descubrir qué ha pasado.

Ambos lobos se miran y se comunican sin palabras, lo que denota que son importantes el uno para el otro. Reese aprieta la mandíbula antes de asentir.

—¿Habéis tenido algo que ver en el asesinato de mi tío? —pregunta sin rodeos y, si no hubiera captado un atisbo de dolor en sus ojos, no me sentiría tan mal por mentirle.

¿Debería decirle la verdad y ayudarlo?

No. No puedo arriesgarme.

—¿Estás mal de la cabeza? —Es mi respuesta.

—Una fuente muy fiable me acaba de decir que os vio salir del callejón.

Frunzo los labios. Mierda.

—Lo que no quiere decir que tengamos algo que ver.

—¿Me quieres decir que no sabes nada?

Nos retamos con la mirada.

—Sí, joder. Eso es exactamente lo que te quiero decir.

—Así que no niegas que estuvieses allí.

No sé si es por su insistencia, por las ganas que tengo de alejarme de él, pero la cuestión es que no me apetece seguir fingiendo.

—Tienes razón. Lo estuve.

Reese echa la cabeza hacia atrás como si le hubiera asestado un golpe.

—¿Y qué hacías allí? —pregunta en un gruñido.

—Solo pasábamos por allí. No tenemos nada que ver.

Entrecierra los ojos y me observa valorando si mi explicación lo convence.

—Si no tienes nada que ver, ¿por qué no dijiste nada?

—Por si no lo has notado, tengo muchas cosas que me gustaría mantener en secreto —comento tirando de sarcasmo.

—Podrías haber ayudado a descubrir al asesino de mi tío.

—Estoy implicada en resolver otra cuestión que para mí también es de vital importancia —respondo y, de nuevo, ambos nos retamos con la mirada. Me cuesta hasta respirar. No sé si tengo el corazón acelerado por la pelea o por tenerlo tan cerca. No sé por qué apenas logro que el aire me llene los pulmones.

Entonces pronuncia las palabras que llevo temiendo días:

—Tienes hasta mañana para decidir qué hacer. O me ayudas o tu tapadera se va a la mierda —me asegura con convicción—. Te iré a buscar a la noche.

Nos quedamos en silencio mientras la rabia crece en mi interior. La sangre en mis venas comienza a volverse lava y se apodera de mí el deseo de lanzarme sobre él. Espero que para sacarle los ojos, pero no estoy del todo segura.

Cuando se da la vuelta para marcharse, salgo de mi estado furioso.

Bueno. Pues parece que no me queda más remedio que meterme en los asuntos del lobo.

Aprieto los puños a los lados.

No sé cómo va a acabar esto, solo sé que más me vale demostrarle que nosotros no tuvimos nada que ver.

8

Pura potencia animal

Reese

A pesar de haberme levantado antes del amanecer y correr más de veinte kilómetros, todavía no puedo quitármela de la cabeza.

Y no es porque crea que me mintió cuando dijo que no estuvo implicada en la muerte de mi tío. Es justo por todo lo contrario. No me ha demostrado nada y, aun así, creo ciegamente en sus palabras. ¿Cómo podría ser natural esa reacción?

Cuando llego al linde del bosque, me transformo. No quiero entrar en el terreno de la mansión antes de vestirme. No puedo permitir que Dorian me vea el pecho. No soy estúpido, sé que no podré ocultarle la marca de compañera durante mucho tiempo, pero prefiero que la descubra cuando estemos a miles de kilómetros de ella. Se va a dedicar a hacerme la vida imposible cuando suceda y sé que no va a dejar pasar un solo día sin recordármelo. No puedo luchar contra mi instinto y contra mi mejor amigo a la vez.

Al llegar a las cristaleras que separan el jardín del salón, cruzo por la que está abierta.

—Has salido sin mí. —La acusación de Dorian me recibe nada más poner un pie en la casa. Giro la cara para mirarlo y me lo encuentro apoyado contra una de las columnas del salón.

—No quería molestarte —miento y me coloco a su lado sin darle importancia a su comentario—. Me apetecía desfogarme un poco y era demasiado pronto.

—Sí, la verdad es que estos días estás más tenso de lo habitual.

Antes de que se pueda poner a reflexionar sobre el motivo, lo corto:

—¿Te vienes un rato al gimnasio?

—Claro —responde después de unos segundos.

Intuyo que quiere seguir ahondando en mi comportamiento extraño, pero ha notado que no pienso ponérselo fácil.

Cuando llegamos a la gran sala que hace de gimnasio en la mansión, me dirijo directo a uno de los sacos de boxeo. Necesito sacar toda la tensión de mi interior.

Todo el anhelo que no debería sentir.

Faye

No debería estar aquí.

Es la única certeza que tengo mientras espero a que me abran la puerta de la mansión de los Marsalis. A pesar del aspecto señorial del lugar, las altas paredes blancas, las columnas y su enorme tamaño, el sitio se las arregla para parecer un hogar. Quizá sea por las energías que alberga en su interior. No es que tenga un conocimiento profundo sobre los licántropos, pero sí sé que, al igual que nosotros, viven en comunidad. Todos trabajan para todos. Todos crían a todos.

—Buenos días —saludo. Me trago el nudo que tengo en la garganta y esbozo mi sonrisa más amable a la niña que me abre la puerta. Es muy joven.

—Hola —me devuelve el saludo y echa a correr hacia el interior.

—Lana. Te he dicho que no puedes abrir la puerta y mucho menos dejar pasar a cualquiera —le regaña un chico cuando ella pasa por su lado haciendo caso omiso de sus palabras.

—Juro que no vengo a asesinar a nadie —bromeo para tratar de ganarme al chico. Necesito que me dejen pasar sin que me hagan muchas preguntas.

Ese es uno de los motivos por el que he venido a su casa en vez de dejar que sea él quien venga a buscarme de nuevo. Cuantos menos de los míos nos vean juntos, mejor. Cuantas menos explicaciones tenga que dar, todavía mejor.

—Es un alivio —responde y se lleva la mano al cuello sonrojado—. No me gustaría tener que atacarte, pareces muy dulce —comenta casi tan bajo que me cuesta oírlo. No me sorprenden sus palabras, la mayoría de la gente tiene esa impresión cuando me ve, todos menos Reese, por supuesto, que tenía que ver más allá del envoltorio. Cuando era niña, me molestaba, pero ahora me hace gracia y, sobre todo, me ayuda mucho a que la gente piense bien de mí, que bajen la guardia.

—¿No sabrás por casualidad dónde está Reese? —pregunto, y esta vez soy yo la que se sonroja; algo en pronunciar su nombre me hace sentir muy expuesta. Como si este chico pudiera darse cuenta de que me parece atractivo solo con eso. Es ridículo y muy molesto.

—Claro, lo he visto hace un rato, sígueme —me indica antes de girar sobre sus talones y atravesar la sala circular para dirigirse a un pasillo.

No soy capaz de prestar atención a la casa, pese a que es hermosa y muy agradable, ya que noto un hormigueo en el estómago. No sé por qué el pensar en verle me pone tan nerviosa. He venido precisamente por eso. No hay ningún misterio.

Trato de controlarme mientras caminamos por la casa. Intento centrarme en todos los lobos que hay. Algunos corren, otros hablan, algunos incluso se molestan entre ellos. Los hay de todas las edades. El lugar es un hervidero de vida.

Es... interesante. Cautivador. Diferente a la elegancia contenida de mi gente.

Al llegar a nuestro destino, una enorme estancia diáfana llena de máquinas para hacer ejercicio, me quedo paralizada. Y no es porque la sala me impresione. Es por él. Dios. ¿Por qué he tenido que verlo así? Soy consciente de que, ni aunque viviese mil años, no podría quitarme esta imagen de la cabeza.

Reese, que está golpeando un saco de boxeo con las manos desnudas, tiene la camiseta pegada al torso por el sudor y desprende una fuerza que intimidaría hasta a la persona más valiente. Es pura potencia animal.

Lo observo elevar la cabeza; al respirar se le abren las aletas de la nariz y se tensa segundos antes de que gire la cabeza en mi dirección y me fulmine con la mirada.

—Faye. —Mi nombre no debería sonar tan exótico solo por salir de su boca.

No pregunta qué estoy haciendo aquí, pero siento en los huesos que eso es lo que le está pasando por la cabeza. No parece que le haga gracia que me encuentre en su entorno. Que se aguante. No habría venido si él no me hubiera obligado a ayudarlo.

Tras un instante se aparta del saco para acercarse y mis

ojos recorren la inmensidad de su pecho. Está lleno de músculos y pequeñas cicatrices asoman por las mangas de la camiseta. Muescas que, en vez de restarle atractivo, solo lo hacen todavía más imponente.

—Nos vemos esta noche en el callejón. A las doce —le digo cuando se detiene frente a mí y el calor que desprende su cuerpo comienza a filtrarse en el mío. Me hormiguea toda la piel.

—Bien. —Es todo lo que dice antes de dar un paso hacia atrás como si él también se diese cuenta de lo cerca que estamos.

Escucho a otros licántropos moverse por la estancia, pero no pienso quedarme un segundo más ni por mantener la fachada. Me alejo de él en dirección a la salida.

—Ah —digo parándome, pero sin darme la vuelta—, y lleva algún objeto personal de tu tío. Lo necesitaremos.

9

El último adiós

Faye

Para cuando los lobos llegan al callejón, ya tengo todo lo necesario frente a mí: velas, hierbas y sal esperando a ser colocados en sus lugares correspondientes.

—Hola —saludo con tono duro. No quiero ser del todo desagradable porque entiendo su necesidad de descubrir quién es el asesino de su tío, pero quiero dejar claro que no estoy contenta con el chantaje.

—Buenas noches —responde Reese. Se mantiene a una distancia considerable, como si tuviéramos la lepra.

Me obligo a no poner los ojos en blanco. Si quiere comportarse como un idiota, adelante. Me facilita ignorar la atracción que despierta en mí.

Escucho sin prestar atención cómo Levi y Dorian se saludan entre ellos.

—Quedaos aquí —les indico a los tres. Luego, me agacho para recoger de la bolsa el atado de flores que necesito para este hechizo en particular.

—¿Qué estás haciendo? —pregunta Reese.

Solo respondo porque percibo más curiosidad que desconfianza en su voz.

—Necesito que el callejón esté lo más oscuro posible y que nadie nos interrumpa. Voy a aislarnos. —Le lanzo una mirada dura—. Ahora, si eres tan amable de guardar silencio para que pueda concentrarme.

No es que lo necesite, pero me siento bastante motivada a fastidiarlo. Me vuelvo para que no vea la sonrisa que se forma en mi boca cuando las risas de Levi y Dorian llegan a mis oídos.

Al llegar al borde del callejón, prendo el lateral del atadillo de hierbas. Cierro los ojos, elevo las manos y recito el hechizo que he memorizado esta tarde:

—Con este encanto, fusionando sombras y luz, oculto lo visible y revelo lo oculto. Que este callejón se envuelva en una oscuridad protectora, donde cada sombra brille con claridad, solo visible para aquellos destinados a ver.

Cuando el humo comienza a mezclarse con mis palabras, el callejón empieza a sellarse. Un silencio sepulcral nos envuelve.

Finjo que la mirada de Reese siguiendo cada uno de mis movimientos no logra que me tiemblen las manos y que el corazón se me acelere, y regreso al lugar donde encontramos el cadáver de Michael para preparar el siguiente hechizo.

Apenas he trazado el círculo en el suelo alrededor del punto exacto donde el alfa falleció cuando Reese abre la boca.

—¿Empiezo a pensar que eres algún tipo de bruja especial? —Su pregunta, formulada a regañadientes, casi me hace sonreír. Casi. Si no me hubiera chantajeado para hacer esto, quizá lo encontraría gracioso.

—No sabes mucho de brujas, ¿eh? —murmuro sin hacer contacto visual con él, en parte porque quiero acabar el ritual cuanto antes, y en parte porque cada vez que lo miro se me dispara el pulso. Debería estar prohibido ser tan... ¿espectacular? ¿Deslumbrante? Todavía no he encontrado la palabra exacta.

—No. Me he centrado más en cazar a licántropos desviados que en hacer una investigación sobre brujas. Disculpa mi atrevimiento —responde seco.

Esta vez sí que me río ante su respuesta cortante. Quiere saber sobre mí, pero está claro que no desea revelar nada sobre él.

—Por eso no perteneces a la manada. ¿Eres un limpiador? —pregunto. Muy a mi pesar, su comentario ha despertado mi curiosidad.

—Sí. —Es toda la respuesta que ofrece—. Tu turno. ¿Eres o no eres una clase de bruja diferente?

—Sí —respondo imitando su contestación. No pienso darle explicaciones a quien no las da primero, por muy guapo e intimidante que sea. Me muevo en el ambiente nocturno sobrenatural de Nueva York. Hace falta mucho más que un licántropo de metro noventa y espalda de jugador de rugby para asustarme.

—Veo que también eres bastante cabezota.

—Gracias. Quizá, si en vez de chantajearme para que te ayudase, me hubieses contratado, mi actitud sería más dulce —respondo, me acerco a él y le dedico mi mejor sonrisa de niña buena. Acompaño todo el despliegue con un batir exagerado de pestañas. Reese, lejos de reaccionar como esperaba y mostrarse divertido por mi broma, parece francamente petrificado.

Tiene la boca un pelín abierta y las aletas de su nariz parecen moverse como si me estuviera… ¿oliendo? Mi amigo, que se ha dado cuenta de que algo extraño sucede, se acerca a mí.

Un gruñido corta la noche.

Esta vez, ese sonido sí que es suficiente para intimidarme, al igual que a cualquier criatura que esté en el rango de escucha. Reese observa a mi mejor amigo como si estuviera dispuesto a arrancarle la cabeza si se acerca a mí. Me pongo nerviosa. Me gustaría decir que por miedo a que dañe a Levi, pero ese no es el motivo. Me ha excitado su demostración de brutalidad.

¿Qué narices me pasa?

Antes de que alguno de los presentes podamos hacer algo, con la misma rapidez con la que se ha puesto en guardia, se relaja. Como si no hubiera pasado nada. Se da la vuelta para darnos la espalda.

—¿Este perro está mal de la cabeza, Faye? —Levi dice en alto lo que todos estamos pensando—. Date prisa en acabar, que quiero largarme de aquí. Me pone los pelos de punta.

—Sí, vamos —respondo. Todavía me siento rara por su reacción.

Reese se toma unos segundos para tranquilizarse.

Con el rabillo del ojo no le pierdo de vista mientras pasea un poco por el callejón, como si necesitase tomar aire. Después de unos minutos regresa a mi lado.

No sé por qué retomo la conversación en el mismo punto en el que la habíamos dejado. Puede que sea por la necesidad de llenar el silencio, que se me antoja ensordecedor, o porque necesito distraerme de cómo sus ojos siguen cada uno de mis movimientos.

Por suerte estoy a punto de terminar el montaje.

—Me viene de familia. La mayoría de las brujas solo pueden usar con destreza una de las magias, algunas tienen la capacidad de usar un par de ellas y otras, las menos numerosas, pueden usar más. Yo las controlo todas. Tengo el mismo don que mi abuela. —Cierro la boca de golpe cuando lo digo.

No sé por qué he compartido eso con él, al igual que no sé por qué permanezco atenta a su reacción.

Quiero saber si está al tanto. Quiero saber si, al igual que el resto, él también cree lo que se dice de ella. Pero Reese no da muestras de ello. Simplemente me observa de la misma forma que hace un instante, con la misma intensidad desconcertante.

—Parece algo muy importante —comenta, y suena entre sorprendido y admirado—. Les resultará muy interesante tenerte a su lado.

—Si se te está pasando por la cabeza volver a utilizarme, te aseguro que no te va a salir bien. No lo voy a permitir —me encaro.

—Eres un poco desconfiada —me recrimina. Lejos de parecer molesto por mi actitud beligerante, la imita.

—Dijo el lobo que me está chantajeando. No creas que desde hoy me vas a manejar a tu antojo. Es la última vez que te ayudo. Me parece justo a cambio de tu silencio.

—No te preocupes. Cuando encontremos al asesino, vengue a mi tío y lo entierre, será la última vez que me veas por la ciudad —promete con intensidad.

El corazón se me acelera mientras Reese me recorre la cara con los ojos como si la estuviera memorizando. El gesto dispara aún más mis latidos.

Cuando sus palabras atraviesan la neblina de mi cerebro y las proceso, siento algo muy parecido a la decepción. Me molesto conmigo misma. Debería celebrar que se largue.

—Bien. Entonces no perdamos más el tiempo. Vamos a ponernos con el hechizo.

—Sí.

Nos observamos el uno al otro con mucha más rabia de la que sería proporcional al momento mientras una especie de electricidad carga el aire a nuestro alrededor. Soy la primera en apartar la mirada, y ojalá que no me hubiera costado tanto.

Reese

Verla trabajar es hipnótico.
Su forma tan guerrera de comportarse. La dureza con la que me trata. Me hace pensar en cómo es posible que la primera vez que la vi me pareciese dulce. La mujer que tengo delante es puro fuego, con un envoltorio hermosamente delicado que te lleva a pensar que en el interior va a albergar lo mismo. Y no. Y por alguna estúpida razón eso me hace sonreír y que tenga que contenerme aún más para no acercarme a ella. Porque, aparte de ser hermosa, es muy interesante. Una combinación demoledora.
Solo he sacado una cosa clara esta noche. Si estamos juntos, corremos el peligro de arrancarnos la cabeza o de sucumbir a la más fuerte de las pasiones. Me cuesta horrores pensar en algo más que en ella cuando la tengo tan cerca. Me cuesta estar al mando de mi propio cuerpo.

—¿Has traído algo de tu tío? —pregunta Faye de pronto sacándome de mis pensamientos en espiral.

—Sí —respondo y meto la mano en el bolsillo. Me ha costado mucho decidir lo que traer. No quería desprenderme de nada suyo—. ¿El objeto se va a dañar? —pregunto, necesito saber la respuesta para darle uno u otro.

Ella gira la cabeza como si despertase su curiosidad y me escanea con esos ojos dorados.

—No. Ni siquiera se consumirá la esencia que tu tío haya dejado en él —responde como si supiera el motivo por el que lo he preguntado. Como si entendiese lo que quiero decir. Lo que siento.

Joder.

—En ese caso, toma —digo y saco una de sus figuras de madera. Esta tiene forma de lobo a punto de saltar a por su presa. Es una de mis favoritas—. Le gustaba tallar madera.

Cuando Faye recoge con suma delicadeza la pieza que le tiendo, sus dedos rozan la palma de mi mano y encienden cada célula de mi cuerpo. Experimento un cóctel de emociones insoportable. La pena se mezcla con el anhelo. Con la necesidad voraz de contacto.

—Es muy hermosa —comenta. Es exactamente lo que más necesitaba escuchar, pero lo que menos quería que dijese.

Necesito poner un mundo de distancia entre nosotros. Me doy la vuelta de golpe sin añadir nada. Antes de hacer algo de lo que me arrepienta el resto de mi vida, como por ejemplo, besarla. Decirle que es mi compañera.

Para cuando logro recuperar de nuevo el control, ella ya está recitando el hechizo. Entonces, la magia comienza a impregnar el ambiente. Lo vuelve espeso y vibrante.

Un punto de luz dorada surge del lugar donde encontraron el cuerpo de mi tío y que ahora está rodeado por un círculo de sal; la figura descansa en el centro. Con un estallido, todo el callejón queda alumbrado, haciendo evidentes los límites que Faye ha interpuesto al principio. Luego, ante nuestros ojos, empieza a reproducirse la noche de la muerte. Dos hombres entran en el callejón, sus cuerpos están perfectamente formados por un resplandor dorado como si fuesen granos de arena.

Cuando intento acercarme a ellos, Faye alarga la mano para impedírmelo.

—Es mejor que no te muevas, no queremos distorsionar el hechizo o puede que nos perdamos algo —dice, pero dejo de escuchar su voz en el momento en el que la silueta de mi tío entra corriendo.

No sé muy bien cómo consigo mantenerme de pie con lo mucho que me tiemblan las piernas.

Desde el momento en el que lo veo todo empieza a parecer borroso y poco centrado, y no es porque el hechizo que ha lanzado Faye no esté funcionando a la perfección. El problema soy yo. Tener delante por última vez lo más parecido a mi tío altera mi alma, me destroza el corazón, y en cierta medida me reconforta. Es algo así como obtener una especie de cierre.

Eso es hasta que los hombres que se han reunido a su alrededor, y que reconozco como asesinos a sueldo sobrenaturales, rodean a mi tío y comienzan a apuñalarlo.

Y ahí es cuando mi control se rompe. Salgo corriendo hasta ellos y nadie me lo impide. Me agacho y comienzo a arañar el aire, intentando destrozarlos con mis garras que han comenzado a cambiar. Deseo despedazarlos de la misma forma que ellos lo destrozaron a él, que me han destrozado a mí, y cuando sus esencias se han disipado, me quedo sobre el cadáver de mi tío. Solo puedo mirarlo durante unos segundos antes de que él también se evapore, dejando un agujero en mi interior.

—Lo engañaron. Le pidieron ayuda para atraerlo hasta aquí y luego lo traicionaron —dice Dorian. Y en ese instante me siento tan agradecido de que mi amigo esté apoyándome, de que sea fuerte y esté centrado cuando yo no puedo, que me tengo que contener para no abrazarlo.

Me levanto despacio y observo el callejón. Esperaba encontrar a Faye y a su amigo mirándome, pero en cambio están recogiendo las cosas. Sé que lo hacen para darme la intimidad que está claro que necesito. Y lo agradezco, pero en este momento lo que mi alma me pide a gritos es el consuelo de mi compañera. Esa que sabe que tiene tan cerca.

Pero no puedo dárselo.

Dorian comienza a comentar cómo deberíamos organizar la búsqueda de los licántropos. Lo escucho hablar vagamente, pero todo lo que puedo hacer es mirar a Faye. Tengo los brazos caídos a los lados del cuerpo y no soy capaz de concentrarme en nada.

Debería ser yo quien estuviera al mando. Debería estar ayudando a mi amigo.

No es lo que hago.

Cuando Faye y Levi lo tienen todo guardado y están a punto de marcharse, me obligo a reaccionar. No debería, pero tampoco es como si tuviera la fuerza suficiente como para evitarlo. No en este momento.

—Gracias —le digo acercándome demasiado a ella. La certeza de que es muy probable que esta sea la última vez que la vea tan a solas me golpea con fuerza y me crea una punzada de anhelo a la altura del corazón imposible de resistir—. Significa mucho para mí que nos hayas ayudado a encontrar a sus asesinos. Él era posiblemente el mejor licántropo que haya existido. Se merece justicia.

Desconozco el motivo por el que estamos tan cerca el uno del otro. Por el que susurro. Por el que la situación se antoja tan íntima. Solo sé que ella me mira con los ojos cargados de algo, un sentimiento que no soy capaz de interpretar, pero que hace hervir mi interior. Respiro hondo para empaparme de su maravilloso aroma que está hecho solo para mí y, antes de que haga cualquier cosa estúpida de la que me arrepentiré el resto de mi vida, habla:

—Deberías haberme dicho eso desde el principio y te hubiera ayudado sin amenazas de por medio. —Me amonesta con la mirada. No digo nada. ¿Qué podría responder en este caso? Desde luego, lo que siento no—. Suerte con los asesinos.

La veo darse la vuelta, caminar hacia su amigo, que ya la está esperando, y juntos abandonan el callejón sin mirar atrás.

Una sensación de pérdida se desliza por todo mi cuerpo. Tengo que ser fuerte.

Vamos a atrapar a los culpables y, mañana, cuando enterremos a mi tío, me iré muy lejos de aquí para no volver.

Es lo mejor que puedo hacer por mi compañera.

Ritual de Revelación de los Eventos Pasados

Ingredientes:

Una vela blanca.
Un círculo trazado en el suelo con sal marina.
Un colgante de luna llena.
Hierbas de la noche (lavanda, salvia y enebro).
Un tazón de agua bendita.
Fotografías antiguas del lugar del crimen u objetos personales de los presentes en el momento del suceso.

Procedimiento:

Antes de comenzar el ritual, asegúrate de que la localización esté envuelta en la oscuridad de la noche y que la luna esté visible en el cielo.

Enciende la vela blanca en el centro del círculo de sal para representar la pureza y la claridad en la búsqueda de la verdad.

Coloca el colgante de luna llena frente a ti, deja que la luz de la vela lo ilumine.

Espolvorea las hierbas de la noche alrededor del círculo de sal; esto crea una atmósfera de misterio y conexión con los poderes de la luna.

Sumerge las manos en el tazón de agua bendita y levántalas hacia la luna, invoca su poder y su sabiduría ancestral.

Dispón las fotografías antiguas del lugar del crimen o los objetos personales de los presentes en el momento del suceso alrededor del círculo.

Recita las siguientes palabras con determinación y convicción:

«Bajo el manto de la luna, en la oscuridad de la noche, desvela ante mí los eventos pasados, revela los secretos bajo tu luz».

Mientras recitas las palabras, visualiza la escena del crimen y concentra tu mente en conectar con los eventos que ocurrieron en ese lugar en el pasado.

Permanece en silencio y receptivo, permite que las energías del ritual se entrelacen con los recuerdos ancestrales impregnados en las fotografías o los objetos personales.

Gradualmente, las imágenes del pasado comenzarán a manifestarse ante tus ojos, revelando los eventos que ocurrieron en ese lugar y momento.

Una vez que hayas recibido la revelación, agradece a la luna y a los poderes ancestrales por su ayuda.

Apaga la vela y dispersa las hierbas para liberar la energía del ritual en el universo y que siga su curso.

10

El asesinato se paga con la vida

Faye

La tristeza que reflejan sus ojos me parte el corazón.
—Me gustaría despedirme de él antes del entierro. —Su voz es prácticamente un susurro cuando se detiene frente a mí.
—Por supuesto. Vamos a entrar antes de que el cementerio se llene de gente —le indico señalando hacia el panteón donde está expuesto el ataúd de su tío, esperando a que comience el ritual.
Miro a Tariq pidiéndole permiso de forma silenciosa. Me hace un gesto afirmativo con la cabeza antes de volver a la conversación que mantenía con el primo de Reese.
—Por aquí —le indico. Me doy la vuelta y me adentro en el panteón familiar. Él me acompaña en silencio.
Es una presencia enorme y cálida a mi espalda.
No hace falta que verbalice lo mucho que lo quería. Lo importante que era para él. Cada pequeño gesto que ha hecho desde que ha llegado al cementerio lo ha gritado por él.
—¿Quieres que te deje a solas? —pregunto cuando llegamos al semicírculo de piedra blanca sobre el que descansa el ataúd. En vez de preguntárselo debería haberme ido directamente, pero algo en mi interior me dice que no lo haga.

—No. Está bien si te quedas —responde algo distraído. Ahora solo tiene ojos para su tío, pero de alguna manera siento como si quisiera que me quedase. Que de algún modo lo necesita.

Mi mirada no lo abandona en ningún momento. Lo observo caminar hasta el ataúd y luego quedarse paralizado por completo. Me pregunto qué le está pasando por la cabeza. Si se parece lo más mínimo a mí, se estará preguntando por qué. Por qué de entre los millones de seres que hay en la Tierra ha tenido que irse precisamente él.

Un movimiento de su mano derecha capta toda mi atención. La levanta y lleva hasta el rostro de su tío. La forma casi reverencial en que lo acaricia me deja al borde de las lágrimas. Es como si yo misma estuviera viviendo su dolor en mi propia carne.

Después de un tiempo indeterminado escuchamos unos pasos acercarse. El sonido rompe el estado pensativo de Reese. Ambos nos damos la vuelta para ver que es Tariq quien acaba de llegar.

—Debemos comenzar. Tu primo ya te está esperando, me ha dicho que quieres hacer esta parte con él.

—Hay que cavar la sepultura —explico al notar en su gesto que no sabe a qué se refiere Tariq.

—Sí.

Es todo lo que dice antes de separarse del ataúd y seguir al brujo jefe. Esta parte del ritual de entierro va a ser privada por petición de la familia, y me parece algo de lo más acertado. Espero estar siendo todo lo respetuosa que corresponde.

Cuando llegamos al parterre situado tras las verjas que delimitan el panteón, compruebo que Tariq ya ha lanzado el hechizo que cubre como un velo la zona para impedir que el resto de los invitados lo vean.

Theodore se quita la americana en silencio antes de remangarse la camisa. Para cuando llega a la tierra que hemos delimitado con cristales mágicos para realizar la sepultura, Reese ya lleva unos minutos trabajando.

Ver cómo cava la tumba de su tío junto a su primo es dolorosamente hermoso. Una escena de la que no puedo apartar la mirada. Una imagen que de seguro quedará grabada en las retinas durante años. El ritual de enterramiento es tan bonito como descorazonador. Sé que hay muchas culturas a lo largo del mundo que celebran la muerte, pero la nuestra no es una de ellas. No soy capaz de ver el lado positivo a la pérdida de las personas que queremos.

Primero lo enterraremos para que pueda regresar a la tierra. Luego se sacarán sus huesos y los llevarán junto a los del resto de su familia al panteón.

Reese

Soy un maldito cobarde.

Lo primero que debería haber hecho cuando llegué a Nueva York era ir a ver a mi tío. Su cuerpo. Pero no lo hice, preferí enfocar el dolor de su pérdida en el odio, en la búsqueda de sus asesinos. Hoy, en este cementerio, a escasos minutos de enterrarlo, me he atrevido a enfrentarme a ello.

Ver su cuerpo sin vida ha sido lo más duro que he hecho en los últimos años de mi existencia. Me dan ganas de alejar a todo el mundo de mi lado para jamás volver a perder a un ser querido..., pero debo luchar contra ese dolor. Sobreponerme a él. Porque no hacerlo significaría alejarme de Dorian y ahora es lo único que tengo.

«No es cierto», me susurra mi cerebro traicionero. Solo

piensa en Faye. Me grita que me permita acercarme a ella. Pero no puedo.

Elevo la vista de mis manos llenas de tierra de cavar la tumba y la poso en ella. Nuestros ojos conectan durante unos instantes; en ellos leo que entiende mi dolor. Noto el corazón en un puño y el agujero de anhelo que late en mi interior se hace todavía más grande.

Agradezco cuando mi primo rompe el silencio.

—¿Debemos hacer algo más? —pregunta, siempre tan correcto. No entiendo cómo puede mantener la compostura en un momento tan complicado, pero lo admiro.

—No. Ya está todo lo que necesitamos.

—Bien. Voy a salir para estar con los demás. Nos vemos ahora.

Faye le hace un gesto afirmativo con la cabeza y observa su espalda mientras se retira y atraviesa el velo que nos cubre. Cuando perdemos de vista a mi primo, ella se vuelve hacia mí.

Me sobresalto porque me descubre mirándola.

—¿Quieres que espere a que llegue Dorian para empezar? —me pregunta en un tono íntimo que me hace sentir una punzada en el corazón. No sé cómo se ha dado cuenta de eso. Odio que esté siendo tan respetuosa, tan dulce pese a saber todo el fuego que alberga en su interior. No quiero ver lo bueno que hay en ella. Eso solo hace la situación mucho más difícil.

—No. —Niego con la cabeza—. Ha tenido que ir donde unos testigos. Hemos encontrado más información sobre el asesinato y necesitábamos obtenerla antes de que se alejaran.

Me observa con intensidad durante un segundo y luego aparta la mirada de golpe. ¿Será que ella también siente la misma atracción que yo? No. Es imposible. Tengo que ser realista.

—En ese caso empezaré en cinco minutos —dice antes de hacer un pequeño gesto de respeto con la cabeza y caminar hacia el altar improvisado que han colocado frente a las puertas del panteón.
—Cuando haya que subir el ataúd, os lo indicaré.
—Gracias —digo esa única palabra, pero me gustaría decir muchas más.

No lo hago porque no quiero ponerme las cosas más difíciles. Cuanto antes deje de tener contacto con ella, mejor.

—Voy a levantar el velo —advierte, pero no lo hace hasta que no asiento.

La cortina invisible va desapareciendo poco a poco desde el suelo hasta el cielo. Se va desintegrando, dejando tras de sí una luz dorada hermosa.

Miro a mi alrededor y no me extraña ver la zona llena de gente. Todos han venido para darle un último adiós a mi tío. Era una persona muy amada en el mundo mágico.

Cuando Faye comienza con el ritual, no me siento capaz de apartar los ojos de ella. Me centro en cada palabra que dice, en su presencia, para no venirme abajo.

Faye

Pierdo el hilo de lo que estaba diciendo cuando veo a la gente haciéndose a un lado para dejar pasar a alguien. Trato de centrarme y no fijarme en ello, pero en el momento en el que veo que es Dorian quien se está comportando de forma tan poco decorosa para tratarse de un entierro, pierdo la batalla conmigo misma. ¿Qué narices le pasa? Espero que no haya traído hasta aquí a los asesinos o Reese va a perder la cabeza.

Cuando llega hasta él le dice algo al oído. Su lenguaje corporal cambia de manera tan repentina que me pongo en alerta. Ha pasado algo importante.

Luego Reese hace lo que menos me hubiera esperado en la vida: se vuelve hacia su primo y lo agarra del cuello con las dos manos como si deseases estrangularlo. Theodore se retuerce, pero no tiene suficiente fuerza para zafarse. No logra que lo suelte hasta que este retira una de las manos para golpearlo en la cara con tanta fuerza que escucho cómo le rompe la nariz desde el lugar en el que me encuentro. Comienza a sangrar profusamente y se le tiñe de rojo la camisa blanca, lo que solo hace que la escena se vuelva más grotesca.

Un segundo estamos en mitad de un entierro y, al siguiente, en medio de una lucha. Aunque no se puede llamar así a la situación que se desarrolla ante nosotros. Reese es mucho más fuerte y está mucho más rabioso que su primo.

Nadie mueve un solo dedo, solo asisten incrédulos al enfrentamiento.

No puedo hacer lo mismo. La situación es brutal.

—No te metas, Faye —me dice Tariq antes de agarrarme del brazo para pararme. No he sido muy consciente de que he echado a caminar hacia ellos.

—Fue él quien ordenó matar a su tío —me dice Dorian en alto, que se ha acercado hasta nosotros, supongo que para que todos oigan el motivo por el cual Reese se ha vuelto en contra de su primo.

La comprensión me envuelve mientras contemplo lo que se desarrolla ante mí. La pelea no tarda en volverse animal, cuando las garras de ambos se forman para sustituir a sus manos.

—Es brutal —comento a nadie en particular. No es que sea ajena a la violencia, pero esta es cruda, salvaje.

—Es la forma en la que los licántropos actúan. Es su ley.

El asesinato se paga con la vida. Debemos respetar sus costumbres.

Con esas palabras, está todo dicho. Comprendo que nadie se va a meter hasta que uno de los dos muera. Y es entonces cuando observo la pelea con una bola de angustia alojada en la boca del estómago.

Ambos hombres son un lío de puñetazos. Gruñidos, patadas. Todo cesa en el momento en el que Reese vuelve a inmovilizar a su primo por el cuello. Theodore se lleva las manos a la garganta en un intento por coger aire, pero Reese, pese a los arañazos que le está dando, las heridas de las que fluye la sangre, no relaja lo más mínimo el agarre. Le susurra unas palabras al oído a su primo antes de tirarlo al suelo, ponerse de rodillas sobre su cuerpo y tirar de su cabeza en una dirección y del resto de su cuerpo en otra.

Cuando Reese se la arranca y cada parte cae hacia un lado, con la explosión de sangre llega el silencio. Una quietud casi sobrenatural envuelve el cementerio.

Se me eriza todo el vello del cuerpo.

La magia no tarda en abandonar el cadáver de Theodore, que sale como una luz cegadora. Esta va perdiendo su intensidad, pero es casi visible cómo se va dividiendo y va tocando a cada uno de los lobos de su manada.

Miro a Reese arrodillado, contempla el desastre que ha formado, con las manos en forma de garras llenas de sangre y tierra y el cuerpo decapitado de su primo a sus pies. Y tengo el estúpido impulso de correr hacia él para asegurarme de que está bien.

Luego sucede algo que jamás había presenciado y que en ningún momento se me había pasado por la cabeza que fuese a ocurrir ahora. Tras unos segundos de absoluto silencio, Reese comienza a gruñir. Se lleva la mano al pecho y se toca con desesperación. Comienza a brillarle. Cuando se arranca la camiseta, lo comprendo de golpe: está recibiendo las marcas de los lobos de la manada. A su lado, cada uno de los miembros recibe una nueva marca a su vez y pierde la anterior.

Hay una centena de lobos aullando por todo el cementerio.

Justo cuando me pregunto cómo puede soportar tanto dolor, Reese se desmaya y cae hacia delante. O lo hubiera hecho si Dorian no hubiera corrido hasta él para evitarlo.

Antes de que le dé la orden a mi cerebro para que se mueva, me apresuro en llegar hasta ellos.

Ha matado al alfa.

Por lo tanto, Reese es el nuevo alfa de la manada Marsalis.

11

Voy a hacer lo que sea para deshacerme de él

Reese

Un delicioso aroma me envuelve.
Durante unos segundos me pregunto si habré muerto. Si el cielo huele como mi compañera, gustosamente me quedaré aquí. Al recuperar la consciencia, abro los ojos de golpe y me encuentro tumbado sobre la cama de mi habitación. Ella ha estado aquí. En mi espacio. El corazón se me acelera.

—Es Faye, ¿verdad? —la pregunta de mi amigo rompe el silencio de la habitación y me hace mirarlo. Está sentado en una butaca cerca de la cama. Una butaca que esta mañana no estaba ahí.

Sus iris verdes me observan molestos, pero también con una mezcla de dolor. Ya lo ha descubierto.

Los últimos momentos antes de que me desmayara me golpean con fuerza. Dorian llegó al cementerio y me dijo que fue mi primo quien dio la orden de asesinar a su propio padre. Dejo de pensar en ello cuando el calor de la rabia comienza a entrar en erupción en mis venas.

—¿Necesitas que responda?

—No. La verdad es que después de lo diferente que te comportas con ella y la aparición de la marca, sé sumar dos más dos —comenta con ironía—. Muy bonita, por cierto.

—Debe de notar el desconcierto en mi expresión, ya que añade—: La marca de apareamiento.

—Vete a la mierda, Dorian.

—Supongo que te tengo que dar la enhorabuena por muchas cosas.

—Dorian —le advierto con un gruñido que no le intimida lo más mínimo.

—Ahora tienes una manada y una compañera. El destino desea que Nueva York sea nuestro hogar —bromea.

Lo único que evita que me levante y me lance a su yugular es que se incluya en la ecuación. Que a pesar de que ahora estoy atado a una manada y él nunca ha deseado estar en una, deje claro que va a quedarse a mi lado pase lo que pase.

Ojalá fuese capaz de decir algo bonito en este instante. Ojalá las palabras que le demostrasen lo importante que es para mí pudieran atravesar el nudo que se me ha formado en la garganta.

Nos quedamos en silencio mientras nuestros miedos y la jodida situación se nos asientan en la cabeza.

Llego a la conclusión de que no sé nada.

—No sé cómo ha podido pasar —me lamento y me echo hacia atrás en la cama. Cuando mi espalda toca la cabecera, me aprieto el puente de la nariz con los dedos.

La risa de Dorian reverbera por la habitación y me hace fulminarlo con la mirada.

—Parece que los problemas se te amontonan, amigo.

—Voy a buscar a alguien dentro de la manada que se pueda hacer cargo —empiezo a organizar—. Hacemos un traspaso de poderes y nos largamos de aquí.

—No es lo que tu tío hubiera querido —me interrumpe Dorian; es lo único que no quiero oír en este momento. Lo único que sabe que me obliga a quedarme.

—Joder.
Me llevo las manos a la cara y maldigo.
Ahora va a ser imposible mantenerme alejado de Faye.
Necesito encontrar una solución que corte esto de raíz.

Faye

Me quedo plantada delante de la puerta de la habitación en la que hemos dejado hace un rato a Reese sin saber muy bien qué hacer. No tengo muy claro por qué sigo aquí. Y todavía tengo menos clara la necesidad que me atraviesa de asegurarme de que está bien. Debería pasar de él después de que me chantajease. Pero...

—Faye. —La voz de Tariq interrumpe mis pensamientos. Me doy la vuelta para mirarlo mientras prendo una sonrisa en el rostro—. Me alegra que todavía estés aquí. No es más que otra demostración de que este año he elegido muy bien a mi futura ayudante —comenta y, por el tono desenfadado y risueño con el que habla, tardo unos segundos en comprender lo que quiere decir.

La boca se me abre y me tengo que contener para no lanzar un grito de alegría. Ya lo había insinuado antes, pero ahora lo ha dicho claramente. ¡Lo he conseguido, joder! Voy a ser su ayudante. Voy a descubrir todo lo que sucedió con mi abuela. Casi no me lo puedo creer.

—¿Eso significa que voy a tener el honor de ayudarte este año? —pregunto haciéndome la tonta.

—Eso es exactamente lo que quiere decir.

—Gracias. No te puedes ni imaginar el gran honor que supone —aseguro emocionada.

—No me cabe duda de que lo sabrás aprovechar. En un

par de días lo anunciaremos y comenzaremos a preparar el ritual de traspaso de poderes. Ahora sigue atendiendo al nuevo alfa —me ordena con educación mientras me da un ligero apretón en el hombro en un gesto que pretende ser cercano—. Nos vemos en casa.

—Hasta luego, Tariq —digo, apenas puedo contener la emoción en mi voz.

Cuando estoy segura de que está lo bastante lejos como para no escucharme, grito sobre mi brazo para ahogar el sonido y luego comienzo a dar saltos de alegría. Elevo las manos al aire en señal de triunfo una y otra vez solo para sacar toda la ilusión que bulle en mi interior.

¡Lo he logrado!

Reese

La puerta se abre de golpe y los dos nos callamos.

Antes de que se asome sé que es Faye quien va a entrar. Su aroma se potencia y se me clava. Se me eriza el vello de los brazos y la espalda se me tensa.

—Parece que sigues vivo —bromea acercándose a la cama con una sonrisa enorme en la cara. Cuando me incorporo un poco y la sábana, que hasta ese momento me cubría, se desliza por mi cuerpo y deja al descubierto mi pecho, todo rastro de diversión se borra de su rostro.

Tropieza y me dedica una mirada penetrante, ahora camina mucho más despacio.

El corazón se me desboca al creer que ha visto la marca de apareamiento y que me va a echar en cara que no le he dicho nada, pero tan pronto como esa absurda posibilidad se me pasa por la cabeza, la desecho. No sabe lo que es, y mucho menos sabría que es ella la que lo ha provocado. Solo otro licántropo lo sabría. Solo en el caso de que hiciéramos el ritual, mi marca se terminaría de formar y la suya se crearía. Por el momento no es más que una unión unilateral.

No me imagino lo intensa que es una unión completa.

Sus ojos ascienden por mi pecho y chocan con los míos. La boca se me seca por la fijeza con la que me observa y, así como así, somos las dos únicas personas en la habitación. Las únicas personas en el mundo.

Se aclara la garganta antes de hablar, rompiendo el hechizo.

—¿Son las marcas de tu nueva manada? —pregunta con curiosidad, y solo por notar el interés en su voz, deseo contarle hasta el último secreto de los licántropos.

—Sí. Una por cada nuevo miembro. Suele ser algo más paulatino, incluso cuando hay un fallecimiento. Solo cuando hay un enfrentamiento entre dos licántropos y uno mata al alfa sucede así.

—Por eso tú las has recibido de golpe —termina el comentario por mí.

—Sí. Normalmente cuando hay un cambio de mando natural se hace con un ritual para aliviar el dolor.

—Así que entiendo que lo de desmayarse no es normal.

—Cuando es inesperado, sí. No creo que nadie sea capaz de aguantarlo.

—Tranquilo, lobito, que no estoy queriendo decir que seas poco fuerte —bromea, ya junto a la cama. La comisura de sus labios se alza y yo me quedo atrapado en ese gesto—. Solo vengo a asegurarme de que estás bien, ya que eres un nuevo miembro del consejo —dice con sorna. Como si intuyera que es algo que detesto.

—Me gusta esta bruja —comenta Dorian riendo; ha metido el dedo justo en la herida. Veo que hace el amago de levantarse y lo fulmino con la mirada. Como se le ocurra dejarnos a solas, lo mato.

Capta el mensaje y me guiña un ojo antes de volver a poner el culo en la butaca.

—¿Qué haces? —pregunto horrorizado cuando Faye se coloca de rodillas en el borde de la cama. Noto cómo las manos me pican por empezar a cambiar. Despierta todos mis instintos. Cuando alarga las suyas y las suspende sobre mi pecho, tengo que hacer el mayor esfuerzo de mi vida para no abalanzarme sobre ella.

—Tranquilo, alfa —dice en un tono juguetón—. Que solo voy a comprobar mediante magia que todo está correcto dentro de ti. No vaya a ser que te conviertas en una cabra —dice esbozando una sonrisa.

Las carcajadas de Dorian se escuchan fuertes y ruidosas. Pero no puedo preocuparme por él. Solo puedo mirar a Faye sobre mi cama, cuidando de mí. Me fijo en la arruga de preocupación que se forma entre sus cejas. Por mucho que bromee, le importa mi bienestar.

Comienzo a respirar con dificultad. Estoy muy cerca de perder el control.

La situación es como un golpe de claridad.

Tengo la certeza de que, si la tengo cerca, voy a caer.

Esto me ha dejado claras dos cosas: necesito poner entre nosotros toda la distancia que permita esta vasta ciudad y, sobre todo, tengo que encontrar la manera de deshacerme de la unión.

De romper este vínculo maldito.

Voy a hacer lo que sea para deshacerme de él.

12

Que tu camino esté siempre iluminado por la luz de la luna y guiado por la sabiduría de los ancestros

Reese

Una marea de túnicas moradas inunda el jardín de la casa de los brujos y hace que el momento parezca absolutamente mágico.

Hay velas encendidas sobre la hierba alumbrando la noche, forman un círculo alrededor de un atril de hierro negro sobre el que reposa un libro de aspecto antiguo y muy importante, incluso para unos ojos inexpertos sobre magia como los míos.

Pronto, Tariq atraviesa el jardín y se interna en el centro del círculo.

El estómago se me encoge. Siento que estoy a punto de presenciar algo muy íntimo, algo que no me correspondería ver, pero, por otro lado, me siento honrado de poder asistir porque es a Faye a quien van a coronar como nueva ayudante. Puede que ser el nuevo alfa y miembro del consejo tenga sus ventajas.

Toda línea de pensamiento se pierde cuando la bruja pone un solo pie en el jardín. Siento su presencia al instante. Es como si el aire cambiase. Luego, cuando la veo aparecer entre las hileras de invernaderos donde cultivan plantas mágicas, se me corta el aire.

Destaca sobre todos los demás, y no solo porque su túnica sea color esmeralda, sino por el propio brillo que desprende. La rodea un aura de elegancia, fuerza y belleza. Es la mujer más hermosa que he visto en toda mi vida. Con sus rasgos dulces y su mirada inteligente.

Es puro fuego en un envoltorio delicado.

Cuando se coloca frente al brujo jefe contengo el aliento y me olvido de todo lo que no sea ella.

Solo por hoy me permitiré el lujo de observarla.

Mañana todo regresará a la normalidad, donde no puedo estar cerca de ella.

Faye

«Lo he conseguido. De verdad está pasando».

Las palabras se repiten una y otra vez en mi cabeza mientras me coloco frente a Tariq, en el círculo de velas, rodeada de toda nuestra gente. Una emoción fuerte y dulce burbujea en mi interior mientras el ritual se desarrolla ante mí. No me pierdo ni una sola palabra de las que pronuncia el brujo jefe. No dejo de mirar el grimorio, que pertenece a nuestra comunidad desde hace siglos, brillando en su atril, majestuoso, hermoso, perfecto.

Siento la magia fluir con fuerza a nuestro alrededor. Disfruto de su caricia, de la energía de celebración que nos atraviesa a todos los presentes. De la quietud e importancia del momento.

He presenciado este nombramiento en muchas ocasiones a lo largo de mi vida, me lo sé de memoria. La primera parte pasa como un borrón, como si en vez de a mí le estuviera sucediendo a otra persona. Solo logro concentrarme en el momento en el que mi participación se vuelve necesaria. Cuando Tariq utiliza la daga ceremonial para hacer un corte superficial en su palma. Luego, deja caer tres gotas de su sangre sobre una hoja de roble dorado, símbolo de sabiduría y crecimiento, y me la tiende antes de recitar las palabras:

—Con la sangre del líder y la bendición de la naturaleza, te nombro ayudante del brujo jefe. Que tus días estén llenos de aprendizaje y tus noches, de descubrimientos.

Casi se me escapa una sonrisa ante la mención de las noches. Si realmente supiera a lo que me dedico ahora mismo, no estaríamos realizando este ritual.

Me fuerzo a concentrarme y a seguir con la parte que me toca. Tengo que aceptar el cargo.

Elevo la hoja de roble dorado con cuidado de que no se derrame ni una sola gota y repito las palabras que Tariq recita en alto.

—Acepto este honor y esta carga, y juro por mi magia y mi vida servir a la comunidad con lealtad y sabiduría.

Y entonces aguanto la respiración. Ha llegado el momento de la verdad. Ahora es cuando el libro tiene que dar su bendición. Puede que haya logrado engañar durante años a mi comunidad, pero a un objeto es complicado hacerlo. Más me vale que le parezca que mi interior es lo suficientemente puro o todo se acaba aquí y ahora. El estómago se me cierra en un puño.

Me separo de Tariq y me coloco frente al libro. Me pongo todavía más nerviosa cuando no sucede nada al instante. No recuerdo que esta parte fuese tan angustiosa cuando no era a mí a la que estaban analizando, pero justo cuando estoy a punto de sufrir un infarto, el grimorio emite un resplandor dorado. Una suave brisa surge de sus páginas y me envuelve.

Tariq se coloca a mi lado y, tras posar una mano sobre mi hombro, dice:

—Bienvenida, bruja. Que tu camino esté siempre iluminado por la luz de la luna y guiado por la sabiduría de los ancestros.

Cuando el nombramiento ha finalizado, miro a mis compañeros y amigos. Solo tengo una pequeña punzada de pena en el pecho porque mi abuela no haya podido presenciarlo, pero como esto me va a ayudar a limpiar su nombre, todo se vuelve un poco más dulce.

La primera persona que veo es a mi madre. Me observa con un brillo de orgullo en los ojos que jamás le había visto dirigido hacia mí y que me hace sentirme fatal. Si supiera realmente por qué he luchado tanto para conseguir este puesto, no estaría mirándome de esa forma. Me duele no merecerme su orgullo de verdad. Por eso aparto la vista con rapidez y trago saliva antes de mirar a mi amigo.

Me alegro de que la ceremonia se celebre durante la noche para que Levi pueda acompañarme en este momento que tanto he deseado. Me guiña el ojo y veo en su cara que querría decir alguna tontería, pero se contiene para que el representante de los vampiros no se arrepienta de haberle permitido acompañarlo.

Y, por último, mis ojos se desplazan hasta Reese. Sé sin necesidad de buscarlo dónde se encuentra. Hay algo en él, en el aura que lo envuelve, que parece convertirlo en un maldito imán para mis sentidos.

Me muevo ligeramente para poder hacer contacto visual y, cuando nuestros ojos se encuentran, todo lo que hay a nuestro alrededor desaparece. Y es justo en ese instante cuando me doy cuenta de lo peligroso que es el lobo, porque puede hacer que me distraiga de mi objetivo con una facilidad pasmosa y no lo puedo permitir.

Me prometo solemnemente a mí misma actuar como si no existiese desde este momento.

Como Reese se va a quedar en Nueva York al ser el nuevo alfa, debe salir de mi cabeza.

Ritual del Nombramiento de la Nueva Ayudante del Brujo Jefe

Preparativos del ritual:

El ritual se realiza al anochecer, en el terreno de la comunidad.

Los participantes, todos los brujos, llevan puestas túnicas moradas y forman un círculo alrededor de un pedestal de mármol blanco.

El Libro de los Conjuros Antiguos está abierto en la página del Ritual del Nombramiento.

La futura ayudante viste una túnica de seda color esmeralda.

Invocación de los elementos:

El brujo jefe, también con una túnica morada adornada con símbolos dorados, eleva las manos al cielo y recita:

«Por el poder de los elementos y la sabiduría de los ancestros, llamo a los vientos del norte, al fuego del sur, a las aguas del oeste y a la tierra del este. Que todos los espíritus presentes sean testigos de este acto solemne».

Los miembros del círculo responden en coro: «Que así sea».

El Juramento de Sangre:

El brujo jefe utiliza una daga ceremonial para hacerse un corte superficial en la palma.

Deja caer tres gotas de sangre sobre una hoja de roble dorado, símbolo de sabiduría y crecimiento.

Entrega la hoja de roble dorado a la futura ayudante y dice:

«Con la sangre del líder y la bendición de la naturaleza, te nombro ayudante del brujo jefe. Que tus días estén llenos de aprendizaje y tus noches, de descubrimientos».

Aceptación del cargo:

La nueva ayudante sostiene la hoja de roble dorado con reverencia.
El brujo jefe dice:
«Repite después de mí: Acepto este honor y esta carga, y juro por mi magia y mi vida servir a la comunidad con lealtad y sabiduría».
La nueva ayudante repite el juramento.

Bendición final:

El libro mágico emite un suave resplandor dorado.
Una brisa suave surge de sus páginas, envolviendo a la nueva ayudante.
El brujo jefe coloca una mano sobre su hombro y dice:
«Bienvenida, bruja. Que tu camino esté siempre iluminado por la luz de la luna y guiado por la sabiduría de los ancestros».

13

Poniéndole la guinda a una noche
que ya estaba siendo una mierda

Reese

—Te estás equivocando.
—Déjame en paz, Dorian. Te he dicho que te metas tus opiniones por el culo. No sé qué haces aquí —digo apretando el paso. La casa adosada cada vez se me antoja más lejana por mucho que andamos.
—Trato de evitar que cometas el mayor error de tu vida.
—No me interesa que seas mi niñera. Es mi decisión, no la tuya. Cuando conozcas a tu compañera, actúa como te dé la gana. —Por fin alcanzamos la unifamiliar de madera de dos plantas que pertenece a la comunidad de brujas de Nueva Orleans. Una casa que en un momento de mi vida fue un hogar.

Ha sido arriesgado venir hasta aquí y dejar a la manada sola, pero para mañana estaré de vuelta y, con suerte, con mis problemas resueltos. Lo que hará que pueda centrarme al cien por cien en mis nuevas obligaciones.

Al llegar a la verja de madera blanca, la aparto. Esta se hace a un lado con un chirrido. Doy pasos firmes mientras recorro el camino de tierra y, cuando me planto frente a la puerta, llamo con energía.

Apenas pasan unos segundos antes de que se abra.

—Minerva te está esperando —dice Shania, que se hace a un lado para dejarnos pasar—. Está en la sala. —Señala con el dedo la habitación con la puerta abierta que se encuentra a la derecha del recibidor.

—Gracias —le agradezco con educación.

Nos dirigimos a la sala en silencio. Dorian se siente como una presencia molesta a mi lado. A pesar de que no está hablando, ha conseguido que sus advertencias se repitan una y otra vez en mi cabeza. Dios, me encantaría darle un puñetazo.

—Qué alegría tenerte aquí —saluda Minerva cuando entramos; se trata de una habitación grande llena de cientos de objetos mágicos colocados en cada superficie disponible—. Pensaba que no volverías.

—Ya sabes que me encanta sorprender —digo y sin que me lo indique, ya que hemos generado demasiada confianza a lo largo de los años, me siento frente a ella a la mesa redonda, donde una bola de cristal en la que se mueve un humo violeta adorna el espacio entre los dos.

Dorian toma el asiento de mi derecha, por lo que queda entre nosotros.

—Qué gusto verte, Minerva —lo saluda él zalamero.

—Siempre has sido mi favorito. —Le guiña el ojo a Dorian, que sonríe encantado pese a saber que esta afirmación no es real.

Minerva aparta la atención de él y la centra en mí. Me controlo para no removerme en el asiento al sentirla. Noto que está a punto de interrogarme.

—He oído que ahora estás en Nueva York —comenta con tranquilidad como si no se muriera de curiosidad y quisiera que se lo contase todo. Como si no lo supiera ya más que de sobra. La conozco desde hace demasiados años como para tragarme ese comportamiento.

Ni me inmuto. En el mundo sobrenatural los cotilleos corren con rapidez. Mientras me ayude, no me importa exponerme a ella.

—Has oído muy bien.

—¿Eso es todo lo que me piensas decir?

—He venido para contratarte, no para darte explicaciones —aseguro. Me cruzo de brazos y me echo hacia atrás en la silla. No pienso transigir. Tiene una tendencia desmedida a comportarse como si fuese mi madre.

En cierta parte lo es, y eso solo hace la situación más difícil.

—Pues yo no pienso ayudarte sin obtenerlas —responde regia sin amilanarse lo más mínimo por mi enfado. Es muy frustrante.

Odio tener que dar explicaciones, odio tener que hablar de lo que siento, pero llegados a este punto tengo que ser más comunicativo por Faye.

Tengo alguna posibilidad de ser un buen alfa si me vuelco por completo en mi manada, nunca tan bueno como mi tío, pero lo que jamás voy a poder ser es un buen compañero. Necesito liberar a Faye de esta condena. Liberarla de mí. Estoy cerca de sucumbir. Y ahora mismo no sé qué sería peor, que me rechazase o que me aceptase.

—Fuimos a Nueva York, encontramos al asesino de mi tío, que resultó que lo había contratado mi primo, su hijo —añado con dolor pese a que ella sabe perfectamente quiénes son los dos—. Lo maté y fui tan gilipollas de no darme cuenta de que con ello estaba derrotando al alfa y ahora la manada depende de mí —termino la frase apretando los dientes por la rabia.

—¿De haberte dado cuenta de lo que significaba habrías actuado de diferente forma? —pregunta ella con fingida curiosidad. Aprieto la boca en una fina línea. Odio que me obligue a decir estas cosas en alto.

—No.

En la cara de Minerva se forma una ancha sonrisa.

—Esos licántropos tienen suerte de tenerte, Reese.

—No empieces tú también —me quejo, y cruzo los brazos sobre el pecho.

—Ella tiene razón. No se me ocurre nadie mejor para ser alfa que tú —añade Dorian. Su comentario termina por hacerme explotar.

—Estoy hasta los huevos. La sangre que corre por mis venas no dice lo mismo —suelto el exabrupto mientras me levanto de golpe y tiro la silla en la que hasta hace unos segundos estaba sentado.

El sonido de la madera al rebotar contra el suelo reverbera por la habitación y me hace sentir como una mierda por sobrerreaccionar. Un par de brujas se acercan a la sala y miran a Minerva a la espera de que les diga qué hacer. La bruja jefa levanta la mano y les indica que se vayan. Ni a ella ni a Dorian les ha perturbado lo más mínimo mi arranque de ira. Aunque más que de ira, puede que haya sido de miedo.

—No te pareces en nada a ellos —dice Minerva con el mismo tono desenfadado de quien está hablando del clima. Noto que su falta de pasión es impostada, no quiere darle importancia para que yo no me cierre—. Te lo digo yo, que fui la bruja de su manada durante muchos años.

Lo sé perfectamente. No hace falta que me lo recuerde, así como tampoco hace falta que diga que fue ella la que me encontró entre los cadáveres de mis padres, que se habían matado el uno al otro.

—No pienso repetir sus mismos errores.

—Pero te vas a quedar con la manada, ¿no? —pregunta como si temiera que estuviera aquí para encontrar un hechizo para renunciar a ella.

—Que sí, joder —respondo y me paso los dedos entre el pelo. Recojo la silla del suelo y me vuelvo a sentar con ellos.

—Me alegro, porque creo que tienes que hacerlo. Es lo mejor que te ha podido pasar. Ahora, dime: ¿para qué estás aquí? Ya que supongo que no has venido solo para charlar.

—Prepárate, porque esto no te lo ves venir —comenta Dorian y se echa hacia atrás en la silla como si quisiera disfrutar del espectáculo.

Lo fulmino con la mirada.

—He encontrado a mi compañera.

La cara de Minerva pasa de la más absoluta sorpresa a una felicidad dolorosa de ver. Su rostro se ilumina y sonríe tanto como si estuviera loca.

—Es una noticia maravillosa.

—No lo es y lo sabes —respondo. No pienso transigir aquí—. Quiero que hagas un hechizo, un ritual o lo que haga falta —explico haciendo un gesto con la mano—, para romper la unión.

Su boca se cierra en una fina línea. Noto que se está conteniendo para no decirme todo lo que se le pasa por la cabeza. Decir que odia mi decisión es quedarse corto.

—Lo que propones es un sacrilegio —me amonesta.

—No me importa.

Ambos nos miramos con frustración.

—¿Y qué dice ella al respecto? No me puedo imaginar que esté conforme con esta decisión.

—No lo sabe. Es una bruja —responde Dorian por mí.

—Cállate —le ordeno molesto. Cuantas más cosas le diga

a Minerva, peor será su reacción. Ya me vale con aguantar las quejas de mi amigo, no quiero que ella también se una.

—Reese, si solo te permitieras ser feliz. Ver el gran lobo que eres...

—No he venido hasta aquí para una sesión de psicología. Eres una bruja, necesito tu ayuda, y eres la única de la que me fío.

—Con esos chanchullos sensibleros no vas a ganarme —se queja.

—No quiero convencerte. Repito: quiero contratarte.

—Tal hechizo no existe y, si lo hiciese, no sería adecuado utilizarlo, Reese. —Baja el tono hasta que suena tan maternal que me pone los pelos de punta.

—Por favor —es todo lo que digo, pero me dejo la piel en que vea el alcance de mi necesidad—. No puedo tener una compañera. No me obligues a hacerlo.

Minerva me mira con intensidad durante un instante. Un brillo que se parece demasiado a la compasión se forma en sus ojos. Luego, se inclina sobre la bola de cristal y rebusca en ella. Espirales de niebla morada comienzan a arremolinarse en el interior. Mueve las manos sobre el cristal mientras murmura palabras en bajo que, a pesar de que puedo oírlas, me resultan ininteligibles.

—Veo a una bruja muy especial de Nueva York que quizá pueda realizar el hechizo. Sus poderes se han saltado una generación. Es capaz de utilizar todas las magias —comienza a recitar de forma rápida, como si estuviera en una especie de trance. Puede que si no estuviese acostumbrado a verla así, me asustaría. O tal vez, si no supiese con absoluta seguridad que está hablando de Faye, tendría la capacidad de preocuparme por otra cosa que no fuese eso—. Veo que ha sido coronada hace poco.

—Tiene que haber otra persona —aseguro.

Minerva separa las manos de la esfera. Tarda unos segundos en reponerse.

—Si alguien te puede ayudar, es ella. La bola de cristal no miente —sentencia, como si fuese una verdad ineludible por todos conocida.

—Entonces no piensas ayudarme —la acuso.

—No es que no quiera. No puedo.

—Ya. Muchas gracias por tu inestimable apoyo.

—De nada, cariño —se mofa. Me levanto de la silla, esta vez sin tirarla.

—Sobre tu conciencia quedará que esa chica esté a mi merced. —Hago un último intento de convencerla.

—Si tanto quieres librarte de ella, busca a la bruja que te he dicho.

La miro para buscar algún gesto que me diga que sabe que ella es mi compañera, pero por mucho que lo intento no lo hallo.

—Hasta la próxima —me despido con un gesto de la cabeza. Estoy cabreado porque no haya querido ayudarme. Llegados a este punto incluso no me importa que sea verdad que no pueda. Necesito sacar mi furia de algún modo.

Escucho cómo Dorian y ella se despiden mientras camino hacia la puerta. Justo cuando estoy a punto de alcanzarla, Minerva vuelve a hablar poniéndole la guinda a una noche que ya estaba siendo una mierda.

—Por cierto, Reese, buena suerte la noche de luna llena —la escucho decir mientras abandonamos la sala. No me giro. Solo me quedo parado durante un instante con los puños apretados a ambos lados del cuerpo.

Tiene razón y lo sé. Es uno de mis mayores miedos. No poder contenerme en ese momento. Reanudo la marcha y abandono la casa.

Cuando salgo a la noche, estoy muy cabreado. Tengo ganas de gritar con fuerza. La luna, que está a punto de llegar a su fase llena, parece reírse de mí cuando elevo el rostro. Necesito librarme de la unión como sea.

14

Su visión jamás me dejará indiferente

Faye

Desde que soy la ayudante del brujo jefe me he dado cuenta de dos cosas. La primera, que jamás he prestado atención a lo que hacían mis predecesoras, lo que habría estado bien teniendo en cuenta que no tengo un puto momento para respirar, y mis escapadas nocturnas y mi otro negocio se están yendo a la mierda. No soy capaz de atender todos los encargos que tengo.

La segunda, que tener acceso a la información no es tan sencillo como creía.

Las cosas no están saliendo tal y como esperaba.

Digamos que cuando imaginaba cómo sería ser la ayudante del brujo jefe, creía que, al día siguiente de estar con él ya habría logrado acceder a su biblioteca personal donde guarda todos los registros.

¿Lo que de verdad ha sucedido?

Que ni siquiera he podido entrar, ni acompañada por él.

Lo único que se me permite es hacer inventario de los ingredientes, preparar los objetos necesarios para los rituales e incluso ir a buscar su ropa a la lavandería del edificio. Soy lo más parecido a una secretaria humana que pueda existir en el mundo sobrenatural. Es terriblemente exasperante.

Emito un suspiro desde lo más hondo de mi ser y dejo caer la cabeza contra el respaldo de la butaca en la que estoy sentada mientras hago el inventario.

—¿Has dicho algo, Faye? —La voz de Tariq me llega desde su biblioteca personal y, antes de que le dé tiempo a asomarse, me siento bien y sujeto la pluma de forma profesional.

—Comentaba que ya he terminado de inventariar la estantería de pociones finalizadas —digo con decoro. Justo cuando Tariq se asoma, esbozo una enorme sonrisa para hacerle ver que soy una flor delicada y que disfruto de sus órdenes de mierda.

—Eres muy rápida, Faye, me gusta —alaba complacido—. Mañana puedes pasar a la de ingredientes poco comunes —ordena y señala la estantería de la derecha, que está hecha un desastre. Tengo que hacer un esfuerzo titánico para que la sonrisa no se escurra de la boca.

Luego regresa otra vez adentro. Agradezco ese ratito de tranquilidad para pensar palabrotas de lo más inspiradas que me encantaría dedicarle. La calma dura poco, ya que no tarda en volver a interrumpirme.

—Ya está bien por hoy. Ahora tenemos que irnos a la reunión semanal del consejo —comenta cuando sale de su biblioteca unos minutos después. Saca las llaves que lleva colgadas del cuello de debajo de la camisa y cierra la puerta de madera mientras lucho por no suspirar de desesperación, otra vez—. Puedes guardar la agenda en mi bolso y nos vemos abajo en diez minutos. Tengo que hablar con Damaris para preguntarle si recuerda dónde está el péndulo de cristal de luna…

Sigue hablando mientras abandona el despacho, pero

pierdo todo el interés en lo que está diciendo. En este mismo momento sopeso la posibilidad de abrir la ventana y tirarme por ella. Esta situación, lejos de ser la solución para encontrar la información que necesito con tanta desesperación, se está convirtiendo en una tortura. Y encima me está quitando tiempo de mis actividades nocturnas, de las que sí saco rendimiento.

Por costumbre, mi mirada se dirige a la puerta de la biblioteca. ¿Cómo me puede estar costando tanto traspasar una simple hoja de madera? Vale que es maciza, vale que tiene una cerradura antimagia, pero ninguno de los múltiples hechizos que he probado hasta ahora han dado el más mínimo resultado. Ni siquiera he escuchado activarse el mecanismo, ni un pequeño amago que me dé un poco de esperanza.

Cuando siento que ya he tenido suficiente desahogo mental, me pongo en marcha. Recojo la tinta y la pluma y guardo en la estantería el libro del inventario.

Tras lanzar una última mirada de anhelo a la puerta, recojo el bolso del brujo jefe, salgo de su despacho y cierro a mi espalda. Cuando desciendo las escaleras otra clase de preocupación se apodera de mí. He estado evitando a toda costa pensar en Reese, pero ahora que me dirijo a un lugar en el que sé que también va a estar, es imposible no hacerlo. El estómago se me llena de nudos y una emoción no deseada sacude mi cuerpo.

Pienso actuar como si no existiese. Nada ni nadie me pueden distraer de mis objetivos.

Y mucho menos un alfa testarudo y demasiado sexy.

Reese

Cada cosa que he hecho a lo largo de mi vida ha sido un juego de niños en comparación con lo que es llevar una manada.

Son las diez de la mañana y ya tengo un dolor de cabeza infernal. Lo que es todo un logro teniendo en cuenta que los licántropos nunca enfermamos. Pero juro que como escuche otra queja u otra puñetera petición absurda de uno de los miembros de mi unidad, voy a asesinar a alguien. Preferiblemente a Dorian, que parece estar disfrutando sobremanera de mi desesperación.

—Recuérdame por qué hace unos días pensaba que eras mi mejor amigo —digo entre gruñidos, que de alguna manera Dorian se las apaña para entender a juzgar por la sonrisa de gilipollas que se le dibuja en la cara.

—¿Quieres que recite todas mis virtudes ahora? No tienes tanto tiempo. Recuerda que hoy tenemos reunión del consejo. —Gira la muñeca para mirar la hora en el reloj—. Te quedan como unos quince minutos más de audiencias. —Cuando estoy a punto de mandarlo a la mierda, añade algo que me hace casi temblar—: Ah, y recuerda que hoy es luna llena.

Como si necesitase que me lo recordara. Ya tengo bastante con notar toda la piel hormigueándome, con tener el cerebro centrado únicamente en Faye. Con sentir a mi lobo tan en la superficie.

—Eres un puto gilipollas, Dorian —le insulto tras volverme hacia él en el asiento y evitando por muy poco morderle la cara.

Se libra solo porque en ese momento entra un miembro de la manada.

—Buenos días —saludo con más dureza de la necesaria,

pero no llego a sentirme mal, ya que su enorme y vital sonrisa no decae lo más mínimo.

—Hola, señor —dice un chaval de unos quince años. Tiene el pelo castaño revuelto y amontonado sobre la cabeza, y los brazos y las piernas demasiado grandes, está a punto de dar un estirón, y eso que ya es grande para la edad que aparenta tener.

—Llámame Reese, no señor —le corrijo porque realmente no me gusta el apelativo.

—Oh, pero no puedo llamarle por su nombre de pila.

—Puedes y lo harás. Y deja de hablarme de usted. ¿Qué quieres? —pregunto removiéndome incómodo en la silla, como si ese gesto me pudiera ayudar a estar mejor cuando mi verdadero problema es que no estoy a gusto en mi propia piel.

Y la adoración que veo en sus ojos despierta todos mis temores. Deja salir a la superficie el miedo de no estar a la altura.

A pesar de que el despacho de mi tío es espacioso, lleno de sus hermosas figuras talladas en madera, se me antoja una prisión. No podría contar la cantidad de veces que esta semana me he descubierto pensando qué pinto yo siendo el alfa. Me siento como un farsante. Como si en cualquier momento alguien fuese a entrar por la puerta a decirme que me vaya.

—Me gustaría mucho ser su ayudante —comenta y se ruboriza.

Tócate los huevos, que me va a ablandar este chavalín. ¿Cómo voy a negarle algo con esa mirada esperanzada de ojos grandes?

—No si me tratas de usted —advierto. Pienso quitarme esta mierda de en medio pronto. No puedo rechazarlo, pero no le voy a permitir que me trate con esa formalidad.

—Está bien... —Traga saliva como si le costase un esfuerzo sobrehumano decir la siguiente palabra—. Reese.

Vuelve a ponerse de un rojo intenso.

—Tienes que aceptarlo. El chaval está muy motivado —se burla Dorian, pero sé que si no lo aceptase, me haría los huevos picadillo.

Lo miro entrecerrando los ojos solo para que no crea que soy demasiado fácil y él se pone más recto bajo mi escrutinio como si quisiera demostrar lo buen partido que es.

—Está bien. Puedes ayudarme —digo cuando empiezo a preocuparme de que se ahogue por contener la respiración.

—No te vas a arrepentir —asegura, eleva el puño al aire y grita de emoción.

—Eso ya lo veremos. —Me incorporo al ver que se está haciendo tarde—. Mañana empiezas, no creas que va a ser mucha cosa. Te iré avisando cuando te necesite. Ahora nos tenemos que ir. Tenemos una reunión con el consejo. —Miro a Dorian, pero este ya se ha puesto de pie y se ha acercado al chico para darle unos cuantos golpes en la espalda para animarlo.

Yo me levanto con mucha menos emoción. Ir a una reunión del consejo significa ver a Faye. Y la verdad es que no sé cómo de buena idea es, ya no solo porque noto que la luna llena está cada vez más cerca, sino porque su presencia siempre me altera. Aunque si he conseguido sobrevivir una semana entera sin verla, también puedo hacerlo si la veo.

O por lo menos de eso me convenzo antes de encontrarme con la bruja en el edificio del consejo.

Este, que está en el corazón de Brooklyn, se mimetiza con el resto de las construcciones de piedra rojiza y ladrillo. Nadie a simple vista diría que es un lugar de encuentro de especies mágicas donde se deciden las normas, castigos... y hasta se solucionan disputas por el territorio sobrenatural de Nueva York. Si algo se nos ha dado siempre bien a los seres mágicos es pasar desapercibidos.

Mientras caminamos por los pasillos de la sede del consejo siento como si estuviera yendo hacia la horca. El recorrido se me antoja eterno y demasiado corto a la vez.

Y, como a cien metros de la sala en la que se celebrará la reunión, comienzo a oler su dulce aroma: bosque, rayos de luna llena y libertad. No hay una combinación más perfecta sobre la faz de la Tierra.

Quizá sea por el destino, o quizá porque alguien me quiere castigar, en el mismo instante en el que entramos en la estancia, llena de asientos alrededor de una mesa circular que podría estar en cualquier oficina humana, nuestros ojos se encuentran.

El mundo se detiene y en mi boca se dibuja una sonrisa burlona en respuesta a su gesto de desagrado. Su visión jamás me dejará indiferente.

Ella es la primera en apartar la vista. Luego, no me mira ni una sola vez. No da muestras de reconocer mi presencia lo más mínimo. Su actitud distante y demasiado formal me haría reír si en el fondo no me molestase tanto como lo hace.

No podría repetir ni una sola palabra de lo que se dice. Estoy absolutamente distraído. Fascinado. Perdido.

La reunión se alarga demasiado para mi gusto y, cuando finaliza, tengo que obligarme a no ir detrás de Faye cuando se va con la cabeza alta dejando claro que pasa de mí. No voy a forzarnos. No hoy. Necesito regresar a la mansión pronto.

Lo primero que hago cuando llegamos es ir a mi habitación a ponerme unos vaqueros viejos y una camiseta que ha visto tiempos mejores, por si se da el caso de que me convierta sin desearlo.

En cualquier otra ocasión pasaría la noche de luna llena junto a Dorian en algún bosque cazando, corriendo, aunándonos con nuestro animal, pero cuando alguien tiene compañera, se convierten en noches de apareamiento y, por razones lógicas, no puedo permitirme ese lujo.

Agarro mi salvavidas antes de salir.

—No pensarás en serio ponerte esa cosa —comenta Dorian mirando con disgusto la cadena de hierro gigante que llevo en las manos. Soy consciente de que el grosor es una exageración, pero no pienso jugármela.

—Es la primera luna llena desde ya sabes qué —digo tras echar un vistazo a nuestro alrededor para ver si hay alguien que pueda escucharnos.

—Puedes decir «compañera». Es un orgullo encontrarla, no deberías comportarte como si estuvieras avergonzado —me responde enfadado. Parece que ha alcanzado el límite de su paciencia.

Pues está de suerte, porque yo también. La luna llena nos vuelve mucho más salvajes, nos conecta con nuestro animal. Y ninguno de los dos somos inmunes a solo unas horas de que conquiste el cielo.

—Jamás me avergonzaría de ella. Hay una diferencia entre eso y que el resto del mundo sepa que la he encontrado. Faye es perfecta. El problema soy yo.

Ante mi confesión, en el rostro de Dorian se forma una sonrisa enorme.

—Vamos, te ayudaré con tu puta locura, pero solo porque sé que, aunque ahora no estés preparado para aceptarla, en algún momento llegarás a estarlo.

—Vete a tomar por culo —digo y me largo hacia las escaleras por las que se accede a las mazmorras bajo la mansión.

Tras bajar el equivalente a dos pisos de escalones de piedra iluminados con antorchas de pega, llegamos a una estancia enorme, pobremente iluminada. Todo, desde las paredes hasta el techo, es de piedra blanca. Hay celdas, sujeciones e incluso, al fondo, una silla que parece que hace siglos la utilizaron para torturar.

—Parece que a tu tío le iba el sado —bromea Dorian. No estoy como para apreciar su humor en este momento, por lo que me dirijo directo a una de las celdas con barrotes negros. Parecen resistentes.

Casi sonrío de satisfacción cuando veo que también hay soportes para colocar la cadena.

—¿Adónde vas, tío? ¿Se te ha ido la olla? No necesitas pasar la noche en una celda. No seas exagerado.

Lo sopeso un par de segundos. No porque me parezca una locura, sino por lo que pueda pensar mi manada si alguien baja y me ve. No puedo negar el acceso a este lugar a quien lo necesite durante la luna llena.

—Pues la pared será.

Camino hacia la extensión de piedra blanca donde hay una veintena de argollas y elijo la más lejana de la salida, solo por si acaso. Dorian me ayuda a atarme en silencio. Luego, pese a que le digo en varias ocasiones que se marche a disfrutar de la noche, permanece sentado a mi lado, esperando.

A veces me pregunto cómo siendo yo un gilipollas con problemas de relación, he conseguido mantener a alguien tan maravilloso a mi lado todos estos años.

Cuando la luna se alza en el cielo, enorme e ineludible, mi animal se retuerce en mi interior. Antes de que comience la batalla de voluntades, y por primera vez en una eternidad, la pierdo. Mi lobo toma el control y todo a mi alrededor se vuelve negro. El instinto es mi guía y solo quiere una cosa: a mi compañera.

Cuando me despierto desnudo en un parque, tardo unos segundos en ubicarme. ¿Dónde coño estoy? Giro la cabeza para mirar a mi alrededor y me encuentro a Dorian acurrucado sobre la hierba a mi lado. Jacob está justo pegado a su sobaco. Por lo menos están vestidos.

—¿Qué ha pasado? —mi pregunta despierta a Dorian, que se estira con tranquilidad antes de contestar.

—Digamos que tendrías que haber cogido una cadena más gorda. Recuérdalo para la próxima luna llena —se jacta, y es en ese instante cuando flashes de la noche anterior me vienen de golpe.

Yo luchando contra las cadenas. Atacando a Dorian. Corriendo por el bosque... Luego en mitad de la maldita ciudad. Mierda. Me llevo las manos a las sienes, ya que comienzan a palpitarme. Noto cómo las manos me pican porque se me quieren convertir en garras. Mi lobo todavía está demasiado cerca de la superficie y solo quiere una cosa: a su compañera.

—Dime que no he llegado hasta ella —pido, y no me pasa desapercibido el pánico en mi voz.

—No. Y le puedes dar las gracias a este chaval de aquí —dice señalando con el pulgar a Jacob, que me mira con un gesto de admiración—, porque cuando estabas a pocos metros y me habías vencido, dudaste antes de atacarlo a él. —Le lanzo una mirada al chico—. Por supuesto, te pinché un tranquilizante en el culo.

Joder.

—Gracias.

—Siempre es un placer noquearte, hermano —bromea para restarle importancia.

—¿Dónde estamos? —pregunto al no reconocer el lugar.

—¿Ves ese edificio de enfrente? —pregunta señalando un punto que reconozco al instante. Una punzada de pánico me recorre la espalda—. Pues es donde vive tu amorcito.

Unos metros más y la hubiese alcanzado. El pánico me atraviesa.

—No puedes seguir así, Reese. No vas a poder contenerte eternamente. Cuanto más tiempo pase, peor será. Acepta de una vez lo que te ha sucedido, disfruta de tu regalo.

—Tienes razón.

Los ojos de Dorian se abren con sorpresa, ya que en ningún momento se le ha pasado por la cabeza que fuese tan fácil convencerme. No es como él cree.

Me ha quedado absolutamente claro lo que debo hacer.

Y no es aceptar a mi compañera.

Sino todo lo contrario.

15

Te veo nervioso

Faye

La primera carta que me llega me hace gracia.

Un joven lobo que dice llamarse Jacob me la entrega mientras estoy en los jardines traseros de nuestra residencia cuidando de la madreselva por encargo de Tariq. Cuando me la tiende, la cojo tras dejar a un lado el cristal con el que estoy enriqueciendo la tierra y la abro. Jamás reconoceré que me da un vuelco el corazón cuando veo la nota escrita a mano, ni tampoco que, antes de que mis ojos se vayan a la firma situada en la parte baja del papel, deduzco que la letra es de Reese. Empiezo a leer por encima con curiosidad.

Dice que quiere contratarme, lo que en principio debería parecerme correcto. La última vez que lo vi le dije que dejase a un lado los chantajes y si quería mi ayuda, me pagase, pero el hecho de que no sea él mismo quien venga a decírmelo en persona me enfada sobremanera. Todavía no me he parado a analizar por qué me molesta casi todo lo que hace este lobo. Y tampoco voy a ponerme a hacerlo ahora.

—Dile a tu alfa que si quiere algo de mí, que venga él mismo a pedírmelo. —Le tiendo la carta con el sobre al chico, que lo mira como si le estuviera entregando una víbora que va a atacarlo.

La forma en que su rostro se contrae con preocupación debería haberme dado pena. Pero esto no es por él. Es por su alfa idiota, que parece demasiado importante para venir en persona a hablar conmigo.

—Pero no ha terminado de leerla, señora —dice y me encojo por el apelativo—. No puedo devolvérsela sin más. Tiene que hacerlo.

Su comentario esta vez me hace reír.

—Lo primero —digo elevando un dedo delante de su cara—, no soy una señora. Y lo segundo —levanto otro más—, esto es algo entre Reese y yo. No pienso ceder, así que entrégale mi mensaje. Si quiere algo de mí, que venga a verme.

El chico se queda paralizado y me mira como si no terminase de procesar que me esté negando a las órdenes de su alfa.

—No pienso retractarme, Jacob —aseguro con seriedad y lo acompaño de una mirada penetrante. Esto sí parece que lo pilla.

Se marcha.

Y así es como empieza una nueva batalla entre Reese y yo.

Cada día, durante toda la semana, me llega la misma carta, a la misma hora, esté en el lugar que esté. Y también cada día esta vuelve a su dueño sin tocar.

Nada de lo que hago parece desalentar al alfa.

Es... es exasperante, pero por algún motivo que me niego a analizar, también es revitalizador.

Reese

«No la localizo por ningún lado».

Quizá sean las palabras más angustiosas que he escuchado en toda mi vida.

—No entiendo lo que quieres decir —digo, a pesar de que he comprendido a la primera lo que significan.

La realidad es que no quiero creerlas.

La realidad es que al escucharlas, no debería sentir este nudo de angustia en el estómago que me hace hasta difícil respirar.

—He ido a buscar a Faye como cada día, pero no la encuentro. —Extiende la mano y empieza a enumerar—: No estaba en el cementerio, ni en su casa, ni en la biblioteca.

—Basta —lo interrumpo cuando me doy cuenta de que su continuo murmullo no me deja pensar.

Tampoco es que me haga mucha falta. Está claro que tendré que ir yo mismo a buscarla. Encontrarla. Asegurarme de que está a salvo.

Solo que la idea parece más sencilla en mi cabeza que en la realidad.

Reviso los mismos sitios que Jacob y obtengo el mismo resultado: que ella no está. Estoy desesperado, hasta que cae la noche y puedo ir a buscar a Levi. Por suerte, con él sí doy a la primera.

Está sentado tan feliz sorbiendo una copa de sangre cuando me coloco delante de él.

—¿Dónde está? —Es todo lo que puedo preguntar. Más le vale, si le tiene algo de aprecio a su vida, que esté sana y salva. Porque como esté aquí tocándose los huevos mientras ella está en peligro no va a salir con vida de aquí. O con «no» vida.

—Te veo nervioso —bromea elevando la comisura de la

boca en un gesto burlón antes de llevarse la copa de nuevo a los labios.

—No tengo tiempo para que me toques los cojones, ni tú tampoco. No localizo a Faye —le digo claramente para que entienda la gravedad del asunto.

—Ya veo —responde todavía tranquilo, pero esbozando, esta vez, una sonrisa mucho más sincera—. ¿Estás preocupado por su seguridad?

—Y tú también deberías estarlo —estallo con un grito. No recuerdo la última vez que perdí la compostura.

—A diferencia de ti, me he ganado el privilegio de saber dónde se encuentra y sé que está bien. Quizá deberías plantearte lo mismo. Ganártelo, quiero decir —añade cuando ve que no reacciono. Pero es que me da igual lo que diga. En este momento solo siento el torrente de alivio que se extiende por mis venas. Está bien. Joder. Menos mal que no le ha pasado nada.

Noto que una sonrisa se dibuja en mis labios.

—Gracias por tu consejo no solicitado.

Me doy la vuelta para largarme. No quiero estar durante más tiempo aquí y, sobre todo, no quiero que Levi se lleve una idea equivocada y le diga a Faye que he estado husmeando sobre ella. Necesito seguir manteniendo las distancias. Es lo mejor.

—Está en el mundo de las hadas. Por eso no la encuentras —ofrece y su explicación me hace detenerme, pero me niego a darle las gracias—. ¡De nada! —grita y se echa a reír justo cuando estoy cerca de atravesar la cortina y perderme.

Y en vez de ir a casa como debería, en contra de mi buen juicio y raciocinio, llamo a Dorian para que se haga cargo de la manada durante unas horas y me escondo en un callejón desde el que se ve la entrada a la casa de los brujos.

Es casi media noche cuando la veo aparecer. Llega con una sonrisa pintada en la cara. Su aroma se extiende por todo el lugar y espero ansioso el momento en el que pueda captarlo por fin. Es... es revitalizador. La observo dirigirse hasta su puerta. Da pequeños pasos desacompasados, ya que está tecleando en el móvil a la vez que camina. Es la primera vez que al ver sonreír a una mujer deseo ser el causante de la sonrisa en su dulce boca.

Cuando ese pensamiento se cruza por mi cabeza, decido que debería largarme ya de aquí. Pero me quedo. Me quedo mucho más rato después de que su figura se pierda al entrar por la puerta.

Me quedo mirando al vacío que ha dejado en la calle.

Me quedo inhalando su aroma.

Faye

Me he hartado de jugar.

Hoy he tenido un día muy complicado, Tariq ha estado mucho más exigente de lo habitual y puede que este chico no tenga la culpa, pero va a tener que aguantar mi mal genio.

—Dime, Jacob, ¿huelo mal?

El joven me mira con desconcierto durante un segundo hasta que se da cuenta de que estoy cabreada. En ese momento su mirada se torna cautelosa.

—No, señora. Huele muy bien —dice abriendo las aletas de la nariz como si lo estuviera comprobando en ese mismo instante.

Casi me hace reír. Casi. Quizá si hubiese estado menos

enfadada, lo hubiera logrado. No me molesto en corregirle el uso del «señora».

—Dile a tu alfa que deje de comportarse como un niño idiota y tenga el valor de presentarse delante de mí si quiere algo. Que no se escude detrás de un chaval. Dile que se busque un par de huevos y los traiga hasta aquí —le digo casi gritando, de carrerilla, sacando de mi interior toda la frustración que siento.

La cara de horror que se le pone a Jacob, esta vez sí, me hace reír.

—No puedo decirle eso —se escandaliza.

—No te preocupes, Jacob. Yo misma se lo escribiré.

Le arranco el sobre de las manos, rebusco en mi bolso un bolígrafo y, cuando lo encuentro, escribo con la letra más pulcra y legible que he utilizado en mi vida los mejores insultos que se me han ocurrido jamás.

Le devuelvo la carta completamente satisfecha y segura de que con ello me dejará en paz. Pero, a pesar de haberle dejado las cosas claras a Reese, Jacob regresa al día siguiente.

Es ahí cuando decido que tengo que tomar medidas drásticas.

Este juego se ha terminado.

Reese

Dejo de golpear el saco de boxeo cuando veo entrar a Jacob en el gimnasio tan tranquilo.

Camino pisando fuerte hasta él. No puedo estar histérico esperando su llegada para que él esté tan tranquilo. Tenía una misión. Al igual que el día de ayer, y el anterior a este.

Cada una de las veces que Jacob le ha llevado la carta, me

ha rechazado. Lo que no sabe Faye es que no pienso ceder hasta que acepte mi petición.

—¿Qué estás haciendo aquí tan tranquilo? —pregunto cortándole el paso. El rostro de Jacob se ilumina cuando me ve, lo que solo hace que mi malestar se incremente. Soy un auténtico cretino.

—Vengo a entrenar tal y como me dijiste que hiciera para volverme más fuerte, señor. —Se lleva la mano a la boca al ver que se ha equivocado y se corrige con rapidez—: Reese. —Acompaña mi nombre de una sonrisa enorme y muy inocente.

Cierro los ojos con fuerza y respiro profundo para calmarme. No puedo matarlo.

—Chaval —lo saluda Dorian con un golpe en el hombro al unirse a nosotros. Me evalúa de un vistazo mientras se seca el sudor de la frente con la toalla—. ¿Ha vuelto a decir que no? —pregunta, esta vez dirigiéndose a mí, con una sonrisa petulante que deseo borrar con mi puño.

—Eso me gustaría saber —digo entre dientes mirando a Jacob.

Cuando se da cuenta de que ambos lo observamos expectantes, entrecierra los ojos como si estuviera confundido. Doy un paso en su dirección con ganas de zarandearlo para que espabile, pero me contengo. O por lo menos lo intento hasta que capto el olor de Faye en él y me pongo tenso al instante. Abro la nariz y sigo su rastro, que es más intenso a su espalda. Es entonces cuando doy con el mismo sobre que lleva días yendo entre uno y otro.

«Borraré la memoria de cada miembro de tu manada que me mandes. No vas a ganar esta batalla, lobito. Si quieres algo de mí, ten el valor de venir tú mismo a pedirlo. Faye».

Cuando queda absolutamente claro que le ha borrado la memoria a Jacob, Dorian estalla en carcajadas.

—Me encanta esa bruja, amigo —dice cuando se repone a pesar de la expresión de muerte que tengo dibujada en el rostro—. No podían haber elegido mejor persona para ti.

Aprieto con fuerza la mandíbula para no decir lo que pienso. Porque me gusta tanto como me exaspera que sea tan difícil. Porque a veces yo también me hago la misma pregunta.

Ha logrado lo que quería.

Si es conmigo con quien quiere negociar, a mí me tendrá.

Más nos vale que ambos nos atengamos a las consecuencias de nuestra colisión.

Faye

Rezo por que el hechizo de sigilo que acabo de lanzar cubra el sonido de mis pasos.

Vuelvo a echar un vistazo hacia la puerta de madera y, de nuevo, a los archivos confidenciales que están abiertos y sin vigilancia. No puedo desaprovechar esta ocasión que me ha caído del cielo.

Salgo corriendo hacia allí. Puedo hacerlo muy rápido. Buscaré por el apellido, por el nombre de mi abuela, por la fecha de su asesinato… Y luego saldré. Nada va a ir mal.

O eso es lo que me digo a mí misma.

Por eso, tras mirar el, a mi juicio, enorme cartel sobre la puerta que indica: PROHIBIDO. SOLO MIEMBROS DEL CONSEJO, entro.

Un día igual debería de lanzarle un hechizo de invisibilidad a una capa, a lo Harry Potter; a él le funcionaba de maravilla, la verdad. Aunque estos son demasiado inestables como para que aguanten mucho tiempo. Dios, estoy perdiendo la cabeza. Es lo que me pasa cuando estoy nerviosa. Me pongo a divagar, a pensar en mil tonterías. Pero ahora mismo no me lo puedo permitir. Como alguien me encuentre en los archivos privados del consejo... Sí, es mejor que no suceda.

Quizá debería haberme preparado un poco la incursión, pero a mi favor diré que ni en el mejor de mis sueños se me había ocurrido que fuese a tener semejante posibilidad. Debo dar las gracias al destino porque el maestre de la biblioteca tuviera el estómago revuelto y haya dejado libre su puesto. Es una oportunidad inmejorable.

Cuando entro en el archivo, siento decepción al ver que no es muy grande, aunque está atestado de estanterías y libros. Todos son del mismo color marrón y de tamaño grande. La estancia está mal iluminada. Qué difíciles me ponen las cosas, de verdad.

Me animo un poco cuando descubro que cada fila de estanterías pertenece a una clase de seres mágicos de las que forman este consejo en concreto. Busco la de las brujas y corro hasta ella. El tiempo se me está acabando.

Con el corazón latiendo con rapidez, deslizo los dedos por los costados de los tomos. Están ordenados por fecha.

—Pero ¿qué tenemos aquí?

Contengo el grito que se precipita hacia mi garganta por muy poco. La voz a mi espalda me hace tensarme. No puede ser. Cierro los ojos con fuerza y luego tomo aire para darme la vuelta.

Casi respiro aliviada cuando veo que Reese está solo.

Y como es él, no puedo cerrar la boca.

—¿Qué estás haciendo aquí? —le pregunto realmente molesta.

Se ríe.

—Ambos sabemos que la pregunta es la contraria —evidencia—. A diferencia de ti, yo sí puedo estar aquí. Y debes agradecerte a ti misma mi presencia. Ayer, con el lavado de cerebro que le hiciste a Jacob, quedó bien claro que querías hablar conmigo.

Me cruzo de brazos y frunzo los labios. Desearía darle un puñetazo en su petulante cara perfecta.

—Y justo tenías que venir en el momento más inoportuno —mascullo.

—Quizá si no te pasases todo el santo día rompiendo las reglas, esto no pasaría. ¿Te lo has planteado alguna vez? —pregunta con guasa y gira la cabeza como si quisiera analizarme desde un ángulo diferente. Como si quisiera ver en mi interior.

—¿Qué quieres?

—Tu ayuda, y está claro que, en esta situación, no te queda más remedio que aceptar.

—¿Me estás amenazando? —pregunto con indignación. Parece que su pasatiempo favorito es joderme la vida—. Creo que te había dejado bien claro que no te lo iba a volver a permitir.

—Tus acciones desde luego no te ayudan —responde petulante y le lanzo una mirada que espero le haga temer por su vida. Desde luego, yo siento deseos muy profundos de matarlo. Parece que se da cuenta porque vuelve a hablar—: He venido para hablar contigo sobre el encargo que te llevas negando a realizar durante días. Me habían dicho que estabas con el maestre.

Mira hacia ambos lados como si lo estuviera buscando por aquí y esperase encontrárselo tirado en alguna balda, asesinado por mí. Su reacción está cerca de hacerme reír, quiero decir, si no fuese la situación probablemente más comprometida en la que me han pillado nunca.

—Ha tenido una indigestión y se ha ido al baño.
Reese eleva las cejas.
—No he sido yo —aseguro. Porque visto desde fuera parezco bastante culpable.
Se escuchan pasos acercándose. Necesito salir de aquí y que este licántropo tenga la boca cerrada.
—No podemos discutirlo aquí. Luego te hago llegar la información de un sitio seguro para negociar.
Aprieta la mandíbula y me retiene con la mirada durante unos instantes. Noto que no quiere aceptar. Que quiere decir mucho más. El corazón se me acelera todavía más. Como si tuviese un maldito colibrí dentro. Los pasos se escuchan prácticamente a nuestro lado.
—Si no lo haces, iré a buscarte.
Luego sale de allí tras lanzarme una mirada mortal. Respiro tranquila cuando entretiene al maestre para que yo pueda salir sin ser vista.
Mierda.
No quería contraer una deuda con el alfa de la manada. Sobre todo, no quería contraer una deuda con Reese. Su sola presencia me altera de una forma inaudita.

16

¡¿Me estás amenazando?!

Faye

Una pequeña cafetería de la Quinta Avenida parecía un buen sitio neutral para negociar, o por lo menos lo habría sido si hubiésemos llegado a entrar.

Nos hemos quedado en el callejón lateral, a los cuatro nos ha parecido que era el camino más corto. Si es que lo que de verdad nos va a los seres sobrenaturales son los sitios poco concurridos.

En el momento en el que Reese abre la boca, el callejón se convierte en nuestro campo de batalla particular. La verdad es que se nos da de maravilla discutir. Ojalá tuviéramos que hacer eso en vez de llegar a un acuerdo.

Todavía no lo sabe, pero él no es el único que pretende sacar algo de esta reunión. He comprendido que yo sola no puedo llegar a la información que necesito y Reese, como miembro del consejo, sí. Puede que él me haya pillado en una situación comprometida, pero no voy a permitir que se aproveche.

No sé qué me lleva a comportarme de forma tan salvaje con él, teniendo en cuenta que es un miembro del consejo, pero la cuestión es que me hace sentir tan exasperada como segura de que no me dañará.

—¿Qué quieres esta vez, lobito? —le pregunto cruzándome de brazos y lanzando un suspiro exagerado. El apelativo le queda ridículo. Reese es tan grande y fuerte que creo que sus músculos tienen más músculos. Pero no pienso fijarme en eso.

Voy a concentrarme en todo lo malo que tiene. Como por ejemplo esa maldita costumbre de encontrarme en los lugares y situaciones menos oportunas del mundo.

—Necesito que hagas un hechizo, poción o un exorcismo para deshacerme de una unión no deseada.

—¿Qué clase de unión? —pregunto al instante, la urgencia de su petición y el carácter de esta han despertado mi curiosidad.

—De pareja. Necesito liberar a la que es mi compañera —responde con tanta solemnidad que me deja sin palabras.

No sé qué esperaba escuchar, pero estoy absolutamente segura de que no era esto.

—Pensaba que para los licántropos vuestras compañeras eran sagradas. —La observación se escapa de mis labios sin que pueda evitarlo. Por alguna extraña razón, siento un desasosiego recorrerme todo el cuerpo. Pero no sé por qué. ¿Me molesta que en algún lugar tenga una compañera? ¿Que se quiera deshacer de ella? ¿Romper algo tan sagrado?

No entiendo mi reacción, puesto que he hecho muchas cosas antes que no eran moralmente correctas, por lo que me obligo a tragarme el nudo de la garganta.

—Lo son —responde y aprieta los labios en una fina línea como si le disgustase hablar sobre ello. Como si estuviera... ¿enfadado con la situación? Entonces sigue hablando y me deja todavía más desconcertada—: Ella no es el problema, es perfecta —dice, y de nuevo cierra la boca como si no hubiera querido decir eso. Se me abren los ojos a más no poder cuando veo que comienza a ponerse rojo—. El problema soy yo. No puedo tener una compañera.

No sé qué responder a eso. Estoy desconcertada y deseo saber más. Mucho más. Ante mí se presenta un hombre nuevo. Estoy viendo nuevas aristas de la personalidad de Reese y no tengo muy claro cómo me siento.

—No sé qué decir —rompo el silencio cuando veo que está empezando a impacientarse.

—O me ayudas o le cuento a Tariq tu querencia por estar en lugares que no deberías.

—¡¿Me estás amenazando?!

Y ahí ya se desata la batalla.

Nos dedicamos una serie de pullas, inteligentes y mordaces por mi lado, e infantiles y ridículas por el suyo.

Hasta que explotamos.

—Eres demasiado estirado.

—Y tú demasiado salvaje.

Reese y yo nos medimos con la mirada durante unos segundos. Justo cuando me estoy planteando si sería divertido achicharrarle el cerebro con un conjuro, mi amigo abre la boca.

—Tiene pinta de que la negociación va a ser larga. Voy a por un sorbito —comenta como quien está hablando del tiempo y no de darle un bocado a alguien.

Creo que se siente demasiado cómodo hablando de su dieta. La cara de Reese se contrae en una mueca de disgusto tan clara que me hace reír.

—No voy a dejar que ataques a nadie —asegura.

Mi amigo se ríe.

—Oh, créeme, lobito, siempre me aseguro de que mis fuentes de alimento lo disfruten incluso más que yo. —La sonrisa que acompaña a sus palabras podría derretir el polo

— 139 —

norte. Esa sonrisa que siempre lo ayuda a conseguir lo que desea.

Me hace mucha gracia ver a alguien tan serio y exigente como Reese, un hombre que parece ser capaz de soportar todo el peso del mundo sobre los hombros sin quejarse y todavía sentir que no está haciendo mucho, chocar con la moralidad relajada de Levi. Es música para mi alma.

—Me encanta este chico. ¿Cuándo dices que me vas a enseñar dónde está la diversión en esta ciudad? —pregunta Dorian con un interés desmedido, fruto de la propia querencia y supongo que de tocarle los huevos a Reese, a juzgar por la sonrisa burlona que le lanza—. Parece que nos hemos instalado aquí para la eternidad —comenta sin un ápice de molestia, lo hace en un tono que da a entender que se va a quedar al lado de su amigo para siempre.

—Ni se te ocurra moverte de aquí —le ordena Reese cortando mi pensamiento. No me deja ahondar en lo que significa su intercambio. ¿No quiere que Dorian se vaya? No entiendo nada—. Hemos venido a deshacernos de esta maldita unión para que podamos seguir con nuestras vidas. No tenemos tiempo para discutir. —Sus palabras son un gruñido.

—Madre mía, creo que lo voy a hacer a cambio de nada solo para librar a la pobre mujer de estar unida a ti. Creo que alguien tiene que hacerle ver que eres un idiota.

Las carcajadas de Dorian rompen la noche.

—Genial, pues avísame cuando lo tengas —dice Reese y hace el amago de largarse. Llego a ver aparecer una arruga entre sus ojos que me hace pensar que mi declaración le ha molestado, pero no le conozco lo suficiente como para saberlo.

—De eso nada, grandullón. O me ayudas o no voy a mover un solo dedo. No soy tan desinteresada como para trabajar a cambio de nada. El mundo no funciona así.

—Bien, ¿qué quieres? —pregunta cruzándose de brazos. Se le marcan los músculos, lo que roba mi atención al instante. Hay que reconocer que el tío es una obra de arte. Luego da un paso en mi dirección y se detiene demasiado cerca. El aire a nuestro alrededor se empieza a espesar y noto como si miles de diminutos chispazos nos rodeasen.

Es a la vez estimulante y aterrador. ¿Qué me pasa con este hombre?

Ambos damos un paso hacia atrás al mismo tiempo, como si hubiéramos sentido lo mismo. El ambiente se enfría de golpe. Todo rastro de humor desaparece. Solo quiero que este intercambio termine pronto para alejarme de él. Me pone de los nervios tenerlo cerca.

Reese

Maldita sea.

¿Cómo logra que el tiempo y el espacio se detengan cuando la tengo delante? ¿Cómo logra que todo mi cuerpo quiera ir en su dirección? ¿Que quiera absorber su luz, su fuerza?

Tengo que hacerme una nota mental para no acercarme a ella. Digamos que unos dos metros de distancia serían lo más seguro. Me lo tengo que grabar a fuego en la cabeza.

—A pesar de que es divertidísimo veros discutir, necesitamos llegar a un acuerdo. Hemos quedado con un cliente en media hora —comenta Levi señalando su reloj de pulsera y elevándolo para que Faye vea la hora.

Aparto la mirada de los números y la poso sobre la bruja. ¿Qué clase de trabajo tendrá que hacer? En el mismo momento en el que la pregunta se forma en mi cabeza, la aparto. No es asunto mío lo que haga o deje de hacer. «Pero sí que es lícito que la protejas para que pueda hacer la poción», me ofrece como excusa la voz de mi mente. Es una lástima que no tenga razón. Si Faye desaparece, mi problema lo hace con ella. Ni siquiera me sirve ese pretexto para mostrarme tan interesado.

—Está bien. Vamos a tratar de comportarnos como dos adultos funcionales —propone ella. Toma una respiración profunda y cuadra los hombros como si quisiera recuperar el control. Tengo que esforzarme para no reír a carcajadas. ¿Cómo puede una chica tan diminuta y de aspecto angelical guardar tanto fuego en su interior? Me fascina demasiado su choque entre lo que se ve por fuera y lo que hay dentro—. Vamos a llegar a un acuerdo. ¿Qué quieres tú? —pregunta.

—Lo mismo que al principio. He encontrado a mi compañera y no quiero aceptar el vínculo. Necesito romperlo.

No pienso ofrecer más detalles.

—¿Y por qué no pasas de él y nos haces a todos la vida mucho más fácil? —pregunta, no como un reproche, sino con sincera curiosidad.

—No puedo —respondo entre dientes.

—Ah —dice abriendo un poco los ojos y la boca cuando lo comprende—. Vale, que es alguien que tienes cerca.

Cuando asiento, asume que es cierto, lo que no añado es que daría igual que estuviese a mil kilómetros, que mi alma la seguiría llamando. Aunque me fuese de la ciudad, tampoco lograría librarme de esta necesidad. De este anhelo continuo de mi alma. De este vacío que hay siempre en mi interior y que sé que se llenaría si me permitiese aceptarla. Al igual que sé que no es más que magia, algo que han decidido las Moiras y no un sentimiento real. No estoy hecho para tener compañera.

Tampoco lo estoy para tener una manada. Pero ¿las dos cosas a la vez? Se me ocurren mil formas en las que podría destrozar ambas. Sí, eso no va a suceder. Al menos voy a conseguir librarla a ella del castigo. Ojalá pudiera hacer lo mismo con los míos.

—Pídeme lo que quieras —aseguro. Quiero que vea que estoy dispuesto a cualquier cosa. Así de importante es para mí.

Eleva una ceja y me analiza. Me fuerzo a quedarme quieto en vez de removerme inquieto. No pienso demostrarle que tiene el más mínimo poder sobre mí.

—Quiero que uses tu puesto en el consejo para darme acceso a documentos clasificados. O a lo que vaya necesitando —pide directamente. Comprendo al instante que ha sido porque quiere escandalizarme. Ver mi reacción. Quizá incluso tenga la esperanza de que me eche para atrás. Poco sabe que eso no va a suceder nunca.

Ni siquiera muevo una pestaña.

—Dime qué es lo que quieres encontrar.

—Dime tú quién es tu compañera.

—*Touché*.

Nos quedamos en silencio mientras nos observamos con la intención de leer lo que el otro tiene en la cabeza.

—¿Es algo malo? ¿Va a matar a alguien? —pregunto al fin. No creo que sea para eso, pero tengo que asegurarme. Por mucho que sienta como si la conociese de toda la vida, la realidad es que no sé nada de ella. Es como si pudiese ver el interior de su alma y esta fuese lo más puro y hermoso que he visto en la vida.

—No —responde con una sonrisa divertida, una sonrisa que estoy seguro de que ha sido del todo involuntaria. Una sonrisa que me acelera el corazón. Me mira con los ojos entrecerrados durante unos segundos antes de volver a hablar—. Hay algo que deseo saber sobre las condiciones que rodean a la muerte de mi abuela.

—Está hecho —le ofrezco antes siquiera de que acabe la frase. Puedo respetar eso, de hecho, me parece algo muy lícito de desear.

Noto la sorpresa en su rostro. Los ojos se le abren ligeramente, lo que me permite ver mejor su tono dorado. No debería estar mirándolo tan fijamente, como si desease tatuarme el color en las retinas para contemplarlo cada segundo del día.

—Pues no hay nada más que añadir. Tenemos un trato —dice, y me tiende la mano para que se la estreche.

En cualquier otra circunstancia me hubiera negado, pero no puedo hacerlo ahora, no sin cabrearla y que regresemos al punto de partida.

Así que aprieto la boca, dejo de respirar y alargo la mano preparándome mentalmente para el contacto.

Nada, nunca, jamás, me hubiera podido preparar para el impacto que tiene en mí el contacto con su piel. Es como si un rayo salido directo del cielo me atravesase todo el cuerpo. Me despierta. Me hace perder el control. Un anhelo desmesurado se instala en el centro de mi pecho y me insta a inclinarme sobre ella. Maldición. Me doy cuenta de que no soy el único afectado, el único sorprendido, cuando sus labios se separan y se le escapa un sonido ahogado. Antes de hacer cualquier locura retiro la mano y me alejo unos pasos. Ella, o bien me lo permite, o está tan impactada que no sabe cómo reaccionar. Durante un instante siento una corriente de pánico recorrerme la columna vertebral cuando se me ocurre que se ha podido dar cuenta de que es ella. Luego la desecho.

—Tenemos un trato —aseguro yo también cuando recupero un gramo de compostura.

Y, por algún motivo, siento que estoy cometiendo el peor error de mi vida.

Esto no puede acabar bien.

17

Al instante me quedo atrapada en sus inmensidades azules

Reese

Me llega un mensaje al móvil mientras estoy mediando en una discusión entre dos miembros de mi manada que se están pelando por un cambio de habitación.

Cuando los lobos se hacen adultos, si quieren, se les asigna un espacio separado de sus familias.

—Yo necesito más el balcón. Lo usaría para ir de misiones, no para largarme a follar a la ciudad como hace él —lo acusa y se cruza de brazos mirándolo con furia.

—A ti lo que te molesta es que me vaya sin ti. Tuviste tu oportunidad y te cagaste. Así que ahora te aguantas —responde airado el otro lobo.

Dorian estalla en carcajadas.

—¿Te das cuenta de que todos sus problemas se resolverían si echasen un polvo entre ellos? Esto es una jodida discusión de pareja —me susurra en un tono que no es lo suficientemente bajo y que estoy seguro de que pretende que los chicos lo oigan.

Jamás me hubiera imaginado que ser alfa sería así. Juro que parece que soy el padre de todo el mundo.

No habría revisado el teléfono, ya que me parece una falta de respeto, si no fuese porque mis lobos llevan repitiendo el mismo argumento desde hace diez minutos.

Siento que necesito la distracción o voy a terminar matando a alguien.

> *Número desconocido*
> Necesito que nos veamos esta tarde a las 6pm en la Biblioteca Nacional

> *Número desconocido*
> Ven solo

> *Número desconocido*
> Tranquilo, que no tengo intención de matarte (todavía 😂). Es el requisito para un hechizo de búsqueda

Tardo unos segundos en comprender que es de Faye. Cuando lo hago, el estómago me da un vuelco al releerlos. Quiere que estemos juntos a solas. No sabe lo que está pidiendo. Lo demencial que va a ser para mí. Lo mucho que mi parte irracional lo desea.

—¿Está todo bien, amigo? —pregunta Dorian llamando mi atención.

En ese momento me doy cuenta de que he dejado incluso de respirar y que el corazón me late tan rápido por la emoción que estoy seguro de que los tres pueden escucharlo.

—Sí. Perfectamente.

No hace falta que diga que no se fía de mi respuesta. Lo tiene escrito en toda la cara. Lanza una mirada al móvil, que estoy apretando en la mano como si fuese un salvavidas, y luego otra a mí.

Pero antes de que pueda plantearse interrogarme, los lobos a los que intentamos apaciguar se ponen de nuevo a discutir.

En ese momento doy las gracias por ser el alfa y poder librarme del escrutinio de mi amigo.

¿Cómo le voy a explicar lo que pasa si ni siquiera lo sé yo mismo?

Faye

Estoy sopesando si darme cabezazos contra la pared cuando lo veo aparecer. Odio sentirme como si estuviera esperando a una cita. ¿Qué me pasa con este alfa, por Dios? Si ni siquiera me gusta. Ni me cae bien. Ni decido estar con él por voluntad propia.

—Faye. —Pronuncia mi nombre y hace que me tiemblen las piernas.

Que vale que es superficial fijarse solo en el físico de alguien, pero es que Reese es increíblemente atractivo. Tan atractivo como idiota. Sus ojos azules me observan con intensidad contenida. Así es como siento que es. Pura fuerza retenida en su interior, que por algún extraño motivo tiene miedo a dejar salir. ¿Por qué será? Cuando mis ojos viajan por sus pómulos y llegan hasta su boca, desatando en mi interior un torrente de nervios, me obligo a apartar la mirada.

Tengo que centrarme en lo importante.

En lo que nos ha traído hoy aquí.

—Te lo resumo muy rápido. He tratado de encontrar un libro en el que aparezca el hechizo que me pediste, pero no he dado con nada de información al respecto. Te juro que me estaba desesperando —bajo la voz como si le estuviese contando un secreto—, odio no encontrar lo que necesito, en la comunidad hay demasiado ocultismo, cuando se me ha ocurrido qué podía estar fallando. Y por eso estamos aquí.

Abro los brazos frente a la biblioteca para abarcar su extensión.

—Eres consciente de que no he entendido nada, ¿verdad? —comenta Reese con un deje de molestia.

—Te incomoda que sea yo la que lleve las riendas, ¿eh? —le pico solo por el placer de cabrearlo.

—¿Tú qué crees? —pregunta entre dientes.

—Voy a acabar con tu miseria. Me he dado cuenta de que tú eres la clave. Necesito que estés conmigo mientras busco información. Te necesito para atraer el conjuro, poción o lo que sea que vaya a romper tu vínculo —explico—. Ahora ya puedes alabar mi inteligencia —bromeo.

—Teniendo en cuenta que todavía no has encontrado nada, me parece un poco apresurado —comenta elevando una ceja, y se libra de que lo mande a la mierda porque la comisura de su boca se eleva y comprendo que está de guasa.

—¿Eso ha sido una broma, alfa?

—Podría ser —responde y, por una fracción de segundo, desplaza los ojos brillantes de picardía hacia mis labios, lo que desata una bandada de mariposas en mi interior.

Necesito romper esta tensión y necesito hacerlo ahora.

—¿Vamos o qué?

Si le molesta mi tono cortante o el cambio súbito que se genera a nuestro alrededor, no lo dice. Es más, casi parece hasta aliviado. Cuando empiezo a preguntarme por qué será, me reprendo a mí misma y me digo que tengo que meterme en mis propios asuntos, que ya tengo bastantes.

Me dirijo hacia el interior. Saco el móvil del bolsillo para consultar la foto que le he sacado a la ubicación que aparecía reflejada en el manual.

—En cada biblioteca hay una puerta mágica que, si la encuentras, accedes al limbo en el que está el archivo común de libros mágicos. Toda la información que te puedas imaginar. Cada una de las comunidades mágicas repartidas por todo el mundo contribuye desde hace siglos a cuidarla y añadir información —le explico al ver que observa con curiosidad lo que hago, mientras atravesamos los pasillos de mármol en dirección a la susodicha entrada—. Evidentemente, aquí no hay información peligrosa, ni mala. Lo que a veces suele ser un impedimento. Pero creo que, en tu caso, al ser lo de las compañeras algo más común entre los licántropos que en ninguna otra especie, los brujos no lo habrán declarado contenido prohibido. Vamos a descubrirlo muy pronto.

Para acceder al lugar, tenemos que subir a la segunda planta, ir hasta el final de las estanterías donde están situados los libros de historia y empujar para dentro la última, que dejará al descubierto un hueco por el que podamos pasar. Me gustaría pensar que la emoción que siento fluir en mis venas es por la tensión de que nadie nos vea desaparecer, pero existen muchas posibilidades de que sea por estar con el lobo que tengo a mi lado y que es una presencia caliente y enorme.

Cuando por fin accedemos al limbo se me corta el aliento. Casi como si fuera la primera vez que lo veo.

El archivo mágico común es una estancia enorme de la que no se alcanza a ver ni el principio ni el final. Ambos puntos se pierden en una explosión de luz, casi como si estuvieras mirando al propio cielo. Filas y filas de estanterías blancas colman todo el lugar, que está repleto de infinidad de libros.

Sonrío cuando oigo a Reese soltar un silbido de fascinación. Me alegra que pueda apreciar la belleza de este sitio.

—¿Cómo vamos a encontrar nada aquí? —Su pregunta me hace reír.

—Ese es el motivo por el que te he pedido que vengas —le explico—. Te necesito para atraer el libro hacia nosotros.

Me coloco en el centro y le indico con señas a Reese que se ponga delante de mí. Trago saliva cuando lo hace y tengo que elevar la vista para poder mirarlo a los ojos. Siempre me han gustado los hombres altos. Eso, y las manos grandes, siempre han sido mi debilidad.

—Tú vigila este lado para ver si ves dónde puede estar el libro. —Señalo a mi espalda con un gesto—. Y yo vigilo el otro.

—¿En qué me tengo que fijar?

—La revelación se puede presentar de varias maneras. Con un brillo, cayéndose... Hay infinidad de posibilidades, así que estate atento.

Espero a que Reese asienta con la cabeza y me trago una sonrisa cuando veo lo serio y profesional que su actitud se vuelve. Es muy... intenso, de un modo completamente diferente a mí.

Alzo los brazos y cierro los ojos durante un segundo para concentrarme en la magia que fluye por mis venas. Necesito mucha cantidad de poder para llamar al libro indicado de entre los millones que hay. Cuando he conectado con mi magia, recito las palabras:

*Libros de este inmenso lugar,
escuchad mi llamada y venid sin tardar.
Entre millones de páginas, uno he de hallar,
el hechizo preciso que al lobo pueda liberar.
Por el poder de la magia y la necesidad en acción,
que el libro que busco aparezca en mi visión.*

Cuando la invocación se extiende por la biblioteca, un viento suave cargado de energía comienza a soplar a través de las estanterías, haciendo que las páginas de los libros comiencen a moverse con un susurro mágico. Es casi como si la magia atravesara cada uno de ellos para detectar lo que hay en su interior.

Es impresionante de ver.

Cuando veo que un libro solitario viene volando hacia nosotros, siento una satisfacción enorme. Pero, en vez de alertar a Reese, se me ocurre una maldad. Le lanzo una mirada para ver si se da cuenta de lo que sucede, pero está completamente distraído mirando hacia el lado que le corresponde vigilar. Y no puede captar el sonido con sus sentidos superdesarrollados, ya que el lugar está lleno de los susurros de los libros tocados por la magia. Aun así, no puedo estar segura de que no vaya a escucharlo. Tengo que hacer algo si quiero que funcione.

—¿Ves algo? —le pregunto para distraerlo.

—Nada —responde serio, muy centrado en su tarea.

A pesar de que aprieto los labios para evitarlo, en el último momento empiezo a reírme. Me separo de él para que no me golpee de rebote a mí también.

Cuando el libro se estampa contra la cabeza de Reese, tarda unos segundos en reaccionar. Me busca con la mirada y luego pone una expresión de incredulidad.

Los ojos comienzan a brillarle con una intensidad que me deja sin aliento. Abre la boca y respira por la nariz como si…

como si quisiera devorarme, pero no en el mal sentido. Creo que jamás en mi vida me he excitado más rápido. Siento que por algún extraño motivo mi broma le ha afectado de la forma equivocada en vez de cabrearlo.

—Parece que te apetece jugar conmigo. —Las palabras salen roncas de su boca, casi como si él mismo no fuese dueño de ellas.

Y necesito romper esto. Lo que sea que está sucediendo. Es... demasiado.

—Piensa que si me matas, no tendrás a nadie que realice el hechizo —bromeo apenas sin voz. Aunque esa mirada tan penetrante me pone nerviosa. No es que tenga miedo de que me vaya a dañar. Es que hace que me sienta incómoda en mi propia piel. Anhelante.

Antes de que pueda responder algo, antes de que terminemos..., no sé, lanzándonos el uno al cuello del otro, recojo el libro y me siento contra una de las estanterías para estar lo más cómoda posible mientras me aseguro de que está el hechizo que necesitamos.

Escucho más que veo a Reese tomar unas bocanadas de aire al tiempo que se aleja. Tarda unos minutos en volver a acercarse a mí.

Nos mantenemos durante un buen rato en silencio mientras leo.

Él es el primero en romperlo.

—Hay algo que me está carcomiendo desde la última vez que nos vimos —dice Reese. Levanto la vista del libro que estoy leyendo. Ha conseguido captar mi atención.

—Sorpréndeme —contesto intentando sonar lo más desinteresada posible.

—¿Por qué no haces con la muerte de tu abuela lo que hiciste con mi tío?

—Porque sé cómo y quién la mató. Ese no es el problema. Lo que no sé, ni yo ni nadie que no sea un brujo de alto cargo, son los lugares donde ella… asesinó. No puedo demostrar que es falso. Y eso me está destrozando.

Me obligo a centrarme en el libro. No quiero hablar de mi abuela. No quiero estar bajo la atenta mirada de Reese. Así que me concentro de lleno en la tarea.

Durante unos diez minutos no hallo nada, pero luego, ahí está.

Casi grito de la emoción cuando doy con lo que necesitamos. Pero, al comenzar a leer la elaboración de la poción que proponen, me quiero morir.

Joder.

—Es la poción más compleja que he visto en la vida.

—Cómo no —escucho farfullar a Reese, pero no levanto la cabeza para encontrarme con su mirada. Sé que si lo hago, corro el riesgo de quedarme atrapada en ella. Y no quiero que se percate. Si ya se comporta como un idiota sin saber el impacto que tiene sobre mí, si lo descubre… Mejor que nunca suceda.

—¿Acaso pensabas que romper una unión sagrada decidida por las mismas Moiras sería sencillo, lobito? —imprimo todo el sarcasmo que puedo en la pregunta.

—A veces creo que te parece mal.

—No. Siento que estoy haciendo una gran obra al librar a una pobre mujer de ti.

Se me escapa una sonrisa al escuchar las carcajadas de Reese.

—No veo la hora de que esto termine.

—Somos dos —digo, y cometo el terrible error de hacer contacto visual con él para que vea mi sonrisa.

Al instante, me quedo atrapada en sus inmensidades azules.

Reese

Estar a solas con Faye no es bueno para mi salud mental. Pero ¿estar a solas con una Faye desenfada y juguetona? Definitivamente es mortal para mí. He estado a punto de lanzarme sobre ella y devorarla. Mi lobo ha estado a punto de tomar el control de mi cuerpo. Solo ella tiene el poder de despertarlo de esa manera tan intensa. Es... es estremecedor.

Cuando me descubro mirándola fijamente mientras busca en el libro que ha invocado como un jodido poseso, me fuerzo a hablar. De lo que sea. Cualquier cosa me vale para distraerme.

—Y bien, ¿cómo es el hechizo? —La pregunta sale brusca, pero no parece molestar a Faye, que parece poco impresionada por mi efusividad en general.

—No puedo revisar ahora mismo todas estas páginas, pero para que te hagas a la idea, hace falta que sea en luna roja. La primera de este año es el catorce de marzo —comenta con voz distraída sin darle importancia cuando es quizá lo que más miedo debería darle. Pero de nuevo, ella no tiene ni idea de que es mi compañera.

—La luna es algo complicado para nosotros —comento como si en realidad no fuese un problema enorme.

Ahora mismo no puedo pensar en ello. Me preocuparé cuando llegue el momento.

Levanta la mirada del libro y la clava en mí con curiosidad.

—¿Es cierto que os convertís en lobos a la fuerza?

Dudo antes de hablar. Los licántropos no somos dados a compartir nuestros secretos, pero siento que ella se merece saberlo.

—No siempre. Cuanto más mayor y dominante sea el

lobo, más control tiene sobre el cambio y puede rechazarlo. Si quiere. Aunque suele ser divertido dejarse llevar —comento encogiéndome de hombros.

Faye suelta una carcajada haciendo que mi espalda se tense. Mientras la observo, me doy cuenta de algo.

—Faltan tres meses para ese día —casi grito cuando proceso ese trozo de información.

—Sí —responde distraída como si no le diese ninguna importancia. Entonces mete la mano en su bolso y saca un cuaderno.

—No puedo esperar tres meses —aseguro, pero ella ni se inmuta.

Toda mi atención se concentra en ella.

Está sentada en el suelo, con las piernas cruzadas, un boli con forma de unicornio sujeto entre los dedos, mientras garabatea en la hoja en blanco. Ha dejado el bolso a su lado abierto y olvidado. Tengo la tentación de mirar qué más lleva ahí dentro. Siento que de alguna manera eso me haría conocerla un poco mejor, pero la realidad es que no soy capaz de apartar los putos ojos de ella.

—Espero que desees mucho librarte de esta unión porque desde ahora te digo que te va a tocar sudar la camiseta. Es una locura la cantidad de cosas que hacen falta.

Teniendo en cuenta que cada vez que estoy junto a ella me cuesta más resistirme, la respuesta llega rápida y segura.

—No importa. Estoy dispuesto a hacer cualquier cosa.

No sé qué llama la atención de Faye cuando lo digo. Si la vehemencia o quizá la desesperación que desprenden mis palabras —pero es que no es sencillo estar tan cerca de ella, con su olor envolviéndome y volviéndome loco—, porque levanta la vista del cuaderno y la posa sobre mí. Analiza mi cara con los ojos entrecerrados, como si eso le ayudara a desentrañar mis pensamientos. Noto su mirada arrastrarse por mi cara como si fuese una jodida caricia. Comienzan a picarme los dedos por las ganas que mi animal tiene de salir a la superficie, de tomar el control y dejar a un lado las reticencias que mi lado racional pone en su camino.

Cuando gira la cabeza, me resulta tan adorable y tentadora que tengo que apretar los pies contra el suelo para no caminar hacia ella. Levantarla y devorarla.

Aparta la mirada de golpe y noto cómo el rubor comienza a cubrir sus deliciosas mejillas. Joder. Si solo llega a aguantar la mirada durante unos segundos más...

Faye se aclara la garganta antes de hablar.

—Tengo que analizar el hechizo bien. No puedo hacerlo ahora mismo. El lugar es incómodo y tener a una montaña observando todo lo que hago no me ayuda a concentrarme. —Me lanza una mirada de disgusto antes de guardar el libro y el resto de sus cosas en su bolso de nuevo, y juro que podría besarla en agradecimiento por disipar algo del ambiente opresor que se había formado en la sala.

—Pues vamos —le digo y, aunque me siento tentado de acercarme a ella y tenderle la mano para ayudarla a levantarse del suelo, simplemente me doy la vuelta y echo a andar hacia la salida.

Lo más inteligente que puedo hacer es poner distancia entre nosotros.

Una vez fuera del edificio nos quedamos el uno frente al otro. Observándonos en silencio otra vez.

Después de unos instantes sin palabras, pero en los que siento que ambos queremos decir mucho, ella se da la vuelta y camina de regreso a su vida.

Debo tener cuidado porque, cuanto más tiempo paso a su lado, más difícil se me hace separarme de Faye.

Demonios

18

Menudo despliegue de brutalidad

Reese

Pasa una semana entera hasta que vuelvo a ver a Faye. Y no es que esté contando el tiempo ni nada parecido. Es solo una casualidad que lo sepa. O por lo menos me gustaría que ese fuese el caso.

Estoy en los jardines de la mansión junto a Dorian y Jacob viendo cómo entrenan los lobos que están a punto de alcanzar la madurez cuando la veo aparecer. Se mueve entre mi gente con una sonrisa en la boca que la hace parecer dulce, casi delicada. Me gusta saber que en el interior alberga a una guerrera. Que es una especialista en meterse en problemas. Me siento honrado de conocer esa parte de su ser. Su pelo largo la envuelve y se mece a su espalda y yo me quedo hipnotizado. Aspiro con fuerza solo para poder captar cuanto antes su increíble aroma, que despierta todos mis instintos.

Casi se me cierran los ojos cuando su olor a bosque, rayos de luna llena y libertad me alcanza. Me calma. Me altera. Me hace anhelarlo todo. Pero no me permito explorar esas sensaciones. Necesito estar sereno cuando se dirija a mí. Bajo control. O puede que se me escape alguna locura. Puede que le diga que no dejo de soñar con ella.

—Menudo despliegue de brutalidad —comenta poniéndose a mi lado, entre Dorian y yo, mientras observa el entrenamiento. Su tono es tan neutral que no tengo ni idea de si le parece bien o mal.

Me siento tentado de preguntar, pero la verdad es que cuanto menos sepa de ella, mejor me irá.

—Brujita —la saluda divertido Dorian—. ¿Vienes en son de paz o quieres patearle el culo al alfa? —pregunta mi amigo, completamente encantado con nuestra visita.

—Señora —la saluda Jacob.

Lo observo y veo que se ruboriza al mirarla. Le entiendo. Es preciosa a rabiar. No debería molestarme que el chico también se haya fijado.

—Por Dios, Jacob. No me llames así —se queja ella haciendo que me trague la risa—. Eres consciente de que solo tengo unos años más que tú, ¿verdad?

—Es por respeto.

—No soy de tu manada por mucho que tu alfa se empeñe en requerir mis servicios. —Lo dice como una pulla hacia mí, pero sus palabras, lo mucho que desearía que lo fuese, me aceleran el corazón. Dorian, que está tan cerca de mí que lo puede escuchar, me mira con la comisura de la boca elevada al comprender cómo me siento. Me encantaría mandarlo a tomar por culo, pero no puedo hacerlo sin que sea evidente lo que sucede—. Por favor, llámame Faye.

—Buena suerte con eso —la interrumpo—. Llevo intentando obligarlo a llamarme por mi nombre desde que nos conocimos. —Cuando Faye posa su atención en mí, la sangre se calienta en mis venas y siento la necesidad de hacer algo para desviarla. Por eso mi pregunta sale mucho más dura de lo que debería—. ¿Qué haces aquí?

Ella me fulmina con la mirada al segundo.

Faye

—¿Cómo lo haces para ser siempre tan idiota? —le pregunto elevando el mentón y encarándome con él, lo que es ridículo, teniendo en cuenta que el lobo me saca dos cabezas de alto y tiene el doble de mi envergadura.

Jacob se atraganta y parece que preferiría estar en cualquier otro lugar menos aquí. Dorian se parte de risa.

—Puede que me lo merezca —acepta él al instante. Que lo reconozca baja algo de mi molestia. Pero no pienso relajarme.

Como se comporte mal, lo mando a la mierda y nuestro trato se termina.

—Creo que es la primera vez que estamos de acuerdo en algo —respondo, y la sonrisa se me escapa. Cuando los ojos de Reese se dirigen a mis labios, soy yo la que se pone tensa. Decido que lo mejor es desviar la atención—. He venido a hablar de la poción de…, ya sabes —comento dirigiendo una mirada fugaz a Jacob porque no sé si sabe lo que Reese me ha pedido.

—Puedes hablar con libertad —explica él, entendiendo lo que quiero decir—. Jacob conoce mi… «situación». Se ha empeñado en ser mi ayudante. Lo iba descubrir tarde o temprano.

—Bien. Para realizarla, necesitamos objetos personales de cinco clases de seres mágicos —empiezo a explicarle a Reese—: demonios, lobos, vampiros, hadas y brujas. —Elevo la mano y comienzo a estirar dedos al enumerar—. Tenemos que empezarla ya. Tiene que estar cociéndose hasta el día de la luna y debo echarle diferentes plantas en diferentes días.

Lo tengo todo controlado. Voy a empezarla hoy, pero no te necesito hasta que tengamos que conseguir el primer objeto. Y por supuesto te va a tocar comprar algunas plantas, que son carísimas.

La inacción de Reese me hace mirarlo fijamente y casi me río de la cara de incredulidad y pánico que tiene, si no fuera porque justo en ese momento decide reaccionar.

—Pensaba que no podíamos hacer nada hasta dentro de tres meses —dice con tal pánico en la voz que se me escapa una carcajada.

Parece asustado de verdad.

—Oh, lobito, te dije que no iba a ser sencillo.

—No puedo estar tres meses así —dice señalando entre nosotros.

—¿Quieres decir aguantándome a mí o estás hablando de tu compañera? —Reese aprieta los labios y desvía la mirada. Juro que no quiero permitir que sus palabras me afecten, ni tampoco que lo haga su actitud de mierda, pero me cuesta un esfuerzo que ahora mismo se está agotando—. Para mis investigaciones tampoco me viene bien perder tanto tiempo, pero me he comprometido a ayudarte y cumplo con mi palabra.

—No tengo nada en contra de ti. —Su respuesta llega como un resorte cuando se da cuenta de lo ofensivo que está siendo sin necesidad.

—Y si lo tienes, es tu problema, no el mío —se lo dejo absolutamente claro. Luego continúo hablando como si no me importase lo más mínimo—: Ahora, a lo que iba, puedo hacer la mayoría de las cosas sola, pero hay pasos de la poción en los que te necesito y, desde luego, yo no voy a conseguir los objetos sola. Ahí te va a tocar dar el callo.

—Por supuesto —responde al instante. Por lo menos con esto no voy a tener que luchar.

—¿Alguno de vosotros conoce a un demonio fuerte? —Lanzo la pregunta y los tres me observan con una mezcla de incredulidad y curiosidad—. El primer objeto que necesitamos es de uno de ellos —aclaro.

—No.

—Pues sí que sois de gran ayuda... Yo lo encontraré. Hablaré con Levi, seguro que él conoce a alguno y quizá esté interesado en ayudarnos. —Empiezo a organizarlo todo en mi mente hasta que me doy cuenta de que Reese me observa fijamente. Me tenso—. Tienes una semana para estar tranquilo sin tener que sufrir mi presencia —digo y, por algún motivo mis palabras suenan dolidas—. Disfrútalo. Te aviso cuando sepa lo que vamos a hacer. —Termino con dignidad y me doy la vuelta para largarme.

Reese me saca de mis casillas.

Quizá esta semana separados no sea solo necesaria para él. Todo a su lado es... demasiado intenso.

19

Mi comida favorita son las brujas

Faye

Una semana después, para desgracia de Reese, Levi ha encontrado a un candidato para nuestro objeto.

—No voy a preguntar por qué conocéis a un demonio —comenta el alfa cuando entramos en los camerinos de un local de conciertos. Hay un claro tono de desaprobación en su voz.

Pongo los ojos en blanco y me río.

—¿Te duele ser tan perfecto? —le pregunto sin poder evitarlo, pese a que me he prometido hacer el encuentro lo más sencillo posible. Dicen que discutir es cosas de dos, el problema es que a mí se me da realmente mal estar callada. Reese sabe qué teclas pulsar para sacarme de mis casillas.

Muy a mi pesar, que trate de ser tan perfecto y contenido me hace mucha gracia. Eso me lleva a preguntarme cuál es el motivo por el que se comporta así.

—Porque, a diferencia de ti, amigo, hemos vivido —le contesta Levi por mí—. Y en este caso tendrías que sentirte agradecido. Si mal no recuerdo, eres tú el que necesita la poción y no nosotros. —Levi tiene que terminar la frase casi gritando para hacerse oír por encima del ruido procedente del escenario. Aunque no creo que Reese haya tenido problemas para escucharlo.

No es que haya una buena insonorización en este local. Por decirlo de una manera suave, hay que tener valor para entrar aquí. El lugar está lleno de pintadas, algunas incluso fluorescentes, que resaltan brillantes a pesar de la falta de iluminación. La mayoría de ellas son intentos de resultar satánicas, pero hechas por alguien que no tiene el conocimiento suficiente del mundillo como para que sean verdaderas. O, en el caso de que estén hechas así aposta, las han dibujado más para los humanos que no saben demasiado que para los propios demonios. Son puro atrezo.

Le dan un rollo *cool* al local, pero poco más.

Eso sí, Reese parece horrorizado, lo que solo hace que la situación sea todavía más divertida.

Antes de hablar con el demonio tenemos que esperar más de media hora a que el concierto termine. Levi y yo dedicamos el tiempo a escuchar las canciones y bailar moviendo arriba y abajo la cabeza como la música pide, mientras Reese se queda en el pasillo que lleva a los camerinos como si fuese un guardaespaldas. De verdad que tiene que aprender a divertirse. No sé por qué, siendo tan cercano a Dorian, el cual está dándolo todo en la pista, no se le ha pegado algo de su forma desenfadada de vivir.

Cuando termina el concierto, el demonio, que es el cantante, baja del escenario y se acerca a Levi. No sé cómo esperaba que se saludasen, pero desde luego no con un morreo con lengua de lo más obsceno teniendo en cuenta que mi mejor amigo siempre demuestra cero interés por el sexo. Sin conexión no hay polvo. Así que debe de haber tenido alguna clase de relación con él.

—Tienes un par de cosas que explicarme —le susurro al oído cuando se acerca a presentarnos al demonio.

—¿Qué? He tenido mi época salvaje, aunque no te lo creas —comenta dibujando una sonrisa completamente encantada.

—La verdad es que está bueno —comenta Dorian, para el que no ha pasado desapercibida nuestra conversación.

—Tenéis razón —respondo, no puedo más que estar de acuerdo con ellos. Con el pelo negro y largo, que enmarca unos labios carnosos, y su figura esbelta y alta, es difícil de pasar por alto.

Yo soy más de hombres rudos y grandes, pero soy capaz de apreciar su belleza.

—Gracias —responde el demonio, a la vez que Reese lanza un gruñido. No parece tan contento como el resto. Me tengo que tragar una risa cuando noto que se coloca un poco delante de mí para taparme. ¿Es que se ha vuelto loco?—. Me llamo Gabriel, por cierto —se presenta y me tiende la mano para que se la estreche.

—Faye —digo haciendo lo propio y presentándome yo también—. Estos son Dorian y Reese. —Señalo a mis dos lados—. Y por lo que he visto, a Levi lo conoces muy bien. —Acompaño mis palabras de una elevación de cejas.

—Me gusta esta chica —comenta a nadie en particular—. ¿Vamos a mi camerino a ponernos cómodos?

La respuesta de Reese no se hace esperar.

—Hemos venido aquí por negocios, no para proporcionarte entretenimiento —asegura, y esta vez se coloca completamente frente a mí, lo que me oculta de todo el mundo.

—Eso ya lo veremos —le responde Gabriel. La diversión es tan clara en su tono de voz, que no me hace falta verlo para saber que disfruta molestando a Reese.

Solo por eso me gusta un poco más. Desde luego tiene que ser maravilloso si ha conseguido acostarse con Levi.

Cuando llegamos al camerino, una estancia cuadrada con las paredes adornadas con discos y guitarras y un tocador en uno de los laterales, y Gabriel cierra la puerta a nuestra espalda, nos envuelve el silencio. Así es mucho más sencillo hablar, o por lo menos lo sería si alguien se hiciese cargo de la situación. Pongo los ojos en blanco y decido tomar la iniciativa. En el fondo no sé qué harían sin mí.

—¿Levi te ha comentado lo que necesitamos?

Gabriel asiente sentándose en el sofá.

—Me ha dicho algo sobre que necesitáis un objeto para una poción.

—Bien. No necesitamos nada que sea muy especial, solo que te pertenezca.

—¿Y qué recibiría yo a cambio?

—¿Qué es lo que querrías? —pregunto.

—Cuidado con lo que vas a decir a continuación —advierte Reese. Lo que, en vez de molestar a Gabriel, solo le hace sonreír con más fuerza.

—Tranquilo, que lo que voy a pedir como recompensa es algo que solo tú me puedes proporcionar, bombón —responde y le guiña el ojo.

Se me escapa una carcajada. Pero antes de que terminemos de negociar, falta precisar un punto.

—Solo para estar absolutamente segura de que todo está correcto. ¿Eres un demonio de nivel…? —comienzo a preguntar mientras busco el cuaderno donde había apuntado las cosas que necesito para la poción y que no se me olviden—. ¿Tres? Es un requisito imprescindible —añado al elevar la cabeza para mirarlo.

Y sé la respuesta que me va a dar antes de que salga de su boca.

—Odio tener que decir esto, porque sacaría un buen partido —comenta. Se relame los labios mientras le lanza una mirada de lo más obscena a Reese—, pero no tengo el nivel diabólico que necesitáis. Un demonio de nivel tres es casi un príncipe del infierno. Buena suerte pidiendo su ayuda.

—Mierda. —La maldición se escapa de mi boca—. Esto es un contratiempo enorme. Tenemos poco tiempo para conseguir el objeto —comento más para mí misma que para ninguno de ellos.

Me paseo por el camerino mientras me devano los sesos para trazar un nuevo plan. No sé cómo de sencillo será encontrar a un demonio de lo que parece un nivel tan alto.

Mientras estoy pensando no puedo evitar escuchar en segundo plano el resto de las conversaciones.

—Gracias por tu ayuda. Es una pena que no hayamos podido hacer negocios —le dice Levi.

—Sí, gracias —le digo yo también. No quiero quedar con él como una desagradecida. Nunca se sabe cuándo vas a necesitar tener a un demonio de tu parte.

—¿Por qué no te quedas tú un rato conmigo y nos ponemos al día? —le propone Gabriel a Levi cuando nota que estamos a punto de largarnos.

—Quizá venga más tarde —responde mi amigo.

—Ya sabes dónde encontrarme —dice Gabriel estirando los brazos a los lados del sofá y abriendo las piernas en una clara invitación a divertirse.

Eso es todo lo que Reese es capaz de aguantar. Y por una vez estoy de acuerdo con él.

—Esto es una pérdida de tiempo —comenta muy cabreado y él también se levanta. Tengo que contenerme para no reírme de su actitud enfurruñada. Parece mucho más joven cuando se comporta así y, por alguna extraña razón, eso me gusta.

No sé si es por la increíble vista que tengo delante, pero la cuestión es que, mientras observo sus bíceps, se me ocurre una idea maravillosa.

—¡Tengo una idea increíble! —exclamo y los cuatro se giran a mirarme.

Y así es como terminamos en medio del cementerio para dibujar un pentagrama con tiza blanca e invocar a un demonio pasada la medianoche.

Digamos que las cosas no salen tan bien como las había planeado.

Antes de comenzar el ritual, bajamos al panteón de mi familia para que pueda buscar el libro de invocaciones.

Me acerco a la estantería y rebusco en la zona que tengo dedicada a los demonios. La verdad es que este trozo más alejado tiene incluso polvo.

No hay muchas ocasiones en las que acepto encargos en los que ellos estén implicados o me contraten. Me gustaría decir que es porque tengo muchos escrúpulos, pero la realidad es que tienden a ser incluso demasiado incontrolables para mí.

—¡Encontrado! —exclamo contenta. Si seguimos a este ritmo, puede que incluso aprovechemos la noche.

Camino hacia la larga mesa de madera maciza que casi ocupa todo el centro del panteón. Me gusta tenerla despejada, me ayuda a concentrarme, pero hoy está todo hecho un desastre. Coloco el libro sobre ella. Cae con un ruido pesado y levanta un rastro de polvo.

—Esa es tu poción. —Señalo con la cabeza al caldero que hierve a fuego mágico lento desde hace una semana cuando la presencia de Reese a mi espalda se vuelve insoportable.

—¿Ya la has empezado? —pregunta con curiosidad y se acerca a mirar en el interior. Cuando está lo suficientemente cerca, olfatea el contenido con elegancia, como si ese fuese su sentido más desarrollado y casi me hace reír.

—Sí —respondo distraída, ya que he comenzado a pasar el dedo por el glosario de nombres para ver si siento algún tipo de iluminación. Encontrar a un demonio tan poderoso no es sencillo.

—No me termina de parecer buena idea invocar a un demonio —comenta Reese.

Elevo la vista del libro y la clavo en él.

—¿Y qué propones? —le reto—. Porque por lo menos yo estoy haciendo algo. No puedo decir lo mismo de ti.

—Punto para ti. Solo espero que no sea peligroso.

—Para nada. —Le resto importancia con un gesto de la mano—. Ahora, ayúdame a preparar los objetos e ingredientes necesarios.

Unos veinte minutos después lo tenemos todo listo. Incluso hemos conseguido prepararlo sin discutir demasiado.

Buscamos un lugar tranquilo al final del cementerio entre unos árboles, pero con el asfalto suficiente para que pueda trazar el pentagrama con tiza blanca.

Alrededor de él coloco velas negras y rojas. Delimito con sal de luna el centro donde va a aparecer el demonio para contener su poder. Luego me coloco frente a él, en el lugar en el que el pentagrama no tiene punta, para estar más cerca. Reviso el texto que debo recitar una vez más para estar segura de que no me voy a encallar al leerlo, y le pido a Levi que sujete el libro frente a mí, ya que voy a tener las manos ocupadas. Con la izquierda elevo el cáliz de obsidiana y con la derecha, una daga ceremonial. Me obligo a no prestar atención a la tensión en la espalda de Reese.

Luego comienzo a recitar el hechizo en un tono firme y solemne:

*Desde el abismo ardiente, llamo al príncipe del infierno,
poderoso y omnipresente, escucha mi llamado eterno.
Cruza el velo, responde a este ritual,
manifiéstate ahora, grande y colosal.
Por los antiguos pactos y las palabras prohibidas,
te invoco, príncipe del infierno temido,
aparece ante nosotros, por este conjuro dirigido.*

Cuando termino de lanzar la invocación, las velas parpadean y el aire se llena de una presencia ominosa. Un viento gélido recorre el cementerio y, en el centro del pentagrama, una figura oscura comienza a materializarse tras responder a la llamada.

Siento una descarga de emoción cuando veo que ha funcionado. Solo espero que sea el demonio correcto. Tiene un aspecto bastante humano, si no fuera porque mide dos metros y parece sacado de una película de época.

—¿Eres un demonio de nivel tres? —pregunto solo para asegurarme. Necesito saberlo lo primero, si no, voy a mandarlo de vuelta al instante.

El demonio se vuelve hacia mí y me lanza una mirada escrutadora. Me trago la impresión cuando veo que sus ojos tienen las pupilas alargadas como los felinos, pero mucho mucho más amenazantes.

—¿Acaso no se me nota? ¿Por qué me habéis llamado? —pregunta muy cabreado—. Estaba en medio de algo importante. Dice y se relame los dedos.

Justo en ese momento mis ojos caen a sus manos y me doy cuenta de que las tiene llenas de sangre. Fantástico. La situación solo mejora por momentos.

Cuando todos se tensan a mi lado, comprendo que lo han visto también. Pero sigo hablando como si todo estuviera bajo control.

—Necesitamos un objeto tuyo para hacer una poción —explico sin la menor intención de dar vueltas, me gustaría irme a dormir pronto. Mañana por la mañana me espera un día muy duro como secretaria de Tariq—. Puedes poner un precio. Nos sirve cualquier cosa.

—¿Pero tú crees, niña, que puedes llamar a un príncipe del infierno y exigirle que haga lo que tú quieras? No soy una marioneta. Las cosas no funcionan así. —Su tono de voz se va haciendo cada vez más profundo.

Me tengo que obligar a mí misma a no perder los nervios.

—No te vamos a robar mucho tiempo, y más que obligarte a hacer algo, lo que necesitamos es una transacción. Tú nos das un objeto y nosotros pagamos por él.

El demonio parece sopesar mis palabras durante un instante.

—Ya que has interrumpido mi cena, lo menos que puedes hacer es ofrecerte a ser la sustituta —responde, llevando la conversación por el camino que a él le interesa.

—Sigue soñando —respondo poniendo los ojos en blanco. Si quiere intimidarme, se tendrá que esforzar mucho más.

—Esto no me gusta nada, Faye —empieza a decir Reese, que cada vez se está poniendo más tenso—. O cierras la boca o me voy a ver en la obligación de hacerlo yo —amenaza al demonio.

Mierda. No puedo permitir que se enzarce con él. Necesitamos que colabore. Decido reclamar su atención de nuevo.

—¿Qué dices al trato? Seguro que podemos darte algo que quieras. Tenemos mucha magia a nuestro alcance.

Sonrío satisfecha cuando vuelvo a tener toda su atención.

—Deberías haber leído un poco más sobre mí, chica. Mi

comida favorita son las brujas —dice con maldad y olfatea el aire en mi dirección como si se estuviese deleitando con mi olor.

—Es una pena que no puedas alcanzarme —le respondo retadora. No pienso permitir que piense que me intimida o no saldremos de este bucle de amenazas. Necesito que se dé cuenta de que su única opción para que lo dejemos en paz es que colabore con nosotros.

Justo en ese instante pasan dos cosas a la vez. Reese se acerca más a mí y el demonio me mira con burla antes de sacar un pie del pentagrama.

—Mierda. —La maldición cae de mi boca cuando el demonio demuestra que el dibujo que supuestamente debería de contenerlo no es más que una ridícula figura inservible.

—Joder —escucho decir a Reese.

Noto cómo Dorian y Levi se acercan a nosotros. No sé si lo han hecho de forma consciente, pero los tres se han colocado para proteger mi cuerpo. Reese se ha puesto delante de mí.

Pero eso no evita que nuestro invitado deje de observarme.

El demonio se ha fijado en mí, puesto que ha deducido que soy la más débil de los presentes.

Error.

Se me dibuja una sonrisa. Me encanta cuando esto sucede y le puedo demostrar lo muy equivocado que está.

Pero el alfa tiene otros planes.

—Atrévete a tocarla y te arranco la cabeza —advierte Reese en un tono gutural que hace que me vuelva para mirarlo. Le brillan los ojos, al borde del cambio. Su expresión, que casi siempre es de burla o desaprobación, se ha tornado letal.

Y, por algún extraño motivo que desconozco, hace que mi estómago hormiguee de satisfacción, porque es a mí a quien defiende.

Aunque no necesite ayuda y esté a punto de descubrirlo.

Reese

La rabia y un sentido de protección como jamás había experimentado inundan mis venas y desatan el inicio de la transformación.

Mis manos se convierten en garras y me abalanzo sobre el demonio para evitar que roce siquiera a Faye. No me permito una conversión completa porque quiero mantener el control. Araño el cuello del demonio con las garras y la sangre negra que brota de su cuerpo me intoxica.

—¡Quítale el colgante! —grita Faye, que sale de la protección tras mi espalda y yo busco lo que me pide por si el objeto es lo que le ha permitido al demonio salir de la supuesta contención del pentagrama.

Todo pasa muy rápido. Dorian se ha convertido, Levi ha sacado los colmillos y se agazapa amenazante, pero lo que me deja sin palabras, mientras sujeto al demonio con toda la fuerza que poseo, es que Faye es la que realmente lo está conteniendo con magia.

Recita una serie de palabras tan rápidas que no soy capaz de comprenderlas mientras se acerca a nosotros. El rostro del demonio está petrificado y todo rastro de soberbia ha desaparecido de sus facciones.

Casi como si estuviera en un sueño, observo que Faye se coloca a mi lado y eleva el cuchillo ceremonial con fuerza antes de hundirlo en el corazón del demonio.

Durante unos segundos creo que nada va a suceder, pero de nuevo estoy equivocado.

Cuando el cuerpo del demonio cae muerto a nuestros pies, el cementerio se cubre de silencio.

Pero la calma solo dura el tiempo que tarda en retirarse la estupefacción de mi cuerpo.

Luego me vuelvo hacia Faye y empieza una nueva batalla. Estoy muy furioso. Si le llega a pasar algo... Me obligo a no seguir esa línea de pensamiento cuando noto una punzada en el corazón. Me resulta mucho más sencillo dejarme llevar por la ira.

—Sabía que esto era peligroso, joder —le echo en cara, pero ella no se inmuta.

—No es ni de lejos lo más peligroso que he hecho en mi vida —comenta encogiéndose casualmente de un hombro para restarle importancia a la situación, lo que todavía me enfurece más—. Lo hemos controlado en un momento.

La boca se me abre de indignación ante su desfachatez.

—No te tomas nada en serio. Eres impulsiva y muy lianta. No piensas en las consecuencias de tus acciones —la amonesto, ahora preocupado. ¿Cómo se supone que va a estar a salvo si esta situación no la ha alterado lo más mínimo?

—Gracias —responde ella esbozando una enorme sonrisa. Estoy empezando a pensar que disfruta sacándome de quicio—. Has conseguido el objeto, ¿verdad? —dice señalando el medallón que tengo en la mano. Tanto el objeto como mi piel están cubiertos de sangre negra.

—Casi te matan —trato de razonar con ella, pero juro que me cuesta horrores.

—No ha sido para tanto. Te aseguro que me he visto en peores situaciones —dice como si fuera lo más normal del mundo.

Lo que solo me cabrea más. No quiero que mi compañera

esté en peligro. Mierda. Cuando ese pensamiento se me pasa por la cabeza, me vuelvo más loco. No es mi compañera y me lo tengo que meter en la cabeza.

—¡Tienes que cuidarte! —exclamo con mi voz más dura de alfa.

—A ver si te queda claro, lobito —dice en un tono bajo y letal a la vez que se inclina hacia delante. Mi instinto, que se ha adueñado por completo de mi cuerpo, hace que yo también me acerque a ella y me alce sobre su cuerpo. Estando tan cerca, lo único en lo que me puedo concentrar es en su increíble olor. Y en el deseo que tengo de comérmela a besos. Joder. Esta situación es cada vez más compleja—. Ni tú ni nadie puede meterse en lo que hago o dejo de hacer —dice mosqueada. Cuando alarga un dedo y me lo clava en el pecho para darle empaque a su declaración, ambos recibimos una descarga eléctrica por el contacto.

Sé que ella lo ha sentido también porque jadea. La boca se le queda ligeramente abierta. Su movimiento capta por completo mi atención y, de tan afectado que me siento en este momento, soy incapaz de controlarme. Bajo la mirada hasta su boca y comienzo a agacharme. La respuesta de Faye es cerrar los ojos, lo que solo me azuza más.

—Mierda. ¿Van a besarse? —La pregunta formulada por su amigo me hace quedarme quieto y a Faye, tensarse. El momento se rompe como si alguien acabase de pinchar nuestra burbuja con un alfiler.

En este instante no sé si arrancarle la cabeza o agradecerle que haya evitado que nos besemos.

¿Qué cojones me pasa en la cabeza?

—Pero ¡qué dices! —exclama Faye, que se retira como si la hubiera golpeado. Pone una distancia enorme entre nosotros.

Mierda. ¿Cómo hemos pasado de querer matarnos a estar a punto de besarnos?

Solo tengo una cosa clara: necesito alejarme de ella o todo va a estallar por los aires.

20

Me preparo para sacar las uñas

Reese

—Necesito que me acompañes esta noche al panteón de Faye —le digo a Dorian en el tono más neutro que soy capaz de usar. No quiero que perciba la necesidad tras la petición. Solo puedo reconocerme a mí mismo el puto terror que me da estar a solas con ella.

Después de que el otro día estuviéramos a punto de besarnos... No. Eso no va a suceder.

Pero mi amigo es mucho más listo de lo que me gustaría. Mucho más de lo que le gusta aparentar.

Dorian, que hasta entonces estaba completamente inmerso en la planificación de los entrenamientos de la semana para los lobos más jóvenes, eleva la cabeza del cuaderno y me clava la mirada.

—Eres consciente, amigo, de que tu miedo se huele desde la puerta de entrada, ¿verdad? —pregunta elevando una ceja.

Jacob, que estaba realizando los ejercicios para que Dorian viera si son adecuados, se cae de bruces; parece que preferiría estar en cualquier otro lugar.

Por lo menos alguien tiene algo de respeto por el alfa.

—No me perturba lo más mínimo reconocer que me asusta —gruño enseñándole los dientes a mi amigo.

Dorian se ríe. Para mi gusto, está disfrutando demasiado de mi situación de mierda.

—La chica no te llega al sobaco y tiene la cara más angelical del mundo —se mofa.

Ahora es mi turno de reír.

—Creo que sabes tan bien como yo lo peligrosa que es. Tiene un don para meterse en líos. Y todavía tiene más facilidad para sacar mi lado primitivo —confieso para que entienda el peligro real que supone.

—La chica es perfecta para ti.

—Es todo lo contrario.

—Eres demasiado cabezón.

—No es cabezonería, es sensatez. Tengo que mantenerme alejado de ella o voy a terminar haciendo una locura —casi grito.

—Por una puta vez, Reese, deberías dejarte llevar en vez de dejarte dominar por tus miedos.

—Mis miedos son muy reales.

—Y totalmente injustificados.

—Estoy hasta los huevos de que no quieras ver que no soy alguien que deba amar.

—Y yo de que creas que no lo eres.

Esta conversación no va a ningún lado.

Estamos cabreados y demasiado aferrados a nuestra opinión como para llegar a un acuerdo. Ambos respiramos con dificultad mientras nos gruñimos. Estamos muy cerca, tanto el uno del otro como de terminar golpeándonos.

Cuando percibo con la visión periférica que Jacob se está largando del gimnasio, se me escapa un gruñido. Es la distracción perfecta.

—No te marches. Si él no me acompaña, lo harás tú. —Lo señalo con el dedo y le reto con la mirada. Por supuesto, él no se atreve a decir nada.

—Claro, señor.

Ni siquiera me molesto en corregirle. Que me llame como le dé la gana si eso logra que haga de pantalla entre Faye y yo.

Me largo a mi despacho dando grandes y sonoras zancadas, temiendo lo que pueda pasar esta noche.

Faye

Prometo que mi intención en este encuentro era ser lo más conciliadora posible. Pero hay algo en el aura que rodea a Reese que me pone todos los pelos de punta con solo compartir el mismo espacio que yo. Y mi boca se abre sin que yo lo decida.

—¿Has comido algo en mal estado? —pregunto en cuanto lo veo descender las escaleras del panteón. Tiene sus atractivas facciones contraídas en una mueca de disgusto.

—Buenas noches a ti también, Faye —saluda, haciendo caso omiso de mi pulla, en un tono que me resulta demasiado altanero.

Odio que se crea tan perfecto y correcto. Pero, sobre todo, lo que más odio es la bandada de mariposas que alzan el vuelo en mi estómago al verlo en toda su gloria.

Lleva unos vaqueros y un jersey azul marino sencillo, pero el color hace que sus ojos se vean todavía más preciosos. Sus rasgos son duros y, a la vez, ridículamente atractivos. No es justo que alguien sea tan guapo. De verdad que no.

—Buenas noches —murmuro sin mucho ánimo. No es tan divertido cuando no discute conmigo.

—Este lugar es impresionante —dice Jacob girando sobre sí mismo y mirando a su alrededor.

Se me forma una sonrisa en la boca al ver su entusiasmo.

—Por lo menos uno de los dos va a hacer agradable este

encuentro —murmuro—. ¿Sigues queriendo librarte de tu compañera? —bromeo, pero a Reese parece que no le hace tanta gracia.

Se le escapa un gruñido que se parece más a cuando pisas sin querer a un perro pequeño en la calle que a los ruidos amenazadores que le he escuchado proferir hasta ahora.

—Es lo mejor —responde de forma críptica. Aleja la mirada de mí y se centra en una estantería llena de piedras que dudo que le susciten la mitad del interés que parece estar experimentando.

—Te das cuenta de que cuanto menos me cuentes, más interés tendré en descubrirlo, ¿verdad?

—¿No tienes nada mejor que hacer que molestarme?

Me encojo de hombros, pulso el temporizador y comienzo a darle vueltas a la poción en el sentido contrario a las agujas del reloj.

—No. Durante los próximos diez minutos tengo que remover tu poción, por lo que podrías entretenerme. Además, la verdad es que en este momento prefiero centrarme en tus dramas que en los míos propios —confieso, aunque hacerlo no ha sido una elección consciente.

¿Qué narices me pasa que me lleva a confesarle mis miedos a este lobo estirado?

Pero como casi siempre, Reese me sorprende.

—¿Sigues sin descubrir nada de tu abuela? —pregunta y no se puede fingir el grado de interés que se atisba en sus ojos.

Me digo que esa es la razón por la que respondo con sinceridad:

—No. Es desesperante.

—Si puedo ayudarte con lo que sea, no dudes en decírmelo. Tú me ayudaste mucho con mi tío.

Su ofrecimiento, tan sincero y rápido, me hace sonreír.

—Ten por seguro que lo haré. Para eso tenemos un trato.

Entonces es mi respuesta la que le hace sonreír a él.

Durante unas décimas de segundo los dos nos observamos con una sonrisa y una especie de electricidad nos envuelve. Es... es como algo mágico. Pero no soy capaz de precisar qué sucede, porque Reese aparta la mirada como si se hubiera quemado.

¿Qué narices le pasa a este lobo?

Como ninguno de los tres decimos nada, un silencio absolutamente incómodo se extiende por el panteón y enfría cada rincón al que tiene acceso.

Odio tener que ser yo la que lo rompa, pero me digo a mí misma que es solo porque tengo que organizar los pasos que hay que dejar hechos hoy. Para eso estamos aquí. Si no fuera por ese motivo, no tendría la menor gana de estar junto a Reese.

Decido tomarme la situación con humor.

—Necesito que te acerques. Te juro que no te voy a morder. —La broma solo me divierte a mí, y por enésima vez me maldigo por haber decidido que Levi no estuviera aquí cuando viniese Reese solo por no demostrar lo mucho que me agobiaba estar a solas con él. Él se hubiera divertido con mi comentario. E incluso Dorian.

Sin embargo, Jacob parece que desearía que la tierra se lo tragase en cualquier momento.

—No me asustas lo más mínimo —responde Reese demasiado rápido como para que sea una respuesta real.

Su reacción me hace reír.

—Sigue diciéndote eso —replico elevando la comisura del labio solo para hacer la respuesta todavía más molesta.

Reese, en vez de picarse, decide pasar de mi comentario y se acerca con seguridad. Ojalá pudiera comportarme de la misma manera y evitar que mis piernas tiemblen ante la promesa de su cercanía.

—¿Qué tengo que hacer? —pregunta cuando llega a mi lado.

Se mete las manos en los bolsillos y mira al interior del caldero en el que lleva semanas cocinándose la poción.

—¿Has traído el medallón del demonio?

—Sí —responde acompañando la afirmación con un gesto de la cabeza.

—Perfecto. Solo quedan un par de pasos más antes de que puedas echarlo dentro —comento pasando el dedo por la página del libro que lo explica.

Releo por enésima vez lo que toca, abro con cuidado el bote de sangre demoniaca y echo la cantidad exacta con una pipeta especial que no se corroe con el ácido.

Alguien debería darme un premio porque trabajar bajo la atenta mirada de Reese es increíblemente difícil.

—Prepara el medallón —le pido y él se lo saca del bolsillo y lo levanta para que pueda verlo—. A la de tres lo dejas caer dentro. Con suavidad —le explico para que todo vaya a la perfección. La poción es lo bastante difícil como para tener que empezarla de nuevo—. Uno —comienzo a contar elevando los dedos—, dos y... tres. Ahora —indico, y Reese lo deja caer despacio tal y como le he pedido.

Ambos observamos cómo el medallón se va hundiendo poco a poco en el líquido espeso. El color, de un naranja apagado, se va volviendo rojo a medida que el metal del colgante se va fundiendo en su interior.

—Ya está terminado este paso, y parece que ha salido de maravilla. Tiene el tono y el espesor que el libro dice que debería tener —comento satisfecha y llena de orgullo.

Noto que Jacob se acerca a nosotros para ver qué miramos con tanto interés.

Lo entiendo. La verdad es que ver cómo se hacen las pociones es hipnótico, una mezcla de colores y ruidos extravagantes.

—¡Menuda pasada! —exclama Jacob y sonrío. Por lo menos alguien aprecia lo que estoy haciendo aquí.

—Está feo que yo lo diga, pero la magia es lo mejor de este mundo —bromeo, aunque la verdad es que realmente lo pienso—. ¿Ves cómo el color de las burbujas se va haciendo más oscuro? —pregunto señalando al interior del caldero. Jacob asiente—. Eso es porque está sacando todas las impurezas del interior. Dentro de un par de días se formará una capa espesa que tendré que retirar con un metal especial para que no se deshaga.

—Increíble —comenta fascinado.

Mientras le explico algunas cosas sobre brujería básica, noto cómo el ambiente se va relajando poco a poco. Aunque quizá sea porque ya hemos terminado y eso ayuda a que todo vaya mejor. Pero cuando Reese abre la boca, me doy cuenta de que soy la única que parece estar más tranquila.

—Por cierto —comienza a decir y su tono duro capta toda mi atención por lo fuera de lugar que está en este momento. Me preparo para sacar las uñas—, ten claro que no vamos a volver a robar ningún objeto. Estoy harto de que nos metamos en problemas —dice como si la obligación de estar en mi compañía fuese un fastidio.

Odio cómo me hace sentir su comentario. Odio que logre hacerme daño, que sienta como si me hubiera estrujado el estómago. Pero, sobre todo, odio que las mejillas se me tiñan de vergüenza. Nunca me he avergonzado de cómo soy y no voy a empezar a hacerlo ahora. Tampoco pienso darle la satisfacción de que vea que me ha molestado.

—Tengo una noticia buenísima para ti, gran y perfecto alfa

—espero que mi tono de voz consiga captar la burla que pretendo realizar—, el siguiente objeto que hay que echar es el de los lobos, así que te vas a poder librar de mí, y de mis malas ideas, durante unas semanas. Buena suerte con no morirte ahogado en el aburrimiento de tu propia perfección. Ahora, si me lo permites, tengo muchas cosas que hacer —digo haciendo un gesto hacia las escaleras para que se largue.

—Será un placer —responde él, y no me hace falta verle la cara para saber que tiene los labios apretados en una mueca de fastidio. Puedo notarlo en sus palabras.

Reese sale disparado hacia la salida mientras Jacob se despide de mí con vergüenza. No me molesto en seguirlos con la vista.

Solo me permito respirar tranquila cuando estoy segura de que se han marchado.

Me prometo a mí misma no volver a bajar la guardia en su presencia. No le voy a entregar a este idiota el poder de hacerme daño.

Lobos

21

Una emoción deliciosa burbujea en mi interior

Faye

Me dejo caer sobre la cama justo cuando Levi se cuela por la ventana entreabierta de mi habitación.
—¿Por qué es tan difícil encontrar información sobre mi abuela? —pregunto desesperada—. Creía que Tariq tendría a montones, y su despacho no es más que otro callejón sin salida. Solo tiene los registros de su nacimiento, de sus poderes…, nada que no sepamos ya. No habla de sus supuestos crímenes ni de su muerte.
—En esto tengo que estar de acuerdo contigo. Todo es muy raro —comenta Levi pensativo.
—Es como si hubieran querido borrar su existencia de la faz de la Tierra. Es todo demasiado… conveniente.
Coloco el antebrazo sobre mis ojos para que ni siquiera la poca luz que se cuela por la ventana me moleste. Sinceramente, necesito desconectar de todo durante un rato. Estoy agotada de no obtener resultados por más que me esfuerce.
Siento cómo la cama se hunde a mi lado; luego, Levi se tumba junto a mí y me abraza. No dice nada, pero solo con su presencia, con su apoyo incondicional, me siento arropada y un poco menos jodida. Si por mi cabeza se pasa la idea de

que fuera Reese el que estuviera ocupando su lugar, es solo porque la tristeza me hace ponerme blanda, no porque lo desee de verdad.

—¿Quieres que vayamos a quemar la noche de Nueva York para animarnos? —pregunta Levi después de un rato.

Niego con la cabeza.

—Prefiero quedarme regocijándome en la mierda —respondo, y me doy la vuelta entre sus brazos para enterrar la nariz en el hueco de su hombro.

—Pues regocijarse en la mierda será entonces —asegura, y me aprieta más contra él.

Cuando me despierto a la mañana siguiente, no recuerdo haberme dormido, pero es de día y Levi ya no está, por lo que he tenido que hacerlo en algún momento.

Vale que su cariño no me ha quitado los problemas, pero cuando me levanto de la cama me siento mucho más fuerte emocionalmente como para soportarlos. A Levi le encanta jugar a ser un bocazas al que no le importa nada, pero es el mejor amigo que podría haber soñado con tener. Es tolerante, divertido y leal hasta la muerte y, sobre todo, mucho más cariñoso de lo que le gustaría.

Me arrastro hasta la cocina. Fuerzo una sonrisa en la cara cuando mi madre, con la que la relación fluye bastante mejor desde que Tariq me nombró su ayudante, se sienta a mi lado para desayunar antes de encargarse de su turno de cuidado de los invernaderos.

Todo el encuentro es bastante artificial, pero ella o no se da cuenta o no le importa lo más mínimo. Estoy segura de que, con tal de que no le hable de la abuela, incluso le da lo mismo haber perdido la relación con su hija.

Termino de desayunar y voy al despacho de Tariq. Él todavía no ha llegado, pero tengo trabajo de organización suficiente como para estar sin parar durante tres vidas. ¿Quién se iba a imaginar que ser el brujo jefe fuera tan tedioso? Ni siquiera él puede pasarse el día solo dedicado a la magia.

Necesito un poco de acción. No estoy hecha para estar encerrada en un despacho. Quizá, si vuelvo a interrogar a los seres sobrenaturales de Nueva York, descubra algún hilo del que tirar para descubrir lo que sucedió exactamente.

No quiero admitírmelo ni siquiera a mí misma, pero estoy bastante desilusionada. Justo cuando estoy a punto de dar la mañana por concluida, sucede lo que menos me esperaba. Se abre una pequeña ventana por la que mirar.

La esperanza a veces tiene una forma extraña de presentarse, y la mía viene en esta ocasión disfrazada de carta.

Los astros se han alineado para ayudarme.

Alguien ahí arriba quiere que lo descubra todo. Es el primer pensamiento que se me cruza por la cabeza cuando llega al despacho de Tariq la citación del consejo central del país. El organismo al que el resto de los consejos estatales rinde cuentas. Lo que viene a ser el consejo que de verdad maneja el cotarro sobrenatural de todo Estados Unidos. Si hay un lugar en el que estoy segura de que se guardan registros de lo sucedido en todas las ciudades es allí. A fin de cuentas, todos los consejos mágicos le rinden cuentas. Tariq tuvo que explicar lo que sucedió con mi abuela.

Una emoción deliciosa burbujea en mi interior.

Releo la citación por tercera vez y sonrío mientras un plan perfecto se forma en mi cabeza. Ahora solo me hace falta la ayuda del lobo que me vuelve absolutamente loca. Es hora de que demuestre que el estar tan metido en mi investigación como yo es su «problema».

Sonrío durante todo el camino hacia la mansión. Estoy tan animada que disfruto sobremanera de la brisa neoyorquina golpeando la parte baja de mi cara, que queda expuesta con el casco de la moto.

Aparco en la puerta.

Cuando pongo un pie en la mansión, como siempre, el lugar está lleno de vida. Me descubro a mí misma analizando a todas las lobas con las que me cruzo por si de alguna manera intuyo quién puede ser la compañera de Reese. Es algo estúpido y completamente fuera de lugar. Y no es asunto mío. Pero, por más que me digo que tengo que dejar de hacerlo, soy incapaz de controlarme.

Es Jacob, con quien me encuentro en una de las estancias, el que me dice que Reese está en su despacho. Sigo sus indicaciones y no tardo en encontrarlo. Me quedo mirando la puerta entreabierta durante un instante más del necesario hasta que me digo que ya vale de hacer el tonto. Hemos discutido, pero qué más da. Nos necesitamos el uno al otro. Y ese es el único motivo por el que he venido. No porque quiera verlo.

Inspiro hondo y empujo la puerta. Y, en el momento en el que mis ojos se posan sobre él, cualquier tipo de preparación que pensase tener se esfuma de golpe.

Es increíblemente atractivo.

Cualquiera diría que, a estas alturas, después de múltiples encuentros y discusiones de lo más variopintas, me hubiera acostumbrado a él. A su belleza, a su imponente figura, al aura de poder que lo rodea. Pero no. Me pasa todo lo contrario. Cada vez es peor.

Cada vez me tiemblan más las piernas, se me acelera el pulso y el estómago se me llena de mariposas. Es como si estuviera viviendo dentro de una canción de amor de las malas.

Tomo aire y trato de mantenerme a raya antes de hablar. No puedo perder el foco de la verdadera razón por la que estoy aquí.

Reese

La huelo mucho antes de verla.

Gracias al cielo eso es lo que hace que esté un poco más preparado para el encuentro inminente. Tenso la espalda, pero nada atenúa el golpe que siento en las costillas con su sola presencia. Muevo los ojos y cuando la encuentro, su belleza me deja sin palabras.

Espero no parecer tan idiota como me siento en este momento.

—No te esperaba. —La frase sale con dureza de mi boca, pero ella no se amedrenta lo más mínimo. Y joder si su fuerza no me vuelve loco.

—De nada por premiarte con mi maravillosa presencia.

La sonrisa se me escapa sin querer.

—¿Puedo hacer algo por ti? —pregunto con un carraspeo y me levanto para que no alcance a ver que sus locuras me divierten.

—Sí. Ha llegado el momento de que me ayudes —dice esbozando una enorme sonrisa. Mis ojos se desvían a sus labios y se quedan allí pegados. En ese momento me doy cuenta de que, aunque no fuese mi compañera, me parecería que tiene la sonrisa más preciosa del mundo.

Incómodo, cambio el peso del cuerpo de un pie al otro. Desvío la mirada hacia sus ojos y me siento aliviado de que no sea una loba o podría oler a la perfección cada uno de los sentimientos que despierta en mí.

—Haré lo que sea —respondo, y tengo que aclararme la voz porque me sale aguda, como si no la hubiera usado en años. Joder. ¿Por qué todo tiene que ser tan intenso con ella?

Se le escapa un jadeo ante mi respuesta que, me doy cuenta tarde, ha sonado demasiado efusiva. Entonces llega su turno de aclararse la garganta.

—Bien. Porque tienes que ayudarme a colarme en los archivos del consejo central. Estoy segura de que allí tendrán la información que necesito sobre mi abuela.

La miro a los ojos para comprobar si está hablando en serio. Y por supuesto que lo hace. Faye es la definición exacta de «meterse en problemas».

—No.

La negativa sale de mi boca con facilidad. Lo que propone es peligroso. Una locura. No pienso hacerlo. Rotundamente no.

—No puedes negarte, tenemos un trato —advierte enfadada. Su sonrisa se ha convertido en una fina línea de molestia.

—No me importa. No voy a fomentar que te pongas en peligro —aseguro, y algo en mis palabras hace que su gesto se relaje.

—Te juro que no va a ser peligroso —empieza a decir al darse cuenta de que esa es la única razón por la que me niego—. Cerraremos el plan antes de hacerlo y prometo que me ceñiré a él —asegura levantando las manos y mostrándomelas para que vea que lo dice muy en serio.

No tengo muy claro si es por sus preciosos labios fruncidos en un puchero o por el brillo de la esperanza que arde en sus ojos, pero la cuestión es que termino accediendo.

Lo único que tengo claro cuando da un salto para abrazarme y mis manos la sujetan como por voluntad propia es que cuanto más tiempo paso con Faye, más peligrosa se vuelve para mí.

De una forma u otra, esta chica va a acabar con mi cordura.

22

Desde luego no me esperaba este recibimiento

Faye

No sabía que una semana se podía hacer tan larga, pero por fin ha llegado el día.

Estamos organizando el traslado de los miembros del consejo de Nueva York al central y creo que jamás he trabajado con tantas ganas. No somos muchos los que vamos, solo los miembros y sus ayudantes, pero al ser un viaje tan largo y como es tan importante que cada representante esté poco tiempo lejos de sus clanes, el desplazamiento se hace siempre con magia. Es la forma más rápida y efectiva.

Tariq se acerca a mí y me saca de mis pensamientos.

—Abre tú el portal en ese lado y yo lo haré en este —indica.

—Ahora mismo.

Obedezco al instante. He pasado toda la semana aprendiendo el hechizo bajo su atenta mirada. Me centro en hacer aparecer el portal. No es una tarea extremadamente compleja, pese a lo que pueda parecer, pero sí que es importante hacerlo de forma consciente. A menos, claro está, que quieras terminar en cualquier otra parte del mundo.

Recito las palabras mientras realizo los movimientos adecuados con las manos:

*Por las calles que conozco, por las que ansío explorar,
por el asfalto y el acero, por lo nuevo que voy a encontrar,
que se acorten las distancias, que se doblen los caminos.
Portal urbano, llévame a nuevos destinos.*

Tenía el presentimiento de que me iba a poner a prueba. Y estaba en lo cierto.

—Muy buen trabajo, Faye. Me alegra comprobar que eres de mis alumnas más implicadas.

Sonrío satisfecha. Si cree que estoy aprendiendo a su lado, aunque la realidad se ajuste más a que le estoy sirviendo, más se relajará y más podré hacer lo que necesito en realidad.

Cuando tenemos los dos portales abiertos, el lugar se comienza a llenar de bullicio. Hay gente hablando y dando instrucciones a los que se quedan antes de cruzar al otro lado.

Todos se comportan de manera tranquila menos los lobos, lo que llama mi atención. Si algo caracteriza a Reese es que no le gusta sobresalir. Así que, ¿qué narices está haciendo plantado delante del portal y obstaculizándolo?

Reese

—No me voy a meter ahí dentro —le digo a Faye con rotundidad y con mucha más fuerza de la necesaria cuando se acerca a nosotros. Pero una de las cosas que he descubierto sobre ella en las últimas semanas es que, si ve un hueco para conseguir lo que quiere, va a tomarlo.

—¿Alguna vez dices que sí a algo? —pregunta ella con diversión.

—Cuando todo lo que me propones son locuras, es bastante complicado no negarse —le devuelvo la contestación, mirando con horror la superficie en movimiento del portal—. Se me erizan los pelos del cuerpo. Es antinatural viajar así.

—¿Y convertirse en un animal, Reese? —bromea.

—Que he dicho que no.

—A ver, no puede ser la primera vez que ves un portal, ¿verdad? Has tenido que coger uno en algún momento. —A medida que va hablando, su voz va perdiendo seguridad porque se da cuenta de que no lo he hecho.

—Sí.

—¿No has visto Harry Potter? Es muy parecido a como viajan ellos con los trasladadores, solo que con magia de verdad —explica y su sonrisa flaquea—. ¿No?

—No.

—¿Siempre te has negado? De verdad que no me lo puedo creer.

—No me he negado. Nunca me ha hecho falta. Era un limpiador. Nosotros viajamos por carretera como es natural. ¿Qué motivo tendría para atravesar uno?

—Si quieres, te doy la mano mientras cruzas —bromea, pero la simple mención de su contacto es suficiente para que me asuste. Eso sí que no.

—Está bien. Iré.

Faye pone los ojos en blanco.

—Solo a ti podría horrorizarte mi ofrecimiento de ayuda.

Se vuelve hacia Dorian.

—¿Y tú me vas a dar problemas?

—Para nada —responde él esbozando una sonrisa deslumbrante que me molesta sobremanera—. Yo me meto donde tú quieras, preciosa —asegura y le guiña un ojo.

Se me escapa un gruñido de fastidio, pero antes de que pueda amonestarlo por hablarle así, se aleja.

No me da tiempo a alcanzarlo, puesto que lo siguiente que hace es atravesar el portal. Lleva un buen rato tratando a Faye con demasiada confianza y el deseo de estrangularlo que siento es tan grande, que me sirve de impulso para cruzar tras él.

Al acercarme, lo primero que noto es que una película acuosa se adhiere a mi cuerpo, pero no moja. Luego, una fuerza de atracción enorme, como si yo fuera un trozo de metal y al otro lado hubiera un imán gigantesco esperándome, tira de mí. Lo siguiente que noto es que mi cuerpo se ve arrastrado con rapidez por el vacío. Ni siquiera tengo tiempo de gritar. Salgo al otro lado y aterrizo con fuerza contra el suelo; me valgo de mi instinto animal para no caer de bruces.

Joder. Menudo viaje.

—Buenos reflejos, lobito —se jacta Faye, que ha salido a mi lado con tanta elegancia como si el viaje infernal no la hubiera alterado lo más mínimo. Ni siquiera se le ha movido un pelo del sitio.

No se me ocurre una contestación digna, ya que estoy bastante ocupado manteniéndome de pie cuando el suelo no deja de moverse. Me alegro cuando Tariq la llama para que se acerque a él y lo ayude. Prefiero recuperarme con dignidad.

El mareo se me pasa de golpe cuando veo que Dorian eleva la mano y saluda a Faye, que ya está hablando con los miembros del consejo central que representan a los brujos.

Le doy un manotazo para que deje de hacer el gilipollas.

—¿Se puede saber qué coño estás haciendo? —le pregunto a mi amigo, al que estoy a punto de asesinar.

—Estoy tratando de ligar con Faye. Como tú no pareces interesado...

No le da tiempo a acabar la frase, ya que antes de que la termine lo he agarrado de la garganta y lo he levantado del suelo.

Y el muy cabrón se ríe. O lo más parecido que puede hacer cuando el aire apenas le pasa por la garganta.

—No te atrevas a acercarte a ella —gruño, pero sé que me entiende.

—Pues espabila de una vez —dice a duras penas entre jadeos.

Le gruño, pero escondo los dientes cuando percibo por el rabillo del ojo que Faye viene. Aflojo el agarre del cuello de Dorian, pero sigo evaluándolo con la mirada.

—¿Se puede saber qué estáis haciendo? —pregunta en voz baja cuando se acerca a nosotros, sin mirarnos y sin perder la sonrisa—. La idea es que no llaméis la atención. Necesito que me ayudes a colarme en los archivos o tus pelotas van a peligrar. Te lo advierto, Reese.

—Tranquila, te aseguro que esta discusión acaba aquí y ahora. —Le lanzo una mirada mortal a Dorian y él sonríe con inocencia. Luego levanta las manos y me las muestra.

Nuestra interacción parece relajar algo a Faye.

—Bien. Cuando llegue el momento adecuado, iré a buscarte. Solo tenemos dos días para colarnos antes de que tengamos que largarnos —organiza y se da la vuelta para alejarse de nosotros.

Me quedo mirando su espalda en retirada, deseando que no tuviese que alejarse de nosotros, de mí.

—Si no quieres que todos se den cuenta de que estás colado por ella, deberías cerrar la boca, se te está cayendo la baba —bromea Dorian.

Se me escapan una serie de maldiciones, porque el muy cabrón tiene razón.

Todo se está volviendo cada vez peor. Mucho mucho más difícil.

Faye

Todo el mundo está durmiendo cuando me cuelo en la habitación de Reese.

No sé qué clase de instinto de mierda tiene, pero me sorprendo cuando soy capaz de llegar hasta el borde de su cama sin que se despierte. Por el amor de Dios, que es un alfa a cargo de una manada. Mis ojos, traicioneros, se deslizan sobre su impresionante pecho lleno de marcas. No sé qué me fascina más, si sus músculos perfectos, dorados y de aspecto sedoso o los hermosos dibujos intrincados que los rodean. Pero lo que más me llama la atención es una marca preciosa, menos marcada que el resto, que descansa sobre su corazón. Es lo más bello que he visto en la vida. Tanto que las yemas de los dedos comienzan a picarme por las ganas que siento de acariciarlo, de trazar las líneas con mis dedos.

¿Qué narices me está pasando?

Me maldigo a mí misma por estar mirándolo como una acosadora, pero yo no tengo la culpa de que duerma sin camiseta. Cuando por la cabeza se me pasa el pensamiento de que quizá también esté desnudo de cintura para abajo, me fuerzo a que mis ojos no comprueben mi suposición. Lo que no soy capaz de controlar es la ola de excitación que se extiende por mi bajo vientre.

Me acerco a la cama con sigilo y luego me inclino sobre él para despertarlo.

Antes de que pueda hacer algún movimiento, Reese se mueve y me atrapa, haciendo que caiga sobre él. El estupor solo dura un segundo antes de que vuelva a moverse, nos dé la vuelta y se coloque sobre mi cuerpo. Su calor y su peso se me antojan increíbles y los ojos se cierran solos.

Me siento abrumada y muy muy excitada.

«¿Qué está haciendo?», me pregunta una voz lejana en mi cerebro. Estoy bastante segura de que está dormido. ¿Con quién está soñando?

Si tenía alguna duda de si sabía que era yo, esta se disipa cuando mi nombre sale de sus labios envuelto en un gemido. Mis piernas se abren a los lados con voluntad propia para acogerle.

De pronto me siento muy necesitada. Me agarro a sus hombros y su nombre se escapa de mis labios.

Noto el momento exacto en el que se despierta, ya que su espalda se tensa y se queda muy quieto.

Incluso en la bruma de mi excitación, se me dibuja una sonrisa. Va a ser divertido verle salir de esta.

Desde luego, no me esperaba este recibimiento.

Reese

Durante un segundo estoy en la gloria más absoluta, con el cuerpo hermoso y caliente de Faye bajo el mío. Con mis caderas encajadas entre sus piernas abiertas. Con su olor inundando mis sentidos. Impregnando mi piel.

Al siguiente, estoy en el infierno.

—Lo siento —me disculpo y me alejo a la otra punta de la cama. Como todavía no me parece lo suficientemente lejos, me levanto y me acerco a la pared. Joder—. No quería forzarte.

—No pasa nada, lobito. Créeme que no me has forzado a

nada. He sido yo la que he interrumpido tu sueño —dice con una sonrisa pintada en la boca, como si le divirtiese sobremanera la situación.

Sus ojos barren mi pecho y se dirigen a mi entrepierna. Noto como si me estuviera acariciando y me pongo más nervioso. Entre eso y el olor de su excitación que impregna el ambiente me cuesta mucho pensar. Quizá por eso tardo unos segundos en ver que tiene los ojos fijos y muy abiertos clavados en mi miembro.

Joder.

Bajo la cabeza para asegurarme de lo que está viendo, pero no hubiera hecho falta. Sé que la tengo muy dura. Pero lo que no sabía es que era tan obscenamente evidente.

Llevo unos pantalones grises de pijama que son endebles y he formado una tienda de campaña muy considerable.

Me llevo las manos a la parte delantera para taparme.

—No tienes nada de que avergonzarte —bromea—. Se te ve bien... dotado. —Antes de que termine de hablar, me escapo al baño.

Sus carcajadas me acompañan hasta que cierro la puerta a mi espalda y, muy a mi pesar, cuando estoy a salvo, me echo a reír.

Esta mujer saca la peor parte de mí.

—Te espero fuera, lobito. Cámbiate con tranquilidad —le escucho decir a través de la puerta.

Cuando la oigo salir, me apoyo contra la pared. Joder. A este paso voy a perder la cabeza mucho antes de que acabemos la poción.

Tardo más tiempo en serenarme que en cambiarme de ropa y, cuando por fin salgo al pasillo, Faye me está esperando.

Me armo de valor para enfrentarme a ella.

—¿Te parece que este es el mejor momento para colarnos

en los archivos? Deberíamos ir por la mañana —susurro en el tono más bajo que puedo y para que ella lo escuche.

—No, ahora es mejor. No va a haber nadie —responde con tranquilidad como si le pareciese la idea del siglo.

La miro con incredulidad.

—Lo que quiere decir que si alguien se acerca, sabrán que nos hemos colado —explico, aunque creo que no debería hacer falta—. Es una idea terrible, Faye.

Ella tiene el descaro de sonreír.

—Lo que *a priori* parece una mala idea siempre suele ser lo más divertido —contesta, y se me acelera el pulso porque entiendo que no está hablando de este momento en concreto. Habla de nosotros. Estoy cien por cien seguro. Siento el deseo de salir corriendo, pero antes de que pueda siquiera valorarlo, habla de nuevo—: Es fácil explicarlo, necesitas encontrar un libro sobre algún suceso de tu manada que tu tío no ha dejado claro en sus propios registros y me has pedido que te ayude. ¿Ves? Es sencillo.

Se me abre la boca con incredulidad. No sé si cree que soy tonto o que de verdad piensa que los demás lo son.

—Yo soy un lobo y tú, una bruja. No tiene sentido que acuda a ti —señalo lo obvio—. Y mucho menos de madrugada.

—Detalles —responde ella haciendo un gesto con los dedos de la mano para restarle importancia.

—Es una mala idea, Faye.

—Eso ya lo veremos. Mira esto —dice, y eleva el móvil para que pueda verlo.

Tiene abierto el mapa del edificio del consejo central y estoy seguro de que no quiero descubrir cómo lo ha conseguido. Esta idea tiene todos los ingredientes para terminar mal.

Con un suspiro de resignación, cedo y la acompaño, porque estoy moderadamente seguro de que si me niego a acompañarla, eso no cambiará nada. Irá sola y encima estará desprotegida.

Decir que la situación está tensa cuando salimos hacia los archivos sería quedarse muy corto. O por lo menos yo lo estoy. El olor increíble de Faye se ha quedado adherido a mi piel y es todo lo que puedo respirar. Debo hacer un gran esfuerzo para controlarme.

Caminamos en silencio y con cuidado hacia los archivos. Gracias al plano que Faye me ha enseñado y a que hemos estado allí justo al lado antes de cenar, los encontramos a la primera.

Casi no me puedo creer que hayamos entrado y que no haya nadie para vigilar el lugar. Aunque supongo que no hay nadie tan descerebrado como para colarse aquí, en el centro de la magia. Donde se forjan las leyes. Donde se deciden los castigos. Sí. Mejor dejo de pensar en ello o voy a ir donde Faye está rebuscando en las estanterías, la voy a agarrar de la cintura y me la voy a echar sobre el hombro para sacarla de aquí.

La primera media hora va de lujo y empiezo a relajarme un poco. Por supuesto, sigo atento a cada sonido procedente de fuera. Pero todo empieza a ponerse más tenso, cuando no encuentra nada en las estanterías, se coloca en el centro del archivo y hace un conjuro que vete a saber para qué sirve. La cuestión es que, cuando abre los ojos, señala en dirección al único lugar donde tengo claro que, si nos pillan, no va a ser posible explicar lo que hacemos allí. Y no solo porque el acceso esté cerrado con una verja, sino porque pone: PRIVADO. PROHIBIDO EL PASO SIN LA AUTORIZACIÓN DEL CONSEJO.

Ahí es cuando la situación empieza a volverse peliaguda. Ahí es cuando todo mi cuerpo comienza a tensarse, pero de mala manera, no como lo ha hecho cuando Faye ha entrado en mi habitación.

Evidentemente, por mucho que lo intento, no logro persuadirla para que no entre, por lo que la sigo a regañadientes, dejando completamente claro lo mala idea que me parece.

—Tengo un buen presentimiento, Reese —dice mientras se centra en las estanterías del pequeño lugar, llenas de polvo por el desuso. Y mi jodido corazón se acelera, porque creo que es la primera vez que usa mi nombre.

No sé si odio o agradezco que me distraiga. Aunque no me extraña no saber decirlo. Todavía no sé si odio o agradezco su existencia.

—¿Qué estamos buscando? —pregunto, solo para centrarme en otra cosa—. Si lo buscamos los dos, hay más posibilidades de encontrarlo y tardaremos la mitad del tiempo.

—Siempre tan pragmático —dice haciendo énfasis en el «tan», como si fuese algo terrible—. Un libro en el que aparezca mi abuela. Aquí están los registros de los brujos y parece que están ordenados por orden alfabético. Mira tú en esa estantería de allí, que yo miro en esta —organiza.

No hace falta que me diga el apellido ni el nombre de su abuela porque lo he investigado. Me alegra que ninguno de los dos diga nada. No es algo de lo que me apetezca hablar. Me coloco frente a las baldas y comienzo a pasar la vista por los lomos de los libros. Son todos de cuero negro con las letras doradas. Sin embargo, en vez de en orden alfabético, están colocados por fecha. No se lo digo, porque no tengo ganas de darle explicaciones, porque, de nuevo, sé la fecha exacta de su muerte. Y quiero que acabemos cuanto antes. Cuanto más alarguemos el momento, más aumentan las posibilidades de que nos encuentren.

Antes de que me desespere, Faye habla.

—Está aquí —prácticamente grita de alegría y se me escapa una sonrisa enorme. Y solo por eso cada segundo de este riesgo ha merecido la pena. Me encanta verla feliz.

Por fin. Por fin soy capaz de ayudarla con algo.

Pero la alegría dura tan solo unos pocos minutos. Escucho unos pasos acercándose y me tenso. Joder.

—Alguien viene, Faye. Apaga la luz mágica —le ordeno muy cerca de su oreja, para que, si es un ser con el oído tan desarrollado como yo, no pueda escucharme.

—Mierda —le escucho maldecir y siento alivio al ver que se altera. Estaba empezando a pensar que no tenía el más mínimo sentido del peligro ni de preservación.

Todos mis instintos de protección se activan a la vez. Y el cambio comienza a bullir en mi interior como si tuviera que protegerla de un ataque. No lo es, pero pienso evitar que le suceda cualquier cosa mala.

—Tranquilo, que no te van a expulsar del consejo. Voy a cubrir nuestro olor y nuestros sonidos —murmura Faye muy bajo y procede a recitar unas palabras mientras mueve las manos.

Joder.

Lo más fuerte de todo es que lo que menos me importa es lo que me pueda pasar a mí. Solo siento una necesidad imperiosa de sacarla de este aprieto sin que sufra la menor consecuencia. No quiero que su imagen de bruja perfecta se vea dañada. Ni tampoco quiero que la imagen de su familia se vea más dañada antes de que ella tenga la oportunidad de limpiarla.

Mientras realiza el conjuro, cierro la verja y miro a nuestro alrededor buscando un lugar para ocultarnos mejor. Casi me muero del puto alivio cuando veo una puerta medio escondida cerca de una estantería en la pared opuesta.

Cuando termina con el hechizo, la agarro de la mano y recibo una descarga eléctrica. Si tuviera tiempo de pensar en lo que hago, no se me hubiera ocurrido tocarla. Pero tiempos desesperados requieren medidas desesperadas. Estoy seguro de que esa frase la inventó alguien mucho más inteligente que yo.

Me siento aliviado cuando ella se deja guiar sin decir nada, pero todavía me siento más aliviado cuando la puerta cede al forzar la manija.

Cuando la cierro a nuestras espaldas, Faye enciende la luz, pero con un resplandor débil, y nos miramos el uno al otro en silencio.

—Por lo menos tengo un libro en el que aparece el nombre de mi abuela en el glosario —dice con una sonrisa extremadamente enorme que pretende ser una disculpa.

Y joder si no tengo que contenerme para no reír, o para no estrangularla, o para no comérmela a besos.

—Si nos libramos de esta, prometo que es la última vez que hacemos las cosas como tú dices —le aseguro.

—¿Y si no? —tiene la desfachatez de preguntar como si se estuviera divirtiendo.

—¿Alguna vez te tomas algo en serio?

—Depende —responde encogiéndose de hombros con una sonrisa dulce que la hace parecer muy guapa y adorable.

No sé qué hacer con ella.

Se me escapa un suspiro.

—Voy a llamar a Dorian para que nos saque de esta.

Estamos encerrados y el olor de Faye está empezando a ser demasiado abrumador.

Solo espero que mi amigo se encargue de sacarnos de aquí muy rápido, porque esta situación se puede volver realmente peligrosa en cuestión de minutos.

Hechizo de Apertura del Portal Urbano

Ingredientes:

Una vela blanca.
Un puñado de polvo de la ciudad actual.
Un objeto pequeño característico de la ciudad de destino (p. ej., una postal, una moneda local, una piedra de un monumento).
Un espejo de mano.

Preparación:

Coloca la vela blanca en el suelo y enciéndela.
Forma un círculo alrededor de esta con el polvo de la ciudad actual.
Sostén el objeto de la ciudad de destino en tu mano izquierda y el espejo, en la derecha.

Encantamiento:

Recita las siguientes líneas tres veces, aumentando la intensidad con cada repetición:
«Por las calles que conozco, por las que ansío explorar,
Por el asfalto y el acero, por lo nuevo que voy a encontrar,
Que se acorten las distancias, que se doblen los caminos,
Portal urbano, llévame a nuevos destinos».

Gestos:

Realiza estos movimientos mientras recitas cada línea del encantamiento:
1. Mueve la mano izquierda en un arco de izquierda a derecha.

2. Mueve la mano derecha con el espejo en un arco de derecha a izquierda, cruzándose con la trayectoria anterior.

3. Con ambas manos, dibuja un símbolo de infinito (∞) en el aire.

4. Junta las manos frente a ti, como si estuvieras abriendo una cortina invisible.

Activación del portal:

Al terminar la tercera repetición, extiende los brazos hacia los lados con las palmas hacia arriba.

Gira lentamente sobre ti misma en sentido contrario a las agujas del reloj hasta completar una vuelta entera.

Al terminar, golpea suavemente el espejo con el objeto de la ciudad de destino.

El portal se abrirá como un reflejo ondulante en el aire.

Advertencia:

El portal permanecerá abierto mientras la vela siga encendida y el círculo de polvo permanezca intacto. Si cualquiera de los dos se perturba, este se cerrará de inmediato, posiblemente dejándote atrapada entre las dos ciudades hasta el próximo atardecer.

23

Simplemente no puedo creer que sea real

Faye

Quizá la situación en la que nos encontramos debería de preocuparme más, pero, teniendo en cuenta que tengo en mis manos la potencial respuesta a todas las preguntas que llevo años haciéndome, en lo único que puedo concentrarme es en el libro pesado que tengo en mis manos.

Acerco la débil luz de la piedra mágica a la página. Con esto tengo iluminación suficiente para leer. No puedo esperar a que salgamos. O peor, a que nos pillen y me quede sin respuestas después de haberlas tenido tan cerca.

Reese me lanza una mirada evaluativa a mí primero, luego a la luz que desprende la piedra y por fin, a la puerta. No sé si decide que no sale mucha luz o si lo que le impide quejarse es la necesidad en mis ojos que soy incapaz de ocultar, pero no dice nada. Solo hace un gesto de la cabeza como queriendo indicar que esté tranquila, que él me cubre.

Y eso es lo que hago. Le dejo a cargo de la situación y me centro en el libro. Porque, por algún extraño motivo desde que conozco a este alfa, he aprendido a confiar en él. Algo en su forma de ser tan recta me hace sentir segura. Lo que por supuesto no reconoceré en alto.

Reviso el glosario por segunda vez para ver la página en la que comienzan a hablar de mi abuela. Luego, abro el libro y la busco.

No tardo en darme cuenta de que es exactamente lo que quería.

Y algo que desearía no haber encontrado jamás.

Leo con horror los sucesos de esa noche, la descripción del ritual de sacrifico que preparó. Lo leo todo con una especie de desapego, como si no estuvieran hablando de mi abuela. Como si no estuvieran tirando uno a uno los ladrillos de la imagen que he construido en mi cabeza sobre ella. No creo lo que pone. No creo que llevase a cuatro jóvenes a un cementerio, los colocase sobre un altar y los asesinase para dar vida a otro. Alguien que no se determina en el libro. Alguien que consiguió escapar del lugar del asesinato vivo y con más fuerza gracias a su sacrificio.

Simplemente no puedo creer que sea real.

Aunque una parte de mí empieza a sospechar, y lo odio. Me odio a mí misma.

Paso a la siguiente página con las manos temblorosas y los ojos llenos de lágrimas. Y ahí es cuando todo se derrumba. Ahí es cuando la realidad me pone en mi sitio y destruye todos mis ideales.

Fotografías desde todos los ángulos del ritual, como si fuese una investigación policial, llena las siguientes dos páginas. Instantáneas de mi abuela muerta con las manos ensangrentadas rodeada de los cadáveres. Su ropa manchada de la sangre de los sacrificios.

Nunca he sido una persona que llevase mal la visión de la sangre o las imágenes cruentas, de hecho, he visto demasiadas a lo largo de mi vida, pero esto da ganas de vomitar.

No soy capaz de terminar de leer toda la investigación.

Me derrumbo.
Y, junto a mí, también se derrumba mi vida.

Reese

Estoy tan concentrado en aguantar la respiración para no perder el control que tardo un instante en comprender lo que está pasando.

Faye emite un sonido cortado, como si le costase respirar, y mi corazón se aprieta.

Está llorando.

Me acerco a ella más rápido de lo que el ojo humano es capaz de captar y no dudo un instante antes de envolverla entre mis brazos. Faye está aferrada al libro como si de soltarlo fuese a desmayarse. Nunca, desde que la conozco, la he visto mostrar otra cosa que no sea una seguridad arrolladora.

Ahora está rota entre mis brazos.

Siento una necesidad abrasadora de hacerla sentir mejor. De calmarla. De curarla. De hacer que su dolor cese. En este momento, daría cualquier cosa por ser yo el que soportase su dolor.

Pero tengo que conformarme con acompañarla mientras lo atraviesa.

Beso sus lágrimas cuando comienzan a caer por sus mejillas. Es lo único que puedo hacer. Odio que sufra. Pero, sobre todo, odio sentirme tan impotente de no poder aliviarlo.

—Es verdad —dice entre sollozos. Se vuelve y tira de mi camiseta mientras mira hacia arriba buscando mi comprensión—. Todo lo que dicen sobre mi abuela. —Termina la frase y rompe a llorar.

—Joder. Lo siento mucho. —Esas patéticas palabras de mierda son todo lo que puedo decir. Y me siento gilipollas.

Por eso la aprieto con más fuerza contra mi cuerpo, para trasmitirle todo lo que no sé expresar.

No sé el tiempo que pasamos abrazados antes de que Dorian venga a buscarnos. Solo sé que no soy capaz ni de darle las gracias. Solo puedo estar pendiente de Faye. De que se tumbe en la cama y se duerma. Le acaricio la cabeza una y otra vez hasta que lo logra.

En el instante en el que ha descubierto que lo que dicen sobre su abuela es cierto, se pierde.

Y yo me pierdo con ella.

Faye

Desde el momento en el que la realidad de lo que hizo mi abuela me golpea con fuerza, me sumo en una especie de burbuja. Siento a la gente a mi alrededor, incluso la llego a ver, pero no pueden alcanzarme. Algo dentro de mí se ha muerto. Es una sensación pesada y que me roba la energía, la felicidad. Me siento... perdida. Sin rumbo. Casi como si el mundo hubiera cambiado ante mis ojos. Como si todo lo que creía cierto hasta este momento no fuese más que un espejismo.

Cuando llega el momento de regresar a Nueva York, abro el portal con tranquilidad, sin importarme si la gente entra o no. Solo tengo un momento de interés, cuando veo a Reese acercarse para ver si pasa, pero lo hace sin ningún problema. Siento alivio. No sé si en este momento tengo la capacidad de encargarme de otras personas. Todo lo que me rodea tiene una cualidad distante. Como si fuese otra persona la que está realizando el hechizo y yo lo viese desde fuera.

Esa noche, cuando llego a casa, me tumbo en la cama y me rompo en mil pedazos por el dolor.

¿Por qué ha tenido que asesinar a gente?

24

Solo la más pura tristeza

Faye

Cuando llega el día en el que hay que echar el ingrediente de los lobos y Reese aparece en el panteón junto a Dorian, no hay discusiones, no hay un tira y afloja. Solo la más pura tristeza. Aquella que me acompaña desde que me enteré de que los crímenes de los que se acusa a mi abuela son verdad.

El alfa obedece cada una de las indicaciones que le doy y echa el ingrediente en el momento exacto. Si se le hace extraña mi forma de actuar, no lo dice. Y lo agradezco. Después de todo lo que estoy teniendo que aguantar a Levi, no quiero que nadie se una a sus intentos de hacerme ver que todo está bien.

Porque no lo está.

Ojalá al menos él pudiera entenderlo.

Cuando veo que Reese se está fijando demasiado en mí, me centro en estar un poco más presente. No quiero tener una conversación con él. Bastante me abrí el otro día y no quiero volver a pasar por ello.

Y por eso no sé por qué me siento tan mal cuando terminamos y ambos se tienen que marchar.

Así que me trago la desazón y me despido con un escueto: «Nos vemos en un par de semanas».

Dorian se despide de mí con un gesto de la cabeza. Y, aunque Reese me observa durante un segundo de más, lo que hace que en mi estómago se desate algo parecido al nerviosismo al sentir como si pudiese ver el interior de mi cuerpo, al final camina hacia las escaleras detrás de su amigo sin decir nada.

Respiro aliviada.

Aunque la tranquilidad no dura mucho porque Reese regresa.

—¿Puedo hablar un momento contigo? —pregunta y, con sorpresa, elevo la cabeza del mortero en el que estoy machacando raíz de regaliz. Pensaba que se había marchado.

—Claro —respondo escueta. No sé qué espera de mí, pero no soy la mejor compañía que se puede tener en este momento.

Él, en lugar de hablar, se acerca despacio. Casi como si se estuviese aproximando a un animal salvaje y tuviera miedo de que, si hace algún movimiento rápido, me cerraré y no tendrá manera de volver a llegar hasta mí.

Odio que parezca leerme como si fuese un libro. Y espero que no se refleje en mi cara que, ante su cercanía, por mi mente se pasa la forma en la que me abrazó cuando todo mi mundo se vino abajo.

—No sé si te has parado a pensarlo —habla con un tono de voz suave e íntimo, haciendo que el vello de mis brazos se erice y permanezca atenta a cada una de las palabras que salen de sus labios—, pero quizá tu abuela tuvo algún motivo de peso para hacer lo que hizo.

No lo puedo evitar, se me abre la boca y mi cerebro se pone a dar vueltas. La esperanza comienza a bullir en mis venas.

—¿Qué quieres decir? —Mis palabras, más que una pregunta, suenan como un grito desesperado. Estoy comenzando a ver la luz después de tanto tiempo sumida en la oscuridad de la infelicidad, que necesito que él me ayude con el último empujón.

—Lo que quiero decir es que, en vez de juzgar sus acciones, deberías investigar qué le llevó a realizarlas. Tal vez así puedas sentirte un poco más cerca de ella. Encajar las piezas que no te encajan. Perdonarla. —La última palabra sale de su boca con cuidado. Casi como si tuviera miedo de cruzar una línea invisible que nos acerque todavía más al pronunciarla. Como si, que me entienda tanto, pueda asustarme.

Sim embargo, yo solo puedo centrarme en el alivio que me embarga. En que de nuevo tengo un motivo por el que luchar. Y en que a él le ha importado lo suficiente como para mostrármelo.

En mi cara se dibuja una sonrisa.

Puede que Reese no sea tan molesto como pensaba.

E, incluso, puede que haya comenzado a disfrutar de su presencia.

Reese

Siempre me he enorgullecido de que pienso con detenimiento casi todos mis actos antes de realizarlos. Así que no tengo muy claro lo que me ha llevado a quedarme hablando con Faye. No sé por qué con ella soy todo instinto y nada de cerebro.

Pero se siente emocionante. Terrorífico. Liberador.

Las palabras que ella necesita oír salen de mi boca con facilidad, porque la realidad es que la entiendo.

Solo sé que, cuando en su cara se forma una sonrisa llena

de alivio y de esperanza como si hasta ese instante hubiera estado ahogándose en medio del océano y yo le acabase de tirar un flotador, moriría o mataría mil veces si eso fuese motivo suficiente para provocar ese gesto de nuevo en su cara.

Quizá este sea el primer instante en el que me doy cuenta de que todo está perdido.

O puede que ya lo supiera mucho antes.

Vampiros

25

Hay una delgada línea entre el valor
y la inconsciencia, y tú te inclinas
más por la segunda

Reese

Y aquí estamos... cometiendo otra locura.
¿Cuándo se ha convertido mi vida en esto?
Miro el rascacielos de cristal que se eleva imponente en medio de Manhattan, justo en el lado este de Central Park, y se me pasan varias cosas por la cabeza. La primera, hay muchos vampiros en Nueva York si necesitan un edificio tan descomunal para vivir. Y la segunda, han aprovechado los siglos de vida para amasar una buena fortuna.

—De verdad, siento como si fuera yo el que estoy haciendo la poción en vez de vosotros. Es la segunda vez que os llevo adonde un ser sobrenatural para que le compréis un objeto —comenta Levi y, para mi desgracia, es mucho menos divertido de lo que se cree.

Es una pena que Faye le tenga tanto cariño, desearía borrarle esa sonrisa de la cara con mi puño.

—Curioso. No te he visto mover un solo dedo para hacerla, y quizá necesitas que te recuerde que fui yo la que consiguió al demonio —le contesta ella con rapidez y tengo que controlarme para no aplaudir. Alguien tiene que decirle a este vampiro que es idiota.

No quiero que Faye se percate de lo mucho que me divierte, pero a pesar de ello no puedo controlar la sonrisa de medio lado que se me dibuja en la cara.

—Espero que este «encuentro» no termine de la misma manera que el anterior —me quejo.

—Vamos, lobito, no tengas tan mal carácter. Estoy un ochenta por ciento segura de que hoy logramos que nadie me quiera asesinar —bromea, y comienza a andar entre carcajadas.

—Eres un peligro —le digo y, por alguna extraña razón que desconozco, la observación me sale en un tono cariñoso.

—Gracias —responde, y agradezco que no se dé la vuelta para percibir la cara de idiota que se me ha puesto.

Tengo que centrarme en la visita y dejar de permitirme que Faye me deslumbre de una vez.

Entramos en el edificio y un portero, humano, nos da las buenas noches y nos permite pasar. Por supuesto, el hombre es solo una pose para que los demás mortales no se incomoden, porque veo a vampiros armados colocados en lugares estratégicos del inmenso recibidor y pasillo. No creo que nadie sea capaz de cruzar con vida a la fuerza.

Nunca le había dado muchas vueltas a cómo vivirían los vampiros, nunca me había preocupado por otra clase de seres sobrenaturales que no fuesen los lobos, pero desde luego que no hubiera pensado que lo harían en esta cantidad de lujo y ostentación.

El edificio es moderno y está construido con los mejores materiales; los acabados son de la más alta calidad. Todo lleno de mármol negro y cristales ligeramente opacos que supongo que no dejan atravesar la luz durante el día.

Es una fortaleza impenetrable con aspecto de torre de oficinas.

Asumo, por la falta de reacción de Faye, que ella ya lo conocía. No por primera vez caigo en la cuenta de que son amigos demasiado íntimos para mi gusto, lo que hace que se me forme un regusto amargo en la boca. Envidia. Eso es lo que siento.

Empieza a resultarme patética la necesidad que tengo de ser algo para ella.

Y lo poco que me conviene serlo.

Me obligo a concentrarme en otra cosa. Como en contar los ascensores que hay en el vestíbulo. Hay treinta... Me parece una salvajada.

Cuando llega el nuestro, entramos. Me acerco a la pared acristalada para mirar hacia abajo mientras subimos.

—¿De qué narices vivís? —le pregunto a Levi sin poder contenerme.

—Ah, eso. De muchas cosas. Se me olvida que todo el mundo parece sorprendido la primera vez que descubre nuestro hogar —comenta reflexivo.

—Seguro que puedes ser más específico —le respondo con fastidio.

—Digamos que el negocio del entretenimiento en la noche de Nueva York puede ser muy lucrativo —responde, y por la sonrisa burlona que se le dibuja en la cara, sé que está siendo poco específico solo para molestarme—. No sé qué esperabas. ¿Una mansión de madera apartada a las afueras de Nueva York? ¿Un lugar lleno de ataúdes y telarañas?

—No me avergüenza caer en estereotipos. Seguro que tú piensas que nosotros meamos en las esquinas de nuestra casa para marcar el territorio.

—*Touché* —responde con una carcajada, a la que le sigue otra de Faye.

—No sabía que hoy nos ibas a contar tus intimidades, lobito —dice ella, uniéndose a las bromas y captando toda mi atención.

Mis ojos se posan en sus labios, ligeramente curvados por una sonrisa, y me calienta la sangre. El tono rosado que tienen parece sacado de mis más profundas fantasías, y en todo lo que puedo pensar es en saborearlos.

Es por eso por lo que no me doy cuenta de que hemos llegado a nuestro destino. Y por eso me quedo ahí plantado en medio del ascensor como un gilipollas.

—¿Vienes o te has quedado con ganas de otro viaje? —bromea la bruja elevando una ceja en un gesto jodidamente sexy.

Me aclaro la garganta antes de hablar para que la voz no me salga ronca y cargada de deseo. Lo último que quiero es que se dé cuenta del anhelo que despierta en mí.

—Con una vez ha sido más que suficiente —respondo cortante.

—Por aquí —indica Levi y encabeza la comitiva.

Estamos en un recibidor grande, lúgubre y solitario. Un lugar que me da mala espina teniendo en cuenta que no lo conozco y que mi compañera puede estar en peligro. Siento deseos de salir corriendo y sacarla de aquí. Sobre todo de esto último.

Me maldigo a mí mismo cuando me doy cuenta de que me he permitido pensar en Faye como mi compañera. No puedo hacer eso. Esta situación me está poniendo demasiado tenso.

Lo que me lleva a lo primero que he dicho esta noche cuando nos hemos encontrado.

—Sigo sin entender por qué no puedes darnos tú un objeto —insisto por tercera vez esa noche a Levi, lo que hace que Faye haga un ruido molesto con la boca y a mí casi se me escape una sonrisa.

—Ya te lo he dicho, Reese. —Faye pronuncia mi nombre con fastidio, como si lidiase con alguien muy cabezota, pero solo por eso me tiene el cuerpo entero bailando de placer—. Para la poción necesitamos a un vampiro de más de dos mil años.

—Y yo soy un niño en comparación con esa edad.

—Puta poción —farfullo—. ¿No había una que fuese más complicada?

—Te lo advertí cuando empezamos. ¿En serio creías que romper un vínculo sagrado que han decidido las diosas del destino iba a ser sencillo? —Se ríe como si le hiciera gracia que fuese tan iluso—. Esa clase de magia es costosa y requiere de muchos... sacrificios. —Su voz se torna burlona y me hace ponerme alerta—. Como tener que pasar tiempo a tu lado.

Levi estalla en carcajadas y Faye también. Y yo me quedo como un gilipollas bañado en la increíble melodía. Aunque por fuera no doy muestras de ello.

Los fulmino con la mirada y luego los dejo allí riéndose mientras camino hacia la única puerta que hay en el piso.

Me quedo parado a pocos metros de esta, que flanquean dos vampiros armados hasta los dientes. Nunca mejor dicho. Me siento muy reacio a entrar. Faye y Levi no tardan en colocarse a mi lado. Ambos se detienen como si tampoco les apeteciese mucho pasar, lo que solo empeora las cosas. Si ellos, que lo conocen, tienen sus remilgos...

—Todavía estamos a tiempo de dar la vuelta. —Les doy la escapatoria.

—Pensaba que un alfa de casi dos metros sería más valiente —se mofa Faye.

—Hay una delgada línea entre el valor y la inconsciencia, y tú te inclinas más por la segunda.

—Ahí tiene razón el lobo —le dice Levi antes de que ella pueda abrir la boca.

—Lo que me faltaba, que los dos os unieseis contra mí —farfulla Faye antes de dirigirse a los guardias—. ¿Podemos ver al rey?

—Tenemos cita —añade Levi.

El guardaespaldas de la derecha se toca la oreja y habla muy rápido y muy bajo contra el auricular.

Por suerte, no tenemos que interactuar mucho más porque nos dan paso casi al instante.

Las puertas dobles se abren a una suite absolutamente impresionante.

El espacio de concepto abierto tiene acabados de acero y está repleto de cristaleras. Los muebles son recargados y los detalles, en color oro. Las vistas al centro de Nueva York son increíbles. Todo lo que hay en el enorme salón está diseñado para imponer.

El rey vampiro nos espera sentado en una butaca tan ostentosa como el salón. No sé si toda la puesta en escena está hecha para nosotros o si de verdad los vampiros disfrutan con tan exagerada muestra de poder económico. Lleva un traje de tres piezas gris oscuro y no se molesta en levantarse para saludarnos cuando llegamos.

—Señor —lo saluda Levi y me sorprende descubrir lo serio que suena por un momento—. Traigo a los amigos que te comenté. Quieren hacer negocios contigo.

Solo espero que esta visita no acabe con un derramamiento de sangre.

Faye

El rey vampiro solo nos mira con curiosidad durante un instante, y siento cierto alivio. No es sencillo captar su interés. Pero no puedo culparlo. Supongo que después de vivir dos mil años, cualquiera estaría aburrido de todo.

—Decidme, niños, ¿qué os ha traído hasta aquí?

No hay que ser muy intuitivo para captar el tono condescendiente en su voz. Ni tampoco para darse cuenta de que ha conseguido lo que quería: tocarle las narices a Reese.

Por las pocas veces que he coincidido con el rey, y por lo que me ha contado Levi a lo largo de los años sobre él, es un especialista en sacar de quicio a la gente. De llevarlos hasta el límite. Disfruta haciendo explotar a las personas.

Quizá debería habérselo advertido a Reese antes de entrar.

Decido ser yo la que dirija la reunión, o al final el lobo va a tener razón y esto va a acabar peor que el problemilla con el demonio.

—Venimos para pedir tu ayuda. —Creo que el mejor curso de acción es aprovechar mi aspecto angelical y dulce para que piense que no somos una amenaza. O para que no se ponga a la defensiva si piensa que queremos aprovecharnos de él.

Reese, ante mi tono de voz, mueve la cabeza tan rápido en mi dirección que durante una fracción de segundo temo que se vaya a romper el cuello. Me mira tan perplejo, pestañeando como si no se pudiese creer lo que está viendo, que tengo serios problemas para contener la risa.

—Algo me ha contado Levi —dice el rey tras analizarnos con curiosidad—. Y dime, bruja, ¿cómo te llamas?

—Faye. Y él es Reese. Es el alfa de la manada de los Marsalis.

—¿Y no sabe hablar? —cuestiona al comprender que cuando no le estoy queriendo dar voz, es porque va a ser un problema.

Sonrío para restarle importancia.

—Perfectamente —responde Reese seco, dándome la razón sin saberlo en que se va a comportar como un idiota.

—Maravilloso —responde el rey esbozando una sonrisa satisfecha al haber conseguido con solo dos intervenciones subir el nivel de tensión en la sala—. Decidme, Reese y Faye, ¿qué queréis de un viejo como yo? —bromea. Debió de convertirse en vampiro muy joven, puesto que no aparenta más de treinta años, lo que choca con su mirada extremadamente inteligente y calculadora.

—Necesitamos un objeto para una poción.

—¿Un objeto? —se extraña.

—Sí, algo que sea tuyo. Solo eso. Nos puedes dar lo que quieras —explico haciendo un gesto con las manos como para demostrar que es muy sencillo—. Ah, y te daremos lo que te interese a cambio —añado cuando me doy cuenta de que todavía no le había dicho lo que ganaba él con este trato.

La sonrisa de satisfacción que se le forma en la cara hubiera hecho que otra persona más inteligente que yo se largase corriendo en ese mismo instante.

—No sabes lo que estás ofreciendo, niña —comenta con un tono absolutamente condescendiente.

—Pagaremos con dinero —interviene Reese desviando la atención de mí—. Yo pagaré por el objeto —asegura cuadrando los hombros y pareciendo muy grande, muy guapo y muy protector.

Uf. Demasiado como para pasarlo por alto.

¿Por qué he tenido que empezar a darme cuenta?

—¿Y cuál es la poción que necesitáis hacer? —pregunta él

haciendo caso omiso de la intervención de Reese. Justo en ese momento me doy cuenta de que quizá no debería haber hablado de ella. Ha comprendido que nos traemos algo importante entre manos.

Me quedo callada. No pienso ser yo la que entregue la información. Y Reese parece tener el mismo pensamiento que yo.

—Es una poción de amor —explica Levi tomando la iniciativa de mentir con descaro. De lo cual me alegro.

El rey sonríe satisfecho como si hubiera esperado esa respuesta.

—¡Ay, el amor! —exclama y se echa hacia atrás en la silla como si estuviese a punto de hacernos una gran confesión—. ¿No se reduce todo al amor en esta vida? ¿No es uno de los grandes temas?

—Lo es —respondo solo por cumplir, porque francamente no tengo ni idea, y tampoco creo que él quiera que lo reafirme.

—Es curioso que me pidáis algo para una poción de amor cuando precisamente es ese el pago que quiero. —Debe de ver la confusión escrita en mi cara porque explica—: Hace muchos años, cuando era un vampiro recién convertido, la sed me llevó a acabar con la vida de la mujer que amaba.

Un escalofrío me recorre todo el cuerpo. Noto cómo Reese se tensa a mi lado y deja escapar un «joder» ahogado. Levi no reacciona, por lo que asumo que él ya lo sabía.

No sé muy bien qué decir. Nunca se me ha dado especialmente bien consolar a la gente, pero entiendo que lo que le ha pasado es terrible.

—Debió de ser horrible.

—Nunca podrías llegar a imaginarlo.

Un silencio pesado carga el ambiente.

—Pero tú me vas a ayudar a resucitarla, ¿verdad? —pregunta sorprendiéndome.

—¡¿Qué?! —espeto escandalizada.

—Como pago por el objeto que queréis, vas a revivir a mi amada —explica con toda la tranquilidad del mundo. Como si no estuviera pidiendo algo prohibido. Algo que estoy segura que sabe que no puedo hacer.

—La resurrección está prohibida.

Me mira con diversión.

—Ya veo.

—Si sabías que iba a negarme, ¿por qué lo has preguntado? —indago por curiosidad.

Se encoge de hombros en un gesto que parece demasiado humano para él.

—Tenía que intentarlo. Quizá en todos estos años las brujas os habías vuelto más abiertas.

Su respuesta me hace comprender de golpe lo que sucede.

—La amabas de verdad.

—Te lo he dicho.

—Lo respeto, pero de verdad que no es algo que pueda hacer —me excuso, porque si ese no fuera el caso, lo ayudaría.

El rey parece leer en mis palabras no dichas esa verdad, porque sus ojos se ablandan durante una milésima de segundo. Es una parte de él, ya no solo que no pensaba que iba a ver, sino que ni siquiera existía.

De golpe se cierra y vuelve a mostrar un humor burlón.

—En ese caso podría recibir como pago tu sangre —comenta relamiéndose.

Pero en vez de mirarme a mí, está observando a Reese, por lo que no me perturbo lo más mínimo. Ese comentario no es porque desee probarme. Es porque quiere molestar al alfa.

Casi pongo los ojos en blanco. Como si a Reese fuese a importarle lo más mínimo que el rey quiera mi sangre... Antes siquiera de que pueda terminar de pensarlo, el lobo se ha puesto como una fiera.

Pues parece que no le resulta tan indiferente.

—No la vas a morder —responde Reese entre dientes mientras se las arregla para gruñir y sonar amenazante como el infierno. Me sorprende que sea tan agresivo, pero eso no es nada comparado con el nivel de perplejidad que me recorre cuando se coloca frente a mí y me tapa con su cuerpo.

¿Se le ha ido la olla?

De golpe me encuentro mirando una espalda inmensa. Las manos de Reese están dobladas hacia atrás y me agarra por los huesos de las caderas, pero son tan grandes que me envuelven toda la parte baja de la espalda y parte del culo. El pulso se me acelera y el calor se me dispara en la parte baja del vientre. Siento una ola de excitación nada apropiada para el momento.

Y luego me entra la risa. Dudo que Reese sea consciente de dónde tiene las manos, demasiado entretenido lanzándole miradas mortales y acusaciones al rey vampiro. Mi risa parece captar su atención. Mira hacia atrás sobre el hombro y, cuando se da cuenta de lo que sucede, aparta las manos corriendo.

—Ya veo —dice el rey—. Es tuya, ¿verdad? Es por eso por lo que no puedes soportar una broma —comenta extremadamente satisfecho y a mí me da un vuelco el corazón.

Reese abre la boca para hablar, pero lo interrumpo y salgo tras su espalda. No sé por qué tengo la estúpida sensación de que va a responder que sí.

—No soy de nadie y estoy aquí delante.

—Fuerte, me gusta —dice el rey sonriendo y esta vez parece complacido de verdad en vez de con ganas de seguir calentando el ambiente.

Solo que Reese no está en la misma onda que él. Todo son gruñidos bajos. Está tan cabreado que no parece capaz de expresarse con palabras.

—Todo está bien —interviene Levi—. Seguro que podemos llegar a un acuerdo. Solo hace falta que rebajemos un poco el nivel de testosterona de la sala —ordena, y mira fijamente a Reese.

A lo que el lobo solo gruñe un poco más.

Dios, quiero asesinarlo.

—Y bien, ¿qué dices? —le pregunto tomando el control de la situación, ya que temo que Reese sea tan irresponsable de hacer enfadar al rey. ¿Dónde cree que vamos a conseguir un vampiro de más de dos mil años que no sea un idiota?

Le lanzo una mirada severa para que lo entienda y mantenga la boca cerrada. Debo elevar la cabeza para hacerlo porque es muchísimo más alto que yo, pero me obedece. Aprieta los labios en una fina línea y desvía la mirada al frente.

—Tengo que pensarlo. La verdad es que no tenéis mucho que ofrecer. No resucitaréis a mi amada, no podré probarte... —Alarga las palabras y mira a Reese en un claro reto y él se tensa a mi lado. Me veo obligada a intervenir. Alargo la mano y entrelazo mis dedos con los suyos para evitar que se mueva, pero en vez de tener solo efecto en él, soy yo la que se lleva una descarga eléctrica por todo el cuerpo.

Se me escapa un jadeo. Reese se queda muy quieto. Creo que ni siquiera respira.

El resto de la sala se detiene. Solo soy capaz de escuchar mi corazón latiendo con rapidez.

Cuando vuelvo en mí, el rey sigue hablando.

—Id este viernes a mi discoteca a las diez de la noche y os haré saber la respuesta.

Con eso y un casi imperceptible gesto de la cabeza, nos manda a la calle.

Parece que conseguir el objeto de los vampiros va a ser mucho más difícil de lo que pensaba.

Ahora lo realmente importante es evitar una discusión entre estos y los lobos.

26

Tan simple y complicado como eso

Faye

La mañana del viernes empieza regular.

Justo cuando estaba decidida a hablar con Tariq para ver si de alguna forma lograba desviar la conversación hacia mi abuela (me he tomado muy a pecho el consejo de Reese sobre investigar los motivos que la llevaron a actuar así), una bruja joven de nuestra comunidad sube a decirnos que Damaris se ha puesto enferma y que mi madre le ha pedido que vaya a ayudarla en la tienda.

Miro a Tariq esperanzada durante unos tres segundos antes de darme cuenta de que va a priorizar trabajar en la tienda a nuestra lección de hoy. Y eso que últimamente está muy insistente con mis estudios y mi preparación.

Francamente, me siento traicionada. Pero, en vez de decirle nada o mostrar la más mínima molestia, me trago mis sentimientos y sonrío como la bruja perfecta y comprensiva que soy. Lo que me lleva a pasar toda la mañana al lado de mi madre. Odio estar cerca de ella. Me siento desentrenada como hija y como la peor persona del mundo porque no soy capaz de decirle que tenía razón. Que tendría que haberla creído. Sin embargo, dentro de mí guardo una especie de rencor hacia ella. Un sentimiento muy destructivo que no sé muy bien de dónde sale.

Así que cuando llega el final de nuestro turno, me largo no solo de la tienda, sino también de casa. Cojo mis cosas y me voy al panteón. Necesito estar entre mis libros y mis pociones para tranquilizarme un poco. Necesito espacio. Pensar.

Y odio que mi cerebro me arroje en una avalancha frenética pensamientos de mi abuela y de Reese. Todos entremezclados.

Logro estar más o menos en paz hasta que llega el lobo y me vuelve a enfadar con solo unas pocas palabras.

—Tienes mala cara. —Ese es el precioso saludo que me dedica.

Y puede que sea porque me entra tan directo o simplemente porque es él, pero me dan tantas ganas de incomodarlo que le digo la verdad.

—Esta es la cara de alguien que se ha pasado toda la mañana trabajando con su madre, con la que tiene una relación bastante tensa desde que decidió que todo lo que decían de su abuela era mentira e iba a demostrarlo, alternando entre sentirse fatal por saber que ella tenía razón y odiarla por haberla tenido.

—Me parece un buen motivo para estar así —responde con tranquilidad, para nada perturbado y me deja descolocada por completo.

¿Acaso no le parezco una mala persona? Lo dudo. He tenido que interpretar mal su reacción. Por eso insisto.

—Ahora que ya lo sabes puedes añadir esta confesión a la lista de cosas por las que me odias —le digo con autodesprecio.

Recibe mis palabras como si le hubiese golpeado. Y se indigna. Joder, se indigna por lo que le he dicho. Él, cuando se ha dedicado a mirarme por encima del hombro desde el momento en que lo conocí y, aun así... ha conseguido que me guste.

—No te odio.

—Pues se te da de miedo demostrar lo contrario.

Aprieta los labios en una fina línea y casi puedo ver en sus ojos la batalla que está librando en su interior. Ahora, lo que no sabría decir es lo que está debatiendo. Y joder, odio darme cuenta de que desearía poder hacerlo. Reese es un enigma tan grande que deseo desentrañarlo.

—Para mí es... difícil.

—¿Estar conmigo? —pregunto molesta. Si esta es su forma de disculparse, es la peor que he visto en mi vida.

—No. Expresarme —dice, y me quedo boquiabierta por la impresión. ¿Está tratando de abrirse conmigo?

—Ah.

Juro que es todo lo que puedo decir. Por algún motivo el corazón se me ha acelerado y me he inclinado hacia delante, como si estando más cerca de él fuese a ser capaz de arrancarle las palabras que rozan la superficie. Que él quiere decir. Que yo quiero escuchar.

—Nunca quise ser alfa —comienza a hablar y me quedo muy quieta. No quiero hacer nada que pueda hacerlo callarse. O cambiar de idea y no contármelo. Creo que jamás he deseado más que alguien me hablase—. De hecho, cuando maté a mi primo y me convertí en él, tuve la seria tentación de largarme —dice al fin, y me obligo a no reaccionar. No porque me parezca mal, sino porque no quiero que se le pueda pasar por la cabeza que lo pienso.

—¿Por qué? —pregunto tan bajo que casi es un susurro, pero él, por supuesto, me escucha a la perfección.

—Porque ni estaba ni estoy preparado para ser alfa.
—No lo dices de verdad. —La respuesta sale automática de mi boca. No es algo premeditado.
—Absolutamente.
—Nunca he conocido a nadie que esté más capacitado que tú para el puesto —digo, y mis palabras suenan tiernas. Su reacción es casi cómica. De hecho, si no estuviese tan alterada, lo más seguro es que hubiese estallado en carcajadas.

Reese abre mucho los ojos y la boca como si no se creyese que acabo de decir eso. Me sorprende ver que sus ojos se vuelven brillantes como si... como si estuviera emocionado.

Y entonces lo siento. Un salto en el corazón. Una punzada de calor.

—¿De verdad lo piensas? —su pregunta está cargada de asombro.

Asiento, porque por algún motivo tengo miedo de usar la voz y que se me quiebre.

Reese abre la boca, pero no dice nada. Luego, da un paso hacia mí y yo, como si tirase de mí con una cuerda, doy otro hacia él.

Es como si ambos estuviésemos hipnotizados.

Hasta que Levi entra corriendo y toda la tensión que se había formado a nuestro alrededor se disipa de golpe.

Escucho algo parecido a «joder» salir de los labios de Reese.

Reese

Es la primera vez desde que conozco al vampiro que agradezco que aparezca. No quiero ni pensar en lo que podría haber pasado si no llega a interrumpirnos...

Decido centrarme en el momento presente en vez de en lo que casi sucede en el panteón.

Llegamos al lugar de encuentro. La discoteca es el típico local de moda al que va la gente rica de Nueva York. Por supuesto, apenas presto atención a los detalles más allá de asegurarme de que no haya ningún peligro para Faye.

Cuando Levi nos identifica, nos dejan pasar por una puerta lateral que está tan bien mimetizada con el acero de la entrada que no me fijo en que existe hasta que la abren.

Mientras atravesamos la discoteca, siento un deseo tan grande de fulminar la distancia que me separa de Faye y agarrarle la mano... de estrecharla entre mis brazos. De besarla. De hacer... algo. Lo que sea que le demuestre la milésima parte de lo que me ha hecho sentir. Pero me contengo. Y trato de controlarme. No sé por qué cuanto más la conozco, en vez de resultarme más fácil, es más complicado estar a su lado. Me hace anhelar mucho más de lo que debería.

—Id con cuidado —nos advierte Levi cuando llegamos a un pasillo que lleva hasta unas escaleras que ascienden—. El rey nunca tiene buenas intenciones y ha tomado una decisión demasiado rápida —finaliza, y en su frente se forma una arruga de preocupación.

—Relájate, Levi. —Faye se pone frente a él y da un paso que los deja demasiado cerca para mi gusto antes de extender el brazo y desdibujar la arruga con el dedo índice—. No te pega nada.

—Vamos —gruño cuando estoy seguro de que se van a poner todavía más pegajosos.

Mi reacción, totalmente fuera de lugar, pasa inadvertida para Faye, pero no para Levi, que me mira a los ojos y esboza una sonrisa retadora antes de alargar el brazo y colocarlo sobre los hombros de Faye para acercarla a él.

— 240 —

Me toca tanto los cojones que tenga derecho a tocarla, a darle su cariño y su protección, y yo tenga que romper toda conexión con ella solo para mantenerla a salvo, que aprieto la mandíbula con fuerza y asciendo las escaleras. Noto que ella me sigue.

No quiero que Faye se dé cuenta también de lo mucho que me molesta.

No por primera vez en la vida maldigo a mis padres y a su legado por haberme hecho incapaz de amar.

Cuando llego a la puerta, antes siquiera de que llame para advertir de nuestra presencia, el rey me da paso, dejando claro que si no nos ha escuchado hablar con su oído sobrenatural, lo ha hecho con los medios tecnológicos de que dispone.

—Querías vernos. —Ese es el saludo que obtiene de mi parte.

A mi lado, Faye pone los ojos en blanco.

—Buenas noches, rey. Muchas gracias por recibirnos —saluda ella y me lanza una mirada como diciendo: «Así es como se hacen las cosas, lobito. Deja de ser tan difícil».

—Buenas noches, querida. Te espera una tarea muy dura enseñándole modales a tu novio —comenta y sonríe satisfecho cuando me remuevo incómodo.

—Solo somos pareja —responde Faye y al notar que su olor se ha intensificado, la observo.

Sobre sus pómulos se ha extendido un rubor que la hace parecer todavía más preciosa, pero que me hace examinarla con sorpresa. Es tan poco propio de ella que algo le dé vergüenza. En respuesta mi corazón se acelera y la nariz se me abre, ansiosa por aspirar más de su delicioso y adictivo aroma.

—¿Has decidido lo que quieres como pago por el objeto? —le pregunta apresurada, deseosa de desviar la atención de su reacción.

—Sí. Tengo algo que va a ser magnífico —se congratula apoyado sobre el borde de su inmenso escritorio negro. No nos hemos sentado en las sillas ni él nos lo ha ofrecido.

—Explícate —ordeno y respiro para mantenerme bajo control—, por favor.

El rey se deleita con mis palabras. Luego, mete la mano en el bolsillo del traje y saca una cadena con un adorno colgado.

—Os daré esta vela de mi candelabro para vuestra poción, pero a cambio quiero que experimentéis en vuestras propias carnes lo que es la sed del vampiro recién convertido.

Tras sus palabras se extiende un silencio en la oficina. No sabía qué esperar, pero desde luego no era esto.

—¿Qué ganas tú con esto? —pregunta Faye y su curiosidad suena genuina.

—Vivir durante dos mil años hace que al final todo se vuelva demasiado aburrido. He probado demasiadas cosas como para encontrar placer en algo, pero, a veces, ver arder el mundo de alguien es extremadamente delicioso —explica y sonríe encantado.

Faye, lejos de asustarse, sonríe como si la respuesta la hubiera divertido.

—Puedo respetar eso. Pero ¿cómo se supone que vamos a sentir la sed?

De verdad que es tan inconsciente que siento deseos de tirarme de los pelos. ¿Dónde está su sentido de supervivencia? Cualquier otra persona estaría temblando, pero ella se mantiene relajada. Como si de verdad comprendiese lo que el rey quiere decir.

—¿Sabrías hacer una poción que os transmutase por unas horas en vampiros recién convertidos? —le pregunta a Faye con curiosidad.

—Si existe, la puedo hacer —responde ella con seguridad

y joder si no es la mujer más sexy del planeta. Su actitud segura y kamikaze me gusta mucho más de lo que jamás hubiera imaginado. Mucho más de lo que debería.

—Eres una guerrera, ¿eh? —la halaga el rey esbozando una sonrisa descarada que me hace gruñir, lo que hace que desvíe la atención de golpe hacia mí.

Bien. Aquí es donde tiene que estar, no sobre Faye.

—¿Eso sería todo? —inquiero con incredulidad. Está resultando demasiado fácil.

En la cara del rey se forma una mueca furiosa.

—¿De verdad preguntas si eso es todo? —la cuestión le sale teñida de rabia, pero no me inmuto lo más mínimo—. Veo que he elegido a la perfección la mejor enseñanza posible. El otro día me lo pareció, pero ahora lo tengo claro: te crees mucho mejor que nosotros. Crees que puedes soportarla, que no cometerías las mismas atrocidades que yo. Así que quiero que me muestres lo mucho que aguantas. Que pruebes la sed desesperada que late por nuestras venas cuando nos acabamos de convertir. ¿No tendrás miedo, verdad, alfa?

Casi se me escapa una carcajada.

—Créeme, sé de sobra lo que es la tentación.

Me obligo a no dirigir la mirada hacia Faye, pero no hace falta que lo haga para que él sepa lo que estoy pensando.

—Te aseguro que vas a acabar dándote cuenta de que no tienes ni puta idea. Y será un placer escuchártelo decir. Tranquilo, que te daré la vela aunque caigas —añade elevando la comisura de la boca en un gesto que es inequívocamente una burla.

Estoy seguro de que no va a suceder.

—Tenemos un trato, ¿no? —insisto para estar seguro del todo—. Nosotros nos tomamos la poción, pasamos la sed y luego volvemos a que nos des la vela.

—Sí. Tan simple y complicado como eso.
—Bien.
—Solo tengo una condición más. Nadie os puede acompañar. Tenéis que librar esta batalla juntos y solos. En la discoteca. Con cientos de personas a vuestro alrededor —explica lento, casi como si estuviera saboreando las palabras. Luego posa sus ojos penetrantes en mí—. Aunque algo me dice que el resto de la gente no va a ser un problema. —Suelta la maldita verdad y su sonrisa se vuelve todavía más diabólica.

Y por primera vez en toda la noche siento una punzada de miedo en el estómago. Esto es una venganza contra mí.

Y joder si no parece que tiene claro que voy a sucumbir. Mierda.

Nos despedimos, pero no soy capaz de concentrarme en nada que no sea la mala sensación que ha empezado a brotar en mi interior. Algo me dice que se avecinan problemas.

—No sabéis lo que habéis hecho. —Es lo primero que dice Levi cuando ponemos un pie en la calle.

—¿Por qué? —le pregunta Faye curiosa. Ya que parece completamente segura de que vamos a poder controlarnos, o por lo menos parece ajena a la gran catástrofe que se produciría si no lo logramos.

—Porque no tenéis ni idea de lo que es la sed, la jodida necesidad. Os aseguro que nada, nunca, de lo que habéis experimentado se parece a la necesidad de sangre. Estáis los dos condenados.

—No será para tanto —responde ella tratando de restarle importancia.

—Faye. Si valoras en algo tu seguridad, entra ahora mismo en esa discoteca y rechaza el trato.

La sensación de alarma que se ha alojado en mi estómago crece un poco más.

Por la forma en la que lo dice, me doy cuenta del error tan grande que acabo de cometer.

Si apenas soy capaz de controlarme ahora, ¿cómo voy a hacerlo durante la sed?

Esta situación tiene todos los ingredientes para convertirse en una catástrofe.

27

Es la viva imagen del pecado

Reese

Cuando llego a la discoteca, ya sé que lo que vamos a hacer no es una buena idea.
Tengo un mal presentimiento.
Estoy acostumbrado a aguantar la tentación, desde luego, creo que mucho más que los vampiros, pero sería estúpido por mi parte no tener algo de preocupación. Sobre todo, cuando Faye va a estar conmigo.
Siempre tengo que estar alerta cuando la tengo cerca.
Dorian me deja en la acera frente a la discoteca y luego se va. Lo miro con desesperación, pero ambos sabemos que esta noche no puede acompañarme. Ni él tampoco querría hacerlo. Está tan cegado por el cariño que me tiene que cree que estar con Faye sería algo bueno para mí. Lo que el muy cabezón no advierte es que el problema está en que yo no sería bueno para ella.
Hago un par de respiraciones profundas para armarme de valor. Y luego me acerco a la entrada. Los porteros me dejan pasar sin necesidad de que les diga quién soy. Me estaban esperando. Fantástico.
No me sorprende que Faye ya esté aquí, siempre está donde debe en el momento que le corresponde. Lo que me con-

funde es que se comporta como un alma libre a la que le encanta meterse en líos pero, aunque me ha costado darme cuenta, es increíblemente responsable y muy muy leal. Lo cual no me ayuda para nada porque ambas cualidades son las que más valoro en este mundo.

Cuando la veo, está junto a Levi y le dedica una sonrisa tan resplandeciente, riéndose de algo que él le acaba de decir, que era imposible que no se me escapase un gruñido.

Me digo que puedo controlarme a mí mismo. O eso es lo que me gustaría pensar. El vampiro se aparta, con lo que deja a la vista el cuerpo de Faye, y ya no lo tengo nada claro. De repente la temperatura en la discoteca se dispara y se me hace difícil de soportar.

El atuendo que ha elegido para esta noche me deja sin palabras. Lleva unos pantalones cortos negros sobre unas medias de rejilla que por lo menos le llegan hasta el ombligo. No alcanzo a ver dónde terminan, ya que una camiseta gris cortada más larga por un lado que por el otro remata la parte superior de su *outfit*. Está jodidamente impresionante. Con los labios rojos brillantes y el pelo recogido en la cabeza con dos moños. Es la viva imagen del pecado.

Desde el instante en el que posa sus ojos sobre los míos, el resto de la gente desaparece por completo. Me da pánico.

Me acerco a ellos despacio. Como si estuviera sumido en un sueño. Como si una cuerda tirase de mí hacia delante. La gente se va apartando a mi paso.

—Lobito —me saluda con diversión y el pulso se me acelera hasta llegar a un ritmo alarmante.

—Faye. —No me atrevo a ponerle un apodo porque eso sería todavía más íntimo. Si ya camino sobre la cuerda floja para resistirme cuando no tenemos un vínculo, no me imagino lo difícil que sería si me permito jugar con ella...

—¿Sabes qué? —pregunta en un tono sugerente que me hace tragarme un gemido—. He estado pensando sobre si esta será la primera vez que te vea desmelenarte. Quizá solo por eso merezca la pena —susurra cerca de mí y su tono de voz, la forma en que sus labios rojos se mueven, hace que la sangre comience a arderme en las venas.

Noto cómo mi control se va fundiendo con el deseo. Joder. Esto no tiene buena pinta. Faye es la criatura más hermosa y tentadora que he tenido la desgracia de conocer.

—Esto... esto es una muy mala idea —tartamudeo. Mierda. Acabo de tartamudear. Algo que no me había sucedido en la puta vida.

Y por supuesto ella nota el efecto que su actitud tiene en mí. Y se deleita con ello mientras yo hago un esfuerzo titánico por no mirarle los labios fijamente.

—Estamos muy cerca de descubrirlo.

—Es un error.

Se ríe.

—O todo lo contrario.

No tengo muy claro qué fuerzas de la naturaleza, o qué magia, nos ha llevado a terminar tan cerca el uno de otro. Solo sé que ahora siento la respiración de Faye sobre mis labios. Veo que sus hermosos ojos dorados tienen motas verdes.

Y abro la boca, aunque no tengo muy claro para qué. Espero que para decir algo en contra de este plan, pero antes de que pueda hacerlo, antes de que pueda decir algo que nos libraría de esta situación ridícula, el rey de los vampiros de Nueva York desciende las escaleras que llevan a su oficina sobre la discoteca y se planta a nuestro lado.

—Buenas noches.

—Buenas —respondo aclarándome la garganta e irguiéndome en toda mi altura. Cambio de golpe mi estado de ánimo. Paso de estar completamente hipnotizado por Faye a alerta en cuestión de segundos.

No quiero que me vea titubear. Quiero que se dé cuenta de que estoy dispuesto a hacer cualquier cosa por defenderla.

—No deberías estar aquí —le amonesta el rey a Levi.

—Claro, señor. Solo quería asegurarme de que todo iba como debía —responde este y, tras lanzar una mirada a Faye en la que se dicen un montón de cosas sin palabras, se larga hacia la salida.

Puedo entender su reticencia a dejarla sola. Yo tampoco querría hacerlo. Y solo por eso lo respeto un poco más. Se preocupa sinceramente por ella.

El rey nos hace un gesto con la mano y señala hacia el pasillo por el que acaba de llegar. Entiendo que quiere tener más intimidad, o por lo menos que nos escuchemos algo mejor. Yo no tengo problema, pero supongo que a Faye sí que le cuesta oírnos.

—Me gusta el ambiente —comenta ella cuando llegamos, que parece tranquila por completo, como si lo que estamos a punto de hacer le divirtiese en vez de darle miedo.

Me dan ganas de darme golpes contra una de las paredes. De verdad que no sé qué la lleva a ser tan alocada. Es como si disfrutase con el peligro.

Al rey se le forma una sonrisa complacida en la cara y nos mira como si le divirtiesen nuestras reacciones tan diferentes. A mí eso solo me pone más tenso. Doy un paso más cerca de Faye.

—Esto va a ser muy divertido. ¿Tienes las pociones? —le pregunta.

—Aquí están —responde Faye y eleva en el aire los viales con la mezcla para que él pueda verlos.

Por la falta de luz que reina en la discoteca, no soy capaz de distinguir bien el color, pero apostaría a que es rojo y espeso. Se parece sospechosamente a la sangre, lo que no me motiva lo más mínimo.

—¿Están bien hechas?

—Soy muy meticulosa en mi trabajo —explica—. Te puedo asegurar que es la poción más potente que se puede hacer.

—Joder —la maldición sale de mi boca con rapidez. Si es que esto es un puto problema en ciernes.

—Fantástico —los ojos del rey brillan de satisfacción—. ¿Sigues pensando que puedes resistirte, alfa, o quieres que cancelemos el trato? —pregunta retándome con la mirada.

Y soy tan gilipollas que caigo.

—Por supuesto que puedo —aseguro, y cojo de la mano de Faye uno de los dos botes. Lo destapo sin dejar de mirar a los ojos del rey y me lo tomo de golpe.

La sonrisa del vampiro solo se ensancha más.

—Disfruta del descenso a los infiernos —dice muy bajo tras inclinarse hacia mí para que solo yo pueda escucharlo. Luego se separa y se dirige a Faye—: No tienes por qué tomarlo. —Si no estuviese comenzando a notar cómo se me calienta la sangre del cuerpo y se crea un agujero en mi interior, me habría aliviado que le hubiera dado la opción.

Por supuesto, ella tiene una visión completamente diferente a la mía.

—No, gracias, prefiero vivir la experiencia —responde y le guiña un ojo.

—Esto va a ser maravilloso.

Es lo último que le escucho decir, porque toda mi atención se ha centrado en Faye. La observo abrir el bote. Luego inclina la cabeza para tomarse todo el contenido y ese gesto tan inocente me resulta lo más sugerente del mundo.

Joder.
Estoy empezando a calentarme. He despertado y, de alguna manera, su olor se ha incrementado. Dios. Esto va a ser una tortura porque, cómo no, su maldita sangre me tenía que resultar irresistible, aunque cambie de especie.
Aunque ahora ambos seamos vampiros por unas horas.
Al principio la sed es leve, algo controlable. No sé si alguien que no hubiera tenido que contenerse tanto a lo largo de su vida como yo estaría de acuerdo conmigo, pero no es demasiado fuerte. Sin embargo, cuanto más avanzan los minutos, cuanto más se va vaciando mi cuerpo y más se incrementa su olor, contenerse empieza a ser insoportable.
En algún momento hemos empezado a mecernos con la música. Muy cerca el uno del otro. Yo solo tengo ojos para ella. Ella solo tiene ojos para mí, lo que se me antoja como una especie de droga. Algo que deseo mantener siempre. Su atención sobre mí.
Toda la gente que hay a nuestro alrededor hace tiempo que ha desaparecido.
La sed comienza a nublarme todos los sentidos y a ponerse en el foco de mi mente. Noto los colmillos duros, con ganas de crecer. Es una sensación brutal. Ella es todo lo que puedo respirar. Su puto aroma a bosque bañado por la luna llena y libertad.
Abre la boca para hablar y mis ojos se van directos a sus labios.
—¿Por qué no te sacas el palo del culo y te atreves a vivir un poco? —En su pregunta hay un reto, los ojos le brillan y está preciosa.
—No deberías querer que me deje llevar. —La voz me sale tan ronca que apenas la reconozco.

—Es todo lo que deseo —dice casi en un gemido sosteniendo mi mirada, me excita hasta el punto de no retorno.

Pierdo absolutamente el control.

—Si no deseas esto, márchate —le advierto ya inclinándome hacia ella—, porque estoy a punto de devorarte —aseguro, y joder si el jadeo que se escapa de su boca no es la cosa más erótica que he escuchado en toda mi puta vida.

—Por una vez haz algo interesante con esa boca tuya. Me muero de sed, de excitación —jadea y me tira del pelo. Ese gesto termina por reventar la presa que hasta ese momento mantenía a raya mi autocontrol.

Siento como si estuviera poseído.

Me agacho y poso mis labios sobre los suyos. Saco la lengua y lamo su delicioso sabor. Ella me devuelve el beso con pasión. Somos todo dientes, labios y desesperación. Jamás nada me había sabido más delicioso.

Mis manos codiciosas se posan en su cintura y gimo ante la satisfacción que siento al notar que casi la envuelven por completo. La diferencia entre nuestros tamaños solo me vuelve más loco.

Mis palmas vagan por sus costados y la acercan más a mí. Hundo la cara en su cuello y aspiro su increíble aroma hasta marearme. Noto cómo los colmillos comienzan a crecerme, a la par que la enorme erección que albergo en mis pantalones. Me separo de golpe ante la fuerza de la necesidad que siento.

—Te necesito —dice en un gemido mirando mi cuello, y siento la jodida necesidad de complacerla.

No soy el único que se muere de sed y solo deseo darle lo que necesita.

Solo de imaginar su boca sobre mi cuello, sus colmillos rompiendo mi carne y bebiendo de mí, estoy a punto de correrme.

Le agarro el culo con las manos y la elevo para que pueda llegar con más facilidad a mi cuello. Pero tengo un momento de lucidez antes de que la situación escale y se ponga más íntima.

Antes de perder la puta cabeza, nos llevo hasta las escaleras y subo a la oficina del rey vampiro.

—Espera solo un momento, cariño —le digo sin apenas poder contener los gemidos—. Ahora me tendrás todo para ti —aseguro.

Ella emite un quejido, pero separa los dientes de mi cuello. El problema llega cuando comienza a lamer la piel de esa zona. Joder. Se me ha puesto tan dura que tengo miedo de reventar los pantalones.

Llamo a la puerta y él la abre. En su cara hay una mueca de satisfacción.

—Necesitamos intimidad —le exijo.

Él solo sonríe.

—Estás de acuerdo conmigo en que no es tan fácil resistirse como creías, ¿verdad, alfa? —pregunta. O bien no se da cuenta de lo urgente que es el asunto que tenemos entre manos o bien está disfrutando de nuestro desenfreno. Pero la realidad es que me da igual. En este momento haría cualquier cosa por darle a Faye la intimidad que necesita. Que ambos necesitamos.

—No podría estar más de acuerdo.

—En ese caso —dice haciéndose a un lado y moviendo la mano para señalar el interior del despacho—. Mi morada es tu morada. Disfruta.

En cualquier otro momento me hubiera encarado con él por lo que está insinuando. Pero ahora lo único que puedo hacer es entrar corriendo en la oficina.

No aguantaré mucho más tiempo.

Cuando me siento en el sofá, coloco a Faye a horcajadas sobre mis piernas. En un pequeño golpe de sensatez, la separo un poco de mi erección para no molestarla, pero ella no piensa lo mismo que yo. En un solo instante evapora la distancia que nos separaba y se sienta sobre mi dureza arrancándome un sonoro gemido. No puedo disfrutarlo lo suficiente porque me sobreviene otro sentimiento todavía más fuerte. Me clava los colmillos en el cuello y comienza a chupar.

En ese instante me vuelvo mucho más animal que humano.

Llevo los brazos a su espalda y la aprieto contra mi cuerpo. Mis caderas comienzan a moverse con vida propia y, para cuando me quiero dar cuenta, estoy a punto de correrme.

Joder si sentirla tan cerca no es lo mejor que me ha pasado en la vida.

Faye

El sabor dulce y salado de la sangre de Reese me inunda la boca y calienta cada gramo de mi cuerpo.

No he estado más excitada en la vida.

Tampoco he sentido jamás esta sensación de que alguien es la persona correcta, como si estuviera hecho para mí. Y estoy segura de que, si no estuviera en medio del éxtasis, me habría largado corriendo. Pero en este momento solo puedo relamerme los labios tratando todavía de paladear el sabor adictivo de la sangre de Reese que me llena el estómago mientras le cedo su turno.

Me siento tan satisfecha y excitada que me dejo caer hacia atrás entre sus brazos y giro el cuello para permitirle un mejor acceso. Deseo sentir cómo bebe mi sangre más de lo que necesito la siguiente bocanada de aire.

Gimo cuando sus dientes se clavan en mi piel. Tras una breve punzada de dolor, me hacen sentir en la gloria. Le tiro del pelo sin poder evitarlo. No lo hago para apartarlo, sino para asegurarme de que no pare de hacerlo. Con cada sorbo que toma, me acerco más al orgasmo.

Comienzo a frotarme contra su enorme erección y me siento agradecida de que estemos sentados en un sofá con mi cuerpo sobre el suyo porque, de esta forma, me puedo dejar ir. Puedo controlar la fricción que necesito. Sin embargo, pronto me sabe a poco y comienzo a dejar escapar sonidos de frustración que Reese entiende a la perfección.

—¿Me dejas aliviarte? —pregunta separándose de mi cuello. Tiene los ojos negros, ya que las pupilas se han tragado su color azul. Parece más animal que humano y me vuelve loca.

No quiero que vuelva a esconder esta parte desatada de él.

Estoy a punto de pedirle que vuelva a morderme, pero baja la mirada a mis labios y abre los suyos con deseo. No sé si es porque veo sus colmillos alargados o mi sangre en su boca, pero lo que sucede es que terminamos fundiéndonos en un beso desesperado. No sé si soy yo la que se inclina primero o si es él. Solo sé que podría vivir para siempre en este instante.

Estoy ardiendo. Estoy necesitada.

Después de una eternidad saboreándonos que se me hace demasiado corta, Reese desciende por mi cuerpo y besa la parte alta de mis pechos. Los atiende con devoción, casi como si me estuviese adorando. Su forma firme y reverencial de tratarme me excita hasta límites que no creía posibles. Soy una masa de jadeos y placer. Luego, lleva la mano entre nuestros cuerpos y la coloca donde más lo necesito. Sobre mi clítoris. Donde una calidez líquida se acumula. Gimo de placer cuando sus dedos habilidosos me trabajan.

—Dios, estás muy mojada. —Se le escapa una maldición—. Me vuelves loco, joder.

Me mira a los ojos y siento una conexión brutal con él. Pero necesito más. Mucho más.

—Quiero que me folles —exijo. Yo también introduzco la mano entre nuestros cuerpos y le agarro el miembro, que está duro como si tuviera una tubería de hierro entre las piernas.

—No tienes ni idea de lo que me estás pidiendo —dice apretándome con más fuerza contra él—. Y joder si no me encantaría dártelo.

Deja caer su frente sobre la mía como si se estuviera muriendo.

—Hazlo —ordeno, y me mezo sobre él.

Gime dolorido y me agarra de la cintura para que deje de moverme.

—Cariño. Para, me estás matando.

—Hazlo. —Vuelvo a tentarle, pero es tan fuerte que no consigo moverme un solo milímetro.

—Voy a hacer lo que sea mejor para ti. Y no soy yo. —Las últimas palabras las dice tan rápido y tan bajo que podría habérmelas imaginado.

Se levanta conmigo agarrada como si no pesase nada y su demostración de fuerza me excita todavía más. Me lame los labios y luego me los besa antes de tumbarme en el sofá y colocarse encima de mí. Comienza a descender por mi cuerpo besando cada centímetro de piel con la que se encuentra. Me sube la camiseta para adorar mis pechos. Se deleita con los dos por igual. Antes de continuar su camino descendente, me araña con los colmillos el pezón derecho y estoy a punto de correrme en este mismo instante.

Sus labios recorriendo mi vientre sobre las medias, colándose por los agujeros de las rejillas, es la sensación más erótica que he experimentado en la vida. El calor, el frío, su aliento poniéndome la piel de gallina.

Al llegar a mis pantalones, los desabrocha y se le escapa una maldición ahogada.

—Sin bragas, joder. No se puede ser más deliciosa. Eres la puta tentación en persona —dice mirando mi coño como si quisiera devorarlo. Cuando levanta la mirada para observarme, tiene los ojos vidriosos por el placer y el estómago me da un vuelco exquisito por el deseo.

Segundos después aparta la mirada y procede a lamerme. Comienza por mi clítoris. Se da un festín con él. Luego alterna entre lamerlo y besar el interior de mis muslos. Los roza con los dientes y un escalofrío me recorre todo el cuerpo. Deseo que me muerda y Reese, casi como si me leyese los pensamientos, lo hace. Clava los dientes en la tierna carne de mis muslos y yo me retuerzo de placer. Mientras toma mi sangre, se me arquea la espalda y tengo que agarrarme a su cabeza para no caerme del sofá. Estoy al borde del orgasmo.

Grito y él se separa de mis muslos para atacar de nuevo mi clítoris. Solo me hace falta que pase la lengua por él unas pocas veces para llegar a lo más alto. Me corro con su nombre cayendo de mis labios, lo que solo parece volverlo más loco.

Una vez que me ha llevado hasta el orgasmo, mientras estoy en la cumbre de un tsunami de placer, noto cómo se tumba sobre mí y se frota un par de veces contra mi clítoris complacido con unas estocadas profundas antes de correrse con un gemido tan brutal que parece más animal que humano.

Reese se derrumba sobre mi cuerpo durante unos segundos y siento cómo su esencia caliente comienza a traspasarle los vaqueros y se extiende por los agujeros de mis medias de rejilla. Me siento tan satisfecha que ni siquiera me molesta su peso sobre mi cuerpo. De hecho, disfruto de la sensación.

—Lo siento —se disculpa poco después cuando desciende de las alturas y, en vez de apartarse y dejarme sola, cosa que no quiero en este instante, nos cambia de posiciones para que sea yo la que esté encima.

Creo que no me he sentido más en paz y saciada en la vida. Escucho los latidos de su corazón bajo mi oído y me baño en el calor que desprende su cuerpo.

Una vez que la poción va desapareciendo de mis venas, me doy cuenta de que no rebaja lo más mínimo el deseo que siento por Reese. Y es ese descubrimiento el que me hace levantarme de entre sus piernas, despedirme con unas palabras patéticas y largarme de la discoteca como si alguien me estuviera persiguiendo para matarme.

Se suponía que esta noche era una lección para él, no que lo fuera para mí.

28

Pero, a veces, con desear las cosas no basta para que se vuelvan realidad

Reese

Decir que las cosas son incómodas al día siguiente sería quedarse jodidamente corto.

También lo sería decir que puedo pensar en algo más que en cómo se sentía su piel bajo mis manos. Su sabor en mi boca. El calor de su centro sobre mi polla.

Por lo que cuando nos encontramos cara a cara en el consejo, a pesar de que estamos rodeados de muchas personas, no tengo ni puta idea de cómo comportarme y, a juzgar por cómo se le tensa la espalda a Faye y busca con todas sus fuerzas no cruzar su mirada con la mía, ella tampoco.

Ojalá haberla probado hubiera hecho las cosas más sencillas y no más difíciles.

—Vas a tener que contarme qué pasó anoche —dice Dorian a mi lado cuando nos sentamos a debatir un nuevo tratado que se quiere aprobar sobre la regulación del uso de la magia frente a los humanos—. No me trago lo que me contaste cuando volviste.

—Ya te he dicho que no pasó nada interesante —murmuro entre dientes. Hasta donde sé, nosotros somos la especie que mejor audición tenemos, pero nunca se puede estar seguro del todo.

En la comunidad mágica siempre ha habido mucho celo para guardar los secretos propios.

—No me lo trago, hermano —se mofa Dorian y lanza una mirada en dirección a Faye.

—Deja de tocar los cojones, idiota —le advierto cabreado.

Por supuesto, a él le da igual.

—Voy a disfrutar descubriéndolo. Antes o después te lo sonsacaré.

Maldigo, pero me centro en mis deberes cuando nos sentamos a la mesa.

Tardo menos de cinco minutos en darme cuenta de que no voy a ser capaz de aguantar esta tensión con ella. Necesito que se disipe y todo vuelva a la normalidad. A antes de que nos probásemos. A antes de que cruzásemos esta línea que desdibuja todavía más nuestra relación, que debería haberse mantenido totalmente profesional.

Pero a veces, con desear las cosas no basta para que se vuelvan realidad.

Faye

¿Por qué el destino me odia tanto que tenemos que vernos al día siguiente?

Quizá necesito hacerme una limpieza de aura. Debo de estar acumulando toneladas de malas vibraciones para que me suceda esto.

Evito por todos los medios hacer contacto visual con Reese, que se me note que las manos me sudan y que tengo el estómago retorcido en nudos de tensión.

Logro hacerlo medio decente durante unos tres minutos, pero cuando nos sentamos a la mesa para que los líderes debatan mientras sus ayudantes tomamos notas y les entregamos los documentos que necesiten para respaldar sus posturas, mis ojos se posan en él y mi cerebro se inunda de imágenes de la noche anterior.

Y se desata el infierno en mi cabeza.

«Quiero que me folles».

Las palabras que le dije a Reese se repiten en mi mente una y otra vez como una burla dolorosa. No es solo que no lo hiciera. Eso no es lo peor. Lo peor es que se lo *supliqué*.

Y no puedo alejarme de él para siempre y hacer como si nunca hubiera sucedido. Tengo que seguir viéndolo por obligación. En el consejo. Mientras hago su poción...

Lo que no debería es verlo a cada instante dentro de mi cabeza. Protagonizando cada una de mis fantasías.

Por eso, cuando la reunión termina y Tariq me encarga que vaya a comprar unos ingredientes, en vez de maldecir como siempre porque me trate como su secretaria, salgo corriendo de allí.

¿El problema?

Que Reese no parece tener los mismos reparos que yo, ya que me intercepta antes de que consiga huir.

Fantástico.

—¿Tienes un momento? —me pregunta, y me quedo mirándolo como si estuviera loco.

¿De verdad quiere tener una conversación? No me lo puedo creer. Con lo bonito que sería fingir que no ha sucedido NADA.

—La verdad es que no, me van a cerrar la tienda —comienzo a excusarme y antes de que pueda irme, se pone serio.

—Solo es un segundo —dice, y aborta el gesto de agarrarme el brazo, o eso creo que pretendía.

Trago saliva. La verdad es que no quiero que me toque. Bastante duro es ya saber lo que se siente con sus enormes, calientes y hábiles manos sobre mí como para que me lo recuerde otra vez.

—Dos minutos —claudico, pero lo que realmente quiero es salir corriendo. ¿Por qué tiene que comportarse siempre de forma tan correcta?

—Es suficiente. —Lanza una mirada a una sala abierta, y a mí me empiezan a entrar sudores fríos. No querrá que entremos allí a hablar—. Vamos a apartarnos allí un segundo. —Señala hacia la pared contraria y respiro aliviada. Parece que todavía tiene un poco de cabeza.

Cuando llegamos al lugar que ha indicado, nos quedamos el uno frente al otro y solo nos miramos durante unos segundos. Juro que jamás se me había disparado más el pulso. Casi puedo notar cómo gotas de sudor por la tensión resbalan por mi cuello.

Necesito romper este silencio.

—¿Y bien?

—Quería hablar sobre lo de anoche. —Se me escapa un sonido de la garganta como si me hubiera pasado un camión por encima.

—No es necesario, de verdad —lo interrumpo.

—Sí lo es —insiste él cabezón—. Tenemos que hablar sobre qué significó. —Igual es la secuencia de palabras más terribles que he escuchado en la vida—. Necesito que sepas que no cambia nada. Que solo fue un suceso aislado por las circunstancias del momento.

Espero que mi cara no refleje lo que estoy sintiendo en este momento. Mi cerebro se ha detenido, abrasado por el dolor.

¿Qué esperaba que dijese?

¿Por qué noto como si el corazón se me estuviera desprendiendo del pecho si yo pienso lo mismo que él? ¿Verdad? ¿VERDAD?

Necesito largarme. Cortar esta conversación de golpe. Ir a casa y darme un par de golpes mentales para dejar de imaginar cosas. De desear a un hombre que está claro que no tiene el menor interés en mí.

Por Dios, tiene una compañera y ni siquiera la quiere. ¿Por qué iba a elegirme a mí?

—¡Claro! —respondo de forma demasiado efusiva y espero no parecer una loca—. Estoy de acuerdo, fue un momento de debilidad por causas ajenas. Tengo cosas mucho más importantes que hacer que pensar en ti —digo y me maldigo a mí misma, porque nadie ha hablado de pensar en el otro. Mierda. Me he delatado a mí misma. Noto cómo el calor se acumula en mis mejillas—. Estoy muy ocupada encontrando la forma de descubrir qué le llevó a mi abuela a hacer, ya sabes —digo haciendo un gesto con la mano. Juro que no se puede estar más tensa de lo que lo estoy ahora mismo. Solo quiero desaparecer, fundirme con la pared, con el aire—. Ya nos vemos, si eso. Cuando haya que hacer algo para la poción. —Me despido con otro gesto de la mano y salgo corriendo por segunda vez en dos días.

¿Cuándo va a acabar este infierno?

29

Que siempre pienso en ella

Faye

—He tenido una idea. —La voz de Reese rompe el silencio y a mí se me escapa un grito.
Agradezco que sea de noche y seamos las dos únicas personas en el invernadero o pronto se hubiesen plantado aquí un montón de brujos cotillas a ver qué sucedía.
—¿La de asesinarme? —me quejo con la mano sobre el pecho. Vale que estoy acostumbrada a que su presencia me acelere el corazón, pero no porque me asuste.
—Hoy no —bromea, y me regala una enorme sonrisa que me deja sin aliento. Parece... parece mucho más joven, abierto y accesible.
—Conque no escondes que alguna vez ha estado entre tus planes... —comento siguiendo la broma. Y me asusto, porque últimamente veo a Reese de otra forma. Porque últimamente me pregunto si estoy haciendo la poción por ayudarlo o porque en el fondo no quiero que tenga una compañera. Y es terrible. Me hace sentir como la peor persona del mundo.
—Quizá —dice, y no sé si es justo en ese momento en el que se da cuenta de que podría decirse que estamos tontean-

do, pero se pone serio de golpe. Me abstengo de poner los ojos en blanco ante su comportamiento. Ya he comprendido que él es así. Incluso puede que me guste un poco que sea tan intenso—. A lo que iba. ¿Necesitas a alguien que te pueda ayudar a rellenar los huecos de lo que llevó a tu abuela a comportarse así? —pregunta y yo asiento. Agradezco que tenga la suavidad suficiente como para no mencionar en ningún momento la palabra «asesinato»—. Eso pensaba. —Sonríe complacido—. Pues me he dado cuenta de que conozco a la persona perfecta. Estoy seguro de que, con lo cotilla que es, sabrá quién era tu abuela. Y te aseguro que Minerva no tiene pelos en la lengua.

—Suena de maravilla. Me impresionas, lobito. —El mote cae de mis labios, pero en vez de ser algo para molestarlo, esta vez suena como si fuese cariñoso. Y, a juzgar por cómo se le dilatan las pupilas mientras me observa, no soy la única que se ha dado cuenta de ese ligero cambio.

Reese se aclara la garganta antes de hablar.

—En ese caso, no hagas planes para el fin de semana porque nos vamos a Nueva Orleans.

Reese

Me alegro de que en ningún momento Faye me pregunte por qué he ido a buscarla a su casa, colándome, trepando un muro, en vez de esperar a que sea de día.

Me alegro de que Faye no pueda ver en mis ojos que estaba en la cama tumbado y lo único que podía hacer era pensar en ella.

Que siempre pienso en ella.

Y cuando acepta mi propuesta, siento tanto pánico como

una felicidad que me consume por saber que voy a pasar dos días junto a ella.

Me estoy metiendo en la boca del lobo, lo sé.

Pero tampoco soy capaz de negármelo.

30

El aire aquí huele demasiado a murciélago

Reese

—Te has vuelto loco —sentencia Dorian cuando le cuento el plan al día siguiente. Necesito que me ayude a dejarlo todo organizado aquí sí quiero que nos acompañe a Nueva Orleans. Y definitivamente quiero. Necesito algo que haga de pantalla entre Faye y yo. Algo que me impida lanzarme sobre ella y devorarla—. Me gusta.

Su sonrisa traviesa me hace sentir serios deseos de echarme para atrás, pero antes de que siquiera se me pase por la cabeza, recuerdo la cara de felicidad que tenía Faye y se me pasa.

La verdad es que quiero hacerla feliz.

—Cállate y ayúdame a explicarle al tercero al mando por qué es tan importante no dejar a la manada sola durante un fin de semana entero.

—Sí, definitivamente esto va a ser muy divertido.

Faye

Cuando Reese y Dorian llegan al panteón, los recibo con una sonrisa. Espero que no se acostumbren. No creo que esta tregua que se ha formado entre Reese y yo dure mucho tiempo, pero desde luego no voy a ser yo la que lo comente.

La realidad es que ahora mismo tengo el mismo miedo y existen las mismas posibilidades de que acabemos discutiendo como de que terminemos enrollándonos. Al menos por mi parte, la tensión que siento es bastante elevada.

—Tenemos exactamente cuarenta y siete horas antes de que tengamos de volver a que eches un ingrediente —le recuerdo elevando el móvil y mostrándoles la pantalla para que vean la hora—. ¿Hoy te vas a portar bien para viajar a través de un portal? —No puedo evitar bromear con él. Me gusta hacerle rabiar.

—Qué remedio. Si no, no nos da tiempo —farfulla entre dientes y lo veo estremecerse como si realmente le resultase desagradable.

Siento una oleada de algo caliente agolpándose en mi estómago al darme cuenta de que esto lo está haciendo por mí. Para que descubra cosas de mi abuela. Y me siento muy agradecida. Quizá algo conmovida. Pero no pienso permitir que lo descubra.

—Tranquilo, que será un viaje superagradable, lo colocaré para que caigas encima de un sofá —lo vacilo, pero no soy capaz de aguantar la risa cuando Dorian también comienza a reírse.

Reese nos lanza una mirada mortal que solo me hace reír más fuerte.

—Si fuera tú, no me reiría tanto. Cuando volvamos, te va a tocar el turno de entrenar a los niños de diez años —Reese amenaza a Dorian y a juzgar por cómo se le borra a este la sonrisa de golpe y el alfa la esboza, debe de ser algo muy molesto—. En cuanto a ti —gira la cabeza para mirarme y me señala con el dedo—, no te preocupes, que solo es cuestión de tiempo que descubra una debilidad tuya y maldecirás el día en el que se te ocurrió meterte conmigo —me advierte, y la sonrisa de medio lado que me lanza es tan sexy que me tiemblan las piernas. Por la cabeza se me pasa el pensamiento de que quizá sea él mi debilidad.

Me siento tan perturbada que agradezco cuando Levi nos interrumpe. Tengo miedo de que mi cara transmita algo de lo que pienso.

—No me gusta dejarte a solas con estos animales —comenta lo bastante alto como para que les quede claro que en vez de hablar conmigo, lo dice por ellos.

—¿Tienes miedo de que les haga daño? —me jacto.

—Sabes perfectamente lo que quiero decir.

Asiento.

—Por supuesto. Y tú sabes que puedo cuidarme a mí misma.

—Eso no hace que yo quiera protegerte menos.

—Y que ellos no me van a hacer nada —continúo con mi argumentación como si no me hubiera interrumpido—. Me necesitan para elaborar la poción.

—Jamás te haríamos daño, poción de por medio o no —interrumpe Reese con voz dura, como si pudiera soportar cualquier tipo de broma pero ninguna acerca de mi seguridad.

—Esa es la actitud, alfa —le aplaude Levi.

Pongo los ojos en blanco.

—No os necesito a ninguno de los dos para protegerme. Sé hacerlo yo solita. Como os he demostrado en infinidad de ocasiones —comento, y los ojos se me ponen en blanco por voluntad propia. No puedo con la sobreprotección de Levi. Y mucho menos con que ahora se le sume Reese.

—Lo tengo claro, pero déjame disfrutar un poco pensando que me necesitas para algo —se queja Levi en un tono demasiado dramático.

—Puedes ayudarme con la poción —le digo sonriendo, porque sé que no le hace ninguna gracia.

—Podría hacerlo Dorian —se queja el vampiro contestando como un resorte.

—No. No hay nadie en este mundo del que me fie más que de ti.

—Si es que no te puedo negar nada desde el mismo día en que te conocí. Eras una niña perdida monísima —bromea, pero se le escapa el cariño por cada poro de su piel.

—Como ya te he repetido en infinidad de ocasiones, el que estaba en apuros cuando nos conocimos fuiste tú. O si no que me digan cómo te libraste de aquella intoxicación por sangre mala. Nunca había visto a ningún vampiro con semejante colocón —me carcajeo de él.

Levi se ríe antes de acercarse a mí de forma abrupta y envolverme en un fuerte abrazo. Le dejo hacer. La verdad es que me da mucha pena que no nos acompañe.

—La verdad es que no sé qué haría sin ti. Pero no se lo digas a nadie —comenta en tono confidencial pese a que sabemos que todos los presentes lo escuchan perfectamente.

Un gruñido llega hasta mis oídos.

—¿Qué te pasa, lobito? ¿Te has tragado algo amargo?

La burla en el tono de Levi me hace girar la cabeza para ver qué le sucede a Reese. Por un momento me quedo en *shock*. Nos mira con los ojos brillantes, como si estuviera muy cerca de cambiar. Tiene los labios algo retraídos y se los está mostrando a Levi.

—¿Ves algo que no te guste? —le pregunta esta vez, estrechándome más fuerte entre sus brazos.

—Para nada —gruñe él muy cabreado—. Os espero arriba. El aire aquí huele demasiado a murciélago. —Cuando suelta la pulla, se da media vuelta y sale disparado escaleras arriba.

—Sí, va a ser un viaje interesante —se mofa Dorian.

Me quedo mirando la enorme espalda de Reese en retirada. Sí, estoy de acuerdo.

Tengo el presentimiento de que lo va a ser.

31

Estoy en deuda contigo

Faye

De lo primero que me doy cuenta cuando atravieso el portal y pongo un pie en la casa de las brujas de Nueva Orleans es que no se parece en nada al lugar en el que vivo.

Aquí hay más ruido, más calor de hogar y las interacciones que veo son cercanas. En el salón por el que accedemos a la casa hay gente sentada en diferentes posturas de relajación. Hablan unos con otros con total desenfado, como si todos fuesen importantes o como si nadie fuese más importante que los demás. Curioso. Muy curioso. Se respira un ambiente mucho menos recto e individualista que en mi comunidad. Se asemejan más al ambiente comunitario familiar que existe en la manada de Reese y que tanto envidio.

Lo segundo de lo que me doy cuenta es que la espalda del lobo se relaja, como si en este lugar se sintiese a gusto y seguro.

Y eso sí que no me lo esperaba.

Estoy paralizada, mirando a nuestro alrededor justo cuando una mujer accede al salón, se acerca a Reese y lo envuelve en un abrazo. Mi estupefacción solo va en aumento cuando veo que él, lejos de tratar de zafarse, lleva una mano hasta la espalda de la bruja y le devuelve el gesto.

Espero que mi mandíbula no esté en el suelo cuando ambos se vuelven para observarme.

—Esta es Minerva. La bruja jefa de la comunidad de Nueva Orleans. Es a quien hemos venido a visitar.

—Hola. —Es toda la respuesta que me sale, ya que mi cerebro está completamente enfocado en descubrir qué clase de relación tienen ellos dos.

No tengo mucho tiempo para deducirlo, ya que Reese decide hacerme un tour junto a la bruja para que conozca el lugar.

La gente nos saluda cuando nos la cruzamos mientras Minerva nos enseña la casa. Es muy hermosa, de madera, y tiene un aire embrujado superatractivo. Solo puedo imaginarme el aspecto que tendrá por la noche, con el pantano bañado por la luz de la casa y la niebla brotando del agua negra.

Siento como si estuviera todo el rato con la boca abierta.

La casa de aspecto antiguo está llena de vida y de color. Con objetos mágicos propios de esta ciudad en donde la magia blanca y la negra se mezclan hasta volverse casi indistinguibles. Veo varios muñecos de vudú que, lejos de despertar repulsión en mi interior, captan todo mi interés. Siempre he sentido atracción por ese tipo de magia que no es ni buena ni mala, pero que en las manos equivocadas puede causar estragos, aunque supongo que en el fondo todas pueden hacerlo.

No creo que los humanos viviesen con tanta tranquilidad si de verdad conociesen los poderes tan enormes que existen cerca de ellos.

Algo me dice que, en este lugar, mi forma de ser e inquietudes no desentonarían tanto como para que tuviera que esconderme detrás de una fachada.

Quizá, aquí me aceptarían tal y como soy.

—¿Nos sentamos? —escucho que me pregunta Minerva y salgo de golpe del lugar al que mi cerebro había ido a parar.

Por la forma en la que Reese y ella me están mirando, no creo que sea la primera vez que me lo ha preguntado.

—Claro.

Entramos en la sala que señala con la mano y ambas caminamos hasta la mesa redonda que hay en un lateral. Reese se queda a un costado, de pie. Es como si quisiera darnos espacio, pero a la vez no quisiera dejarme sola.

Su gesto no debería reconfortarme tanto como lo hace.

—¿Quieres que te lea las cartas? —pregunta Minerva acariciando con descuido la bola de adivinación que corona el centro mientras me mira con mucho interés.

Parece que no soy la única decidida a saber lo que es la otra para Reese. Pues conmigo se va a llevar una decepción, porque no somos más que colegas en esta locura de preparar la poción.

—No, muchas gracias, es un arte que yo misma domino —declino con lo que espero que sea respeto.

—¿Es tu especialidad? —pregunta de forma distendida mientras acaricia el anverso de las cartas doradas y blancas, son francamente hermosas.

Dudo durante un instante si debo contestar con sinceridad o si será peligroso, pero luego decido decir la verdad, puesto que si Reese me ha traído aquí para hablar de mi abuela es porque confía en ella. Y me da rabia admitir que, a su vez, confío en él.

—Todas lo son.

Ella solo sonríe como respuesta.

—Al igual que tu abuela. Parece que sus poderes se han saltado una generación —comenta con una sonrisa encantada. Como si de verdad le hiciera gracia el hecho.

Pero yo me he quedado atascada en el comentario anterior.

—¿Conocías a mi abuela?

—Sí. Reese me dijo que tenías interés en averiguar cosas de ella y si yo podía contarte algo.

Mis ojos se dirigen al lobo en cuestión y se me forma una sonrisa de agradecimiento que él recibe incómodo, a juzgar por cómo se remueve cuando nuestros ojos se encuentran.

—Por favor. —Se me corta la voz cuando la petición sale de mi boca, en parte por la emoción del momento y en parte, por miedo a lo que me puede contar.

—No debes preocuparte, muchacha. No somos culpables de los pecados de nuestros familiares —dice, y le lanza una mirada significativa a Reese que no entiendo. En cualquier otro momento hubiera tratado de ahondar más en ello, pero ahora lo único que quiero es descubrir qué sabe de mi abuela.

—No la odias. —Más que una pregunta es una afirmación.

Un alivio indescriptible me atraviesa. Es la primera vez que voy a hablar con alguien que la conoció cuando estaba viva y que no la desprecia.

—Por supuesto que no, chiquilla. No me gusta juzgar a nadie sin conocer todos los hechos —asegura y juro que podría llorar de la emoción. Minerva está comportándose como siempre he querido que lo hiciera mi madre—. Conocí a Amanda cuando yo era muy joven. No es que tuviésemos muchas oportunidades de interactuar, cada una pertenecía a una comunidad diferente, pero siempre habían corrido historias sobre lo poderosa que era y a mí me llamaba la atención. De hecho, no entendía por qué no era ella la bruja jefa de vuestra comunidad, sino que fue ayudante durante años.

—La estoy escuchando con tanta atención que, sin darme cuenta, me he colocado en el borde de la silla.

—He pensado lo mismo bastantes veces —confieso. Luego dudo durante un segundo si debo decir más. En cualquier otro momento no lo hubiera hecho, pero hay algo en la forma de mirarme de Minerva, en su falta de juicio, en el ambiente amigable que ha creado, que me hace abrirme como nunca antes me había atrevido a hacer con otra persona que no fuese Levi. Miro a Reese antes de hablar. Él también me observa de la misma forma—. De hecho, siempre me he preguntado si, de haberlo sido, hubiera acabado de la misma manera.

—Puede que tu punto sea más válido de lo que crees.

—No te entiendo.

—No puedo decirte mucho más. Necesito investigar para ver si mi presentimiento es real o si solo veo lo que quiero ver.

—¿Qué puedo hacer para ayudarte a descubrirlo? —me ofrezco porque necesito hacer algo—. Necesito saber por qué mi abuela... —comienzo a hablar, pero me cuesta poner en palabras lo sucedido.

No hace falta que lo haga para que ella sepa lo que quiero decir.

—Es mejor que me lo dejes a mí. No quiero que llames la atención sobre esto. Yo no tenía lazos con ella como para que a alguien le interese, pero tú sí. Dame unas semanas. Solo necesito eso. Tiempo.

—Por supuesto, te daré lo que necesites —le respondo agradecida de que alguien me vaya a ayudar. Es como un sueño hecho realidad y todo es gracias a Reese. Mi mirada se desvía hacia él y le lanzo una sonrisa enorme para que vea lo agradecida que estoy.

Me siento tan sensible que parece como si mi piel hubiera

desaparecido y todos mis sentimientos estuvieran en la superficie en su estado más crudo. Él se queda quieto ante mi sonrisa y luego noto que cambia el peso del cuerpo de un pie al otro. Estoy a punto de lanzar una carcajada por su ridícula reacción, es como si me tuviera miedo, pero Minerva me distrae hablando de nuevo.

—Si bien es cierto que cuando Reese me habló de ella busqué información, tanto para refrescarme la memoria como para poder darte más datos, por algún motivo que desconozco no hay registros a los que tenga acceso —explica, y mi pulso se va acelerando cada vez con más interés. Suena tan desconfiada como yo sobre todo lo que rodea a los asesinatos que cometió mi abuela, a su propia muerte.

—No sabes la cantidad de reglas que he tenido que romper para obtener tan solo una pizca de información —confieso.

Minerva se ríe encantada.

—Percibo el fuego de tu interior. Voy a rebuscar en cada lugar que conozco, tenlo por seguro. Descubriremos lo que sucedió —dice sin juzgar en ningún momento sus actos, lo que de verdad me deja perpleja. Ni siquiera yo, que la amo, soy capaz de no hacerlo.

—Estoy en deuda contigo —le digo, y se me corta la voz por la emoción.

Esto se siente como el principio de algo mucho más grande. Tengo un presentimiento muy fuerte de que haber hablado con Minerva va a cambiar el curso de mi investigación.

—Tonterías, chiquilla. Todos deberíamos tener la oportunidad de hacer las paces con nuestros seres queridos —dice, y alarga las manos para coger las mías.

Si no se estuviera mostrando tan cercana y no me sintiera tan agradecida con ella, me hubiera apartado, porque tengo la impresión de que detrás de ese gesto hay mucho más.

Me queda claro que estoy en lo cierto cuando, al entrar nuestra piel en contacto, se le ponen los ojos en blanco durante un segundo antes de volver a enfocarse en mí. Minerva tiene el poder de la clarividencia. Acaba de leerme. No sé hasta qué punto le ha dado tiempo a ver, pero parece enormemente satisfecha con lo que descubre.

—Además, creo que soy yo la que tengo que darte las gracias a ti por Reese. —La forma en la que formula la frase me hace entrecerrar los ojos.

—Solo le estoy ayudando con la poción.

—Estás haciendo mucho más que eso —responde, y yo me vuelvo para mirar la reacción de Reese, pero cuando lo hago descubro que se ha marchado—. Y por eso te estaré eternamente agradecida. De hecho, soy yo la que está en deuda contigo. Gracias.

Juro que me quedo tan sorprendida por sus palabras que no sé qué responder. Por eso no digo nada. Al igual que tampoco lo hago cuando abandona el salón, supongo que en busca del alfa.

Puede que haya venido hasta Nueva Orleans en busca de respuestas, pero lejos de hallarlas, ahora tengo todavía más preguntas.

32

¿No se te ha ocurrido una pregunta que fuese más comprometida?

Reese

Ver a Faye entre las paredes de la casa que me vio crecer no debería darme tanta satisfacción ni debería bajarme tanto las barreras. Es lo que menos necesito. Pero, joder, me siento incapaz de comportarme de otra forma. Mi lobo ruge satisfecho dentro de mi cuerpo por haberla traído hasta aquí. Como si fuese una victoria y ahora la tuviese entre sus fauces para seducirla.

Mierda.

Necesito atarlo en corto.

Me paso la mano por el pelo y me remuevo incómodo en la cocina, lugar al que he huido para alejarme de tanta intensidad cuando el capullo de Dorian ha decidido largarse con los chicos del grupo de cazadores al que pertenecíamos antes de irnos a Nueva York y dejarme completamente solo.

—Me gusta la chica —dice Minerva, irrumpiendo en la tranquilidad de la estancia—. Y tengo claro que no soy la única.

—¿Adónde quieres ir a parar, Minerva? —pregunto con resignación porque es ella. Si fuese cualquier otra persona, hubiese respondido con hostilidad. Quizá incluso la hubiera mandado a que se metiese en sus putos asuntos.

—Oh, a ningún lado. —Finge inocencia, como si sus palabras no estuvieran cargadas de doble intención. Nos miramos y se le escapa una sonrisa—. Solo comento que me pareció muy raro cuando me llamaste para que te ayudase con ella. Me pareció que te mostrabas preocupado por su bienestar.

—Eso es porque está haciendo la poción para que pueda librarme de mi compañera. —La media mentira sabe amarga en mi boca.

—Claro, cariño. Yo lo decía por eso también —dice, pero no puede ser más obvio que me está siguiendo la corriente.

—No te metas, Minerva. No sé lo que te está pasando por esa cabeza peligrosa que tienes, pero no hay nada más allá del interés de devolverle el favor que me está haciendo.

Me mira de forma acusadora y una sonrisa que dice «Puedo ver más allá de tus mentiras» se le dibuja en la boca.

—Claro, cariño. Estoy segura de que es cierto. ¿Vamos a buscar a Faye y os enseño dónde vais a dormir? —pregunta cambiando abruptamente de tema.

Durante unos diez minutos me siento agradecido de que me deje en paz con tanta facilidad, pero solo dura hasta que recogemos a Faye de la sala y Minerva nos lleva hasta el dormitorio.

—Esto tiene que ser una puta broma —digo cuando nos la enseña y veo el *panorama*.

—¿Por qué lo dices, cariño? —pregunta con su mejor actuación de bruja despistada e inocente.

—Porque Faye y yo no podemos compartir habitación —digo entre dientes tratando de controlar la furia—. Dormiré en la de Dorian —sentencio.

Pero para eso también tiene una respuesta.

—Oh, ¿no te lo ha dicho? —pregunta abriendo y cerrando los ojos como si en realidad estuviera sorprendida—. Se ha ido con tus antiguos compañeros hasta mañana. Creo que iba con prisa. Y menos mal que no está. Si no, hubierais tenido que compartir cuarto los tres.

Y joder si no estoy seguro de que está mintiendo y de que esto es una encerrona que han preparado entre los dos. Aprieto la mandíbula para no decir nada delante de Faye.

—Tranquila, Minerva. Podemos compartir sin problemas —dice Faye antes de entrar en la estancia como si sintiera curiosidad y no le preocupase lo más mínimo compartir un espacio reducido e íntimo conmigo. La envidio por sentirse así—. Si no nos hemos matado ya, veo bastante improbable que lo hagamos esta noche.

Por supuesto, su respuesta hace que Minerva estalle en carcajadas. De puta madre. Otra persona más dentro del *team* Reese-Faye. Lo que me faltaba.

Por supuesto, como he aventurado, cuando cae la noche y me veo obligado por las circunstancias a retirarme a la habitación junto con Faye, no soy capaz de pegar ojo.

Llevo un par de horas sentado en la terraza del cuarto escuchando la respiración calmada de Faye mientras duerme, admirando las preciosas vistas del pantano —las cuales no recordaba cuánto echaba de menos ni cuánto me gustaban—, cuando se despierta y se levanta de la cama.

Mi primer instinto es tensarme. El segundo, calcular si me haré algún rasguño si me tiro desde la tercera planta de la casa.

Y algo en mi actitud debe de decirle lo que estoy pensando a juzgar por sus siguientes palabras.

—No merece la pena huir, te aseguro que vengo en son de paz —bromea.

La siento más que la veo sentarse en la silla de al lado, porque estoy demostrando mucha madurez al evitar hacer contacto visual con ella.

—No dudes en unirte a mi desvelo —le digo, y sin que le dé permiso a mi cuerpo para hacerlo, desvío la mirada hacia ella. Y, mierda, se me corta el aliento.

Tiene el pelo suelto, completamente despeinado como si acabase de salir de la cama después de una sesión de buen sexo y la mirada adormilada, lo que la hace parecer más hermosa y accesible. Y, por supuesto, se me pone dura al instante. Tanto que doy gracias de no estar de pie porque sería imposible ocultar mi estado. De esta forma, solo me remuevo incómodo en la silla y me llevo las manos al regazo para disimular.

Joder. Normal que no sea capaz de pegar ojo. ¿Cómo me voy a atrever a tumbarme a su lado si estoy seguro de que durante mi sueño terminaría envolviéndola entre mis brazos? Y eso sería una catástrofe de una magnitud brutal.

Algo que no puedo permitirme.

—Las vistas desde aquí son preciosas. Es como si estuviésemos en medio de la naturaleza. Me encanta —comenta, y no puedo más que estar de acuerdo con ella. Y odio la forma en la que se me calienta el pecho porque aprecie el lugar en el que he crecido.

—No he conocido ningún sitio más hermoso —me descubro a mí mismo contestándole a pesar de que no quiero mantener ningún tipo de conversación con ella. No una que se me antoja tan íntima.

Últimamente las claras líneas que separaban nuestra relación se están empezando a desdibujar. Ya no parecemos dos personas que trabajan juntas. Ahora... ahora se siente más como si fuésemos amigos. O algo más. Algo a lo que ni siquiera me atrevo a ponerle nombre.

—¿Te gusta más esta casa o la mansión en la que vives?

Me río.

—¿No se te ha ocurrido otra pregunta más comprometida?

—¿Qué le voy a hacer? Tengo talento para revolver a la gente —dice encogiéndose de hombros mientras me dedica su mirada más inocente.

Es una expresión que me encanta pero que no tiene ni gota de inocencia, sino una alta dosis de picardía.

Ambos nos quedamos en silencio y me sorprende darme cuenta de que es cómodo. Algo en tener a Faye sentada a mi lado en la casa de mi infancia me hace sentir en paz. Como si tuviera al alcance de la mano todo lo que necesito.

Quizá por eso contesto a pesar de que no debería hacerlo.

—La verdad es que no podría quedarme con una de las dos. Esta es mi pasado, donde ha transcurrido gran parte de mi vida, y la otra es mi presente y mi futuro, donde me quedan muchos años, con suerte, por construir un lugar en el que los miembros de mi manada quieran vivir. —No me doy cuenta de lo intensa que es mi respuesta, de lo mucho que me he abierto el pecho al responderla, hasta que no me vuelvo hacia Faye y veo que me observa con evidente sorpresa. Me mira de una forma intensa como si me viese por primera vez.

Y el corazón se me salta un puto latido porque siento que le gusta lo que ve.

Mierda. No puedo permitirme esto.

—Lo que me lleva a la siguiente pregunta: ¿quién es Minerva para ti? Os he visto juntos y... esa clase de relación tan íntima no es fácil de construir. Te trata...

—Como si fuera mi madre.

—Sí. Exactamente así. —Asiente con evidente curiosidad—. ¿Lo es? Quiero decir, ¿es tu madre?

—Si te refieres a mi madre biológica, no.

—Lo que quiere decir que sí que la consideras como tal —asume. Asiento con la cabeza para confirmarle que ha deducido bien.

Nos miramos a los ojos y por los suyos pasan miles de preguntas. Por primera vez en mi vida dejo a un lado la cordura y me dejo llevar por lo que siento. Quiero que me conozca. Quizá, si entiende por qué no puedo amar, por qué no soy digno de amor, me sentiré mejor cuando rompa el vínculo que nos une.

—Ella y mi tío me criaron cuando me encontró en el charco de sangre en el que mis padres se habían convertido al matarse el uno al otro. —Las palabras salen planas, sin vida, como si no estuviese hablando del mayor trauma de mi vida. De algo que llevo con vergüenza.

—Joder, Reese. Tuvo que ser horrible —dice, pero lejos de leer pena en su semblante, reacción que odio y uno de los principales motivos por los cuales jamás hablo de esta parte de mi vida, en su cara se dibuja la rabia, la comprensión, como si de verdad supiera cómo este suceso me ha jodido la vida.

Y esta es la primera vez que se me pasa por la cabeza que ella y yo no somos tan diferentes. A ella la persiguen los actos que cometió su abuela y que durante muchos años pensó que eran injustos, y a mí los de mis padres. Ahora sabe la verdad.

Tal vez por eso, o quizá por la quietud irreal que se respira en el ambiente, como si todo lo que pase en esta casa, en esta pausa de nuestras vidas, se fuese a quedar aquí para siempre, me descubro a mí mismo queriendo contarle la historia.

—Mi madre era la mejor amiga de Minerva y mi padre, el hijo mayor de la familia Marsalis —explico.

—Así que nunca has tenido la oportunidad de no ser alfa. Era tu destino desde niño —lo dice con un tono divertido y tan suave que hace que se me forme una sonrisa en la cara y que hablar de esto sea un poco más fácil.

—Sí, la manada hubiera sido mía por derecho si mi padre no hubiera muerto cuando yo solo era un niño. Fue mi tío el que se hizo cargo de ella cuando su padre murió.

Nos miramos y la complicidad surge entre nosotros casi como si fuera un ente que nos acaricia la cara y nos da el valor que necesitamos.

—¿Cómo sigue tu historia, Reese?

Se me calienta el corazón y su interés repara algunas de las grietas que lo rodean. Se me corta el aliento.

Pero continúo hablando:

—Se conocieron aquí, en Nueva Orleans, en una visita que hizo mi padre. Fue casi por accidente, pero cuando eres un lobo, solo hace falta un instante para saber que alguien es tu compañera.

A Faye se le escapa un jadeo de sorpresa.

—¿Cómo pasas de conocer a tu compañera a terminar con su vida? —pregunta realmente aturdida, como si jamás se hubiera imaginado que una cosa así podría suceder.

—No sucede muchas veces, pero en alguna ocasión las Moiras no eligen bien, y algo tan importante como una unión de compañeros se puede volver un infierno. Ella no quería; él, sí. Y en vez de cortejarla como es debido, terminó completamente loco y volviéndola también loca a ella por el camino. No repetiré los actos que cometieron el uno con el otro. Solo te diré que tengo suerte de que no acabasen conmigo como hicieron entre ellos.

El silencio que sigue a mi confesión es ensordecedor.

—Por eso quieres romper el vínculo con tu compañera —dice cuando llega a la inevitable conclusión. En su cara hay una mueca de sorpresa. No hace falta que verbalice lo que está pensando porque es la primera vez que veo la pena reflejada en ella y joder si eso no me parte el puto corazón. Me llevo la mano al pecho por puro instinto—. Estás haciendo esto por ella, porque no te consideras digno de amor.

Cierro los ojos ante la cruel realidad de sus palabras.

Es el momento perfecto para confesarle la verdad. Para que sepa que es mi compañera y que todo esto lo estoy haciendo por ella. Porque jamás, si hubiera tenido que elegir a alguien para mí, me hubiera atrevido a soñar con que fuera tan perfecto para ella.

Sin embargo, lo que digo es esto otro:

—Es tarde. —Necesito aclararme la garganta para seguir hablando, ya que las palabras me salen sin fuerza, como si llevase años sin usar la voz—. Lo mejor es que nos acostemos o mañana no estaremos en condiciones.

Faye me sostiene la mirada durante unos segundos y aprieta los labios como si quisiera decir más. Mucho más. Pero no sé lo que debe de leer en mi mirada que termina asintiendo y levantándose de la silla.

—Hasta mañana, Reese —dice, y la despedida suena mucho más intensa. Como si en vez de despedirnos por unas horas, a lo que le estuviésemos diciendo adiós es a la intimidad que acabamos de compartir. Como si nunca más fuésemos a volver a disfrutarla.

—Hasta mañana —respondo, y las palabras suben como si fueran cuchillos por mi garganta que dejan un reguero de sangre a su paso.

Cuando pasa por mi lado, incapaz de despedirme todavía

de ella, me volteo para poder ver su figura en la penumbra recorriendo la habitación y tumbándose de costado en la cama.

Noto la distancia que nos separa como un dolor físico, pero a pesar de eso, no me muevo de la silla hasta que no estoy seguro de que se ha quedado dormida. Luego me levanto y me acerco a ella solo para observarla. Para llenarme de su visión. Para curarme un poco el dolor desgarrador que habita en mi pecho por no poder tenerla.

Esa noche me paso horas contemplándola dormir.

Caigo en la cuenta de que compartir lo más íntimo con ella me ha hecho sentir vivo.

Nunca he tenido una sola oportunidad de salir indemne de conocer a Faye Johnson.

33

A veces, lobito, lo mejor que se puede hacer en esta vida es saltarse las reglas

Faye

De alguna manera, lo que hemos compartido durante estos dos días de fin de semana se ha sentido mucho más íntimo que cuando nos besamos en la discoteca. Cuando estuvimos a punto de acostarnos juntos.
Me estoy volviendo loca.
Cuando llegamos al cementerio, por los pelos, tan solo unos minutos antes de tener que echar el siguiente ingrediente que solo él puede lanzar, es la primera vez que desearía que Reese y yo estuviéramos a solas.
Y eso es un problema.
No solo porque tiene una compañera. Sino porque él no quiere tener relaciones. Porque siente que está roto. Que se sienta así me destroza. Entiendo el miedo que tiene de que algo en su sangre esté mal, se me ha pasado lo mismo tantísimas veces por la cabeza que negar sus sentimientos sería pura hipocresía. Pero la cuestión es que estoy del todo segura de que no es así. Lo que he visto de él desde que lo conozco me ha demostrado que es cariñoso, leal, protector, que se preocupa por su gente.

Y desearía con todas mis fuerzas hacer que lo viese.

Lo que ha hecho para que conozca algo más de la historia de mi abuela..., todo el material que me ha dado para ir avanzando..., nunca le estaré lo suficientemente agradecida. Así que justo en ese momento me doy cuenta de que mi nueva misión en la vida es mostrarle a este hombre que es digno de amor.

—Ten un poco más de delicadeza, lobito —bromeo con él. La verdad es que lo está haciendo bien. Pero no puedo dejar pasar una oportunidad de molestarlo.

—Tu corrección suena demasiado arrogante como para que me lo trague —dice elevando la comisura derecha de la boca y dedicándome la sonrisa más sexy del mundo. Esperemos que jamás descubra lo que me provoca—. No veo nada de eso escrito en el libro.

—A veces, lobito, lo mejor que se puede hacer en esta vida es saltarse las reglas. —Esta vez soy yo la que le sonríe y, a juzgar por cómo se le oscurecen los ojos, no soy la única afectada.

Bien. Porque voy a enseñarle que es capaz de amar, pero voy a demostrárselo a mi manera.

Que tiemble Nueva York.

Hadas

34

Por lo menos nos teníamos el uno al otro

Reese

Me doy cuenta de lo jodido que estoy el día que paso por delante de una cafetería preciosa, con flores rosas, enredaderas en la fachada y sillas de diferentes tonos pastel —en la que jamás me hubiera fijado antes de conocer a Faye—, mientras voy con Jacob y Dorian a una reunión con la manada de Filadelfia, y me pregunto si a ella le gustaría. En serio. Tengo que sacármela de la cabeza.

Pero no lo logro por más que me esfuerzo. Me concentro a duras penas en la reunión y me siento aliviado de que Dorian se encargue de tomar notas de todo. Últimamente tengo la mente donde no debo. Este es solo otro de los motivos por los que no puedo estar con ella. Me distrae de mis obligaciones, eso dejando a un lado que soy peligroso para ella.

Así que no tengo ni puta idea de por qué esa misma tarde termino yendo a la tienda que regentan los brujos solo para ver si tengo la suerte de encontrármela.

Antes de que me pueda retener a mí mismo, abro la puerta.

El fin de semana en Nueva Orleans me ha afectado demasiado. No me tenía que haber acercado tanto a Faye. Cuanto más la conozco, peor se vuelve todo. Y eso porque no me permito pensar en el sabor de sus labios... Mierda. Tengo que irme. ¿Por qué he venido?

Pero ya he entrado. Cuando viene una chica a atenderme, suspiro aliviado al descubrir que no es Faye. Bien. Me he librado por poco de hacer el ridículo. Esta vez el destino ha estado de mi lado. Compro lo primero que veo cerca de mí cuando la chica me pregunta lo que quiero, que resulta ser un péndulo que no tengo ni idea de cómo se usa, y me largo casi corriendo.

Salgo por la puerta sintiendo una oleada de alivio y justo cuando creo que todo ha terminado, una pequeña figura choca contra mí.

Por supuesto tenía que ser ella.

Mierda.

Mi cuerpo la reconoce al instante, mucho más rápido de lo que mi cerebro tarda en procesar que está aquí. Faye se desestabiliza con el choque y, antes de que se caiga, la agarro de la cintura con rapidez.

—Eres como una pared de cemento, lobito —se queja, pero pronto se le escapa una sonrisa divertida.

Cuando eleva la mirada y sus ojos impactan con los míos, logra que la Tierra deje de girar, que el tiempo se detenga y que mi respiración se atasque en algún punto de mi garganta.

Joder.

Tengo que controlarme para no inhalar con fuerza. Para no hundir la cara en su cuello y lamer su dulce piel. Cuando noto cómo me estoy empalmando, la suelto corriendo. Ella trastabilla y tengo que sujetarla del brazo de nuevo para que no se caiga.

—Lo siento —me disculpo, pero mi voz sale como un gruñido.

Ella arruga el ceño y me analiza con curiosidad.

—¿Qué te ha pasado para que estés tan malhumorado?

—Nada —miento. No le puedo decir que me siento como un auténtico idiota por haber venido a buscarla. Por desear pasar tiempo con ella.

—¿Has venido a buscarme? —pregunta, y esboza una sonrisa tan preciosa que sería capaz de deslumbrar al mismísimo sol.

—No. —Mi respuesta es casi un grito.

Ella se ríe.

—Tranquilo, lobito. No te preocupes, que no voy a pensar que tienes ganas de verme —comenta divertida, y yo agradezco que no tenga el poder de leerme la mente.

—He venido a comprar algo.

Ella eleva las cejas.

—¿Sí? ¿El qué? —pregunta con curiosidad y una pizca de desconfianza.

Joder. No quiero tener que decírselo porque es ridículo, pero no me queda otra opción.

—Un péndulo —digo, y lo saco para que vea que no me lo estoy inventando.

Ella mira el objeto durante un segundo antes de alzar la mirada hacia mí.

—¿Para qué coño quieres tú un péndulo?

Silencio. ¿Y yo qué sé? No tengo ni idea de para qué sirve.

—Para mis cosas —respondo, y espero sonar solo la mitad de gilipollas de lo que me siento.

A Faye se le escapa una carcajada.

—Sabes que los péndulos solo funcionan si una bruja los maneja, ¿verdad?

Asiento como si estuviera totalmente seguro de que era lo que quería comprar. Y decido cambiar drásticamente de tema.

—¿Te gustan las galletas? —pregunto, y no tengo claro cuál de los dos se queda más sorprendido por la cuestión.

Mierda. Eso no era lo que tenía que decir.

—¿Hay alguien en el mundo al que no le gusten? —responde ella tras unos segundos de confusión.

—Tengo hambre —farfullo cuando me repongo. Quiero llevarla a la cafetería que he visto antes y no sé cómo hacerlo sin parecer un completo imbécil—. Podemos comer mientras hablamos del siguiente objeto que necesitamos para la poción.

Por primera vez desde que empezamos, doy gracias de que la poción exista solo para tener una excusa creíble para estar con ella.

Así es como termino descubriendo que estaba en lo cierto, la cafetería le encanta.

Que sus galletas favoritas son las que tienen tres chocolates diferentes.

Y también así es como al fin me doy cuenta de que estar a su lado es la cosa que más me gusta del mundo.

Y acabo de la misma forma que he empezado el día.

Sabiendo que estoy realmente jodido.

Faye

—¿Desde cuándo conoces a Dorian? ¿Cómo os hicisteis amigos? ¿Sois de la misma manada? —las preguntas salen de mi boca en un torrente casi ininteligible.

Ahora que lo tengo delante, que estamos solos y esto se

parece demasiado a una cita, voy a aprovechar la oportunidad para descubrir más de él.

Eso si antes no se levanta de la butaca y sale corriendo, lo que tiene aspecto de querer hacer.

—Esas son muchas preguntas —dice al fin, removiéndose en el asiento como si estuviera incómodo. Se me escapa una sonrisa. Me gusta demasiado alterarlo.

—Que responden a la misma cuestión. ¿Cómo y cuando llegó Dorian a tu vida?

Me observa durante un segundo y prácticamente puedo ver cómo toma la decisión entre responder o no.

—Ya sabes que crecí entre la manada de mi tío y la comunidad de Minerva. Pues una vez, después de volver de Nueva York, lugar que siempre había detestado —comenta, y el corazón se me acelera por las implicaciones que esa expresión tiene. Ha dicho «había detestado», no «detesto»—, Dorian estaba en la casa cuando regresé. Esa misma noche me enteré de que su manada había sufrido un ataque y que todos habían muerto. Incluidos sus padres. Él fue el único superviviente.

—Eso es terrible —digo, y siento cómo se me estruja el corazón. Las lágrimas acuden calientes a mis ojos.

—Por lo menos nos teníamos el uno al otro —dice al darse cuenta de lo afectada que estoy.

—Eso es muy bonito —aseguro emocionada, lo que parece asustar a Reese sobremanera.

—Supongo que era inevitable que dos niños sin padres y sin manada terminasen haciéndose inseparables. Además, ya lo conoces, es como un grano en el culo. Aunque no hubiese querido hacerme su amigo, él no habría parado hasta lograrlo, aunque yo lo aceptase solo para que me dejase en paz.

—Ay, me encanta lo tierno que eres —bromeo, y de alguna manera eso logra disipar la inquietud de los ojos de Reese por sentirse tan expuesto.

—Creo que es feliz de que tengamos una manada y estemos ubicados en un lugar fijo por fin —dice en un tono íntimo, como si me estuviera contando un gran secreto. Y me siento extremadamente afortunada de que desee compartir conmigo sus sentimientos.

Quizá por eso me atrevo a decir algo que llevo pensando desde hace mucho tiempo:

—Creo que Dorian te hubiera seguido a cualquier parte del mundo. No tengo duda. Al igual que lo haría tu manada. Tienes madera de líder, Reese.

Sus ojos se abren como si en vez de hacerle un cumplido, le hubiese insultado de gravedad.

—Se me está haciendo tarde —gruñe y se levanta.

Me río.

—Claro, Reese. Vámonos. No queremos que eso suceda.
—Si nota el sarcasmo en mis palabras, no lo dice.

Abandonamos la cafetería y yo al menos lo hago con una enorme sonrisa.

Esa noche, mientras estoy tumbada en la cama de mi habitación, se me forma una sonrisa enorme al recordar el encuentro. Justo estaba pensando en ir a buscarlo a su casa con cualquier excusa solo para verlo cuando literalmente me lo he encontrado saliendo de la tienda. Se me escapa una carcajada cuando recuerdo la cara que ha puesto al darse cuenta de que me estaba agarrando de la cintura y, Dios no lo quiera, tocándome. Me hace gracia que no se haya dado cuenta de que me he chocado contra él a propósito.

He pasado una tarde preciosa que no esperaba para nada.

Cierro los ojos para dormirme y rememoro cada detalle. Me duermo con una sonrisa, mientras pienso en que no quiero que llegue nunca el final de la poción porque no puedo imaginarme un momento en el que no tenga una excusa para volver a verlo.

No quiero que Reese salga de mi vida.

Quizá la próxima vez me atreva a ir más allá que unos simples roces no tan accidentales.

35

Nada muy salvaje, Reese

Reese

Este mes es el turno de las hadas, pero bien podría ser el de los hobbits, porque ya no sé muy bien por qué estoy haciendo esto.

Solo espero que, en el fondo, que quiera continuar con la puta poción no sea para estar con ella.

Eso sería catastrófico.

—Da igual las veces que venga, el reino siempre me parece impresionante —comenta Faye en un tono fascinado que me devuelve de golpe a la realidad.

Y casi que mejor, porque donde estaban mis pensamientos es un lugar realmente peligroso.

—Este sitio me da mal rollo —respondo, y ella pone los ojos en blanco al escucharme.

Jamás reconoceré lo mucho que me gusta que se meta conmigo. Pero la verdad es que hay algo en el ambiente, no sé si la magia descontrolada que prácticamente me roza la piel, que hace que estar aquí me resulte peligroso.

El mundo de las hadas, con sus extensos prados y plantas peculiares que solo existen en este plano y no sabes si solo son pura decoración o alguna te va a arrancar un brazo, me pone los pelos de punta.

Sobre todo, cuando estoy junto a gente tan importante para mí y a la que quiero proteger. Siento que mi lobo está muy cerca de la superficie.

Nunca me he terminado de fiar del todo de los seres feéricos. Son demasiado volubles, mágicos e incontrolables para mi gusto. Vamos. Como la propia Faye.

Solo que ella despierta en mí los sentimientos contrarios. Algo más parecido a la fascinación o la admiración.

—A ti todo te da mal rollo, lobito —bromea—. Si fuera por ti, todos tendríamos trazado un caminito por el que andar y nadie se saldría nunca del suyo. Todos estaríamos a salvo y nos comportaríamos con base en tus reglas de alfa recto.

—Dios, suena perfecto —respondo para horrorizarla.

—Suena aburriiido —me contradice ella y hace especial hincapié en la última palabra, como si esta fuese la peor cualidad que se le ocurriese que una persona pudiera tener.

Me hace reír. Porque de verdad creo que lo piensa así. Ella es todo fuego e improvisación. No se parece para nada a mí y joder si no me encanta.

Últimamente es demasiado fácil estar a su lado. No sé cómo ha conseguido meterse bajo mi piel, y eso que me he esforzado muchísimo para que no lo lograse.

—No todos podemos llevar la locura por bandera, algunos tenemos una manada que proteger.

—Una manada que estaría perfectamente bien si su alfa se relajase un poquitín —dice separando una milésima el dedo índice del pulgar de la mano derecha—. Nada muy salvaje, Reese. No sé. Salir algún día hasta las doce de la noche.

—¿Te he dicho ya que amo a esta chica? —pregunta Dorian, al cual decido fulminar con la mirada. Vale que desee que me suelte con Faye, pero no puede estar del todo en mi contra. No cuando ahora necesito seriamente que alguien me recuerde por qué no puedo estar con mi compañera.

Joder. No debería haber pensado en eso. Cada vez que me permito poner en palabras lo que es en realidad para mí, el pulso se me dispara y el centro del pecho se me llena de un anhelo tan grande que apenas soy capaz de respirar.

Mierda. Necesito recordar todos los motivos por los que este vínculo es imposible, como por ejemplo: que no soy capaz de amar, que no soy digno de que me quieran, tal y como demostraron mis padres. Si me lo recuerdo lo suficiente, no terminaré con el puto corazón roto o peor, rompiéndoselo a ella.

Justo cuando estoy empezando a desesperarme, en el claro del bosque aparece la silueta del castillo. Bien. Necesito salir de aquí y volver a mi casa. Poner un distrito de distancia entre nosotros.

Antes de que lleguemos al castillo, la reina fae sale del borde del bosque sobre el que está erigido el castillo, y se acerca a nosotros.

Aunque la he visto antes en algunas ocasiones en el consejo, su aspecto juvenil, como si no tuviera más de diecinueve años pese a tener más de trescientos, me causa un gran impacto. Me cuesta conciliar su aspecto con su personalidad real. Al igual que Faye, parece delicada, pero sé, por las innumerables historias que se cuentan acerca de ella, que es muy violenta cuando es necesario. Ha matado a más de un ser con sus propias manos cuando han amenazado a su reino.

La observo con desconfianza, sobre todo al verla acercarse a nosotros. Cuando se coloca delante de Faye, me muevo a toda prisa para ponerme entre ellas.

Joder. Puto instinto de protección.

—Todo está bien, alfa —dice, y antes de que me dé tiempo

a decir algo, Faye pasa por debajo de mi brazo y envuelve a la reina en un abrazo cariñoso.

Su cercanía me hace levantar las cejas y ponerme tenso. Son... ¿amigas? Las observo sorprendido. Faye es una caja de sorpresas que voy descubriendo poco a poco. Tiene muchos más contactos de los que cabría esperar. Todos a raíz de sus trabajos extracurriculares.

Ahora tiene sentido por qué nos han permitido acceder con tanta facilidad al reino.

—Me hizo mucha ilusión recibir tu mensaje —le dice la reina cuando la suelta de su abrazo.

—Gracias por recibirnos tan rápido —le responde Faye, pero apenas registro sus palabras porque el hada me lanza una mirada. Directa.

Una mirada que me hace estremecerme y ponerme tenso. Sondea mis ojos como si pudiera ver el interior de mi alma y juro que tengo miedo. Por primera vez desde que comenzamos a preparar la poción, tengo pánico de que alguien le diga a Faye que ella es mi compañera. Que el vínculo que tenemos es del que quiero librarme. No quiero que se entere nunca, porque no quiero que piense que esto es por ella. Es por mí. Lo hago porque es la muestra de amor más profunda que puedo entregarle. Y algo me dice que la reina fae lo sabe. Su sonrisa burlona me hace estar seguro.

—Tranquilo, alfa, aquí los secretos valiosos se respetan.

Me recorre un escalofrío.

Si a Faye le sorprende el comentario de la reina, no lo dice. Por lo que creo que sabe de primera mano lo oníricos que suelen ser hablando. O comportándose.

Me gustaría decir algo para desviar la atención a la conversación que ha generado la reina, pero no soy capaz de despegar los labios. Estoy demasiado cagado para eso.

No puedo estar lo bastante agradecido de que sea Faye la que hable.

—¿Has pensado en la oferta que te hice?

—Claro —responde el hada con una sonrisa radiante que no puede significar nada bueno—. Dijiste que me harías un favor a cambio de un objeto mío, ¿verdad?

Faye se ríe.

—Empiezo a pensar que no fue una buena idea contactarte —bromea—. ¿Qué te parece?

—Lo he pensado mucho —dice mirando con ojos divertidos a Faye, pero cuando los clava en mí, todo rastro de suavidad desaparece y más bien parece que en ellos asoma una pregunta: «¿Vas a portarte bien con ella o prefieres terminar con mis garras clavadas en la garganta?». Y es tan gráfico que me doy cuenta de que, aunque no haya hablado, me ha insertado ese pensamiento en la cabeza. Luego, me regala una imagen de cómo sus delicadas manos se convierten en unas garras con las uñas terminando en punta que cualquier demonio envidiaría por su aspecto letal—. Pero viendo cómo están las cosas, se me está ocurriendo algo mejor. Tengo una misión especial para vosotros para la que estoy segura de que sois perfectos; será el viernes de la semana que viene —comenta.

Mi mente se mueve a toda prisa.

—Imposible, ese día es luna llena —digo, y sé que no me equivoco. Las tengo todas apuntadas en el calendario que hay en mi escritorio. Les tengo pánico. Porque sé que nada va a poder contenerme si no estoy atado para ir adonde Faye se encuentre.

Y es lo último que puedo permitirme.

Si me acerco a ella siendo un lobo, iniciaré el ritual de compañeros. Es todo en lo que mi parte animal puede pensar.

—Puedes estar tranquilo, Reese, aquí la luna no tiene el mismo influjo que en tu mundo. —Me dedica una sonrisa que pretende ser dulce, pero que me resulta completamente escalofriante—. Aquí solo te desmelenarás un poco, nada de convertirte en lobo y seguir... —Lanza una mirada a Faye y me confirma lo que ya sospechaba: lo sabe— tu instinto.

No sé por qué, pero tengo la certeza de que la reina desea meterme en problemas.

No tengo todavía muy claro cómo va a hacerlo, pero sí que lo voy a pasar mal.

La risa de Faye llega hasta mis oídos y me distrae.

—Anda, justo lo que Reese necesita desesperadamente —bromea—. ¿Qué tenemos que hacer? —pregunta, y es imposible no notar la emoción en su tono de voz.

Suspiro. Si en el fondo voy a terminar haciendo todo lo que quiera.

—Vamos al claro a tomar un té mientras disfrutamos del precioso día que hace y cerramos los detalles de la fiesta —organiza la reina.

Se me escapa otro suspiro, pero cuando las dos mujeres se ponen en marcha, las sigo.

Faye

Quizá debería sentirme un poco mala persona por lo mucho que estoy disfrutando de la desconfianza de Reese ante Serena, pero lo cierto es que me da igual. Trata de disimularlo, pero está asustado, y debo decir que hace muy bien en estarlo.

Estoy absolutamente segura de que la reina nos lo va a hacer pasar mal a ambos o no se prestaría a ayudarnos. Supongo que cuando se ha vivido tanto tiempo como ella, al igual que nos dijo el rey vampiro, uno comienza a aburrirse de todo.

El problema es que en el mundo feérico nada es lo que parece.

Un objeto de aspecto inocente puede volverse en realidad algo mortal. Un camino que parece llevar directo a un destino se puede alargar y terminar convirtiéndose en tu peor pesadilla. O todo lo contrario. Algo de lo que desconfías por completo puede resultar ser tu mayor obsesión.

Tras esa reflexión, mis ojos se van a parar a Reese, que finge beberse el té, al que no le ha dado ni un sorbo, y me doy cuenta de que él también se ha convertido en mi mayor obsesión. No dejo de pensar en él. Y cuanto más lo conozco..., su sentido de la protección, su lealtad férrea, la maldita forma en la que se lo toma todo demasiado en serio..., más me gusta.

Escucho bastante distraída cómo Serena nos explica en qué consiste la misión. Quiere que la semana que viene organicemos una fiesta para diferentes seres sobrenaturales aquí, en el reino. Todo lo que apunta es extravagante y roza la locura. Por supuesto, me encanta su idea.

Me tenso en la silla cuando dice que en un par de días nos hará llegar una lista detallada de todo lo que quiere. Su explicación suena demasiado vaga. Tanto, que me hace pensar que lo está haciendo aposta.

Me preocupo, pero no hay nada que podamos hacer.

La oscura verdad es que ahora mismo puede que yo desee tanto como Reese poner fin a la unión con su compañera. ¿Eso me convierte en una mala persona? Puede. Pero tampoco es como si pudiera evitarlo. No puedo dejar de sentirme como me siento, y si ella no sabe que es su compañera, ¿realmente le estamos haciendo daño?

No voy a pararme a pensarlo.
Vamos a organizar una fiesta.
Estoy deseando ver qué nos trae esta nueva andadura.
¿Conseguiré que Reese caiga en la tentación?

36

Pero esto no puede existir, ¿verdad?

Faye

—Gwyllion me acaba de traer la lista de lo que Serena quiere para la fiesta y nos vamos a morir —le digo a Reese cuando llego a la ubicación que me ha mandado donde estaba reunido por unos asuntos de la manada.

Hablo rápido y trato de mirarlo lo menos posible, porque lleva un traje de tres piezas gris que le sienta como si hubiera nacido con él. Dios. Espero que no se me note lo atractivo que me parece. Tengo la sensación de que si se da cuenta, le hará distanciarse. Y es lo último que quiero en estos momentos.

Le tiendo el pergamino y él me observa con curiosidad antes de alargar la mano y cogerlo. Solo ese breve contacto entre nuestras miradas es suficiente para acelerarme el pulso. Es terrible.

Hago un repaso mental de lo que va a leer:

> Copos de nieve de la cima del monte Olympus: solo se derriten si no están en la compañía de una persona feliz.
>
> Galletas de la abuela bruja: caseras, con un toque de magia ancestral.

Globos de helio encantados: flotan y cambian de color según el estado de ánimo de los invitados.

Rosas negras del Jardín Encantado: florecen solo bajo la luz de la luna en la tierra de los duendes.

Humo aromatizado de dragón: se necesita un dragón vegetariano que solo exhale humo de lavanda.

Limonada de limones mágicos: solo crecen en el jardín de un duende bromista.

CD de música de los Elfos del Bosque: un mix encantador para ponerlos a todos a bailar.

Candelabros de cristal de hadas: iluminan con una luz suave y mágica.

Vino de la Viña del Tiempo: las uvas para este vino solo se cultivan en una colina que viaja a través del tiempo y solo se cosechan una vez cada cien años.

Gemas de sirena: perlas que solo se encuentran en los arrecifes encantados, protegidas por sirenas que aman las bromas.

Pastel de cumpleaños infinito: se regenera cada vez que se corta una porción.

Escamas de basilisco multicolor: cambian de color con la música; de un basilisco que baila a ritmo de rock.

Cera de abejas de Arcadia: producida por abejas que recogen néctar de flores que solo florecen durante el eclipse solar.

Estrellas fugaces en botella: deben capturarse durante la lluvia de meteoritos anual del Valle de los Deseos.

Frutas del árbol de los sueños: solo se pueden cosechar mientras el cosechador está soñando.

A medida que lo observo leer, la preocupación por mis sentimientos incómodos va dando paso a la diversión.

Reese se queda tan quieto que durante un segundo me pregunto si le habrá dado un derrame cerebral. El papel comienza a arrugarse en su mano por la fuerza con la que lo aprieta, como si quisiera fulminarlo.

—Esto es una broma, ¿verdad? —pregunta, y cuando levanta la mirada y se encuentra con la mía, casi me da la risa. Juro que el pánico que destilan sus ojos se podría ver desde la luna.

—No.

Vuelve a bajar la mirada al papel y la eleva solo unos segundos después.

—Pero esto no puede existir, ¿verdad? Escamas de basilisco multicolor —lee despacio, acercándose el papel, como si de esa forma, de alguna manera, todos los objetos extraños que aparecen en la lista fuesen a desaparecer o a cobrar sentido para él.

—Lamento informarte de que sí. Son muy raros, pero reales al cien por cien.

—¿Y cómo cojones vamos a conseguir esto, Faye? ¿Me lo puedes explicar? Esta reina está loca. Loca —comenta desesperado sacudiendo la lista.

Juro que por mucho que trato de contenerme para que no se ponga más nervioso, fallo estrepitosamente. Todo lo que puedo hacer es reírme. Me duele hasta la tripa. En medio de mi ataque, Levi llega y le arrebata el pergamino a Reese y él y Dorian se ponen a leerlo juntos. Sus risas no tardan en unirse a la mía.

Solo por este momento ya merece la pena la locura de Serena.

Reese

Mi vida cada día tiene menos sentido.

Ha pasado de ser algo que dominaba por completo a una locura en cuestión de unos meses. ¿Y lo peor de todo?

Es que creo que me gusta, joder.

Estamos en un estado de emergencia, con todas las cosas que tenemos que conseguir en una semana para preparar la puta fiesta para la reina loca, y de alguna manera, en vez de sentarnos a planificar, hemos terminado cenando algo.

Todo porque una preciosidad menuda, con demasiadas agallas para su propio bien, se ha convertido en el centro de mi vida.

Por supuesto, en el mismo momento en el que Faye ha insinuado que tenía hambre, todos mis instintos de protección y, para qué engañarme, sobre todo de cuidar a mi compañera, se han activado.

Obligarla a ir hasta un puesto de comida ha sido tan natural como respirar. Al igual que la forma en la que se me ha calentado el pecho al pagarle la comida y ver el resplandor en sus ojos por lo mucho que le estaba gustando.

Estoy condenado.

Luego nos hemos sentado en un lugar apartado. Los cuatro. Pero, por lo que a mí respecta, bien podríamos estar solo ella, yo y su increíble olor.

La ciudad entera podría estar vacía.

Las vistas desde aquí son impresionantes, y no es porque estemos sentados al borde del río Hudson mientras miramos la Estatua de la Libertad, con las luces de la ciudad danzando sobre el agua, sino por la sonrisa tan preciosa que Faye tiene dibujada en la cara mientras devora el segundo perrito con una cantidad absurda de salsa.

He perdido la cuenta de la cantidad de veces que la he visto relamerse o dejar escapar una especie de sonido de placer cuando el queso brie se mezcla con la miel en su boca. Según sus palabras, no las mías, pero, francamente, me está costando una barbaridad no ir hasta donde está sentada y probar directamente la mezcla de sus labios para ver si está tan buena como parece.

Debo dejar de pensar en eso, ya que me va a resultar imposible disimular la dureza que se va a producir entre mis piernas si sigo fijándome en su boca.

—Lo más difícil de conseguir son las rosas negras del Jardín Encantado —comenta cuando se ha terminado los dos perritos. Se deja caer hacia atrás en la piedra en la que estamos sentados. Mis ojos siguen cada uno de sus movimientos. Juro que apenas soy capaz de hacer funcionar dos neuronas seguidas. Mi cuerpo es una masa de deseo y anhelo—. Los duendes son reacios a vender sus productos.

—Entonces lo mejor es que pensemos una buena razón de por qué los queremos —sentencio.

—Buena suerte con eso —dice Levi—. Como se enteren de que encima son para una fiesta de los seres feéricos, ya te puedes olvidar de ellas. Llevan siglos enemistados.

—Joder con la reina. Nos lo ha puesto difícil —gruño molesto.

—Y no pienses ni por un segundo que no es consciente de ello. Quiere hacernos sufrir —asegura Faye. Pero en vez de sonar molesta, parece divertida, como si realizar misiones imposibles fuese la ilusión de su vida.

Giro la cabeza para observarla y su belleza me golpea como un puto mazo.

Está tumbada bocarriba, con los ojos cerrados y las manos sobre el vientre. Tiene una pierna recogida y la otra colgando por el muelle sobre el agua. Parece... tranquila, feliz y joder si no es la mujer más hermosa que he visto en mi vida. En este mismo momento, no podría arrancar los ojos de ella ni aunque mi vida corriese peligro.

Madre mía. Estoy muy jodido.

Pasamos un tiempo indeterminado en el muelle, hablando de todo y de nada y casi parece como que seamos amigos. Como si los cuatro estuviéramos juntos por elección y no por obligación. Y me gusta demasiado.

—Deberíamos irnos, Faye está temblando de frío —comenta Levi en un momento dado, lo que me pone alerta.

—Vamos —accede ella y se levanta.

Y yo lo hago a la vez. Tenso e incómodo porque tenga frío y yo no pueda hacer nada. Es jodido cómo una cosa tan simple me pone tan de los nervios. Yo estoy mucho más caliente que ella, no siento el frío para nada y si me acercase... ¿y si la abrazase?

Estoy tan sumido en mis pensamientos que no me doy cuenta de que hay una tercera opción. Solo lo hago cuando mi amigo se adelanta. No he escuchado la conversación, pero sí veo que Dorian hace un gesto para ofrecerle la chaqueta a Faye. Me pongo tenso al instante. Él, por supuesto, lo nota. Le lanzo una mirada mortal que le hace esbozar una sonrisa.

—Toma, Faye —le digo quitándome la mía con rapidez y se la tiendo a la vez.

Capto la sorpresa en sus ojos, pero se repone con rapidez. Su expresión se trasforma en un gesto complicado.

Uno que me acelera el corazón.

Me late tan rápido que es imposible que Levi y Dorian no lo escuchen, pero, francamente, me da igual.

—Pero bueno, Reese, si en el fondo eres todo un caballero —bromea, pero no rechaza la cazadora cuando se la entrego.

Juro que podría rugir de felicidad cuando elige la mía sin dudarlo entre las dos opciones que le damos.

La satisfacción que siento cuando se la pone y la veo cubierta con mi olor, con mi ropa, debería ser suficiente alarma para que salga corriendo en la dirección contraria y nunca regresase.

Sin embargo, todo lo que puedo hacer es mirarla con avidez y beberme su imagen.

37

Su aspecto delicado es solo un espejismo

Reese

—Te pongas como te pongas, tenemos que entrar a robar la planta o la poción se acaba. No podemos preparar todo lo que nos pide Serena para la fiesta sin ella.

Sé que tiene razón. Lo sé, joder. Pero no quiero que la tenga.

Los duendes han rechazado cada intento de compra que ella o yo hemos realizado a lo largo de la semana y se nos está acabando el tiempo.

Miro a Faye a los ojos y siento miles de emociones a la vez. Miedo a que sea peligroso. Pánico de permitirme mandar la elaboración de la poción a tomar por culo. Deseo de consumir la distancia que nos separa y devorar su boca. Felicidad por tener la oportunidad de estar a su lado en esta misión.

—Quizá deberíamos hablar con la reina. —He perdido la cuenta de las veces que le he propuesto lo mismo. Por eso sé exactamente lo que viene a continuación.

—Si los duendes te parecen irracionales, eso es porque todavía no has tenido que negociar con Serena —responde—. Todo va a ir bien, Reese. Somos una bruja y un lobo. Podemos robar unas flores a unos pequeños duendes.

Se me escapa la risa en contra de mi voluntad.

—Menos mal que sé cómo es la realidad, porque tienes la capacidad de embaucar a cualquiera —me quejo.

—Gracias —responde ella batiendo las pestañas de forma exagerada tratando de escenificar que es inocente.

No he conocido a nadie menos inocente que ella. Y joder si no me vuelve loco. El problema es que también es demasiado inconsciente.

—No era un cumplido, que quede claro. Los duendes son muy peligrosos y los dos lo sabemos —digo cambiando de tema—, al igual que el tuyo, su aspecto delicado es solo un espejismo. —Trato de que mis palabras suenen tajantes, pero a duras penas puedo contener una carcajada.

Ella se ríe absolutamente complacida. Es un sonido tan precioso que me calienta el corazón.

—Esta vez sí que es un cumplido. Gracias por darte cuenta. —Tiene la desfachatez de sonar encantada.

Nos miramos a los ojos un instante mientras se me acelera el corazón, hasta que siento que la situación se vuelve tan íntima que aparto la mirada asustado. Joder. ¿Cómo me voy a centrar en mantenerla a salvo si no soy capaz de pensar en otra cosa que en besarla?

—Tenías que haber dejado que Dorian o Levi nos acompañasen —digo volviendo a romper el silencio en el bosque.

Desde la linde, bajo el amparo de los árboles, puedo ver a la perfección el invernadero donde los duendes cultivan todas sus plantas especiales.

—No, Reese. Te lo repito por enésima vez —empieza—. Yo soy la única que conoce cómo son y solo es necesario que me acompañe otra persona. Cuantos más seamos, más posibilidades hay de que nos atrapen. —Por su tono de voz, me queda claro que está molesta—. Si no querías venir conmigo, haber dejado que viniesen Levi o Dorian. Los dos se han ofrecido.

Gruño muy cabreado.

—No voy a permitir que otra persona cuide de ti —le digo enfadado y solo cuando he pronunciado esas las palabras, me doy cuenta de lo posesivas y personales que han sonado.

Mierda.

Me llevo la mano al pelo y tiro de él, frustrado. Faye me está mirando con la boca abierta y el ceño fruncido. Me está analizando. Está intentando descubrir sin preguntar si lo que acabo de decir significa lo que ella está pensando.

Y yo me siento vulnerable y expuesto. Ambos tenemos la respiración acelerada y mis ojos caen hasta sus labios. El golpe de deseo que me atraviesa es tan fuerte que me podría haber caído de rodillas.

O hacer que consuma la distancia que nos separa y pruebe sus dulces labios. Me siento como si estuviera sumido en una especie de trance del que salgo de golpe cuando Faye da un paso en mi dirección.

Si no pongo distancia entre nosotros, esta noche voy a terminar cometiendo una locura.

Estar cerca de Faye es peligroso para mi salud mental.

Faye

—Reese —su nombre cae de mis labios y no tengo muy claro lo que quiero decirle.

«Reese, bésame. Reese, vámonos. Reese, haz algo...».

Dios. Empiezo a contar los segundos que pasamos mirándonos al ritmo de los latidos de mi corazón. Y justo cuando no aguanto más estando quieta, alargo la mano y él se da la vuelta.

Se gira como si necesitase separarse de mí.

Me siento como una estúpida. Los pómulos se me calientan y la vergüenza me golpea con fuerza. ¿Qué esperaba? ¿Que me declarase su amor eterno?

Juro que no lo entiendo. Y estoy segura de que no me he imaginado la atracción que ha surgido entre nosotros. La forma en la que nuestros cuerpos se llamaban el uno al otro.

Decido actuar como si no me importase.

—Vamos a seguir el plan. Eso evitará que nos metamos en problemas tal y como a ti te gusta. —Lo que daría por que mis palabras no sonasen tan resentidas. Sé que no soporta cómo soy. Bien. Me da lo mismo. No pienso cambiar para encajar en su molde.

—Faye. —En esta ocasión es él el que pronuncia mi nombre sin tener muy claro lo que decir a continuación. Entiendo que ha captado el tono molesto de mi voz—. No es por ti —comienza a hablar, pero le corto.

Las palabras no dichas flotan entre nosotros en una danza que intoxica el ambiente.

—¿Recuerdas el plano? —le pregunto intransigente. No voy a tener una conversación con él ahora mismo sobre lo que opina de mí.

Aprieta la mandíbula como si le molestase que no le deje explicarse, pero continúa adelante.

—A la perfección.

—Bien. Pues vamos a ello. Con un poco de suerte en un par de horas podrás estar en tu casa muriéndote del aburrimiento y yo podré salir a buscar problemas —comento con una enorme sonrisa falsa.

Juro que por más que intento mantener la calma con él,

por más que intento acercarme, menos logro contener mis emociones. Odio que me moleste tanto lo que piensa de mí. Jamás se lo he permitido a nadie.

Cruzamos una mirada intensa en la que su preocupación y mi enfado son visibles, pero ninguno de los dos hace nada.

—Voy a convertirme —dice tras aclararse la garganta.

Asiento como una idiota.

—Bien —es todo lo que puedo decir.

Ya hemos hablado lo suficiente sobre que nuestra mejor opción es que tenga todos los sentidos intensificados para poder detectar a los duendes lo más pronto posible si nos descubren y que así tengamos tiempo de escapar. Y en su forma de lobo es como tiene los sentidos más finos.

Pero a pesar de ello, no se mueve. Solo me mira.

Con una emoción contenida. Como si lo que viene a continuación fuese difícil para él. Y, Dios, odio que verlo tan vulnerable haga que se me pase gran parte del enfado.

Me desconcierta la forma en la que me mira. Casi puedo sentir el miedo deslizándose sobre su piel. Pero... ¿por qué?

Le veo tragar saliva antes de marcharse, como si esto que me va a enseñar fuese algo casi íntimo. Y lo deseo tanto que el corazón se me acelera y la sangre se me espesa en las venas.

El bosque se queda en silencio, tanto que, a pesar de tener un oído humano, puedo escuchar el susurro de la ropa mientras Reese se la quita. Justo en ese momento caigo en la cuenta de que se va a tener que desnudar para transformarse y eso me pone los nervios más de punta todavía. Una especie de electricidad comienza a chisporrotear sobre mi piel. El corazón comienza a latirme cada vez más rápido. Dios. ¿Por qué cada pequeña cosa con Reese se me tiene que antojar tan enorme?

Pocos segundos después siento un estallido de magia y sé que se ha convertido.

Mis ojos se desvían al lugar por el que se ha marchado y trago saliva expectante.

Cuando la figura de un lobo blanco y gris emerge de entre los árboles, mis ojos se quedan clavados en él. Es... es absolutamente impresionante. Lo más bonito que he visto en mi vida y, a la vez, a pesar de que no hace nada para demostrarlo, también sé que es lo más letal.

Tras unos segundos observándonos, comienza a caminar hacia mí.

Cualquiera que lo mirase a los ojos se daría cuenta de que tras la fachada animal se esconde un hombre. Un ser inteligente.

No sé qué demonios me lleva a observar al lobo con tanta fascinación. Siento como si por primera vez estuviera viendo el interior de su ser. Una parte que hasta ahora me estaba vetada. Siento como si en este momento estuviera uniendo todas las piezas del hermoso puzle que es Reese. Un puzle que está lleno de aristas y giros extraños, pero que también guarda formas redondas y delicadas.

Observo su precioso pelaje y siento la pulsión de tocarlo. No puedo controlarme. Me maldigo cuando alargo la mano porque temo que se aparte, pero, en vez de hacerlo, recorre los centímetros que me separan de él para que lo acaricie.

Y es lo más mágico que he experimentado en la vida. Algo de otro mundo. Mi mano vibra con la caricia y la corriente mágica se extiende por todo mi cuerpo.

Y todo es tan intenso que me obligo a separarme de golpe.

—Vamos o se nos hará tarde.

Si le molesta el cambio abrupto no hace nada que lo indique. Simplemente se vuelve hacia el invernadero y camina hasta la valla. Cuando la alcanzamos, me doy cuenta de que quizá es un problema para él escalarla en su forma animal.

—¿Puedes subir la verja así? —pregunto y no me siento tan tonta como debería hablando con un animal. Siento que Reese está ahí dentro.

El resoplido irónico que lanza solo me lo termina de confirmar.

—Vale, vale. Ya lo pillo —me río.

Pongo una mano en la verja para trepar y me elevo. Cuando estoy a medio camino, siento que Reese me empuja los pies con el hocico para ayudarme.

—Gracias —me giro y le sonrío—. Si llego a saber que tu versión animal era tan simpática, te hubiera pedido mucho antes que te convirtieses.

No puedo evitar bromear con él. Cuando salto al otro lado, toda mi diversión se evapora para dejar paso a la admiración.

Reese se aleja unos pasos y luego corre hacia la verja antes de dar un salto enorme y cruzar al otro lado.

Es tan rápido y fuerte que me deja sin palabras y, a juzgar por lo petulante que se vuelve su mirada, se da cuenta.

—No seas chulo y vamos a por las rosas —susurro.

Si la forma humana de Reese me parecía protectora, no es nada en comparación a su forma animal. El lobo no se separa de mí en ningún momento, no da un solo paso sin asegurarse antes de que yo también lo voy a dar. Y lo peor de todo es que, en vez de resultarme asfixiante, me siento complacida. Porque estoy segura de que en otro escenario en el que no estuviera preocupado por mi seguridad me vigilaría desde la distancia. Se aseguraría de que estoy a salvo sin quitarme ni una gota de libertad y eso es… es simplemente perfecto.

Una sensación cálida comienza a recorrerme. Pero no es

momento de permitirme experimentarla. Estamos en medio de una misión.

Gracias a que ambos hemos memorizado el plano, encontramos con facilidad la sección de plantas raras, donde las flores de luna resplandecen con su luz etérea. Mientras las recojo cuidadosamente, Reese mantiene la guardia. Todo parece ir bien hasta que lo escucho gruñir. Me doy la vuelta con brusquedad. Un par de ojos brillantes nos observan desde las sombras, y sé que nuestro tiempo se ha agotado.

Dejo que Reese se encargue de los duendes mientras recojo con rapidez nuestras rosas negras. No podemos irnos sin ellas. No ahora, encima que nos han descubierto.

—¡Las tengo! —grito para que Reese me escuche y, cuando nuestros ojos se encuentran, veo reflejado en ellos la misma urgencia que siento yo.

«Sal corriendo», parece querer decir. Por supuesto, acompaña la orden con un movimiento de cabeza que me deja claro lo que quiere.

Y lo obedezco. Porque no quiero que pase nada. Quiero que se vuelva a centrar en los duendes y esté seguro.

Justo cuando nos disponemos a salir, estos emergen de las sombras, pequeños pero furiosos, y empiezan a lanzarnos lo que parece ser su provisión de calabazas mágicas.

Juro que la situación es tan ridícula que, si no estuviésemos en riesgo, me moriría de la risa.

¿Calabazas? ¿Cómo nos pueden estar lanzando calabazas?

Me centro en correr. Salto la verja con rapidez cuando llegamos al borde y siento alivio al escuchar las pisadas de Reese. No se ha quedado atrás. No le ha pasado nada.

No dejo de correr hasta que llego al bosque. Respiro aliviada cuando los duendes no nos siguen.

—Menudo momentazo —digo estallando ya en carcajadas cuando Reese me alcanza.

Por supuesto, él no parece tan divertido como yo. No es que sea una experta leyendo las expresiones de los lobos, pero este en concreto parece cabreado.

De alguna forma, a pesar de que no habla, entiendo lo que me quiere decir: «Quédate aquí quieta y sin meterte en problemas mientras me cambio».

—Vaaale, te esperaré aquí —respondo en mi conversación unilateral.

No es que un lobo pueda poner los ojos en blanco, pero juro que siento como si quisiera hacerlo.

Cuando regresa ya como humano, su belleza me golpea como cada vez que lo veo. Mis ojos se van hasta su mata de pelo negro. Hasta un trozo de calabaza que hace equilibrismos para no terminar en el suelo.

—Ha sido más fácil de lo que pensábamos —le digo sonriendo. Tengo que taparme la boca con la mano para no estallar en carcajadas.

—¿Alguna vez te tomas algo en serio? —pregunta, pero no hay un enfado real en sus palabras, lo que solo me hace sonreír más fuerte.

—Solo si es extremadamente necesario.

Se muerde el labio inferior sin dejar de mirarme y eso me pone muy nerviosa. Es como si quisiera contenerse de decir algo. Pero… ¿el qué?

—Mañana mejor espérame allí, en la fiesta. Aquí en la Tierra es luna llena y no quiero a nadie cerca —explica, y el miedo en su voz no me pasa inadvertido.

Muevo la cabeza para tratar de analizarlo mejor, pero él se esfuerza en ocultar sus sentimientos.

—¿Te preocupa? —pregunto sorprendida.

—Si no lo hiciera, sería un inconsciente —responde, pero por la forma en la que se mueve me doy cuenta de que esa es toda la información que voy a obtener—. ¿Vamos? —pregunta, aunque ambos sabemos que no es una cuestión que esté abierta a debate.

Suspiro pero le sigo. No quiero darle más guerra por esta noche. Mañana trataré de investigar sobre ello.

Cuando me deja en casa para asegurarse de que me quedo tranquila y sin meterme en líos, me apoyo contra la puerta de mi habitación y me doy cuenta de que acabo de pasar una de las mejores noches de mi vida. Divertida y llena de sentimientos.

Creo que últimamente pienso mucho en eso cuando paso tiempo con Reese.

Puede que esté en más problemas de los que me gustaría admitir.

Invitación a la fiesta

✨ ¡Estás invitado! ✨
La reina fae te invita a pasar una noche mágica de disfraces en el Bosque Encantado.

📅 Fecha: la próxima luna llena 🌝
🕐 Hora: al caer la primera estrella ✨
📍 Lugar: el Claro de las Hadas, junto al Gran Árbol de la Sabiduría 🌳
🎭 Código de vestimenta:
Ven vestido como tu ser mágico favorito o deja volar tu imaginación y sorpréndenos a todos con tu propio diseño encantado. ¡Los mejores modelitos recibirán premios fantásticos!
🍷 Habrá:
Vino de la Viña del Tiempo 🍇
Pastel de cumpleaños infinito 🎂
Limonada de limones mágicos 🍋
🎶 Entretenimiento:
Música encantadora por los Elfos del Bosque 🎵
Bailes bajo las estrellas fugaces 💃
🎁 Esenciales:
Trae tu mejor sonrisa y tu sentido de la aventura. La magia está garantizada.

Nota importante: el acceso al Claro de las Hadas se revela solo a los corazones puros y a aquellos que llevan un toque de magia. ¡No olvides tu varita o tu amuleto de la suerte! ✨
¡No puedes perderte esta noche de ensueño y maravilla!

RSVP a través de un susurro a la brisa del bosque o una carta por lechuza mágica.

38

Presiento que esta noche va a ser muy especial

Faye

—Habéis hecho un trabajo increíble —aprueba Serena encantada tras colocarse a mi lado en medio del claro.

Ambas miramos a nuestro alrededor y yo no puedo más que maravillarme. Hay luces mágicas flotando en el aire como si fuesen luciérnagas que le dan un aspecto todavía más mágico al lugar. Las mesas alargadas que recorren una parte del claro, con manteles blancos y hermosos adornos florales, están a rebosar de deliciosos pasteles y la más exquisita comida del reino. Al fondo, casi en el linde del bosque, se encuentra la pista de baile, elevada sobre una tarima de madera blanca. Cada una de las preciosas columnas tiene los mismos adornos florales que las mesas, atados en el centro. Y desde allí llega una suave música que te invita a descalzarte y bailar hasta que estés completamente desinhibido.

Todo sería perfecto si Reese estuviese aquí. Y juro que odio darme cuenta de lo mucho que me gusta tenerlo cerca. Cuando no está a mi lado, siento como si me faltase algo.

Quizá ese pensamiento debería hacerme salir corriendo. O tal vez tendría que ser él quien huyese despavorido de mí.

—Y eso que te has afanado para ponérnoslo difícil —le

digo sonriéndole de medio lado. No me molesta, porque la verdad es que ha sido divertido.

Me encanta vivir aventuras y no me avergüenzo lo más mínimo por ello. Solo tenemos una vida y no deseo pasarla con gesto serio y cumpliendo solo mis labores como bruja. Quiero disfrutar.

Puede que por eso me gusta tanto Serena.

Puede que por eso me gusta tanto corromper a Reese. Sacarlo de su zona de confort para que deje de comportarse como un témpano de hielo.

—Presiento que esta noche va a ser muy especial —comenta y giro la cabeza hacia ella con tanta rapidez que me mareo.

—¿Qué quieres decir, Serena? —pregunto, y no me pierdo el tono preocupado que destilan mis palabras.

Nunca pasa nada bueno cuando ella está emocionada.

—Tranquila, amiga, muy pronto lo descubrirás —dice, y se aleja de mí sin darme tiempo a preguntarle nada más—. Me están esperando.

Aunque tampoco me hubiera respondido de tener la oportunidad.

Suspiro mirando al claro. Estoy segura de que nos aguardan problemas.

Reese

El único motivo por el que he conseguido llegar al puto claro del reino de las hadas siendo luna llena en la Tierra es porque mi lobo sabía que ella estaba aquí. Joder.

Me convierto junto a los árboles y me paso la mano por el pelo solo para adecentarme un poco. Luego me acerco al montón de ropa que dejé esta mañana escondida para poder recuperarla a la noche. No había manera de que llegase en mi forma humana. En el mismo momento en el que la luna se ha alzado en Nueva York, me he transformado, y es la primera vez desde que soy el nuevo alfa en que estaba libre. La primera vez que me lo permito desde que he encontrado a mi compañera.

Cuando me visto, me tomo unos minutos para recuperar el control. Puede que en este reino no sienta la pulsión de convertirme, pero mi animal está demasiado cerca de la superficie. Me siento primitivo y ligeramente descontrolado. Desinhibido. Puede que esta sea la versión más cercana a estar borracho que un licántropo pueda experimentar.

Debo tener mucho cuidado.

Ella es a la primera persona que veo cuando me acerco al claro. Y no es solo porque sea mi compañera y sea el centro de mi universo, sino porque destaca sobre todos los demás. Se me escapa una sonrisa cuando veo que lleva puestas unas alas en la espalda. Ha decidido disfrazarse de hada. Si es que es brillante. Mi corazón se acelera por el deseo cuando mis ojos descienden por su cuerpo y llegan hasta el borde de su vestido de gasa. Sus hermosas piernas desnudas me vuelven absolutamente loco. Hace que las imagine al instante envolviéndome la cintura mientras me introduzco en su cuerpo.

Joder. Tengo que dejar de pensar en eso o la erección que ha comenzado a crecer en mis pantalones no va a bajar en la vida.

Me paso la mano por el pelo mientras hago un par de respiraciones profundas antes de continuar mi camino.

Ella está de espaldas a mí y me acerco con sigilo.

—Debo reconocer que todo lo que hay en este reino es jodidamente hermoso —digo poniéndome a su lado. Y no sé si le queda claro que lo digo por ella.

Se sobresalta porque no me ha oído llegar y en mi boca se forma una sonrisa cuando, al girarse, me dedica una mirada mortal. No cambiaría una puta sola cosa de ella. Y, sobre todo, no cambiaría ni un ápice su carácter. El fuego que habita en su interior llama a las partes más primitivas de mi ser.

—¿No te han dicho nunca que es de mala educación asustar a la gente? —comienza a hablar, pero las palabras terminan sonando sin fuerza cuando se distrae mirando mi camisa; he dejado abiertos un par de botones de más que dejan ver hasta mi esternón. Faye parece fascinada con mis marcas, lo que me hace sonreír de oreja a oreja. Me parece justo si siente un ápice de atracción por mí de lo que yo siento por ella—. ¿De qué se supone que vas disfrazado? ¿De gruñón sexy? Por lo menos podrías haber hecho el esfuerzo de ponerte unos dientes postizos para ir de vampiro —me echa la bronca.

Pero yo me he quedado atascado en su comentario anterior.

—¿Te parezco sexy? —pregunto, y no puedo evitar que mis palabras salgan mezcladas con un gruñido. Joder si no me vuelve loco la idea de parecérselo.

—Por favor, Reese —dice, y pone los ojos en blanco—. No seas vanidoso, sabes a la perfección cómo te ves.

—¿Y cómo es eso exactamente? —Me doy cuenta de que me he cernido sobre ella como si estuviese dispuesto a devorarla, que eso es justo lo que mi lobo quiere que haga. Se me acelera el corazón cuando ella, lejos de apartarse al verse arrinconada, se inclina hacia mí, lo que logra que todavía estemos más cerca.

No me doy cuenta de que Serena se ha acercado a nosotros hasta que no la tenemos encima. Solo eso ya debería haberme servido de advertencia de lo perdido que estoy esta noche.

—Bueno, antes de que esto se ponga interesante, creo que os debo un objeto —comenta la reina fae. Tengo que contenerme para no gruñirle por habernos interrumpido y, joder, eso me hace darme cuenta de cuán al límite estoy. Necesito controlarme. Retener mi instinto—. ¿Te parece apropiado este pasador para la poción? —le pregunta a Faye tras quitarse del pelo una especie de pinza alargada que eleva para que pueda verla. Parece valiosa, con piezas brillantes y doradas, pero la verdad es que me da exactamente igual. Ahora mismo no me importa nada más que estar con Faye.

Ni la reina, ni la poción, ni mis malditos padres.

—Es perfecto —asegura la bruja alargando la mano para cogerlo de la palma de la reina, pero antes de que pueda alcanzarlo, esta la cierra.

—Os corresponde como pago por el trato; habéis preparado una fiesta impecable y eso que no era sencillo. —Sonríe con malicia y entre las dos intercambian una mirada que me hace pensar que tienen un leguaje propio que no llego a comprender—. Pero antes de entregároslo, tengo otra condición.

—Ese no era el trato.

La reina me lanza una mirada poco impresionada.

—Debéis quedaros en la fiesta por lo menos hasta pasada la medianoche —continúa como si yo no me hubiese quejado.

—Me parece justo —responde Faye antes de que yo pueda decir nada y me lanza una mirada de advertencia para que no moleste a la reina.

—Bien —mascullo solo para que Faye esté feliz.

—Ahora disfrutad, chiquillos —nos dice dando palmadas de alegría tras entregarle el pasador—. Pero recordad, no necesito estar a vuestro lado para que el objeto desaparezca de vuestros bolsillos si incumplís el trato.

No espera a que le digamos nada. Solo le guiña el ojo a

Faye y a mí me lanza una mirada de advertencia. Luego se larga ondeando el pelo y caminando de forma etérea.

Y a pesar de que estamos rodeados de seres mágicos, disfrazados de otras criaturas, siento como si estuviésemos solo ella y yo.

Nos quedamos el uno frente al otro, mirándonos, sin que ninguno de los dos diga nada. Y todo se siente tan tenso. Y siento tanta necesidad de conocerla más, de distraerme, que soy el primero en hablar:

—Cuéntame cómo conociste a Levi. —Faye me mira sorprendida como si no se esperase para nada esa pregunta y luego me sonríe; a mí se me calienta el puto pecho—. ¿Qué? ¿Debo recordarte que yo pasé por el mismo interrogatorio y lo respondí de buena voluntad?

Su carcajada ilumina el prado.

—Me parece mucho adornarlo decir que lo respondiste de buena voluntad —comenta divertida elevando la comisura de la boca. Me resulta tan atractiva que tengo que apretar los labios con fuerza para que no se me escape decirle lo mucho que me gusta.

—Como sea, la cuestión es que ahora ha llegado tu turno.

—Bien. Y para desmostarte que soy mucho mejor que tú, responderé a tu pregunta de buen grado.

—Eres un ejemplo a seguir —continúo con su broma.

—Pero antes quiero probar ese vino que te ha costado una pequeña fortuna conseguir —dice y sonríe.

—Después de ti —le digo y hago un gesto con la mano para que pase delante de mí.

Y quizá en ese instante deberían haber saltado todas las alarmas de mi cabeza por lo natural que resulta bromear con ella.

Cuando cogemos nuestras bebidas, Faye comienza a hablar:

—La verdad es que nos conocimos por casualidad y en un momento un tanto extraño. Yo tenía unos doce años y recuerdo que estaba muy enfadada con el mundo por las mentiras que contaban sobre mi abuela, que luego resultaron ser verdad —dice mirándome con los ojos en blanco como si todavía no se creyese ese fatal desenlace. No me muevo, no digo nada, porque necesito que siga hablando. Que me muestre este pedazo de su vida tan íntimo se me antoja el mejor de los regalos—. Y me había dado cuenta de que dentro de la comunidad no obtendría las respuestas que buscaba. Mi madre, desde el mismo momento en el que Tariq nos dio la noticia de que habían tenido que matar a mi abuela tras haberla sorprendido en un ritual de sacrificio para conseguir más poder, se desentendió de ella y no dudó que fuera cierto ni un solo momento. Y el resto de los brujos empezaron a mirarnos con desconfianza. Así que, cuando tuve un poco de independencia, vaya, la primera vez que se me ocurrió que podía salir por la ventana de mi habitación porque daba a la calle, me escapé de casa. Pensé que quizá otras personas del mundo mágico podrían ayudarme. Quería ver qué había más allá de los muros que se supone que me protegían del exterior. Solo que a mi juicio lo que hacían era retenerme.

Se me escapa una carcajada.

—Vamos, que siempre has sido una persona demasiado valiente para tu propia seguridad.

—Se podría decir de esa manera. —Me lanza una sonrisa pícara que me hace querer acercarme a ella y comerle esa boca contestona y absolutamente deliciosa.

—¿Y cómo encaja Levi en todo esto?

—Si no me interrumpieras, ya lo habrías descubierto —se burla.

—Puedes proseguir —digo, y hago una media reverencia.

Se me acelera el corazón por lo fácil que es bromear con ella. No tengo ni idea de la hora que es, solo sé que estar a su lado es demasiado sencillo y que el tiempo pasa extremadamente rápido. Que todo es demasiado bonito.

—Esa misma noche conocí a Levi en un callejón. Estaba caminando por la vía principal y escuché unas maldiciones procedentes de allí. Así que me acerqué.

—Joder, Faye —le digo francamente preocupado. La verdad es que no entiendo cómo ha conseguido sobrevivir tantos años con los riesgos que corre. Solo de pensar que pueda estar en peligro se me pone el cuerpo entero en alerta. Los nervios se me disparan y siento ganas de atacar a alguien.

—¿Qué? Si no llego a acercarme, posiblemente hubiera muerto. Había bebido sangre en mal estado, de un donante dudoso, que había tomado veneno en su afán por seducir a un vampiro y matarlo.

—Sigue sonando demasiado peligroso —me quejo y aprieto los labios en una fina línea.

—Te aseguro que en el momento en el que lo conocí no hubiera podido hacer daño a nadie. Estaba cubierto de sangre que él mismo había vomitado. La verdad es que tiene suerte de que siempre me haya gustado mucho la magia no convencional porque si no, no hubiera sabido hacer una poción para salvarlo.

—Me pareces absolutamente increíble. Eras solo una niña.

—Y él un vampiro experimentado que no se quiso volver a separar de mí y que se prestó a ayudarme a descubrir la verdad sobre mi abuela.

—Os disteis lo que el otro necesitaba.

—Exacto. Y así es como empezó mi negocio sobrenatural. Con la ayuda de la mente perversa de Levi y mis ansias de descubrir la verdad. No es algo que vaya a reconocerle a él. Pero me siento muy afortunada de haberlo conocido.

—Tampoco hace falta que él diga que se siente igual de afortunado —aseguro—. Cualquiera que te tenga en su vida lo es.

—Reese... —Mi nombre cae de su boca y eso es todo lo que hace falta para que me suelte.

Era imposible contener todo este deseo dentro de mi cuerpo por más tiempo.

39

Me vuelvo todo instinto

Faye

Esta noche hay algo diferente en Reese.

Una cualidad más salvaje y descarnada que le canta a lo más profundo de mi alma. Tiene el pelo revuelto, las pupilas dilatadas y me observa como si quisiera devorarme. Logra que un cosquilleo casi eléctrico se forme en mi piel y que desde hace ya rato me haya olvidado de que hay más gente en esta fiesta.

Tengo muchas preguntas sobre su compañera, pero no me atrevo a formularlas. No quiero saber ahora mismo nada sobre eso. Quiero olvidarme de que en alguna parte del mundo hay alguien hecho para él, porque por lo que a mí me concierne, este lobo, esta noche, es totalmente mío.

Creo que Reese nota algo en mi actitud porque de su garganta se escapa un gruñido suave cuando digo su nombre, aunque lejos de ser una amenaza, es más bien un sonido complacido. Excitado.

—¿Te gustaría ir a un lugar más privado? —dice muy cerca de mi oído y su pregunta suena cargada de deseo.

Sé antes de responder que, de decir sí, vamos a terminar el uno sobre el otro.

Lo sé por la forma casi febril con la que me observa.

Lo sé porque sus pupilas se han tragado el azul de sus ojos por la excitación.

Lo sé por la forma casi animal en la que se cierne sobre mí.

Por todos estos motivos, no dudo en darle la respuesta que más deseo.

—Sí.

Reese

Cuando Faye me da su aprobación, las aletas de mi nariz se abren por la emoción y me permito tomar una enorme bocanada de su increíble olor.

Alargo la mano y entrelazo mis dedos con los suyos para poder dirigirla al lugar entre los árboles donde están las tiendas desde las que se puede ver el hermoso paisaje del reino.

Necesito un lugar privado para estar a su lado, pero no podemos regresar a la Tierra, ya que me convertiría en el mismo instante en que la luna tocase mi cuerpo, y eso sería un maldito desastre. No es que aquí pueda controlarme mucho mejor, pero por lo menos todavía tengo cierto control.

Me paro frente a la carpa para mirarla a la cara y asegurarme de que de verdad quiere esto. Y, joder, cuando la miro, veo el anhelo pintado en sus hermosos rasgos. Me vuelve loco.

Me agacho para quedar a su altura y, por fin, tomo sus labios con los míos en un beso suave que me sirve de aperitivo para calmar un ápice el hambre que hay en mi interior.

Cuando, ante el suave contacto, Faye reacciona dejando escapar un ruido complacido y me rodea el cuello con las manos, pierdo la razón.

Me vuelvo todo instinto.

Lamo, beso y muerdo sus labios regordetes mientras cuelo las manos entre los mechones de su espesa melena. Su olor inunda todo mi cuerpo.

—No tienes ni idea de las ganas que te tengo. De lo que me muero por ti. De lo mucho que me gustas. De lo loco que me vuelves —empiezo a hablar mientras deposito besos con la boca abierta sobre su cuello que la hacen estremecerse. Puedo oler la excitación que brota desde su centro y se escapa un sonoro gruñido de la garganta—. Joder, Faye —me quejo antes de agarrarla del culo y alzarla para llevarla conmigo a la tienda.

Deshago el lazo que sujeta la lona abierta para que nadie vea a mi compañera desde el exterior mientras ella me muerde y lame la oreja.

Estoy tan sumido en la bruma de la excitación que apenas soy consciente de lo que hago cuando la ayudo a quitarse las alas para que no le hagan daño en la espalda y la tumbo sobre el pequeño colchón. Solo puedo verla a ella, todo lo que puedo oler es su aroma, y lo único que quiero hacer es complacerla, por mucho que tenga una erección tan dura que me duela.

Quiero darle placer.

Una vez que está tendida sobre el colchón con los ojos febriles por la excitación, la respiración acelerada y los pezones erectos tensan la tela de su camiseta, me permito unos segundos para observarla y deleitarme con su visión.

Me dejo caer de rodillas a su lado y alargo las manos para acariciarla. Le bajo los tirantes de la camiseta y mis labios siguen el camino que mis manos van trazando. Primero su clavícula, luego la parte alta de sus pechos turgentes y llenos, hasta que, al bajar las copas de su sujetador, estos saltan y atrapan toda mi atención.

—Eres lo más hermoso que he visto en la puta vida. —Escucho mis palabras distantes, como si fuera otra persona quien las estuviera pronunciando; me cuesta percibir cualquier sonido que no sean los latidos de mi corazón y nuestras respiraciones aceleradas.

—Reese —dice Faye atrayendo mi mirada a sus labios entreabiertos.

Me lanzo a besarlos antes de darme un festín con sus pechos. Beso las puntas, luego provoco los pezones con la lengua, hasta que termino por abrir la boca y aspirar cada pecho. Con ese gesto me gano un gemido brutal por parte de Faye, lo que solo me alienta a continuar.

Me deshago tanto de su camiseta y sujetador como de su falda. La miro a los ojos antes de retirarle también las bragas húmedas por la excitación. Siento que estoy a punto de reventar en los pantalones. Pero me da igual. Esto se trata de ella. Solo de ella y de darle placer. De tener el lujo de hacer que se corra.

La beso en los labios antes de comenzar un camino descendente por su cuerpo. Lamo ente sus pechos, sigo bajando por su ombligo y justo cuando estoy a punto de alcanzar mi meta y prácticamente la estoy saboreando, Faye me para.

—Más te vale que esta vez termines con lo que has empezado, Reese. No es esto lo que quiero. Quiero que me folles. No me vale con tu boca —ordena entre jadeos y me tira del pelo porque yo no dejo de besarla.

Se me escapa un gemido atormentado.

—No tengo preservativos. No pensaba que fuéramos a terminar así. Pero voy a hacer que alcances el cielo con la boca. —Se me escapa un gemido cuando ella me muerde el cuello—. Joder, Faye. Me vuelves completamente loco.

—No hace falta. Tomo hierbas para la regla y no me puedes dejar embarazada. Necesito sentirte dentro de mí —dice agarrándome de la cara para que no me pierda ni una de sus palabras. Poco sabe que no lo haría por nada del mundo. Tiene mi entera atención desde el mismo día en el que la conocí—, ¿es que no lo entiendes?

Su necesidad me deja sin palabras. Que me desee, que quiera sentirme dentro de ella es el mejor regalo que podría ofrecerme y del que no me siento digno. Pero no voy a rechazarlo. Voy a aceptar lo que me quiere regalar, aunque sea solo una vez en la vida.

Me voy a permitir tomar lo que más quiero.

—¿Me dejarás follarte? —Casi no me lo puedo creer. Lamo la columna de su cuello. Faye gime con fuerza y se estremece entre mis brazos—. No te puedes imaginar la cantidad insana de veces que me he imaginado follándote desde que me lo pediste en la discoteca.

—¿Por qué? —pregunta, y tardo unos segundos en entender lo que quiere decir. Tengo el cerebro lento por el placer.

—¿Por qué no lo hice? ¿Eso quieres saber?

—Sí. Si querías, ¿por qué no lo hiciste? —pregunta, y no espera a mi respuesta antes de incorporarse en la cama para tirar de mi camiseta para quitármela.

—Porque no soy digno de ti —digo entre besos, mientras la ayudo a desnudarme por completo.

—Eres un imbécil, Reese —asegura ella antes de darme un mordisco en el labio inferior como si quisiera castigarme, pero eso solo me vuelve todavía más necesitado, más salvaje—. Yo soy la que tiene que decidirlo, no tú.

La forma en la que sus ojos recorren mi cuerpo desnudo hace que mi ya de por sí dolorosa erección se hinche todavía más. Y cuando su mirada se posa en mi polla, tengo que tumbarme sobre ella para no correrme en ese mismo instante. Un segundo más observándome y lo hubiera hecho.

Gimo de placer cuando nuestros cuerpos desnudos entran en contacto. Faye se abraza a mí con las piernas y los brazos, lo que hace que mi miembro se roce con su pierna y mi excitación le pinte la cara interna del mundo.

—Como sigas contoneándote así, esto va a acabar mucho antes de que empecemos —advierto, y logro que se le escape una carcajada mezclada con un gemido.

—Te quiero dentro de mí —me exige impaciente y, como si no quisiera esperar a que cumpla su orden, se separa un poco de mí para colar la mano entre nuestros cuerpos y agarrarme la polla para dirigirla hasta su entrada.

—Joder... —maldigo. Dejo caer la cabeza sobre su hombro por la absolutamente increíble sensación de su mano agarrando mi miembro.

En el mismo instante en que mi polla está colocada en su entrada, empujo. No nos hago esperar más, aunque de haber querido, tampoco hubiera podido controlarme.

Y los gemidos extasiados de los dos, mezclados con mis maldiciones, inundan el ambiente.

Estar dentro de Faye es la mejor sensación que he experimentado en la vida. La mejor sensación que sé que experimentaré en la vida. La forma en la que sus paredes de terciopelo envuelven y aprietan mi dureza es demencial. Al igual que lo es la forma en la que me siento conectado a ella.

Jamás había sentido esta intimidad tan profunda, y lejos de asustarme, me vuelvo adicto a ella al instante.

Comienzo a moverme en su interior y ella me clava las uñas en la espalda haciendo que todo se vuelva todavía más intenso.

—Eres lo puto mejor que hay en este mundo. No hay momento en el que cierre los ojos y no te imagine, no sé cómo dejar de pensar en ti. No sé cómo dejar de desearte. No sé cómo ser suficiente para ti —digo entre embestidas, que cada vez se vuelven más frenéticas, más desiguales.

Noto cómo en la parte baja de mi espalda se va acumulando el orgasmo. Estoy perdido, mucho más allá del punto de no retorno, pero me obligo a contenerme hasta que Faye se corre entre mis brazos. Y joder si en ese momento no me vuelvo loco.

Comienzo a empujar dentro de ella de forma demencial, me crecen los colmillos y mi cuerpo me grita que la muerda, que la convierta en mi compañera. Pero me contengo. Tengo que hacerlo.

Me corro con el orgasmo más intenso que he sentido nunca y tengo un momento de lucidez para sacarla antes de que el nudo se comience a formar. No me pasa nunca, pero tiene todo el sentido del mundo que no pueda controlarme con mi compañera. Hoy no, que me siento tan descarnado. Me descargo sobre ella y me desplomo sobre su cuerpo, disfrutando de la forma en la que nuestras respiraciones se acompasan.

Cuando bajo del orgasmo tomo mi camiseta para limpiar el desastre que he hecho sobre Faye y luego me tumbo a su lado. La atraigo contra mi pecho. Mañana me volveré loco por haberme permitido hacer esto, pero hoy, hoy voy a disfrutar de tener su cuerpo desnudo envuelto con el mío. De su respiración relajada mientras se duerme sobre mí. De que me entregue su total confianza.

Hoy soy absolutamente feliz, aunque sé que mañana me arrepentiré.

Me voy a permitir unas horas más de felicidad.

40

Tanta amenaza de muerte
me ha abierto el apetito

Faye

Entro en casa de Levi, en el decimosexto piso del rascacielos de los vampiros, con la llave rosa en forma de calavera que me dio hace años.

Me he debatido durante todo el día si debía contarlo o no. Si Levi se reiría de mí, pero ha llegado un punto en el que le he dado tantas vueltas que ya es una necesidad hablarlo con alguien. Y mi amigo es la única persona en la que confío.

Pronto caerá la noche y volverá a estar disponible para el mundo.

Cuando llego a su planta, en la que hay otras ocho viviendas, inserto la llave en la cerradura y empujo la puerta de hierro para entrar. Me recibe un gran espacio abierto en forma de recibidor adornado con todo tipo de objetos frikis.

Siempre he pensado que todas las casas del edificio son iguales, pero de alguna manera Levi consigue que la suya sea especial y única. Estoy segura de que ninguna otra tiene este aspecto. La sala, que ocupa todo el centro del lugar y al que se accede desde el recibidor bajando un solo peldaño, te lleva de golpe a los ochenta. Y me encanta. El tío se ha quedado anclado en esa época.

Una tenue luz de neón emana de un cuadro de *Blade Runner* sobre la mesa del televisor CRT, al lado de una pila de cintas VHS de clásicos ochenteros.

El centro de la habitación lo domina un sofá negro de cuero, flanqueado por mesas de vidrio y metal que sostienen lámparas de pie con bombillas en forma de globo. Frente al sofá hay una alfombra de pelo largo y esponjoso en tonos grises que suaviza el ambiente.

Pero lo que más me gusta de todo es la estantería de madera oscura donde tiene una enorme colección de cómics de Marvel y DC, junto a un cubo de Rubik resuelto a la perfección. Al lado, un equipo de sonido estéreo y una pila de discos de vinilo y cintas de casete, listos para ponerle banda sonora a la eternidad.

Me quito los zapatos y me siento en el sofá mirando el móvil mientras hago tiempo. Después de media hora estoy tan aburrida que decido ir hasta su cuarto. Entro con todo el descaro del mundo y me siento en su cama. Sonrío cuando veo la nueva adquisición de Levi. Una horrible lámpara de luz de neón con forma de murciélago que da un tono morado a la estancia.

Por suerte, unos pocos minutos después comienza a dar señales de vida.

—Anoche me acosté con Reese —es lo primero que le digo cuando veo que empieza a revivir. Llamar «despertarse» a lo que hacen los vampiros me resulta bastante ridículo. Por el amor de Dios, el corazón ya no les late.

—Suena asqueroso —dice como respuesta y quiero matarlo.

—Necesito un poco de apoyo en esto. Eres mi amigo, tienes que consolarme —me quejo, a lo que Levi responde con una carcajada.

—A ver, si me pillas recién levantado y empiezas a decirme cosas desagradables, lo normal es que reaccione regular.

Enciendo la luz de la mesilla en forma de Grogu para verle las facciones a Levi. Estoy hasta las narices de que los seres sobrenaturales con los que me junto tengan los sentidos más desarrollados que yo, me deja en desventaja.

—Levi —me quejo—. Di algo. ¿No estás sorprendido?

Él me mira con las cejas levantadas durante un segundo antes de estallar en carcajadas.

—Estás bromeando, ¿verdad?

—No.

—Mira, Faye, no hay nadie en todo Nueva York que os haya visto interactuar durante más de dos minutos seguidos que no se haya dado cuenta de que ibais a acabar follando tarde o temprano.

—No lo dices en serio —me quejo, y me tapo la cara con las dos manos, avergonzada—. No quiero ser tan evidente.

—Tampoco es como si te quisieras casar con él…

Se me escapa un sonido de la boca que se parece demasiado a un lamento y llama la atención de Levi. En su cara se forma una pregunta.

—Casarme no, pero me gusta, joder. Hala, ya lo he dicho —confieso, y me levanto de la cama. Comienzo a dar vueltas.

—Lamento ser yo el que te diga que eso también era evidente —comenta tan tranquilo. Se apoya en la cama sobre los codos y me mira pasearme delante de él como si mi histeria le calmase.

—¿Qué voy a hacer? —pregunto en alto más para tranquilizarme que para que Levi diga algo que me ayude, pero mi amigo parece decidido a aportar cuando no lo necesito.

—Dejarte llevar, Faye. ¿Por qué le tienes que dar vueltas? Disfruta y ya está. ¿Qué hay de malo?

Su pasotismo me molesta sobremanera y acabo gritando.

—¿Qué hay de malo? ¿De verdad me estás preguntando eso, Levi? —Mi amigo tiene el temple de asentir con la cabeza, nada preocupado por mi cabreo—. ¡Que tiene una compañera! Que ahí fuera hay alguien hecho para él. ¿Cómo voy a competir con eso? ¿Cómo voy a meterme en medio? —pregunto y se me saltan las lágrimas sin que pueda evitarlo, porque por fin he llegado al punto que de verdad me da miedo. Al punto en el que no quiero pensar, pero en el que no puedo dejar de hacerlo.

Reese tiene una compañera y no soy yo.

Ante mis lágrimas, Levi por fin reacciona. Se levanta de la cama tan rápido que se convierte en un borrón y me estrecha entre sus brazos.

—Tienes que tener dos cosas claras, Faye —dice mientras me acaricia el pelo para calmarme—. La primera, no hay nadie en este maldito mundo mejor que tú. Ni más guapa, ni más divertida, ni más inteligente. Cualquiera sería afortunado de que le brindases tu atención, por no decir tu amor —asegura, y lo que hasta el momento eran pequeñas lágrimas se convierten en densos ríos que corren por mis mejillas—. Y lo segundo, el lobo está luchando por romper la unión con su compañera, pero a ti te elige. ¿Es que no lo ves?

—Estoy muy confundida —confieso, y dejo caer la cabeza contra su hombro—. No sé qué hacer.

—Es sencillo. Si lo que quieres es estar con él, deberías ir a por ello. Y si pasas de él, yo me encargo de mandarlo a la mierda —se mofa con satisfacción.

—No es tan sencillo, Levi.

—Sí lo es. Solo tienes que decidir.

—¿Y si él no quiere?

Levi se ríe de nuevo y esta vez no me contengo. Le golpeo.

—¿Te quieres tomar la conversación en serio, idiota?

—No puedo hacerlo si no dejas de decir tonterías. Reese está colado por ti.

El corazón, que en el fondo es blando y se ha pillado por el alfa, comienza a aletearme en el pecho como si su nueva misión, en vez de mantenerme con vida, fuese salir volando. Como si quisiera marcharse a buscar a Reese él solo si yo no me decido.

—No te atrevas a crearme esperanzas si no son ciertas —le advierto sin querer creer lo que dice.

—Jamás se me ocurriría. Te quiero demasiado. Y te advierto solo una cosa, Faye —comienza a decir muy serio. Nunca lo he escuchado así—, como ese lobo te haga daño, deseará estar muerto. Pero si se porta bien, estaré feliz de ver cómo cae rendido a tus pies —se mofa y pone su cara traviesa, marca de la casa.

Me siento tan cálida por dentro con el cariño que siempre me demuestra, que tengo la necesidad de rebajar el ambiente.

—Tantas amenazas de muerte me han abierto el apetito —bromeo—. ¿Te hace ver una peli y tomar unos batidos?

—Si el mío es con extra de sangre, estoy dentro —responde y me guiña el ojo.

Y así es como pasamos una noche tranquila viendo todas las temporadas de *Stranger Things*, la serie favorita de todos los tiempos de Levi. He perdido la cuenta de la cantidad de veces que la hemos visto.

Y me duermo en su sofá pensando en lo afortunada que soy de tenerlo en mi vida. Y también pienso en Reese.

Y lo decido en ese momento. Voy a ir a por el lobo.

Y malditas sean las consecuencias.

41

Yo tampoco sé muy bien qué estamos haciendo

Reese

Estoy a punto de volverme loco.

No estoy preparado para verla de nuevo después de lo que pasó la otra noche en el reino de las hadas. Del momento tan mágico y especial que compartimos. El maldito mejor momento de mi vida.

No estoy preparado porque tengo pánico de no ser capaz de alejarme de ella si la tengo delante.

No estoy seguro de poder contenerme y no volver a lanzarme a devorar sus labios dulces e increíbles. Porque no sé si cuando huela su increíble aroma, el que está hecho solo para mí, lograré alejarme.

Así que lo que tengo que hacer es bien sencillo. De hecho, llevo repitiéndomelo durante todo el día. Desde el mismo instante en el que me ha llegado el mensaje de Faye diciéndome la hora en la que debía ir al panteón a echar el siguiente ingrediente a la poción.

Un nuevo ingrediente que me acerca un poco más a mi objetivo y me separa más de ella.

Tengo que concentrarme.

O eso es lo que me digo cuando me detengo frente al panteón. Me repito el mantra otra vez. Lo único que tengo que hacer es entrar, saludar, echar el objeto y salir. El proceso es bien sencillo. Nada puede salir mal.

No puedo volver a cometer una locura. No puedo dejarme llevar como la otra noche.

No puedo permitirme pensar que estar juntos es lo correcto. Lo natural. Lo que tiene que ser.

No me puedo permitir volver a pensar que, a pesar de que no fuese mi compañera, de que las Moiras no la hubieran elegido para mí, yo me hubiera enamorado de ella de la misma manera.

No puedo hacerle eso, joder.

Trago saliva y me preparo para el encuentro.

—Vamos, Jacob —le digo al cachorro para que me siga. Porque, por supuesto, he tenido que recurrir a él cuando Dorian, después de enterarse de lo que pasó la otra noche, me ha mandado a la mierda cuando le he pedido que me acompañase. Otra vez.

Por supuesto, todas mis intenciones se van por el desagüe en el mismo momento en el que llegamos y nuestros ojos se encuentran.

Creo que es justo en ese instante cuando me doy cuenta de que estoy perdido. Francamente ni siquiera sé ya si la poción surtirá efecto. O si quiero que lo haga.

El corazón se me acelera y se me escapa una sonrisa.

Faye

Aunque escucho que están descendiendo las escaleras, no levanto la vista del caldero mientras remuevo la poción. Tengo miedo de que de alguna manera se me note en la cara todo lo que hablé ayer con Levi. O peor, que Reese note que me he colado por él.

—Buenas noches —saluda el alfa en un tono de voz que podría lograr que todo mi cuerpo se incendiara.

—Oh, buenas noches —respondo levantando la vista hacia él como si me hubiera sorprendido su visita y no llevase toda la noche con los sentimientos a flor de piel, esperando y temiendo su llegada a la vez.

Me gustaría pensar que logro ser casual.

—¿Está ya todo listo? —pregunta tras aclararse la garganta y sonando absolutamente tenso.

Casi se me escapa una carcajada por el alivio. Bien. Me alegro de no ser la única que está pasando vergüenza con esta situación. Creo que incluso Jacob se ha dado cuenta, ya que se ha pegado a la pared del fondo como si pretendiese mimetizarse con la piedra.

Buena suerte con eso.

—Sí. —Levanto la vista y, por algún motivo, cuando nuestros iris impactan, se me activan las ganas de molestarlo. Reese suele tener ese efecto en mí—. El problema es que si te pones un poco más lejos, igual terminas en medio del cementerio. ¿Tienes miedo, Reese? —lo incito, y disfruto sobremanera del brillo que se forma en sus ojos.

Jacob ahoga un grito, pero finjo no escucharlo. No le gusta que le falte al respeto al alfa, pero lo que no entiende es que la relación que tiene con él no es la misma que conmigo. Es lo único que tengo claro en este mundo. Eso y que odia lo que está surgiendo entre nosotros.

En este momento solo deseo terminar con la poción para borrar de su vida a su compañera. Quizá, de esa manera, sea un poco mío. Y sí, sé lo horrible que es ese pensamiento.

Aprieta la mandíbula y se acerca a mí, aceptando el reto.

Contengo la respiración hasta que se pone a mi lado.

—Ha cambiado de color —comenta mirando dentro del caldero. Habla entre dientes. Como si no quisiera respirar muy fuerte. Y justo en ese instante me veo invadida por su olor a naturaleza y a algo puramente suyo. Me controlo para no parecer una loca.

—Veo que esta noche estás muy perspicaz. —Cuando las palabras salen de mi boca, me doy cuenta de que a él también se le ha ido la imaginación a la otra noche.

Vale. Quizá quería jugar con él, pero esto me está poniendo demasiado nerviosa. La tensión que hay en el ambiente podría cortarse con un cuchillo. O me relajo o vamos a acabar discutiendo o acostándonos aquí mismo en el suelo del panteón.

Salta la alarma que he puesto en el móvil para comenzar a remover la poción de nuevo y tengo que controlarme para no gritar.

De alguna manera, consigo sobrevivir a tenerlo conmigo. Y también, por motivos que desconozco, consigo seguir todos los pasos de forma correcta.

Eso sí que es difícil.

—Cuando te dé la señal, echas el pasador de Serena —le indico.

Reese se acerca un poco más y, como las veces anteriores, echa el ingrediente cuando corresponde. Luego levanta la vista y me observa como si esperase algo, pero no supiese muy bien el qué. Y entiendo la sensación porque es la misma que siento yo todo el tiempo.

Y el silencio se extiende. Y tal vez es por eso por lo que pronuncio las siguientes palabras. Me gustaría que fuesen solo para llenar el silencio y no porque desee hacerlo.

Pero no puedo mentirme a mí misma de una forma tan descarada. Estaba deseando decírselo.

—Te he hecho una cosa.

Mis palabras le hacen abrir los ojos por la sorpresa, pero estoy tan nerviosa que ni siquiera puedo reírme por la expresión de perplejidad que tiene.

Me meto la mano en el bolsillo del pantalón para sacar el colgante con la piedra de luna antes de elevarlo y mostrárselo.

—¿Qué es? —pregunta, pero antes de que le dé la respuesta, alarga la mano como si lo quisiera. Lo que solo me pone todavía más nerviosa.

—Como te he escuchado decir varias veces que te preocupa el poder que la luna llena tiene sobre ti, he decidido hacerte un colgante para que no te afecte —explico, y a medida que las palabras abandonan mi boca, se van haciendo más pequeñas de manera inversa al calor que se va extendiendo por mis pómulos.

Pero antes de que pueda arrepentirme y morirme de la vergüenza, Reese habla.

—Joder, Faye. —Es todo lo que dice antes de abalanzarse sobre mí.

Y puede que Jacob se sorprenda, o puede que incluso diga algo, pero en todo lo que yo puedo centrarme es en los labios de Reese sobre los míos. En la forma en la que los acaricia con la lengua con pasión. En la manera en la que me muerde el labio inferior antes de volver a introducirse dentro de mi boca.

Y no puedo tomar aire, pero tampoco lo necesito. Podría acostumbrarme a esto y sería feliz el resto de mi vida.

Gime, me acaricia el cuello y me atrae hacia él, mientras por mi cuerpo se suceden olas de escalofríos, de placer. Me hace rozar el cielo con los dedos sin que nos movamos del panteón. Me deshago en sus brazos.

Todavía estoy aturdida por el beso, por la pasión con la que me ha abrazado, por la intensidad que he descubierto que alberga en su interior, por lo que tardo unos segundos en darme cuenta de que se ha separado de mí y me mira con una mezcla de emociones.

Pasión, miedo, culpa. Todas están expuestas ante mí. Y creo que jamás lo he visto más vulnerable.

No se siente más seguro que yo con esto que está creciendo entre nosotros.

Quizá por eso le permito marcharse.

Porque yo tampoco sé muy bien qué estamos haciendo.

Brujas

42

Me conformo con cuestiones mucho más terrenales

Faye

—Últimamente te veo muy distraída. —La voz de Tariq llega hasta mis oídos justo cuando estoy a punto de largarme a hacer cosas que estoy segura de que no encontraría en absoluto admirables.

Cojo el libro que acababa de cerrar y me doy la vuelta para mirarlo. Le dedico una pequeña sonrisa antes de caminar hacia la butaca como si me hubiera levantado para cambiar de lugar de lectura por uno más cómodo en vez de para marcharme de la oficina.

—Disculpa. Entre todas las obligaciones de la comunidad y este puesto, no estoy teniendo demasiado tiempo para descansar y me está pasando factura —miento. No porque no esté cansada, sino porque lo que me tiene sin dormir no es eso, sino los trabajos que realizo en mi otra vida.

—¿No estás feliz de ser mi ayudante, Faye? —pregunta, y no hace falta ser una persona perceptiva para comprender que hay una amenaza velada tras sus palabras.

«O espabilas o será otra bruja la que ocupe tu puesto».

—Mucho —respondo más por costumbre que porque de

verdad lo crea—. Me siento muy honrada de que me hayas elegido y de que compartas tu sabiduría conmigo.

Lo que me pregunto últimamente es si en realidad todavía me importa mantener la fachada de bruja perfecta y responsable cuando ya no necesito nada de él. No tengo intención de convertirme en la mejor, la más fuerte y con más conocimiento, ni en seguir sus pasos, como él sí parece desear que haga.

Me conformo con cuestiones mucho más terrenales. Estar con mis amigos, hacer mis pequeños encargos, tener algo de tiempo para cuidar algunas plantas. La verdad es que lo que más me gusta es trabajar para otros y vivir aventuras junto a Levi. De hecho, si pudiera, en vez de estar en la comunidad, abriría mi propio lugar para atender a los que nadie quiere ayudar. Como lo que tengo en el panteón, pero sin tener que mantenerlo al margen de la ley. Poder dedicar todo mi tiempo a ello. Sí, eso me haría muy feliz.

—Francamente, después de lo que pasó con tu abuela, pensaba que tu interés por este puesto era limpiar su nombre y aprender lo máximo posible para demostrar a todos lo que vales —dice y las manos, que me cuelgan a ambos lados del cuerpo con impotencia, se me cierran en puños.

Juro que me cuesta un esfuerzo sobrehumano quedarme delante de él sin soltar la cantidad de insultos que se me pasan por la cabeza ante la mención de mi abuela. No pensaba que le guardase un rencor tan profundo como para utilizarla contra mí. No cuando nunca antes le había oído decir nada sobre ella.

Vale que al final de su vida cometió actos que jamás se me ocurrirá justificar ni por un momento, pero fue su ayudante durante años. ¿Ni siquiera le tiene un mínimo de cariño?

Tras eso, Tariq logra justo lo que quería, que me centre en

mi verdadera vida como parte de la comunidad de brujas y deje de lado todo lo demás.

Caemos en una charla aséptica sobre cómo voy con los libros que me dio la semana pasada para estudiar, en que tiene un par de reuniones esta semana a las que quiere que le acompañe y otro montón de cuestiones más que me aburren hasta la muerte.

¿Acaso tengo otra oportunidad de ser feliz que encajando en el molde que han creado para mí?

¿Me resultará tan sencillo dejar de lado mis anhelos para perseguir lo que otros creen que es mejor para mí?

43

Es como si por primera vez en mi existencia disfrutase de la vida

Reese

Faye y yo tenemos un problema que jamás hubiera imaginado. Cada vez que nos vemos, o terminamos discutiendo o nos besamos como si fuésemos dos adolescentes que prueban la pasión por primera vez en su vida. Y la verdad es que la mayoría de las veces suceden las dos cosas en el mismo encuentro.

De alguna forma, las discusiones nos llevan a los besos y los besos, a las discusiones. Es un círculo vicioso.

Es... es demasiado intenso. Es como si por primera vez en mi existencia disfrutase de la vida. Es aterrador, pero a la vez la mejor sensación que he experimentado nunca.

—De verdad que esto tiene que terminar. Es absurdo —me dice Faye una tarde cuando nos encontramos en el consejo.

—Y qué crees, ¿que yo quiero seguir así?

—A ver, tienes que reconocer que la mitad de las veces que discutimos es culpa tuya.

—Nunca he escuchado nada más estúpido —respondo y, joder, doy un paso hacia ella.

Error.

GRAN. ERROR.

Cuando su increíble aroma inunda mis fosas nasales, cada gota de inteligencia y control desaparece de mi sistema. En su boca se forma una sonrisa satisfecha cuando se da cuenta de lo que ha pasado.

—A juzgar por la forma en la que estás gruñendo, tu lobo piensa lo contrario —dice en un tono bajo e íntimo que ya de por sí, sin que hubiese mencionado a mi bestia como si también la tolerase, hubiera hecho que sucumbiese.

A tomar por culo cada motivo por el que no debo acercarme a ella. Todos se esfuman como si jamás hubieran existido. Miro a ambos lados del pasillo para ver si hay alguien y luego me agacho para agarrarla del culo y cogerla en brazos. No sé qué es lo que me gusta más, si la forma en la que aprieta las piernas alrededor de mi cintura, el gemido que se escapa de su boca o ver en sus ojos que desea esto tanto como yo.

La cuestión es que la cabeza comienza a darme vueltas mientras camino hacia el cuarto de limpieza que hay a unos pasos de nosotros. No sé cuál de los dos comienza el beso. No podría decirlo ni aunque mi vida dependiese de ello, solo sé que, cuando entramos, ambos jadeamos como si estuviésemos a punto de corrernos.

Nada me gustaría más que bajarme los pantalones, levantarle la falda y darle placer con mi polla hasta que ambos alcancemos el cielo, pero temo que, si me permito follarla, no sea capaz de controlarme y mi parte animal termine por ganar la batalla y realice sin su permiso el ritual de compañeros que nos atará el uno al otro por el resto de nuestras vidas. Y, joder, cuando todo mi ser se llena de felicidad ante esa posibilidad, me obligo a separarme de ella. No puedo hacerle eso.

Faye jadea y me mira con los labios rojos e hinchados. Parece casi febril y está más hermosa de lo que la he visto en la vida. Quiero complacerla, pero no puedo seguir pegado a su cuerpo o cometeré una locura. Aunque sí puedo darle placer de otra forma.

Me dejo caer de rodillas frente a ella y le agarro del culo para atraerla hasta mi boca.

—Reese —dice mi nombre con una mezcla de abandono, sorpresa y placer que me hace perder la cabeza.

Le levanto la falda y aparto las bragas a un lado para devorarla. Sus dulces gemidos y ruidos de placer llenan la estancia y hacen la situación mucho más erótica. Tanto que tengo que controlarme para no correrme en los pantalones sin tocarme siquiera, como si fuese un adolescente.

Cuando alcanza el orgasmo, se agarra a mi pelo y tira de él. Juro que casi he tenido una experiencia mágica. Me separo a duras penas de su cuerpo.

Sé que debo alejarme, pero antes de dejarla ir le doy un beso abrasador para que pruebe de mis labios lo deliciosa que sabe.

Y me doy cuenta, cuando salimos del cuartito y cada uno se va por su lado, que lejos de querer que esto termine, quiero más de ella. Mucho más.

La cuestión es si debo o si puedo pedirlo.

44

El mundo a nuestro alrededor parece desvanecerse

Reese

Últimamente me siento como un adolescente torpe cada vez que estoy cerca de Faye. Y no me gusta lo más mínimo. Pero tampoco es que sepa cómo coño dejar de hacerlo.

Después de dar unas cuantas vueltas ridículas por delante del jardín de su casa, donde sé de buena fuente que está trabajando, ya que me lo ha dicho Tariq, decido comportarme como un adulto e ir a buscarla.

Cuando llego a la puerta del invernadero y la veo inclinada sobre una flor enorme parecida a un girasol, me paro de golpe. Joder. Es que es una puta belleza. Dulce, delicada, comestible. Me maldigo a mí mismo por pensar así, no solo porque suene como un baboso, sino porque eso no me ayuda a relajarme. Me seco las manos en los pantalones; me sudan por lo nervioso que estoy. No puedo seguir así.

—Quiero que vengas esta noche a la mansión, vamos a celebrar una fiesta y estaría bien que vinieses y me gustaría. ¿Quieres venir? —pregunto todo junto, sin coger aire, sin ningún tipo de sentido, y ni siquiera he anunciado mi llegada. Y por supuesto, sin saludar.

Mierda.

Noto cómo se me ponen rojas las mejillas y creo que no me he sentido más ridículo y vulnerable en la puta vida.

Faye se vuelve en mi dirección y me lanza una mirada que podría rivalizar con el propio sol. Luego ladea la cabeza como si me estuviera analizando y tengo que hacer uso de todo mi autocontrol para no removerme en el sitio o peor, para no largarme de allí y mudarme de continente.

—Buenos días a ti también, Reese —bromea.

—Buenas —le devuelvo el saludo acompañándolo de un gesto de la cabeza como para darle más empaque.

Que alguien me salve de mí mismo. No sé qué coño estoy haciendo. ¿Por qué se me ha ocurrido que era buena idea pedirle que pase tiempo conmigo y mi manada sin que sea una obligación, cuando es absolutamente evidente que le estoy pidiendo una cita?

¿Y por qué parece que de repente tengo quince años?

Nos quedamos mirándonos en silencio antes de que ella se apiade de mí y vuelva a hablar.

—Y sí, me apetece pasar la noche contigo y tu manada, lobito —dice, y me guiña el ojo.

Puede que, en respuesta, a mí se me dibuje una enorme sonrisa en la cara que no se me borra en todo el día.

Faye

Si cuando llegue a la mansión esto no es una cita y tiene pensado, yo qué sé, decirme quién es su compañera, pienso colgar a Reese de lo alto de un palo para que todos sus lobos lo puedan apalear con un bate como si fuese una piñata.

—Hola, Faye —me saluda Jacob con una enorme sonrisa cuando me acerco a la puerta. Me toma por sorpresa.

—Buenas noches —le devuelvo el saludo y el gesto con calidez, porque sí, es un chaval encantador—. ¿Sabes dónde está Reese?

—Claro. Me ha hecho quedarme esperando a que vinieses y me ha ordenado —hincha el pecho y procede a imitar a Reese—, que en el mismo momento en el que pusieras un solo pie en la casa, te lleve al jardín con él —se ríe—. Así que mi misión es acompañarte y mantenerte a salvo.

Me gustaría decir que la protección innecesaria de Reese me molesta, pero la verdad es que me complace sobremanera.

Cuando llegamos al jardín, el lugar es una locura. Hay lobos gritando por todos los lados. Otro corriendo, jugando, charlando... de cualquier forma que se te ocurra. Es una maravilla. Se siente como un hogar de verdad y me encanta.

No tardo más de dos segundos en ver al alfa, está delante de la parrilla dándole la vuelta a una carne que no llego a ver desde aquí, pero lo que sí diviso es la forma deliciosa en la que su camiseta se pega a esos brazos que hace un par de días me estuvieron acariciando en el consejo.

Y, uf, tengo que pensar en otra cosa.

Pero es difícil apartar la mirada. Reese se mueve con una gracia natural alrededor de la parrilla, saludando a los miembros de su manada que se acercan a él. Su sonrisa, aunque reservada, le ilumina el rostro cada vez que alguien le habla. Es evidente el respeto que todos le profesan.

Con un suspiro, me armo de valor y comienzo a caminar hacia él. El césped cruje suavemente bajo mis pies y el aroma a carne asada se intensifica con cada paso. Algunos lobos me miran con curiosidad, pero sus expresiones son amables, casi acogedoras.

Cuando estoy a pocos metros, Reese levanta la vista. Nuestras miradas se encuentran y, por un momento, el mundo a nuestro alrededor parece desvanecerse. Una lenta sonrisa se dibuja en su rostro, y hace que el corazón me dé un vuelco.

—Hola —saludo, sintiéndome repentinamente tímida—. Huele de maravilla.

Reese asiente sin apartar los ojos de los míos.

—Me alegro de que hayas venido —dice y su voz grave envía un escalofrío por mi columna—. ¿Quieres probar?

Señala con un gesto la parrilla, donde varios filetes jugosos están terminando de hacerse. Asiento, agradecida por tener algo en lo que centrarme que no sean sus intensos ojos azules.

Mientras Reese prepara un plato para mí, observo el ir y venir de la fiesta a nuestro alrededor. La panorámica que veo es tan hermosa que me hace desear saber más sobre los licántropos. Sobre su manada. Sobre él.

—¿Cómo es ser el alfa? —pregunto, me sorprendo a mí misma por mis palabras. No era algo que esperase decir.

Reese gira la cabeza y me mira como si estuviese evaluando mi interés. Los ojos comienzan a brillarle y el corazón se me acelera.

—¿Sinceramente? —pregunta soltando un suspiro. Asiento como respuesta—. Muchas veces pienso que es como ser el padre de ochenta personas. No escucho más que quejas, disuelvo peleas y estoy todo el día aguantando tonterías.

Estallo en carcajadas.

No es que tuviese en mente cuál podría ser la respuesta, pero desde luego no era esta.

—Suena apasionante —bromeo.

—No te haces una idea.

Reese se ríe y hace que en mi cara se pinte una sonrisa enorme en respuesta.

—Estás muy preguntona hoy —bromea—. Ten cuidado, porque al final voy a pensar que estás interesada en mí.

—Creo que voy a arriesgarme a que lo pienses —le contesto en un tono de voz que, sin pretenderlo, me sale íntimo e insinuante. Nos miramos y una especie de anticipación comienza a cargar el ambiente a nuestro alrededor. Ambos sabemos que es solo cuestión de tiempo que terminemos sucumbiendo el uno al otro, pero, igual que siempre, hacemos como que ninguno de los dos se da cuenta—. Cuéntame, ¿qué hacéis los lobos para divertiros?

Reese me dice de nuevo que soy una preguntona, pero me contesta. Lo hace con un brillo en los ojos que me hace pensar que disfruta contándomelo casi tanto como yo escuchándole. Y, desde ese momento, caemos en una conversación en la que repasamos cómo es su vida en la manada y la mía en la comunidad.

Y casi sin que me dé cuenta, la tarde se va consumiendo.

Cuando cae la noche y todo el mundo en la manada se ha dispersado en grupos —unos están hablando al calor del fuego, otros hacen el idiota cerca del lago y se pelean, porque eso es algo que hacen los lobos de todas las edades sin parar—, su alfa y yo nos colamos en la mansión.

De nuevo, como en las últimas semanas después de que nos acostásemos en el reino de las hadas, no sabría decir quién es el que da el primer paso. Solo sé que terminamos besándonos como si estuviésemos en plena pubertad, fuese nuestro primero beso y quisiéramos aprovechar al máximo el momento. Es como si ambos estuviéramos decididos a que este instante durara para siempre. Nos besamos en el salón, a la entrada del jardín, continuamos en el pasillo de camino a las escaleras, luego Reese me empotra a mitad del ascenso y me coge en brazos, a lo que yo respondo mordiéndole la boca y apretando su cintura con mis piernas y, por fin, terminamos besándonos sobre su cama con las extremidades enredadas.

Esta vez soy yo la que lo obligo a tenderse sobre la cama y lo desnudo poco a poco, deleitándome con cada cresta de sus músculos. Disfruto de cada uno de los estremecimientos que le provoco cuando poso mi boca en cada pedazo de su piel. Y cuando después de someterlo a una tortura me meto su enorme miembro en la boca, a él se le escapa un gemido tan grande seguido de una serie de maldiciones, que hace que sonría como una loca de la pura emoción de verlo deshacerse gracias a mí.

Cuando está a punto de terminar, me agarra de la cabeza para separarme de su miembro dolorido y me tumba en la cama para devolverme el favor. Él sí que me lleva hasta el orgasmo y, cuando lo alcanzo, se sube sobre mí para introducirse en mi cuerpo y alcanzar el suyo.

Es una experiencia absolutamente increíble. Mágica. Brutal.

Lo mejor y lo peor de todo, lo que me hace darme cuenta de que estoy locamente enamorada de Reese y ya ni siquiera me atrevo a negármelo a mí misma, es que disfruto más de tumbarme sobre su pecho cuando estamos saciados que del propio acto en sí. Es aterrador. Me duermo envuelta en él mientras me acaricia el pelo y me da calor con su cuerpo, sabiendo que esta noche va a cambiar el resto de nuestras vidas.

Esta noche marca un inicio porque ya no hay nadie que justifique esta actitud como la pasión del momento. Aquí hay más. Mucho más.

Y estoy dispuesta a reconocerlo.

45

No puedo dejar que esto me destruya

Faye

Noto un movimiento en la cama seguido del suave sonido de la puerta al abrirse, pero sigo luchando por permanecer dormida. Pierdo la batalla cuando el susurro de unas voces llegan hasta mis oídos adormilados.

Me estiro en el mullido colchón mientras las sábanas me acarician el cuerpo. Me siento tan satisfecha y plena que hasta tengo pocas ganas de abrir los ojos. El aroma de Reese me envuelve y una sonrisa se dibuja en mis labios al recordar la noche anterior.

Sin embargo, las voces persisten. Reconozco la de Reese, tensa y baja, como si estuviera tratando de no despertarme. La otra voz es de Dorian. Intento no moverme y finjo seguir dormida mientras agudizo el oído.

—Vaya, vaya, mira quién se ha decidido a dar el paso por fin —susurra Dorian con un tono burlón—. ¿Ya has entrado en razón de una puta vez?

—Cállate, imbécil —gruñe Reese en voz baja—. No es lo que piensas.

—Ah, ¿no? Porque desde aquí parece que por fin has aceptado lo que sientes por Faye.

—Es… complicado —suspira Reese—. No puedo permitirme sentir nada por ella.

—¿Por qué no? —insiste Dorian—. Es tu compañera, joder. Tienes que decírselo.

—No puedo —responde Reese, y capto la frustración en su voz—. No quiero que se sienta obligada a estar conmigo solo por ser mi compañera predestinada.

—Pero la estás engañando —dice Dorian con seriedad—. Cada día que pasa sin que lo sepa es otro día que le mientes. Merece saber la verdad.

—Ya lo sé —responde Reese—. Pero no es tan sencillo. Necesito más tiempo…

—¿Más tiempo para qué? ¿Para seguir negando lo evidente? —le interrumpe Dorian—. Mira, entiendo que tengas miedo, pero no puedes seguir así. Tienes que decirle que es tu compañera.

No escucho el resto. El mundo se detiene a mi alrededor y siento como si me hubieran dado un puñetazo en el estómago. Los oigo marcharse y me molesta decir que tardo unos minutos en entender lo que pasa. En *querer* entender lo que pasa.

Me quedo tumbada bocarriba con los ojos abiertos, mirando el techo sin ver.

Cuando proceso sus palabras, todo cuadra.

Las veces que ha tratado de controlarse y negar la increíble atracción que existe entre los dos. La cantidad de ocasiones que ha dicho que no deberíamos estar juntos. Cada maldita vez que se ha reafirmado en querer romper la unión. Que todos los días desde hace meses haya estado riéndose de mí y luchando para hacer lo que hiciera falta para terminar la poción.

Cada momento que ha pasado a mi lado sabiendo quién

soy yo en realidad y lo tonta que he sido por no darme cuenta antes.

Se ha estado riendo de mí.

Quiere usar mi cuerpo, pero en realidad no le gusto.

Me acerco al borde de la cama y me agarro con fuerza al colchón porque, de pronto, la habitación comienza a dar vueltas a mi alrededor.

Escucho un llanto desgarrado en la estancia y, cuando las lágrimas comienzan a rodar por mis mejillas y a caer sobre mis rodillas, comprendo que el ruido ha brotado de mí.

Me siento absolutamente traicionada.

Todos los sentimientos cálidos y agradables que habían comenzado a despertar en mí se tornan ácidos e incómodos. Me froto la piel de los brazos como si de esa forma pudiese desprenderme de ellos.

Quiero levantarme. Largarme de allí. Pero sé que si me incorporo, las piernas no serán capaces de soportar mi peso.

Y así es como descubro qué se siente cuando te parten el corazón.

El dolor es físico, como si alguien hubiera metido la mano en mi pecho y me estuviera estrujando el corazón. Cada respiración duele, cada latido es una agonía.

Me obligo a levantarme, tambaleándome. Necesito salir de allí, alejarme de todo lo que me recuerde a Reese, a la noche que compartimos, a las promesas silenciosas que creí ver en sus ojos.

Con manos temblorosas, recojo mi ropa y me visto. Cada prenda se siente como una armadura que me protege del mundo exterior, de la verdad que acabo de descubrir.

Mientras me dirijo hacia la puerta, me detengo frente al espejo. La mujer que me devuelve la mirada tiene los ojos hinchados y rojos, el pelo revuelto y una expresión de devastación que nunca antes había visto en mi rostro.

«Esta no soy yo», pienso. No puedo dejar que esto me destruya.

Con un último vistazo a la habitación que hace unas horas me pareció un paraíso y ahora se siente como una prisión, salgo al pasillo. No sé adónde voy, solo sé que necesito alejarme.

Mientras bajo las escaleras tratando de no hacer ruido, me prometo a mí misma que esta será la última vez que alguien, sea quien sea, tenga el poder de hacerme sentir así. Nunca más seré tan ingenua, tan confiada.

Y Reese... Reese tendrá que vivir con las consecuencias de sus mentiras. Porque si cree que puede jugar conmigo de esta manera, está muy equivocado.

Salgo de la mansión con el corazón roto, pero la determinación arde en mis venas. Puede que sea su compañera predestinada, pero eso no significa que tenga que aceptarlo. Si él quiere romper el vínculo, le haré el favor.

Todo lo que podríamos haber tenido juntos acaba de morir esta mañana.

46

¿Por qué el destino sería tan cruel?

Reese

Tengo un mal presentimiento.

Una sensación de malestar me acompaña mientras camino por el solitario y oscuro cementerio hasta el panteón de Faye.

Me detengo frente a la puerta y me froto el pecho a la altura del corazón. Desde hace unos días siento un dolor insoportable en la marca. He llegado a la conclusión de que era porque he tenido varias oportunidades de unirme a mi compañera, de completar el ritual de apareamiento, pero no lo he hecho. Pensaba que era mi lobo castigándome.

Ahora me pregunto si no hay otro motivo.

O quizá estoy preocupado porque no sé nada de Faye desde que se quedó a dormir en la mansión, en mi propia habitación, y estoy muy acojonado de que eso la haya asustado.

¿Cómo le voy a decir ahora que no quiero hacer la poción? ¿Cómo le voy a contar que es mi compañera sin que quiera matarme? Porque lo único que tengo claro en esta vida es que ya no puedo seguir negando esto. La quiero. Quiero que sea mi compañera y, sobre todo, quiero quitarme de encima la preocupación de hacerle daño. Pero no puedo hacerlo de golpe. Necesito tiempo. Terapia. Amor.

Bajo las escaleras del panteón y en el mismo momento en que mis ojos se encuentran con los suyos, rojos y llenos de dolor, intuyo lo que pasa, pero no lo quiero creer. ¿Por qué el destino sería tan cruel?

Intento acercarme a ella para tocarla. Decirle algo que me ayude a borrar el cansancio que veo reflejado en sus facciones, pero no puedo moverme.

Tardo unos segundos en comprender que me ha lanzado un hechizo para paralizarme. De lo que no se da cuenta es de que no hubiera hecho falta que lo hiciera, de que con su actitud lo hubiera logrado igual.

—Me había jurado a mí misma que cuando te tuviese delante, te daría mi más absoluta y fría indiferencia. Me parecía un comportamiento muy digno para mí y lo suficientemente vergonzoso para ti. Pero cuando te he visto bajar las escaleras, me he dado cuenta de que no puedo. —Me mira con desprecio, con una mueca que no le había visto jamás, y lo peor de todo, lo que alcanzo a ver en el fondo de sus hermosos ojos dorados es ese dolor desgarrador que me parte el alma—. Ni siquiera me permites salir de esta con la cabeza alta, así que por lo menos supongo que tendré que conformarme con desahogarme.

Y el mundo se me cae encima porque sé sin lugar a dudas de lo que está hablando. Mi peor pesadilla se está materializando delante de mí.

—Faye. —Es todo lo que le puedo decir. No encuentro las palabras para calmarla y me pregunto, en lo más profundo de mi ser, si esto está pasando porque las Moiras al fin se han dado cuenta de que han cometido un terrible error y quieren librarla de mí.

—Y ahora, si sientes algo de respeto por mí —se le quiebra la voz, pero aprieta los labios y toma una respiración profunda para controlarse; no quiere que vea su debilidad y continúa hablando—, si todo lo que he hecho por ti durante estos meses te importa lo más mínimo, vendrás aquí y echarás el último ingrediente.

Me quedo mirándola sin entender. Sin saber qué debo hacer para que me perdone. Para recuperarla. Para que deje de mirarme como si fuese el monstruo que siempre debería haber sido capaz de ver en mí.

Y ella debe de entender lo que me está pasando por la cabeza.

—No te estoy preguntando, Reese. Ahora la que no quiere ser tu compañera soy yo. Acaba la maldita poción y tómatela para que nos liberes a los dos —me exige enfadada, muy enfadada, pero también rota. Y eso es lo que termina de convencerme.

Nunca he tenido la oportunidad de que fuese mía. Quizá esto es lo mejor para los dos.

Noto cómo me libera del hechizo. Ya no estoy paralizado.

Faye, que ahora reniega de mí como siempre tendría que haber hecho, de nuevo, me lee como si fuésemos compañeros. Sabe que le voy a dar lo que me pide. Lo que necesita. Lo que siempre ha necesitado. Y se aparta de la poción para no estar cerca de mí cuando eche el ingrediente.

Algo se rompe en mi interior ante su desprecio. La garganta se me bloquea y estoy a punto de derramar las lágrimas que llevo reteniendo durante meses.

La veo ponerse al otro lado de la estancia mientras yo me acerco al caldero como si me estuviera dirigiendo a mi condena de muerte. Cuando llego, veo el objeto que ha depositado al lado para que lo lance. Es una cuerda de cuero negro con un pequeño colgante en forma de lágrima en el extremo opuesto. No me hace falta captar el olor que desprende para saber que le pertenece. Lo que solo me rompe un poco más el corazón. No sé por qué me siento tan en carne viva cuando siempre he sabido que esto era lo mejor. Que no llegásemos nunca a ser compañeros. Pensar que podría estar a su lado no ha sido más que un espejismo egoísta.

Levanto la vista y la cruzo con ella y, durante un instante de conexión profunda, percibo todo el dolor de Faye, toda la impotencia y, en especial, la traición que siente. Pero ella la rompe de golpe al apartar la mirada hacia su reloj.

—Cuando te diga, lo echas —repite lo mismo de siempre, pero hoy nada se parece a lo que hemos vivido durante meses. Hoy una sensación de pérdida sobrevuela el ambiente y hace que todo tenga menos brillo y sea más feo—. En tres, dos —empieza la cuenta atrás—, uno... Ahora —ordena y solo titubeo un instante antes de lanzarlo.

Ambos nos quedamos mirando la poción, que lanza una bola de humo como si lo que hemos creado fuese una bomba nuclear capaz de fulminarlo todo en diez kilómetros a la redonda. Y puede que sea así, o que solo sean nuestros corazones los que van a perecer.

Ni siquiera sé qué decir.

—Y ahora que ya hemos terminado, ni se te ocurra acercarte a mí nunca más. Esta es la última vez que estamos juntos. No quiero volver a verte en la vida —advierte, y sus palabras me desgarran un poco más, aunque las merezco—. Si lo haces, usaré mi magia para dañarte. Y si eso no te importa, te advierto, Reese, que seguiré con las personas que quieres —asegura con firmeza.

Luego recita unas palabras que noto que me dejan paralizado de nuevo, pero ni siquiera lucho contra eso. La dejo hacer. La sigo con la mirada mientras se acerca a la estantería, toma un vial y se acerca al caldero asegurándose de que está lo más lejos posible del lugar donde me ha dejado con el hechizo.

La observo verter unas cuantas gotas y rellenar el vial antes de dejarlo sobre la mesa.

—Aquí tienes tu poción. Tómatela y olvídate de que existo. —Me lanza una mirada furibunda, pero capto un movimiento apenas perceptible en su barbilla, como si estuviera al borde del llanto. Está sufriendo con esto. No solo está cabreada. Y saberlo me mata todavía más—. Adiós.

Da media vuelta y la veo ascender las escaleras y, al mismo tiempo, siento cómo se me desprende el corazón del cuerpo y se va con ella.

En el fondo, ha terminado pasando lo que tenía que suceder.

Faye siempre ha sido demasiado buena para mí, y hasta las Moiras han advertido que estaban equivocadas.

47

Ya era hora de que lo reconocieses, amigo

Reese

He cometido el peor error de mi vida.

El vial de cristal descansa sobre mi escritorio, su contenido brilla con una luz tenue y etérea. Llevo horas mirándolo fijamente, como si de alguna manera pudiera encontrar las respuestas que busco en sus profundidades iridiscentes. La poción que Faye preparó con tanto cuidado —la misma que yo le pedí que hiciera— ahora se burla de mí con su mera existencia.

Extiendo la mano hacia el frasco. Rozo el cristal frío con los dedos, pero no lo agarro. No puedo. Cada vez que intento cogerlo, siento como si una mano invisible me aplastara el corazón.

«Cobarde», me susurra una voz en mi cabeza. Suena sospechosamente como la de Faye.

Aprieto la mandíbula y cierro los ojos, recordando la última vez que la vi. El dolor en su mirada, la traición escrita en cada línea de su rostro. Yo causé eso. Yo, que me juré protegerla, que prometí que nunca le haría daño. Yo, que quise hacer la poción para liberarla del vínculo.

Se me escapa un gruñido bajo de la garganta. Mi lobo se

retuerce inquieto bajo la piel al sentir mi angustia. Quiere ir tras ella, reclamarla como nuestra. Pero no puedo. No después de lo que hice.

El sonido de la puerta abriéndose de golpe me sobresalta. El aroma familiar de Dorian inunda la habitación incluso antes de que lo vea.

—¿Qué cojones estás haciendo, Reese? —me pregunta tras irrumpir en mi despacho, donde llevo encerrado más horas de las que soy capaz de recordar.

—Estoy poniendo al día la contabilidad —respondo, pese a saber que no es eso lo que pregunta.

—Eres un cobarde y un idiota —me echa en cara muy enfadado, pero yo no reacciono. No tengo energía para ello. Que diga lo que le dé la gana.

—Le estoy dando el espacio que me pidió —respondo y me concentro de nuevo en los papeles que tengo extendidos sobre la mesa.

—Eso es porque no te preocupas lo más mínimo por ella. Si no, no te comportarías así —sentencia, y ahí es cuando exploto. Podría haber permitido cualquier comentario hacia mí, pero no hacia ella. Nunca hacia ella.

Nadie puede poner en duda que la quiero con cada gramo de mi ser.

Algo dentro de mí se rompe. Puedo soportar que me insulte, que me llame cobarde, pero que insinúe que no me importa Faye... Un gruñido animal surge de mi pecho mientras me levanto de un salto y golpeo el escritorio con ambas manos.

—No te consiento que la nombres. Y mucho menos que pongas en tela de juicio mi amor por ella. —Las palabras salen en un rugido bajo cargado de emoción contenida—. La quiero más que a nadie en este mundo, maldita sea. Es perfecta. Inteligente. Valiente. Divertida. Y es lo más hermoso que existe sobre la faz de la Tierra.

Para mi sorpresa, los ojos de Dorian brillan con algo parecido a la satisfacción.

—Ya era hora de que lo reconocieses, amigo. —Una sonrisa se extiende lentamente por su rostro—. Y ahora, ¿qué vas a hacer para recuperar a la mujer de tu vida? A tu compañera.

—No soy bueno para ella.

—Deja de decir esa gilipollez, Reese. No serías capaz de hacerle el más mínimo daño.

Me dejo caer de nuevo en la silla, siento como si toda la energía hubiera abandonado mi cuerpo.

—No lo sé —admito en voz baja—. La he cagado tanto...

Dorian se acerca y me apoya una mano en el hombro.

—Sí, la has cagado. Monumentalmente. Pero ¿sabes qué? No es tarde. A Faye le gustas, idiota. Solo tienes que demostrarle que merece la pena arriesgarse contigo.

Miro el vial de nuevo y, por primera vez en días, siento algo parecido a la esperanza.

—¿Y si no me perdona?

—Entonces lucharás por ella hasta que lo haga —responde Dorian con firmeza—. Eres un alfa, joder. Compórtate como tal.

Asiento lentamente y noto que la determinación comienza a reemplazar a la desesperación. Tiene razón. He sido un cobarde al esconderme aquí, ahogándome en mi propia miseria. Es hora de actuar.

Me levanto, esta vez con un propósito.

—Necesito ver a Minerva —digo, más para mí que para Dorian—. Ella sabrá qué hacer. Voy a organizarlo todo para ir a buscarla mañana. Te tendrás que quedar con la manada.

—Ya sabes que siempre haré lo que haga falta por ti. Ve a

por tu pareja. —Dorian sonríe, dándome una palmada en la espalda.

Mientras salgo de la oficina, siento como si me hubiera quitado un peso de los hombros. No será fácil, lo sé. Faye tiene todo el derecho a estar furiosa conmigo. Pero lucharé por ella. Por nosotros.

Porque ella es mi compañera.

Porque me hubiese enamorado de ella aunque no estuviésemos destinados.

Porque me he enamorado de ella a pesar de que no sé amar.

Porque estoy seguro de que ella me enseñará a hacerlo.

Faye

Estoy tumbada en el sofá, envuelta en una manta y con la mirada perdida en algún punto indefinido del techo. El timbre suena, pero lo ignoro. Vuelve a sonar, esta vez con más insistencia. Suspiro con pesadez y me levanto a regañadientes.

Al abrir la puerta, me encuentro con el rostro serio de Tariq.

—Faye, ¿por qué no has venido hoy a trabajar? —pregunta sin saludar siquiera.

Me apoyo en el marco de la puerta y de repente me siento agotada.

—Me encuentro mal —respondo escueta.

Tariq me estudia con la mirada, sospechoso, con los ojos entrecerrados.

—¿Mal? —repite, su tono cargado de incredulidad—. ¿Tan mal como para no avisarme?

Bajo la mirada, incapaz de sostener la suya. No porque

me sienta culpable, sino porque temo que pueda ver a través de mí, que pueda percibir el hastío y la desilusión que me consumen. El dolor del corazón roto que me acompaña. No quiero que lo descubra.

—Lo siento —murmuro solo para apaciguarlo y que mi fachada se sostenga un poco más. ¿Por qué? No lo sé. Puede que sea por costumbre.

Fingir me sale tan natural casi como respirar.

Tariq suspira, y percibo su decepción como si fuera una presencia física entre nosotros.

—No esperaba que fueras a fallar de esta manera, Faye —dice finalmente; cada palabra cae como una losa sobre mis hombros—. Me has decepcionado. Has hecho que tenga que acelerar las cosas —dice, y sé que se refiere a que va a buscar una nueva ayudante, pero me da lo mismo. Casi que me estaría haciendo un favor si lo hace. No queda energía dentro de mi cuerpo para preocuparme por eso ahora.

Sin esperar una respuesta, se da la vuelta y se marcha. Cierro la puerta y regreso al sofá. Las lágrimas que he estado conteniendo durante todo el día al fin se desbordan.

No lloro por haber decepcionado a Tariq. Lloro por mí misma, por anhelar cosas que no puedo tener. A Reese. Una vida diferente. Por la presión constante de ser alguien que no soy, de perseguir metas que no me interesan.

48

Pero lo único que estaba viviendo era una mentira

Faye

El reflejo en el espejo me devuelve una mirada vacía. Llevo días tratando de convencerme de que estoy bien, de que puedo seguir adelante como si nada hubiera pasado. Como si Reese no me hubiera destrozado el corazón en mil pedazos.

Menuda gilipollez.

Aparto la mirada y me dirijo a la cocina. Necesito un café. O algo más fuerte.

—Buenos días, cariño —me saluda mi madre cuando entro. Su sonrisa se desvanece al ver mi aspecto—. Faye, cielo, ¿has dormido algo?

—Estoy bien —respondo automáticamente. La mentira sale de mis labios con facilidad. Es lo que he estado diciendo durante días. A ella. A mí misma. A cualquiera que preguntase.

Mi madre frunce el ceño, pero no insiste. En su lugar, me sirve una taza de café y la coloca frente a mí.

—Tariq ha preguntado por ti —dice con aire casual—. Dice que llevas días sin aparecer por su despacho.

Reprimo un suspiro. Lo último que necesito ahora es lidiar con Tariq y sus expectativas. O con las de mi madre, si soy sincera. ¿Por qué no me pueden dejar que me hunda tranquila en mi propia mierda?

—No me siento con fuerzas para ir a trabajar.

No añado que ya no le veo el sentido. Empecé con él para descubrir la verdad sobre mi abuela y luego continué para mantener la fachada de bruja perfecta que he representado toda la vida. Pero ahora... ahora no tengo ni ganas ni energía para seguir fingiendo. ¿Qué más me da lo que piense Tariq? ¿Qué más me da lo que piense nadie?

—Faye... —empieza mi madre, pero la interrumpo.

—Mamá, por favor. No quiero hablar. De verdad que no quiero. Solo necesito unos días más para mí misma. Tampoco estoy pidiendo tanto.

Ella asiente, resignada. Aunque veo que no está de acuerdo. Tampoco es que esperase otra cosa. Nunca hemos estado de acuerdo en nada.

—Vale, pero sabes que tarde o temprano tendrás que enfrentarte a... lo que sea que esté pasando.

Estoy segura de que cualquier otra madre, una con la que hubiera construido una relación de confianza y amor, hubiera insistido hasta que le dijese la verdad. La mía, no. Ella retira la mirada y se centra en su propio desayuno.

Solo hay una persona con la que puedo hablar de lo que me ha pasado. Levi. Él siempre ha sido una constante en mi vida, viendo el valor que otros no han visto. Quizá por eso llevo días evitándolo, porque me avergüenza tener que contárselo todo. ¿Cómo le voy a explicar que me he enamorado del hombre equivocado? ¿Que he sido tan estúpida como para creer que alguien como Reese podría quererme de verdad? Pero, lo que más vergüenza me da es decirle que yo era la compañera de la que él se ha querido deshacer todo este tiempo. Levi sabía cómo estaban las cosas entre nosotros.

Pensaba que todo iba de maravilla. Era lo mismo que creía yo. Pero lo único que estaba viviendo era una mentira.

¿Cómo le voy a decir eso cuando no me lo puedo reconocer ni a mí misma?

Se va a cabrear mucho con Reese. Y lo que menos quiero es tener que mediar entre ellos. No quiero volver a verlo.

Me termino el desayuno y entro en mi habitación para vestirme. No puedo alargarlo más.

—¿Vas al trabajo? —me pregunta mi madre esperanzada al ver que me he cambiado, sé cuánto odia que no cumpla con mis obligaciones.

Por eso sé lo mal que se va a tomar mi respuesta antes de que se la dé.

—No, voy a casa de Levi.

—Faye... —comienza a echarme la bronca, pero le lanzo una mirada de advertencia.

—Por una vez, mamá, respeta mis necesidades.

Salgo de casa antes de que pueda decir nada más. El aire fresco de la mañana me golpea la cara y, por un momento, me permite respirar un poco mejor. Camino despacio, sumida en mis pensamientos, hasta que me doy cuenta de lo que estoy haciendo. Estoy alargando el momento por miedo. Pero no puedo seguir soportando este dolor yo sola.

Subo hasta su casa y cuando abro, su espacio personal me abraza como si fuese un amigo, me hace sentirme en mi hogar al momento. Miro mi reloj, es muy pronto y todavía estará dormido durante horas, pero necesito sentir su cariño, así que decido entrar en su habitación para tumbarme con él y tomar un poco del consuelo que solo su presencia me puede proporcionar.

Mientras mis ojos se acostumbran a la oscuridad, camino hacia la cama y me detengo cuando descubro que está vacía.

—¿Dónde estás, Levi? —pregunto en alto a nadie en particular.

Me siento sobre el colchón y saco el móvil para mandarle un mensaje, aunque sé que no lo verá hasta que no se despierte al anochecer. Odio no estar con él ahora, pero seguro que está pasando la noche con alguien especial. Si no, no estaría por ahí.

Me quedo un par de minutos más aquí, cargándome antes de decidir irme a casa.

No tardo en llegar a la calle de la tienda. Voy tan sumida en mis propios pensamientos que no me doy cuenta de que alguien me está llamando hasta que no me agarran del hombro.

—Faye, querida. Qué alegría verte.

Me vuelvo para encontrarme cara a cara con Minerva. Su sonrisa es cálida, pero hay algo en sus ojos... ¿Preocupación?

—Minerva —saludo tratando de mantener la compostura. No es que no me alegre de verla, pero...—. ¿Qué haces aquí?

—He venido para hablar contigo —responde con un gesto vago de la mano—. Y me alegro de haberte encontrado tan fácilmente. Hay algo que necesito contarte. Es sobre tu abuela. —Termina la frase en un susurro.

El corazón me da un vuelco.

—¿Mi abuela? ¿Qué pasa con ella?

Minerva mira a su alrededor, como si temiera que alguien pudiera escucharnos.

—Aquí no —dice en voz baja—. Ven conmigo.

Mientras la sigo, no puedo evitar sentir que algo no va bien.

¿Qué está pasando?

Estoy tan dolida por la traición de Reese que me había olvidado completamente de mi objetivo, lo que solo hace que me sienta peor conmigo misma.

Una cosa está clara: mi vida está a punto de complicarse aún más. Y yo que pensaba que ya había tocado fondo...

Minerva me guía hasta un pequeño café cercano. El lugar está prácticamente vacío a esta hora de la mañana, lo que parece satisfacerla. Nos sentamos en una mesa apartada y espera a que la camarera nos traiga dos tazas de té antes de hablar.

—Faye, querida —comienza, su voz suave pero cargada de preocupación—. He estado investigando sobre lo que le pasó a tu abuela.

Contengo el aliento.

—¿Has descubierto algo?

Minerva asiente lentamente.

—Creo que sí, pero... —Hace una pausa, mirando alrededor para asegurarse de que nadie nos presta atención—. No es lo que esperábamos.

—¿A qué te refieres? —pregunto, inclinándome hacia delante.

—Tu abuela... —Minerva baja la voz—. Creo que la incriminaron.

Siento como si el aire abandonara mis pulmones.

—¿Qué?

—El ritual por el que la acusaron... Hay algo que no cuadra —explica—. He estado revisando antiguos grimorios y textos prohibidos. El tipo de magia que supuestamente usó tu abuela... no es lo que parece.

—Pero... ¿por qué? ¿Quién haría algo así? No entiendo. —La cabeza me da vueltas, tratando de procesar esta información.

Minerva me mira con fijeza, sus ojos tan serios que se me hiela la sangre.

—Eso es lo que me preocupa, Faye. Creo que alguien en el consejo de Nueva York está involucrado.

—¿Alguien del consejo? —repito sopesando su significado. Eso explicaría por qué siempre me ha resultado tan difícil dar con la información sobre lo sucedido. La han ocultado.

Minerva no responde directamente, pero su silencio es suficiente confirmación.

—No puedo estar segura, pero... ten cuidado, Faye. Hay más en juego de lo que crees.

—¿Por qué me cuentas esto ahora? —pregunto, la sospecha creciendo en mi interior.

Minerva suspira.

—Porque creo que estás en peligro. He venido para decírtelo y ahora voy a buscar a Reese.

No puedo evitar reaccionar ante su mención y ella, siendo tan perspicaz como ha demostrado ser desde que la conocí, se da cuenta. Entrecierra los ojos y me observa.

—¿Está todo bien? —pregunta.

—Sí, perfectamente —aseguro, porque no quiero hablar con ella sobre Reese y la forma en la que se ha reído de mí.

No creo que esta mujer, que lo quiere como a un hijo, pueda ser neutral con él. No quiero tener que hablar con nadie que intente justificar su comportamiento.

—Ya veo —comenta inclinándose para coger su taza de té y beber un sorbo antes de seguir hablando; entiende que no quiero contarle lo que me pasa—. De momento ándate con cuidado hasta que descubra algo más. He venido con el pretexto de que me han enviado del consejo de Nueva Orleans para buscar unos hechizos. Eso me dará unos días de margen para poder investigar sin levantar sospechas. Además, nadie sabe que Reese es nuestro vínculo en común. Te mantendré al día.

Sus palabras hacen que me recorra un escalofrío. Odio que él esté tan presente en mi vida. Que Minerva dé por hecho que somos amigos. Nunca lo hemos sido. Esa es la cuestión. Él solo ha estado conmigo por interés. Porque era la única capaz o que estaba dispuesta a ayudarlo a librarse de mí. Es patético. He sido patética.

—Quiero ayudarte. Déjame investigar contigo —me ofrezco de inmediato. Necesito estar entretenida con algo. Algo que de verdad me importe.

—No puedes, llamaríamos demasiado la atención —dice, y maldigo cuando comprendo que tiene razón.

Por mucho que me apetezca inmiscuirme, no me merece la pena arriesgar la tapadera de Minerva si ella tiene la oportunidad de descubrir algo sobre mi abuela.

Serán solo unos días de inactividad. Puedo soportarlo. Solo necesito salir con Levi a conseguir trabajos nuevos. Eso me mantendrá lo suficientemente ocupada.

—Odio no poder hacer nada. Si me necesitas, solo tienes que decirlo y estaré donde haga falta de inmediato.

—No tengo la menor duda —asegura, y extiende su mano sobre la mesa para tomar la mía—. Por ahora actúa con normalidad. Pero mantén los ojos abiertos.

—Siempre. Si veo algo sospechoso, te lo haré saber.

—Perfecto, Faye. Me alojaré en casa de Reese, para que vayas a buscarme allí si me necesitas —dice su nombre esperando ver mi reacción, pero me obligo a no mostrarle nada.

—Lo tendré en cuenta.

Nos centramos en terminar nuestras bebidas. Luego nos despedimos, pero yo me quedo un rato más en la cafetería, todavía no me apetece ir a casa.

La veo marcharse, dejándome con más preguntas que respuestas y una sensación de inquietud que no puedo sacudirme de encima.

49

Eres un idiota

Reese

Lanzo una camiseta a la mochila sin molestarme siquiera en doblarla, mucho menos en ver si ha entrado. Mi mente está muy lejos de aquí, con Faye, y me pregunto si lograré que me perdone alguna vez. Si conseguiré que me escuche. Cada día sin ella es un recordatorio constante de lo cabrón que he sido y de lo mucho que la he decepcionado. Si las cosas hubieran sido a la inversa... Sí, tiene todo el derecho del mundo a estar furiosa conmigo.

—¿Vas a alguna parte?

La voz de Minerva me sobresalta y eso por sí solo habla de que estoy al borde de perder los nervios. Normalmente, mis sentidos me alertarían de cualquier presencia mucho antes de que llegara a mí. Me doy la vuelta y me la encuentro apoyada en el marco de la puerta de mi habitación, una ceja arqueada y una expresión que no augura nada bueno. Su mirada penetrante parece leer cada uno de mis pensamientos.

—Minerva —digo sorprendido—. ¿Qué haces aquí? Estaba a punto de ir a verte. A Nueva Orleans —añado haciendo hincapié en el nombre de su ciudad—, ¿qué estás haciendo en Nueva York?

Ella entra con paso decidido y cierra la puerta tras de sí. El aire parece cargarse de una energía expectante, como si el universo supiera que esta conversación va a suponer un punto de inflexión. Yo por lo menos lo noto sobre mi piel.

—He venido para veros. He descubierto algo importante.

No la dejo continuar. La necesitaba y ahora ella está aquí. Luego la ayudaré en lo que sea que quiera. El corazón me late con fuerza, ansioso por encontrar una solución, una forma de arreglar el desastre que he causado.

—Necesito tu ayuda —suelto sin preámbulos. Las palabras salen atropelladas de mi boca.

Minerva asiente y se sienta en el borde de la cama. Sus ojos, llenos de sabiduría, me miran con una mezcla de comprensión y reproche.

—Es sobre Faye, ¿verdad?

Me quedo paralizado, la sorpresa evidente en mi rostro.

—¿Cómo...?

—Reese, sabes que tengo el don de la clarividencia —dice ella con un tono de ligera exasperación, como si le estuviera explicando algo obvio a un niño—. Supe que Faye era tu compañera desde el momento en que la vi contigo. ¿Por qué crees que he estado investigando sobre su abuela?

Me dejo caer a su lado, aturdido. La revelación me golpea con fuerza, me deja sin aliento. Minerva lo sabía.

Estoy avergonzado.

—¿Lo has sabido todo este tiempo? —pregunto, mi voz apenas un susurro.

Ella asiente; su expresión se suaviza ligeramente.

—Y he estado esperando a que entraras en razón, que dejases a un lado tus traumas y te atrevieses a estar con ella. Pero eso no ha sido lo que ha pasado, ¿verdad? —Hace una pausa, sus ojos instándome a hablar—. Ahora cuéntamelo todo.

Y lo hago. Las palabras fluyen de mí como un torrente, liberando todo lo que he estado guardando durante meses. Le hablo sobre mi miedo a lastimarla, mi estúpida idea de alejarla, cómo terminé haciendo exactamente lo que quería evitar: dañarla. Con cada palabra, siento el peso de mis errores, la magnitud de mi estupidez.

Cuando termino, Minerva me mira en silencio durante un largo momento. Su mirada es intensa, como si estuviera sopesando cada una de mis palabras.

—Eres idiota —responde sin rodeos, con la voz cargada de frustración—. ¿En qué estabas pensando, Reese? ¿Creíste que mentirle a tu compañera sería la mejor solución?

—Yo... —comienzo, pero me interrumpe con un gesto brusco.

—No, cállate. Ahora me vas a escuchar tú a mí. —Sus ojos brillan con determinación, y sé que lo que viene no va a ser agradable, pero sí necesario—. Faye no es una muñeca de porcelana que necesite tu protección. Es una bruja poderosa, una mujer fuerte. Y merecía saber la verdad. Tomar la decisión de si aceptaba o no esta unión por ella misma. No eres quién para decidir su destino.

Sus palabras me golpean como un puñetazo y me saca el aire de los pulmones. Tiene razón, por supuesto. He sido un idiota al dejar que mis miedos e inseguridades dictaran mis acciones, al herir a la persona que más me importa en el proceso.

—Necesito que me ayudes a arreglarlo —le pido; odio lo desesperado que sueno, pero soy incapaz de ocultar mi angustia.

Minerva suspira. Su expresión se suaviza un tanto.

—No será fácil. Estoy segura de que la has herido profundamente, Reese. Tienes que entender que, llegado este momento, solo vas a poder llegar a ella si de verdad le abres tu corazón.

Me mira con una mezcla de compasión y determinación. Sus siguientes palabras son como un bálsamo para mi alma atormentada.

—No todo está perdido, Reese. El vínculo entre compañeros es poderoso, va más allá de nuestro entendimiento. Pero tienes que estar dispuesto a ser vulnerable, a mostrarle tu verdadero yo a Faye. Que sea tu compañera no es la única forma de estar juntos. El destino os puede juntar de todas formas. O puede ser que lo ancestral siempre encuentre la forma de recomponerse y volveros a unir.

Sus palabras me atraviesan, llegan hasta lo más profundo de mi ser. La idea de abrirme por completo, de exponer todas mis inseguridades y miedos, me aterra. Pero por Faye estoy dispuesto a intentarlo. Por ella estoy dispuesto a enfrentarme a mis demonios.

—¿Cómo puedo hacerlo? —pregunto sintiéndome perdido, buscando guía. Para esto mismo la necesitaba. Ella siempre me ha mostrado amor.

—Empieza por la verdad. Toda, Reese. Sin omisiones, sin medias tintas. Y luego —hace una pausa, sus ojos brillando con sabiduría—, demuéstrale con acciones que estás dispuesto a cambiar, a ser mejor por ella y contigo mismo. Que estás dispuesto a permitirte amar. A dejar que otros te amen. Que ella te ame.

La intensidad de la conversación comienza a abrumarme. Siento como si estuviera desnudo emocionalmente frente a Minerva, todas mis inseguridades y miedos expuestos. Necesito un respiro, un momento para procesar todo lo que hemos hablado.

—Gracias, Minerva. Lo haré —digo tras aclararme la garganta para tratar de recuperar algo de compostura—. Pero ahora dime, ¿qué estás haciendo en Nueva York?

El rostro se le ensombrece y me recuerda que aquí hay más en juego aparte de mis problemas personales.

—He estado investigando los asesinatos de la abuela de Faye y su posterior muerte. Reese..., tengo la fuerte sospecha de que alguien del consejo de esta ciudad estuvo involucrado.

Un escalofrío me recorre la espalda, el miedo se instala en mi estómago.

—¿Qué quieres decir?

—Las evidencias no cuadran. Hay inconsistencias en los informes, testimonios que desaparecieron... —Minerva sacude la cabeza, la frustración evidente en su voz—. Alguien con mucho poder ha estado ocultando la verdad.

La preocupación me invade y eclipsa por un momento mis propios problemas. Si Minerva tiene razón, Faye podría estar en peligro. La idea de que alguien pudiera lastimarla hace que me hierva la sangre.

—Tengo que contárselo a Faye —digo y me levanto de la cama. La ansiedad crece en mi pecho y amenaza con ahogarme.

Joder. No soporto que pueda estar en peligro.

—Tranquilo, Reese. He estado hablando con ella antes de venir —explica Minerva; su voz calmada contrasta con mi agitación—. Le advertí que fuera cautelosa, que no confiara ciegamente en nadie del consejo. No la conozco mucho, pero tengo la sensación de que es una mujer con mucho carácter y está decidida a descubrir la verdad sobre su abuela.

Se me forma un nudo en el estómago. La imagen de Faye enfrentándose sola a un peligro desconocido me aterra. Sé que es fuerte, que puede cuidarse sola, pero el instinto de protegerla es abrumador.

—Joder, necesito hablar con ella. Tengo que ir a buscarla —digo caminando ya hacia la salida. Mi cuerpo moviéndose por puro instinto—. Necesito protegerla.

—Reese. —La voz de Minerva me detiene, firme pero comprensiva—. Recuerda lo que hemos hablado. No la trates como alguien indefenso. Está en su derecho de buscar la verdad. Tu trabajo es estar a su lado, apoyarla, no controlarla.

Sus palabras me hacen detenerme, obligándome a respirar profundo. Tiene razón, como siempre. No puedo cometer los mismos errores otra vez. Necesito confiar en Faye, en su fuerza y capacidad.

Y no por primera vez me siento agradecido por tener a Minerva en mi vida. Su sabiduría y guía han sido un faro en mis momentos más oscuros.

—Gracias por todo, no sé qué haría sin ti —le digo y noto el nudo de emoción atascarse en mi garganta.

Minerva abre mucho los ojos, como si pensase que jamás me escucharía decir eso.

Se acerca a mí con pasos rápidos antes de envolverme en un abrazo. Es un poco ridículo, ya que le saco más de una cabeza y no consigue abarcar todo mi cuerpo con sus brazos, pero yo siento como si me estuviese arropando con su amor.

—Esa muchacha ya te ha cambiado, cariño —dice, y capto la emoción en su voz—. Solo por que haya conseguido que conectes con tus sentimientos le estaré eternamente agradecida.

Nos abrazamos durante un minuto antes de que me separe y vaya en busca de Faye. Ella es todo en lo que puedo pensar.

El miedo y la preocupación se mezclan en mi pecho, creando una tormenta de emociones. Miedo de que le pueda pasar algo. Preocupación por que me mande a la mierda. Solo espero que no me expulse en el mismo momento en que me vea y me deje hablar. Necesito esta oportunidad para arreglar las cosas, para demostrarle que estoy dispuesto a cambiar, a ser el compañero que se merece.

Quiero estar a su lado ahora que tenemos algo que investigar sobre su abuela.

Con un último vistazo a Minerva, salgo de la habitación, determinado a enfrentar lo que sea que el destino tenga preparado para mí. Por Faye, por nuestro futuro juntos, estoy dispuesto a luchar contra todo y contra todos.

50

La sangre se congela en mis venas

Faye

Me estoy volviendo completamente loca.

Me estoy muriendo de los nervios.

Marco el número de Levi y contengo el aliento. En esta ocasión ni siquiera da tono. La llamada va directa al buzón de voz. Maldigo por lo bajo, la preocupación crece en mi pecho con cada intento fallido de contactar con él.

Pero, aun así, tras unos minutos vuelvo a intentarlo.

—Vamos, contesta —murmuro tras marcar su número por enésima vez mientras camino por las calles oscuras de Nueva York.

La noche ha caído hace horas y, con ella, mi ansiedad ha ido en aumento. No es propio de Levi desaparecer así, sin dejar rastro. Sin mandarme aunque sea un simple mensaje.

Primero fui a su apartamento, esperando encontrarlo allí, pero solo me recibió el silencio. Luego probé en la discoteca, pensando que quizá se había quedado atrapado en algún asunto vampírico, pero tampoco tuve suerte.

Ahora, mis pasos me llevan al panteón, el último lugar donde se me ocurre buscar.

Como no esté aquí, más le vale tener una buena excusa

cuando lo encuentre o pienso asesinarlo con mis propias manos. Nada de magia. Solo una bruja contra un vampiro.

Cuando llego, el cementerio está sumido en una quietud inquietante, las lápidas proyectan sombras fantasmales bajo la luz de la luna. Aprieto el paso y entro en el panteón. Cuando lo encuentro vacío, estoy a punto de echarme a llorar de la tensión.

—Joder, Levi. ¿Dónde estás?

Voy hacia la estantería donde tengo los libros más actuales y saco *Nuevas formas de búsqueda*. Ya que la tecnología no me ha dado resultado hasta ahora, voy a buscarlo con magia. Me da exactamente igual si no quiere que lo encuentren. Soy su mejor amiga. No puede desaparecer sin decirme nada.

Estoy tan concentrada en mi búsqueda que casi no escucho que hay alguien más en la sala hasta que no lo tengo a mi lado.

—Faye.

Su voz grave rompe el silencio de la noche, sobresaltándome. Me doy la vuelta para encontrarme cara a cara con Reese, sus ojos azules brillan con una mezcla de preocupación y algo más que no logro descifrar.

—¿Qué haces aquí? —espeto, la irritación se mezcla con el alivio que siento al verlo. Maldita sea, ¿por qué una parte de mí se alegra de su presencia? Lo odio, joder. No quiero volver a tener nada que ver con él en la vida.

—Te estaba buscando —responde, dando un paso hacia mí—. Necesitamos hablar.

—Ni se te ocurra acercarte —le advierto señalándole con el dedo—. Te advertí que si lo hacías, te expulsaría. Y no pienso faltar a esa palabra.

—Faye, por favor, escúchame —repite dolorido, como si

fuese yo la que le está haciendo daño. La desfachatez que tiene este lobo.

—No. No pienso hacerlo. Te has estado riendo de mí, Reese. Me has fallado —digo, y odio que se me quiebre la voz. Dejo de hablar porque no me siento capaz de continuar sin romper a llorar y no quiero darle esa satisfacción.

Noto la familiar punzada de dolor en el pecho, los recuerdos de su traición todavía frescos.

—Te lo pido por favor. Vete —le digo sin fuerzas. Siento tantas emociones a la vez que estoy destruida. Vacía, sin energía—. Ahora no es el momento, Reese —añado, tratando de mantener la voz firme—. Estoy buscando a Levi. No logro localizarlo y estoy preocupada.

No sé por qué se lo digo. Y me odio a mí misma cuando me doy cuenta de que es porque, en un mundo ideal en el que no me hubiera rechazado como su compañera, me gustaría que estuviera a mi lado para apoyarme. Para no tener que pasar este momento tan angustioso sola.

Quizá estoy exagerando, fruto de la tensión y los nervios, pero necesito que a alguien le importe.

La expresión de Reese cambia, la preocupación se hace más evidente en él. Y se me constriñe el corazón.

Y no me gusta nada. Por permitirle tener ese poder sobre mí.

—¿Hace cuánto que no sabes de él?

—Desde esta mañana —respondo. Detesto lo vulnerable que me siento al compartir esto con él—. No es normal. Algo no está bien.

Reese asiente, su postura cambia sutilmente. Reconozco la determinación en sus ojos, el alfa en él ha tomado el control.

—Te ayudaré a buscarlo —dice, y antes de que pueda protestar, añade—: Dos pares de ojos son mejores que uno. Y tengo contactos que podrían ser útiles.

Quiero rechazar su ayuda, mantener la distancia que tanto me ha costado establecer. Pero la imagen de Levi en peligro me hace tragarme mi orgullo.

—Solo accedo por él —le dejo claro—. Esto no cambia nada entre nosotros, ¿entendido? Cuando lo encontremos, no quiero volver a verte.

Reese asiente, pero una sombra de dolor le cruza el rostro antes de que pueda ocultarla.

—Lo entiendo. Solo quiero ayudar.

Justo cuando estoy a punto de sugerir nuestro próximo movimiento, me suena el teléfono, sobresaltándome. El nombre de mi amigo parpadea en la pantalla y siento que el peso de mis hombros se esfuma.

—¡Levi! —contesto, el alivio evidente en mi voz—. ¿Dónde diablos has estado, idiota? He estado muy preocupada por ti. Como me digas que estabas tan tranquilo liándote con alguien esta noche, Nueva York tendrá un vampiro menos.

Espero escuchar su risa al otro lado de la línea, pero cuando hablan, no es su voz.

La sangre se congela en mis venas.

51

No puedo permitir que te pase nada malo

Reese

No hace falta que Faye me diga que algo malo está sucediendo. La expresión de su cara lo dice por sí misma. Tiene los ojos abiertos por la sorpresa y se le están volviendo ligeramente aguados por las lágrimas contenidas.

Doy un paso hacia ella. No necesito pensarlo de forma consciente, es todo lo que el instinto me pide: consolar a mi compañera y matar a la persona que haya dibujado esa expresión en su rostro. No puedo imaginar a Levi dañándola bajo ninguna circunstancia, pero si se atreve, descubrirá que no le dejaré vivir otro día para que vuelva a hacerlo.

Cuando escucho la voz que sale por el auricular al acercarme, me sorprendo al reconocer a Tariq. Dios, si le ha pasado algo al vampiro, Faye se va a querer morir. Me pregunto dónde lo habrá encontrado. ¿En una discoteca medio muerto? ¿En un callejón intoxicado por beber mala sangre de nuevo? Un sinfín de escenarios horribles se dibujan ante mis ojos. Quiero abrazar a Faye, enterrarla en mi pecho, hacer lo que sea para borrar la desesperación de su rostro.

Me cuesta un rato procesar las palabras que capto. Frases inconexas que no tienen ningún sentido. «Reúnete conmigo». «Me has obligado a hacerlo». «Tienes una hora». Me acerco más. Suena como la voz del brujo jefe, pero no puedo estar oyendo bien. ¿Les pasa algo a mis sentidos?

—¿Qué sucede, Faye? —pregunto y alargo la mano para tratar de rozarla, pero ella, antes de que pueda hacerlo, da un paso hacia atrás.

Su rechazo me mata, a pesar de que me lo merezco.

No hay peor angustia que el que me niegue darle consuelo.

Hay un largo silencio al otro lado de la línea antes de que Faye murmure unas palabras en bajo y mueva las manos ante mi cara. Noto la magia al golpearme y el sonido que ha comenzado a salir del teléfono cesa por completo.

Si piensa que va a dejarme al margen de lo que está sucediendo, es que todavía no sabe que por ella, por protegerla, sería capaz de cruzar cualquier línea. Incluso la de actuar en contra de su voluntad.

No voy a permitir que me deje a un lado. Por eso, cuando cuelga el teléfono a los pocos segundos, estoy sobre ella.

Faye

«Si traes al alfa contigo, él también morirá, al igual que tu amigo».

Una corriente de pánico se desliza desde la base de mi cuello por toda la columna. Aprieto el teléfono en la mano y trato de mantener la respiración tranquila. Me fuerzo a borrar la mueca de miedo que sé que ahora mismo refleja mi cara. No puedo permitir que Reese se dé cuenta de que me pasa algo o él también estará en peligro y, joder, eso no puede ser. Por mucho que me haya roto el corazón, solo saber que vivo en un mundo en el que existe, a pesar de no poder estar con él, hace que la vida merezca la pena. Si le pasase algo... Se me forma un nudo en la garganta que apenas me permite respirar y no soy capaz de terminar la frase, ni siquiera en mi cabeza.

No sé cuánto ha captado de la conversación antes de que la haya silenciado.

—¿Qué quería Tariq? —pregunta, y se me retuerce el estómago.

Ha entendido mucho más de lo que me gustaría.

—Necesita que vaya a casa a ayudarle —miento—, hoy me he ido sin recoger las cosas y ya sabes que le gusta tenerlo todo bajo control —bromeo, pero mi voz, lejos de parecer tranquila, suena al borde del pánico, sobre todo porque noto que Reese no se traga mis palabras.

—No me mientas, Faye, he captado lo suficiente antes de que lo silenciases para saber que no es eso lo que quería —me acusa, pero no sabe lo que está pasando de verdad porque si no, no se comportaría así. Está indagando. Pues no se lo voy a contar.

—¿De qué hablas? —pregunto tratando de hacerle ver con un gesto de la mano que ha perdido la cabeza. Mientras, lanzo miradas hacia las escaleras, calculando las posibilidades de pasar por su lado y que no me retenga.

Y ni siquiera yo, que peco de tener mis capacidades en muy alta estima, soy capaz de pensar que tengo la más mínima oportunidad.

—Sea lo que sea lo que está pasando, lo vamos a enfrentar juntos. Faye, por favor, te lo suplico, déjame luchar a tu lado —pide con desesperación mientras se acerca a mí.

Y entonces lo comprendo con absoluta claridad: nada va a impedir que Reese trate de ayudarme. Que me acompañe a salvar a Levi.

Y es por eso que tengo que evitarlo.

—No puedo permitir que te pase nada malo. —Mis palabras salen como una súplica más que como una disculpa y, antes de que pueda prepararse, aunque no podría haberlo evitado sin hacerme daño (y por mucho que ahora reniegue de él, estoy segura de que jamás me infligiría daño físico), le lanzo un hechizo para incapacitarlo.

Ni siquiera tiene tiempo de saber lo que está sucediendo antes de que lo haga.

Lo lanzo con tanta fuerza, con todo el poder de mi miedo, que me doy cuenta demasiado tarde de que Reese, inconsciente, se precipita contra el suelo. Por mucho que me apresuro para llegar hasta él, soy incapaz de sujetarlo. Es demasiado grande y pesado para mí. Observo con horror que golpea el suelo con la cabeza y, sin pensarlo, me inclino sobre él, con las lágrimas corriendo por mis mejillas.

Cuando me arrodillo a su lado, coloco su cabeza sobre mis rodillas. Paso la mano por su pelo y tengo que contenerme para no despertarlo solo para comprobar que está bien. No puedo hacerlo. No podría controlarlo. Me aseguro con magia de que no le haya causado un daño irreparable con el golpe y, antes de lo que me hubiera gustado, me levanto y lo dejo allí. En el suelo del panteón. A salvo.

Necesito salvar a Levi y, si esta noche se pierde una vida, solo espero que sea la mía y no la de las personas que amo.

Ojalá supiera que voy a volver a verlo, aunque me basta con saber que estará a salvo.

Ojalá el destino nos hubiera concedido una oportunidad de estar juntos.

Sin embargo, a pesar de eso, incluso con el corazón roto, no cambiaría el haberlo conocido por nada del mundo.

52

No deberías tener el poder
que corre por tus venas

Faye

Mi mente es un hervidero de pensamientos, de miedo e incertidumbre mientras me dirijo al lugar donde me ha citado Tariq. Me fuerzo a no pensar en Reese, al igual que me obligo a quitarme de la cabeza que le pueda pasar algo a Levi. Por lo menos el alfa estará bien. Eso es lo único que me mantiene un poco bajo control.

Hago unas respiraciones profundas antes de bajarme de la moto y dejar el casco colgado de la manilla.

Estoy en medio de la nada, a las afueras de la ciudad, lo que me hace ponerme nerviosa. Esperaba un edificio o unos almacenes, algo, no este puto prado que parece extenderse hasta el infinito. Camino por la hierba y, justo cuando estoy a punto de desesperarme, me topo con un velo de magia.

Aquí está.

En cuanto lo atravieso siento cómo su superficie mágica me lame la cara y me cubre de una sensación desagradable. Está claro que la protección de este lugar se ha hecho pensando en realizar rituales energéticamente negativos o no se sentiría así.

La edificación que se dibuja ante mí podría pasar por una lujosa casa adosada típica de los barrios residenciales de Nueva York si no fuese porque tiene varias ventanas rotas y la clara marca de estar abandonada desde hace tiempo. Me da muy mal rollo, pero a pesar de ello, sigo caminando. En vez de llamar a la puerta, hacer algo que alerte a Tariq de mi presencia (con suerte, no habrá puesto un hechizo detector que le avise de que he atravesado el velo de magia), me cuelo por una de las ventanas.

Puede que venir aquí sola no haya sido muy inteligente, pero no soy una descerebrada. Necesito aprovechar el factor sorpresa. Tratar de ver lo que me espera antes de tener que enfrentarme a ello para pensar en un plan.

Todo tiene sentido en mi cabeza, me digo que voy a mantener la calma, que por primera vez voy a actuar con frialdad para salvar a Levi, pero todo el raciocinio del que pensaba hacer gala se va a la mierda en el momento en el que entro a lo que antes debía de ser el salón.

Levi está colgado de la pared, con las manos y las piernas clavadas a los ladrillos vistos, como si le hubieran crucificado. Tiene cortes en los brazos que recorren una línea desde el hombro hasta la muñeca, y la sangre gotea sobre unos cuencos de oro que están debajo de él.

Sin pensar en si es lo correcto, en si delatar mi presencia es lo más inteligente o si nos costará la vida de los dos, salgo corriendo hacia él.

—Oh, Dios mío, Levi. —El lamento se escapa de mi boca mientras me acerco a él.

Le paso una mano por el pelo para poder verle los ojos, para asegurarme de que sigue vivo, y me encuentro con que en su expresión se dibuja una mueca de terror cuando ve que soy yo.

—Márchate. —Es lo primero que me dice; noto que trata de imprimir una orden a su tono, pero le sale entrecortado y sin fuerza.

—Toma, bebe —le ordeno yo, que sí puedo, y elevo la muñeca izquierda hasta su boca para que me muerda y se alimente mientras intento desclavarle la mano de la pared con la derecha.

Estoy tan concentrada en liberarlo que cuando una voz habla a mi espalda, recuerdo lo realmente peligrosa que es la situación y que, una vez más, la he cagado por ser demasiado impulsiva.

—Siempre has hecho lo que te ha dado la gana y estaba empezando a hartarme —dice Tariq con un tono cargado de tanto desprecio que me doy la vuelta para mirarlo estupefacta. ¿Dónde está el jefe de los brujos en este momento? Porque está claro que no es este hombre, que me mira como si quisiera acabar con mi vida desde hace mucho tiempo.

—Estoy aquí. Deja ir a Levi y haré lo que quieras.

Para mi sorpresa, Tariq echa la cabeza hacia atrás y se ríe a carcajadas como si acabase de decir algo muy divertido.

—Es curioso que todavía no te hayas dado cuenta de que no tienes ningún poder aquí. Ni tú ni tu amigo saldréis de esta casa con vida, y tú eres la que ha acelerado las cosas. Solo puedes culparte a ti misma por su muerte —escupe casi con asco, y comprendo en ese instante lo resentido que parece conmigo.

Si pensaba que el secuestro de Levi y el estado terrible en el que se encontraba era lo más horrible que iba a presenciar en toda la noche, estaba muy equivocada.

Lo descubro cuando Tariq hace un movimiento con la mano y cinco personas de diferentes edades y sexos atraviesan la puerta claramente sumidas en un estado hipnótico.

Y entonces lo comprendo. Esto es lo mismo que le sucedió a mi abuela. Están a punto de obligarme a hacer un ritual de sacrificio.

Reese

Parpadeo cuando empiezo a recuperar la consciencia y las imágenes de lo sucedido me impactan. Tengo un dolor de cabeza infernal, pero, sobre todo, lo que siento es un pánico que me hiela la sangre en las venas. Un miedo tan profundo como jamás he experimentado. Me llevo la mano a la marca y bajo la vista. Me desgarro el jersey y la camiseta que llevo puestos solo para asegurarme de que sigue ahí. Y, joder, aún la tengo. Se me escapa un suspiro de alivio. Un alivio que dura solo unas milésimas de segundo. Faye está en peligro. Tengo que encontrarla. Ayudarla.

—Necesito que hagas un conjuro para encontrar a Faye —le grito al teléfono cuando Minerva contesta. El terror está tomando el mando de mi cuerpo. Estoy a dos segundos de cambiar y perderme para siempre. Pero si lo hago no seré capaz de llegar hasta ella, seré un animal y nada podrá guiarme a su lado. Necesito mantener el control si quiero protegerla. Salvarla.

—Ahora mismo —responde Minerva sin dudarlo—. Mientras cuéntame exactamente lo que ha pasado, Reese.

—Solo si no paras de hacer el ritual. Me estoy volviendo loco.

—Por supuesto.

Y entonces lo hago. Y doy gracias por tenerla a ella. Necesito que alguien mantenga la cabeza fría en este momento.

No tardo nada en darme cuenta de que no soy la única persona que se preocupa por mi compañera. Cada vez que hablo por teléfono y cuento lo que ha sucedido, más seres se unen a nuestra misión: sacar a Faye y a Levi con vida de las garras de Tariq.

Y aunque me gustaría salir corriendo a por ella en este mismo instante, tengo que asegurarme de que tenemos todo el poder necesario para lograrlo con seguridad.

Faye

No se me ocurre qué coño hacer.

No se me ocurre una sola manera en la que salir de esta situación.

No quiero matar. No quiero que Levi muera.

—¿Qué quieres de mí, Tariq? —le pregunto para ganar tiempo, a pesar de que tengo absolutamente claro lo que quiere.

En sus ojos destella un brillo de molestia ante mi pregunta.

—Lo mismo que quería de tu abuela y que no me supo dar, o no estaría en esta situación de nuevo. —Parece furioso, como si de verdad pensase que es una víctima después de secuestrar a mi amigo y supongo que a los cinco humanos. En ese momento me doy cuenta de que ha perdido la cabeza—. No deberías tener el poder que corre por tus venas, debería ser mío. Se suponía que con el ritual que le obligué a hacer a tu abuela se quedaría dentro de mí, que dejaría de envejecer, y no han pasado ninguna de las dos cosas. En el fondo tu abuela era una bruja como las demás. O si no, esto no habría sucedido.

Me muerdo la lengua para decirle que lo dudo.

—Quizá lo que sucede es que lo que buscas es imposible —digo, y utilizo esas palabras para enfadarlo más. Si algo sé por propia experiencia es que cuando te dejas llevar por la rabia, no actúas de forma inteligente. Tengo que usar eso a mi favor.

—Es perfectamente posible —asegura—. Antes que yo lo han utilizado muchos, por ejemplo, mi padre. Me lo confesó antes de que lo matase con mis propias manos. Esperaba que al confesarme el hechizo que lo estaba manteniendo joven y fuerte le perdonase la vida, ya que yo había llegado a la conclusión de que para poseer los poderes de alguien, había que matarlo. Por supuesto, no le perdoné la vida —se mofa como si estuviese reviviendo la situación en este mismo momento—. Hacía tiempo que quería acabar con ese cabrón controlador.

Me recorre un escalofrío de miedo. Tariq es un demente. ¿Cómo no he podido verlo antes? ¿Cómo puede actuar como si fuese un buen hombre que se preocupa por su comunidad?

—No voy a hacerlo —le aseguro para calentarlo más.

Pero para mi sorpresa, se ríe. No se lo traga. Mierda.

—Lo harás al igual que lo hizo tu abuela —dice con seguridad—. Ella lo hizo por ti, ¿sabes? Era tu vida la que estaba en juego en aquel entonces, aunque no lo recuerdes. Ha sido muy divertido verte crecer durante tantos años, con ese deseo de limpiar su nombre, cuando fue por ti que ella se prestó a sacrificar a todas esas personas.

—Eres un cabrón —escupo, parece que soy yo la que debería aprender a controlarse.

—Te pareces mucho a Amanda, a ver si haces el ritual mejor que ella o ten por seguro que después de ti vendrán otras, a ver si en algún momento alguien lo hace bien —amenaza y se me ocurre algo.

Mi abuela era brillante. Eso es lo que era. Estoy segura de que realizó un hechizo pasajero. Ganó tiempo para mí. Ganó mi vida. Y, sin que tenga que decírmelo, entiendo que lo que quería era que yo nos librase de Tariq. Pasé los suficientes años a su lado como para saberlo.

«No te defraudaré, abuela. Aunque sea lo último que haga en esta vida, me desharé de él».

—Bien, empecemos —le sigo la corriente. Tengo que pensar la manera de matarlo.

—No, Faye —se le escucha decir a Levi casi sin fuerzas. Se remueve, pero apenas se desplaza unos milímetros.

Lo que solo me da más fuerzas para continuar. Hay demasiadas cosas en juego.

—Haces bien en no ponerme a prueba, niña —dice Tariq esbozando una sonrisa complacida que es pura amenaza. Si supiera que no me provoca el más mínimo miedo por mi integridad.

Si estuviese yo sola con él, habría puesto a prueba si es mucho más fuerte que yo, aunque eso me hubiese supuesto la muerte. Tiene suerte de tener a Levi.

—Coge el libro de mi bolsa —dice señalando la cartera que ha dejado junto a la puerta. Me acerco sin rechistar. Con la mente a mil por hora—, y saca de dentro el grimorio.

Hago lo que me ordena y, cuando lo tengo entre las manos me trago la arcada que me sube por la garganta. La encuadernación está hecha con sangre humana. Solo Dios sabe qué hechizos contendrá un libro así. Me libro por poco de no tirarlo al suelo.

Al darme la vuelta, la situación tan terrible en la que estamos me golpea con fuerza. Levi sigue colgado de la pared, apenas con vida. Los cinco humanos están colocados cerca de Tariq como si estuviesen adorando a su amo. Con los ojos perdidos y sin alma, me miran sin ver mientras los brazos les cuelgan inertes a los costados. Y Tariq me mira con una diversión asquerosa.

—Veo que tus salidas nocturnas te han hecho más dura de lo que pensaba, no te ha molestado para nada el *material* del que está hecho el libro. ¿De verdad crees que si no fuera por mí habrías podido mantener tu negocio nocturno en marcha? Tienes mucho poder, pero no eres muy disimulada —se jacta—. Es una pena que seas tan liberal, quizá en otras circunstancias podrías haber sido una aprendiz muy valiosa. Pero sé que jamás podría controlarte. Es otro de esos rasgos que has heredado de tu abuela —dice como si fuese una vergüenza y yo me siento hinchada por el orgullo—. Es una pena que no te parezcas más a tu madre, ella siempre ha sido mucho más manejable, aunque sin ningún poder. —Descarta con un gesto de la mano y yo me tengo que aguantar de nuevo para no darle una buena hostia—. Vamos, Faye, acércate y abre el grimorio por la página marcada. Tenemos mucho que hacer.

Aprieto los dientes y le obedezco. Necesito que se distraiga y yo tengo que relajarme. Me acerco a la mesa baja de madera que hay en el centro y abro el libro, pero apenas le presto atención. Tariq está dando órdenes a los humanos en un tono muy bajo que no puedo escuchar. Casi se me escapa una maldición cuando estos empiezan a quitarse la ropa antes de tumbarse en el suelo.

Y en ese momento soy muy consciente de lo peligrosa que es la magia en las manos equivocadas. Tengo que acabar con este brujo.

—¿Y cómo piensas explicar esto? —le pregunto, ya no sé si para distraerlo a él o a mí misma. Necesito que se aleje de

Levi y se acerque a mí. No puedo hacer nada mientras tenga a mi amigo a su alcance.

Se ríe.

—Exactamente igual que la última vez. ¿Crees que hay alguien en toda la comunidad mágica que va a creer en tu inocencia después de lo que hizo tu abuela?

—Ella no hizo nada malo, fuiste tú.

—Eso da igual. Ya sabes cómo van estas cosas. El discurso que prevalece es el de quien lo cuenta, ¡y tú estarás muerta! —exclama con furia.

No tengo tiempo de hacer ni decir nada más porque en ese mismo instante todo se vuelve un caos a nuestro alrededor y pasan una decena de cosas a la vez.

Un lobo atraviesa la ventana y se pone delante de mí. Juro que, aunque no hubiese visto antes a Reese transformado, habría sabido que es él. Minerva y Serena aparecen por mi izquierda justo cuando el rey vampiro se cuela también por la ventana. Entra con desgana, pero cuando sus ojos se enfocan en Levi, aumenta la velocidad y en una milésima de segundo está junto a él.

Y Tariq hace lo que menos me esperaba. Se pone a sollozar.

—Ayudadme —les pide como si fuese un brujo indefenso y se me abre la boca—. Nos ha secuestrado y quería matarme.

—Por favor, no seas patético —se burla la reina. Hemos escuchado hasta la última palabra de tu discurso demente.

Tariq parece darse cuenta de que no va a poder salir de esta y mete la mano en el bolsillo para sacar algo.

Todos reaccionamos a la vez.

Reese gruñe y está a punto de lanzarse hacia él. Yo corro a su lado. Cuando lo derriba y le muerde el cuello, yo le arranco a Tariq el cuchillo ceremonial que acaba de sacar y se lo hundo en el pecho. Pero no soy la única que lo quiere matar. Serena ha sacado sus garras y le ha desgarrado la mitad de la cara tras colarle una de sus uñas en la cuenca del ojo. Y Minerva murmura unas palabras muy enrevesadas que sé que están destinadas a incapacitarlo.

En apenas unos segundos, Tariq está muerto. El ruido frenético que antes reinaba en la habitación da paso a un silencio ensordecedor. Un poco del miedo que me apretaba el corazón se libera a medida que voy asimilando que ha acabado.

—Faye, joder —dice Reese tras convertirse en humano. Ni siquiera me quejo por su desnudez ni por su abrazo. No le pregunto qué está haciendo aquí. Solo lo aprieto con fuerza durante unos segundos antes de separarme.

—Necesito ver cómo está Levi —le digo y él asiente y me suelta, no sin antes apoyar la frente contra la mía en un gesto que se me antoja demasiado tierno para quien ha rechazado a su compañera.

Corro a por mi amigo. El rey vampiro lo ha soltado de la pared y lo sujeta contra su cuerpo.

—¡Levi! —grito y lo aprieto contra mí.

—Faye —gime él y comprendo que le estoy haciendo daño, por lo que me alejo.

—Menos mal que estás vivo. Si te llega a pasar algo, te juro que te habría buscado en la otra vida para torturarte.

Él intenta reírse, pero acaba tosiendo y ahogándose, por lo que el corazón se me atenaza de preocupación.

—¿Va a estar bien? —Mis palabras salen más como una súplica que como una pregunta.

—Sobrevivirá, aunque tendrá que permanecer durante unas semanas en una de nuestras salas de recuperación. Me lo llevo a casa —me dice el rey vampiro. En su cara hay una mueca de respeto hacia mí, como si le sorprendiese que una bruja pudiera querer a un vampiro y fuese lo último que se esperase presenciar.

—Querré ir a verlo —le exijo más que le pido. Aprieto más el torso de Levi, reacia a soltarlo.

—Estarás autorizada. —Asiente con la cabeza antes de hacer un gesto a dos de sus vampiros, que se acercan a recoger a Levi.

—Te quiero mucho y más te vale que te pongas bien o te las tendrás que ver conmigo —le digo al oído antes de dejar que me lo quiten. Me fuerzo a soltarlo solo porque sé que necesita atención especializada si quiero que se ponga bien.

Me levanto y me quedo mirando cómo se alejan. Ajena a todo el ajetreo que se sucede a mi alrededor.

—Tenemos que ir al consejo, Faye —me dice Reese con un tono suave. Alguien ha debido de darle ropa, supongo que Minerva. Noto en su mirada que no se quiere separar de mí—. El director nos está esperando para que le contemos... —comienza a decir mirando a nuestro alrededor, a las paredes salpicadas de sangre, al cuerpo sin vida de Tariq— esto.

Siento una oleada de gratitud tan fuerte hacia él que tengo que hacer uso de todo mi autocontrol para no lanzarme a sus brazos, apoyar la cabeza en su cuello y llorar, y gritar, y reír.

No estamos muertos.

Mi abuela no es una asesina.

Reese ha estado a mi lado pese a no ponérselo nada fácil cuando más lo necesitaba.

Todos los seres para los que alguna vez he trabajado han venido a ayudarme.

Voy a empezar a pensar que el mundo es un lugar hermoso.

—Vamos —le digo sin expresar ni una sola de todas las cosas que siento, porque la realidad es que esto no cambia el hecho de que no me quiere como su compañera y haría muy bien en no olvidarlo.

No si quiero mantener el corazón intacto.

53

He sido yo

Reese

Elijah Williams, el director del consejo de Nueva York, nos mira desde la silla de su despacho con perspicacia y un toque de desconfianza que no trata de ocultar. Quiere que sepamos que no se fía de nadie y que, para tomar una decisión, tendremos que demostrarle que las acusaciones que hemos vertido sobre Tariq son ciertas.

Que su muerte tiene una justificación, o no saldremos libres de aquí.

No podría importarme menos lo que piense.

No solo porque todo lo que hemos hecho es absolutamente lícito, sino porque Faye está a salvo y sentada a mi lado. Ahora mismo soy el lobo más feliz del planeta.

Y me voy a asegurar de que si hay alguien al que encarcelen, ese sea yo.

Juro por todo lo que es sagrado que protegeré a Faye, aunque sea lo último que haga en este mundo. Incluso si tengo que luchar contra ella para lograrlo.

Faye

No sabría decir, ni aunque la vida de todos mis seres queridos dependiese de ello, de cuántas personas es la sangre que adorna mis manos, por lo que me resulta difícil contestar a la pregunta que me acaba de realizar el director.

—¿Cuál de vosotros ha matado a Tariq?

Lo cierto es que no lo sé. No tengo muy claro si he sido yo, Reese, Serena o Minerva, pero lo cierto es que, aunque lo supiese, tampoco le diría la verdad. Todavía no tengo muy claro qué pretende Elijah o si hay alguna forma en la que nos libremos de la condena que supone.

—He sido yo.

—Eso no es cierto —me corta Reese y juro que desearía matarle. Este deseo insano que tiene de defenderme todo el rato me pone nerviosa. Porque lo odio y lo amo a partes iguales—. He sido yo.

—Mientes —le acuso y, en bajo, para que solo él pueda escucharme, le digo—: Por una vez en tu vida déjame hacer lo que quiera. Esto me lo tengo que cargar yo.

—No —responde con rotundidad y juro que si en ese momento no hubieran llamado a la puerta, me hubiera lanzado sobre él a estrangularlo.

Quizá debería hacerlo.

—Adelante —da paso el director, que parece tener poca paciencia.

A juzgar por las legañas que tenía en los ojos, lo hemos sacado de la cama y, como es normal, no está contento con ello.

Yo tampoco lo estaría.

La puerta del despacho se abre y observo cómo los mismos seres que han ido en mi ayuda a la casa entran ahora en el lugar, haciendo que este se vuelva demasiado pequeño. Se me forma un nudo en la garganta porque tengo la sensación de que va a ser la segunda vez esta noche que me salven el pellejo y no tengo muy claro lo que he hecho bien en esta vida para merecerlo.

Tras ellos entra la última persona que esperaba ver, y toda la ilusión que había albergado de que me iba a librar de esta se esfuma de golpe.

—Damaris —digo su nombre con sorpresa.

—¿Qué está pasando? —pregunta ella mirándome directamente a mí. Y juro que, a pesar de que siempre me he considerado una persona valiente, no tengo el coraje suficiente para decirle que he matado a Tariq. Esto va a hacer que toda mi línea de sangre parezca estar maldita. A pesar de que es mentira.

—Te he llamado porque tenemos que esclarecer la muerte de Tariq —explica Elijah tomando la iniciativa. Todo el alivio que he sentido por que sea él quien ha decidido explicarlo muere al segundo con sus siguientes palabras—. Más bien, debería haber dicho su asesinato.

Los ojos de Damaris, que hasta ese momento estaban sobre el director, se vuelven hacia mí. Y no hace falta que diga lo que está pensando para que sepa lo que pasa por su cabeza.

Asesina. Piensa que soy una asesina.

Y lo peor es que es verdad.

—Créeme, Elijah. Hemos evitado la de muchos inocentes con la muerte de ese cabrón —sentencia Reese con fiereza, y un coro de voces se desata en la habitación.

Todos hablan a la vez, Serena se acerca al escritorio del director y blande su pequeño dedo frente a él como si fuese un arma. Y puede que lo sea si ella quiere. El rey vampiro se acerca con paso amenazante, todo elegancia, y comienza a explicar lo que ha sucedido. Minerva, a la que en cualquier otra circunstancia me hubiera dado la risa verle hacer eso, agarra a Elijah de la corbata para que le preste atención y los ojos se me abren como platos al escuchar que le dice: «Si quieres que lo que ha pasado esta mañana sobre esta misma mesa se repita alguna vez, más te vale que dejes a mis chicos en paz». Casi me atraganto.

Reese pone cara de asco y juro que siento como si estuviese a punto de arrojarse sobre el director y arrancarle la cabeza. Por eso decido ponerle una mano sobre la pierna.

—Ni se te ocurra cometer una locura —le ordeno. Él baja la mirada hasta mi mano y luego la eleva para mirarme a los ojos antes de hablar.

—No voy a permitir que nadie piense que lo que ha pasado en esa casa no ha sido culpa de Tariq. No voy a permitir que nadie manche tu nombre, te encarcele o te haga sufrir lo más mínimo —dice con un gruñido. Una calidez increíble me recorre de los pies a la cabeza.

Es como si... es como si yo le importase.

Pero no tengo tiempo de decir ni hacer nada al respecto, ya que Damaris, en vez de unirse a la locura que envuelve el despacho, se acerca a mí.

—¿Qué ha pasado con Tariq? —Su pregunta me sorprende y me conmueve a partes iguales. Me está dando la oportunidad de que se lo explique.

No hay forma elegante de hacerlo.

—Tariq secuestró a mi mejor amigo y amenazó con matarlo si no hacía un ritual de sacrificio para trasmitirle mis poderes. Para renovar su fuerza vital y juventud. Para ser más poderoso. Al igual que obligó a mi abuela a hacerlo. Había perdido la cabeza.

—No me lo puedo creer —dice echándose hacia atrás

como si le acabase de dar una bofetada. Y puede que lo haya hecho. Todas sus creencias sobre el brujo jefe, al que siempre ha quedado claro que idolatraba, se acaban de derrumbar o, por lo menos, se han tambaleado.

—No hace falta que lo creas —digo y es cierto—. ¡Puedo demostrarlo! —exclamo en un tono más alto para que todos puedan oírme, incluso por encima del sonido de sus gritos.

—¿Y cómo piensas hacerlo, muchacha? —pregunta Elijah desde su escritorio.

—Con el ritual de la Memoria Sangrante.

—No sabes lo que dices, Faye, es muy doloroso —interviene Minerva mirándome fijamente.

—¿Doloroso? —pregunta Reese—. No lo hagas, por favor —me pide y siento que ha habido un avance en su forma de relacionarse conmigo porque sé que, en otro momento, lo que ahora es una petición, hubiera sido una orden.

—No tienes nada que mostrar. Hemos visto lo que ese loco ha hecho y hablaremos por ti —asegura Serena.

Estoy conmovida por el apoyo de todos. Incluso el del rey vampiro me sorprende.

—He visto cómo tus padres te cambiaban los pañales, Elijah, te aseguro que no te gustará mi reacción si haces que la niña pase por un ritual cuando nosotros damos fe de que Tariq estaba tratando de matar a todas esas personas para conseguir poder y luego echarle las culpas a Faye como hizo con Amanda.

El director se queda en silencio durante unos segundos con los codos apoyados sobre la mesa y una mirada reflexiva.

—Bien. Como os veo a todos tan colaboradores y parece que queréis cuidar a la chica, pasaréis de forma individual por un interrogatorio. Solo si vuestros discursos coinciden, la absolveré.

—Si sabes lo que te conviene, lo harás —lo amenaza Reese entre dientes.

—Cariño —le llama la atención Minerva—, no fuerces la situación. Todo va a salir bien porque es lo que debe ser. Ten fe —finaliza mirándole con intensidad, como si estuviera hablando de mucho más que solo de esta situación.

Reese la mira con dureza durante unos segundos mientras aprieta los labios en una línea fina antes de asentir con la cabeza.

Las siguientes horas son las más pesadas de mi vida. Es de madrugada, después de haber vivido demasiadas emociones y llevar más tiempo sin dormir del que sería sano para cualquier persona, y no paro de dar cabezadas mientras dormito en la silla. Quizá debería estar nerviosa, pero no tengo ni la energía ni la mala conciencia para lograrlo.

Cuando por fin el director acaba de hablar con todos y anuncia que me deja libre, lo único que quiero hacer es tumbarme y hacerme una bola para dormir durante días.

54

Si quiere palabras dulces y comprensión, se ha equivocado de mujer

Reese

Sé que Faye ha pasado por muchas emociones y que debería dejarla descansar en paz, pero no puedo dejarla marchar. Noto una sensación de pérdida y de desesperación alojada en la garganta. Siento que es la mejor oportunidad que tendré nunca para que me escuche y que, si se marcha ahora, no volveré a estar con ella en la vida.

Por eso, cuando salimos del consejo, le agarro la mano para evitar que se vaya.

—Necesito hablar contigo —digo, y no me pierdo la forma en la que mira nuestras manos unidas. No sé si habrá sentido la misma descarga eléctrica que yo cuando la he tocado.

Me trago la decepción cuando retira la suya, a pesar de que era lo que me esperaba.

—Solo quiero descansar, Reese —dice con un suspiro y veo en sus ojos que lo necesita de verdad. Por eso me siento tan cabrón al no querer darle ese espacio—. De verdad que agradezco muchísimo tu ayuda. De hecho, no podría haberlo hecho sin ti —añade como si le fastidiase reconocerlo. Como si lo sintiera como una debilidad.

—Lo hubieras logrado con o sin mí —aseguro, porque sé que es cierto. La fuerza de Faye es tan grande, una jodida fuerza de la naturaleza, que estoy seguro de que hubiese hallado la manera—, pero ha sido todo un honor poder luchar a tu lado en un momento tan importante como este.

Faye toma aliento y abre mucho los ojos como si no se pudiese creer lo que acabo de decir.

—Reese, no me hagas esto, por favor —me pide, y se me parte el corazón por hacerla sufrir. Pero necesito que me escuche para poder arreglarlo.

—Solo dame unos minutos, Faye. Una conversación y luego juro que te dejaré en paz si eso es lo que quieres. —Me mira como si estuviese sopesando mi sinceridad y, aunque me lo merezco, me parte el corazón que no confíe en mí.

—Primero necesito dormir, y una ducha —dice, y abre los brazos para que mire cómo está. Tiene la ropa y el pelo sucios, restos de escombros, pero aun así está preciosa, igual que siempre.

—¿Quieres ir a casa a ducharte? —le pregunto mientras calculo mentalmente las posibilidades de que me deje subir a esperarla mientras lo hace. Las posibilidades que tengo de luego poder arrastrarla a la mansión. Me gustaría sentir que está segura y en mi territorio para abrirme con ella.

Había pensado que, llegado el momento, no me sentiría capaz. Que me sentiría demasiado expuesto y vulnerable, pero solo tengo la fuerte necesidad de decirle todo lo que siento por ella. De disculparme. De tratar de arreglar un poco su corazón y que entienda que ella jamás ha sido el problema.

Es la mejor compañera que las Moiras podrían haber elegido para mí.

—Es el último lugar al que me gustaría ir, muchas gracias

—responde, y no hace falta que añada nada más para que entienda lo que sucede. Faye no se siente a gusto en su comunidad. No se siente como los demás. Pero yo sé de un sitio en el que estoy seguro de que sí está a gusto—. Voy a casa de Levi, aunque él todavía no esté. Me apetece quedarme en un lugar acogedor en este momento.

—Ven conmigo a la mansión —le pido dejándome llevar.

Faye me mira como si la hubiese ofendido.

—Que te quede claro, Reese, no pienso acostarme contigo ni muerta —dice alargando el dedo y señalándome molesta, y a mí, pese a la gravedad de la situación, me da la risa.

—Lo sé. No quiero que vengas por eso, solo quiero asegurarme de que no te escapas. —Veo la duda pintada en su cara, al igual que noto que está comenzando a ceder—. Te juro que no te voy a molestar lo más mínimo. Comer algo rápido, dormir, hablar y luego tendrás todo el derecho del mundo para irte. No te lo impediré —aseguro levantando las manos y enseñándole las palmas para transmitirle que soy sincero.

Faye entrecierra los ojos antes de hablar.

—Quiero una comida buena.

—Todo lo que pidas es tuyo.

Ella contiene el aliento ante mi respuesta y a mí se me acelera el corazón. Si supiera hasta qué punto es cierta esa afirmación...

—Vale —acepta a regañadientes. Porque sé que en su cabeza piensa que está cediendo demasiado pronto. Para ella soy un cabrón. Alguien que le ha hecho daño. Y me lo merezco. Muy a mi pesar. Y por eso mismo necesito tener esta conversación con ella. Para sanarnos a ambos.

Y así es como terminamos yendo a la mansión y tomando un buen plato de carne en salsa —mientras Faye me lanza miradas esquivas—, antes de que la acompañe a mi habitación para que duerma.

Por supuesto, se queja de que la haya llevado allí y se pelea conmigo hasta que le explico que no voy a dormir con ella, que esté tranquila, que no quiero tener que mover a nadie de mi manada y que lo mejor es que se quede aquí, pero lo cierto es que deseo que duerma en mi cama solo para que su olor se quede impregnado en mis sábanas. No se me ocurre nada mejor que dormir envuelto en su increíble aroma. Ese que para mí ya se ha convertido en sinónimo de hogar.

Nos despedimos con una mirada que dice mucho más de lo que podrían hacerlo las palabras. La suya, con desconfianza y dolor pero un toque de anhelo que no me pasa desapercibido y que me alienta. Y la mía, con arrepentimiento y con la sensación de que es la mujer más increíble que he conocido jamás y que es un honor que duerma en mi cuarto.

A pesar de que me cuesta la vida misma me mantengo fiel a mi promesa y la dejo en paz mientras descansa, aunque lo único que quiero hacer es acercarme a ella y envolverla entre mis brazos. Jurarle que todo va a salir bien. Que, si me deja, voy a recomponer los pedazos de corazón que he roto.

Que, si me deja, le voy a demostrar cuánto la amo durante el resto de mi existencia.

Y que si no lo hace, me pasaré todos los días de mi vida esforzándome para que me perdone.

Faye

Cuando me despierto, me siento desubicada durante unos instantes hasta que recuerdo por qué estoy otra vez en la cama de Reese. Dios. Odio ser tan débil. Me tendría que haber negado a venir a la mansión, pero lo cierto es que me apetecía. Hay pocos lugares en este mundo en los que me siento segura y este es uno de ellos.

Muy a mi pesar.

Me odio a mí misma por lo mucho que estoy disfrutando de estar aquí. Las cosas son demasiado complicadas. No puedo permitirme olvidar la forma en la que me ha tratado Reese. La forma en la que ha jugado conmigo. No puedo obviar que me ha mentido.

Entonces ¿por qué se me tiene que acelerar el corazón cuando llama a la puerta y pide permiso para entrar?

—¿Has descansado? —Es lo primero que pregunta cuando entra mientras sus ojos me recorren todo el cuerpo, desde los dedos de los pies, que asoman por debajo de la sábana con la que me he envuelto para dormir, hasta mi cara todavía soñolienta.

No sé lo que encuentra, solo sé que de su pecho escapa algo parecido a un rugido bajo y que en su mirada se dibuja un gesto de satisfacción.

Es una reacción que me gusta mucho más de lo que debería. Sobre todo teniendo en cuenta que me ha traicionado.

—Sí. —Es todo lo que me atrevo a responder. Me siento tan perdida que no me fío ni siquiera de mí misma. No con él tan cerca. No con la necesidad de sentirlo todavía más cerca corriendo por mis venas.

—Me alegro mucho —responde—. ¿Te apetece que hablemos ahora? —pregunta con mucha delicadeza, como si quisiera asegurarse de que estoy cómoda con él, que el corazón se me ablanda y que las ganas de ponerle las cosas difíciles, aunque se lo merezca, se esfuman.

—Sí. —De nuevo el mismo monosílabo. Es lo único que me atrevo a verbalizar.

Lo veo caminar hasta la butaca que hay a un lado de la cama para sentarse en ella. Me gusta que respete la distancia y, a la vez, me gustaría matarlo por ser capaz de mostrarse tan bajo control cuando todo mi mundo, todas mis convicciones, se están desmoronando por su culpa.

Cuando se sienta, se pasa las manos por el pelo antes de inclinarse hacia delante y hablar. La única luz de la habitación es la de la luna llena, que se cuela por la ventana, y la que proyecta la lámpara de la mesilla de noche. La escasa iluminación le confiere al momento un clima demasiado íntimo para estar con la persona que odias.

—Sinceramente —dice, y suspira de forma tan natural que me doy cuenta de que, a pesar de que no lo parece, sí que se está dejando llevar. Todo lo que Reese es capaz de hacer—, no sé ni por dónde empezar.

Oh, pues yo sí que lo tengo claro. Hay *tantas* cosas que quiero saber.

—Tranquilo, que yo tengo muchas preguntas. Pero la más importante es sobre los compañeros. En especial, sobre cómo funciona —pregunto directamente pensando que se va a cerrar, pero lo cierto es que sonríe como si mi interés le aliviase.

El corazón me da un vuelco. No soy capaz de desentrañar a Reese. No puedo hacerlo, pero, a pesar de ello, me sigue gustando. Me maldigo a mí misma por tratar de mentirme. Lo amo, joder. Estoy completamente enamorada de él incluso con todos sus defectos. Incluso después de todo lo que ha pasado. Eso no puedo cambiarlo. Aunque lo que tengo del todo claro es que por mucho que le quiera, no voy a soportar cualquier cosa en nombre del amor. Ahí trazo una línea. Me elegiré a mí misma antes que a él.

Quizá por toda la mezcla de sentimientos que bullen en

mi interior, la primera pregunta que cae de mis labios es la que más me interesa:

—¿El vínculo de compañeros también me afecta a mí? —Me mira con curiosidad y ladea la cabeza.

—¿Quieres decir que si te cambiará cuando lo sellemos?

Los latidos de mi corazón se disparan. Ha dicho «cuando», no «si» lo sellamos.

—Me parece muy pretencioso por tu parte dar por hecho que alguna vez sellaremos la unión cuando te has comportado como un traidor —digo, y me quedo a gusto. No pienso callarme nada. Si quiere palabras dulces y comprensión, se ha equivocado de mujer.

Reese se ríe.

—No te voy a mentir más, Faye. He dicho «cuando», porque voy a hacer todo lo que esté en mi mano durante el tiempo que haga falta para que me aceptes como tu compañero —dice inclinándose hacia delante, haciendo que mi corazón y, para qué mentir, mis ovarios, se aprieten de necesidad. Me encanta la fuerza de este hombre. Su determinación.

Y es algo que no voy a expresar en este momento. O puede que nunca.

Así que regreso al tema anterior, algo mucho más seguro. Porque con su afirmación ha hecho que me pregunte: «Entonces ¿ahora sí que quieres que sea tu compañera?». Y no quiero saber la respuesta. Me afectaría mucho más de lo que puedo soportar en este momento.

—No, lo que quiero saber es si me siento atraída por ti por culpa del vínculo. —Cuando las palabras salen de mi boca, me doy cuenta de lo mucho que revelan cuando no era mi intención.

Reese eleva la comisura del labio como si estuviera muy

complacido. Idiota. Pero decide no decir nada. Es un hombre listo después de todo.

—No. A ti, al no ser una licántropa, no te afecta como a mí. De hecho, hasta que no lo sellemos no tendrá toda su fuerza —explica, y es desalentador por las implicaciones que tiene.

Me encantaría que toda la atracción que siento, que todo lo que lo quiero, lo mucho que me gusta tenerlo cerca, fuese culpa de una magia que no entiendo, y no que signifique que estos sentimientos son míos propios.

—¿Y tú…? —empiezo a preguntar, pero me asalta el miedo. Aun así, tengo que saberlo—. ¿Tú te sientes obligado a quererme por el vínculo?

A Reese se le escapa una sonrisa preciosa que le hace parecer joven y dulce. Quizá es la más sincera que le he visto esbozar en la vida y hace que mi pobre corazón alee de emoción.

—Me encanta que me hagas esa pregunta, Faye —dice mi nombre como si fuese la palabra más hermosa del mundo, como si la saborease al pasar por sus labios. Esos a los que se desvía mi mirada—. Como bien has comprobado por ti misma por lo gilipollas que he sido al querer romper el vínculo, no. No me siento obligado. Pero sí que tengo la necesidad de estar a tu lado, de verte, que no siento con nadie más —explica, y le entrego toda mi atención—. Al principio pensé que era por el vínculo, una forma en que las Moiras se aseguran de que no puedas dejar pasar a quien han definido para ti, pero ahora, después de haberlo vivido, creo que lo hacen para que tengas la pulsión de acercarte, para que veas con tus propios ojos lo perfecta que es esa persona para ti. —Se queda callado y mide mi reacción. No tengo muy claro cómo me veo por fuera, pero lo que sí sé es cómo me siento por dentro:

emocionada y muy muy alterada—. ¿Sabes de lo que me he dado cuenta, Faye?

—¿De qué? —pregunto tragando saliva.

—De que, aunque no fueses mi compañera, me hubiera enamorado de ti igual. No hay un solo escenario en este mundo en el que no hubiese terminado loco por ti. Por tu forma de ser valiente y peleona. Por la fuerza de tu personalidad. Por lo dulce que eres cuando y con quien quieres. Y porque, joder, eres la mujer más hermosa que he visto en la puta vida. Me vuelves loco —dice y, sin comprender lo que estoy haciendo, me he puesto de pie en la cama y me he lanzado sobre él en la butaca.

Reese abre las manos y me coge de la cintura antes de que aterrice sobre él para que no me haga daño. Una vez que ha parado el impacto, me deja caer suavemente sobre su regazo.

Y yo empiezo a llorar y a golpearle sin fuerza en el pecho.

—Te odio. Te odio porque no puedo odiarte —grito, y me derrumbo sobre él. Saco de dentro todo el dolor y la frustración que bullen en mi interior.

Él alarga la mano y la coloca sobre mi cabeza para acariciarme. Me toca como si fuese la cosa más hermosa del mundo. Lo más valioso.

—Me lo merezco. Cualquier cosa que me digas me la merezco por hacerte daño. Por hacer lo único que no deseaba.

—¿Por qué? ¿Por qué lo hiciste?

—Porque tenía miedo de destrozarte de la misma manera en la que mis padres se destrozaron el uno al otro. Porque siempre he pensado que no sabía amar. Pero tú me has demostrado lo contrario. Has hecho que me dé cuenta de que haría lo que fuese, incluso matar o morir, antes que hacerte daño, porque te amo. Te amo como jamás pensé que podría amar a nadie —dice, y se me escapa un enorme sollozo de alivio. Noto cómo mi corazón magullado se arregla un poco—. Has hecho que comprenda lo que otros han intentado durante años: que mis padres ya estaban enfermos de la cabeza antes de encontrarse.

—Dios, Reese —digo, y me pego todavía más a su cuerpo. Estiro los brazos y cruzo las manos detrás de su cuello solo para poder sentirlo un poco más cerca.

—Siento tanto que te hayas sentido así. No soporto que creas que podías herir a las personas que quieres. Eres el hombre más protector y leal que he conocido en la vida.

—Joder —dice, antes de dejar caer su frente sobre mi hombro. Al instante siguiente siento cómo mi camiseta se moja y comprendo que está llorando. El corazón se me hincha en el pecho hasta rozar el dolor—. Por favor, Faye, perdóname. Dame la oportunidad de demostrarte que puedo amar. Que me atrevo a hacerlo. Déjame ser tu compañero. Acéptame.

Elevo la cabeza de su pecho y lo observo.

—Más te vale que lo hagas bien. Como me vuelvas a hacer daño, no te daré la oportunidad de enmendarlo, Reese. Te lo juro —aseguro muy seria.

—No existe esa posibilidad, joder. Te amo, Faye, y desde este instante hasta el momento en el que me muera, te lo estaré demostrando.

Se inclina para besarme y yo se lo permito, sintiéndome por primera vez en días inmensamente feliz.

Una llama de esperanza se acaba de prender en mi corazón.

55

Siento como si llevase esperando este momento toda mi vida

Faye

Los siguientes meses son a la vez los más estresantes y los más bonitos que he vivido nunca. Reese, fiel a su palabra, se ha dedicado a hacerme sentir amada y deseada todo el tiempo desde que me confesó por qué había querido romper el vínculo.

Se ha preocupado por mí y mis necesidades. Ha estado a mi lado mientras Levi se recuperaba. Al igual que mientras intentaba encontrar mi lugar en la comunidad de brujas para descubrir que no quiero vivir allí. Sus normas y forma de ver la vida nunca han ido conmigo y casi era algo evidente que no iba a empezar a estar a gusto ahora, pero ha sido como una especie de duelo por el que he tenido que pasar. Que cambiase la persona que llevaba la dirección no ha variado nada en realidad. Por mucho que Damaris no tenga malas intenciones ni deseos de robar la magia de los demás, sigue teniendo un pensamiento anticuado de la magia que no va conmigo.

Quiero seguir ejerciendo de bruja, de hecho, es lo que más me gusta hacer en el mundo, pero quiero hacerlo bajo mis términos. En mi propio lugar. Y por eso todos, y en especial Reese, me están ayudando a encontrar uno donde pueda lograrlo.

Estoy inmensamente feliz.

La situación con mi madre ha mejorado un poco. Nunca tendremos una relación normal de madre e hija, pero por fin estoy empezando a sanar. Y creo que ella también, lo que me alegra muchísimo.

En cuanto al hombre del que estoy enamorada, creo que está pletórico de que por fin haya accedido a irme a vivir con él. No solo porque se ha encargado de decírmelo casi cada hora desde que acepté, sino por la forma, casi rozando la adoración, con la que me está mirando en este momento.

—¿Te gusta cómo ha quedado la habitación? —me pregunta envolviéndome la cintura con el brazo para atraerme hacia su pecho y besarme la sien.

—Más le vale que le guste —responde Levi en mi lugar—. Nos hemos pegado una paliza moviendo todas sus cosas.

—Querrás decir que nosotros nos la hemos pegado —le discute Dorian—. Para ser un vampiro, te gusta poco usar tu fuerza sobrenatural.

—A diferencia de vosotros los lobos, me gusta más usar mi cerebro que mis brazos —bromea, y se aleja de un salto cuando Dorian trata de agarrarlo.

Se me escapa una carcajada con su intercambio. Son como niños, pero me siento muy afortunada de que sean mis amigos y de que estén en mi vida.

—¿Estás a gusto? —me pregunta Reese inclinándose hacia mi oído. Me hace gracia que lo haga, a pesar de que todos los presentes le escuchan a la perfección gracias a sus sentidos superdesarrollados. Sé que lo hace por mí, por darme una ilusión de intimidad, pero la verdad es que me da lo mismo quién nos escuche.

El que no quiero que se pierda ni una sola palabra de las que voy a pronunciar ahora es él. Por fin ha llegado el momento y no quiero alargarlo más. Me obligué a mí misma a esperar hasta que estuviésemos viviendo juntos, pero lo cierto es que ya estaba lista mucho antes.

—¿Sabes cómo estaría mejor? —pregunto con voz sugerente y me doy la vuelta entre sus brazos para quedar frente a él.

Como he colocado las manos sobre su pecho, noto que se le ha acelerado el corazón con mi pregunta y que su erección me saluda porque se imagina lo que voy a proponer. Oh, no sabe lo equivocado que está. Esto le va a gustar muchísimo más.

—Joder, cariño. Me vas a volver loco. Quizá deberíamos esperar a que estos idiotas se larguen.

—Sabéis que os escuchamos, ¿verdad? —pregunta Levi poniendo cara de asco.

—No sé —respondo con tranquilidad como si no estuviera a punto de soltarle una bomba—, pensé que te apetecería llevar a cabo por fin el ritual de compañeros.

Sin embargo, Reese no reacciona ante mis palabras como tenía pensado. Lo siento tensarse bajo mis manos. Se queda tan quieto que tengo que fijarme en el suave vaivén de su pecho para asegurarme de que está respirando.

—Reese, ¿estás bien? —pregunto alarmada.

—Joder, Faye, creo que le ha dado un derrame cerebral. —Dorian trata de imbuirle diversión a sus palabras, pero noto que hay un cariz de preocupación que solo me altera más.

—Cariño —lo intento de nuevo y esta vez lo zarandeo.

—Hostia, Faye —dice por fin y, cuando sus ojos se encuentran con los míos, veo que estos brillan con magia. Está muy cerca de cambiar. Se me escapa una sonrisa—. No te arrepentirás en la vida de hacerme este regalo —dice y, al instante siguiente, se agacha para agarrarme del culo y levantarme.

Me lleva corriendo hasta nuestra habitación.

Dios. Cómo amo a este hombre y las ganas que tengo de que por fin seamos compañeros.

Reese

Siento como si llevase esperando este momento toda mi vida.

No negaré que estaba empezando a impacientarme. Para mí, Faye es mi compañera desde el día en el que me dio la oportunidad de demostrarle cuánto la amo, pero, para mi lobo, para mi parte cambiante, es muy doloroso que el vínculo todavía no esté sellado.

Coloco a Faye sobre la cama y la admiro. Me bebo su figura.

A pesar de que es la primera y única vez que voy a hacerlo, sé cada paso que tengo que seguir. Estoy seguro de que lo hubiera sabido aunque no llevase meses leyendo cientos de libros sobre el ritual solo para asegurarme de hacerlo bien. De que sea perfecto para Faye. De que todo vaya como la seda.

En este momento soy todo instinto y por fin podré dejarme llevar cuando me acueste con ella. Por fin, podré llegar hasta el final para unirnos para siempre.

Me tumbo sobre ella y comienzo a besar su boca, luego continúo con su cuello para seguir desnudándola después. Ella responde a cada una de mis caricias y me ayuda a quitarme la ropa a mí también.

Cuando la penetro, ambos gemimos con fuerza. Hay una

especie de sensación en el ambiente que grita lo especial que es el momento. Nos besamos con pasión mientras nos acercamos al inminente y placentero final. Noto con satisfacción cómo mis colmillos comienzan a alargarse en el momento necesario y cuando se los hundo en el cuello, ambos nos corremos. Y el ritual se precipita. Mi nudo comienza a crecer en su interior y es tan intenso que estoy a punto de desmayarme. Solo me mantengo consciente a golpe de voluntad. No quiero perderme este momento por nada del mundo.

Despego los colmillos de Faye y la sujeto con fuerza para que esté segura.

Observo fascinado cómo la habitación se llena de magia. Cómo mi marca se hace más fuerte y comienza a brillar. Luego, en el baile más hermoso que he visto jamás, la marca de Faye comienza a formarse sobre su pecho. En el mismo sitio que la mía. La suya es dorada e idéntica a la que tengo yo y hace que el corazón se me hinche con tanta fuerza que, durante un momento, temo que pueda explotar. Pero no lo hace, solo se hace todavía más grande para que todo el amor que siento por mi compañera tenga espacio y quepa en mi pecho.

Cuando el brillo se atenúa y nuestras respiraciones se ralentizan, ya somos compañeros. La unión está sellada.

—Es preciosa, Reese —dice maravillada mirando su marca. Alarga el dedo y traza los contornos con reverencia—. Es igual que la tuya.

Sonríe y yo me inclino para besarla.

—Gracias por esto, cariño.

—Te amo, Reese. Llevaba mucho tiempo queriendo esto, pero quería esperar al momento perfecto.

—Todo es perfecto cuando tú estás implicada.

—Te lo recordaré mañana cuando discutamos en el desayuno —bromea, y se me escapa una carcajada.

—Nada es tranquilo a tu lado y eso es parte de por qué eres tan perfecta.

—Como si alguna vez hubiera tenido una sola oportunidad de no caer rendida ante ti —dice poniendo los ojos en blanco como si estuviera molesta, lo que choca completamente con la forma en la que se tumba sobre mi pecho.

No sé el tiempo que nos quedamos así, solo sé que no hubiera cambiado este momento por nada del mundo.

Me duermo acariciando a Faye, apretándola contra mi pecho y sintiéndome el hombre más afortunado del mundo. No solo por mi hermosa compañera, sino porque me ha enseñado a amar, y en el mundo no hay nada más valioso que eso.

Epílogo

Soy jodidamente feliz

Reese

Los ojos de Faye brillan con tanta intensidad que ella sola podría alumbrar a toda Nueva York.

Hoy es su gran día y no me puedo sentir más afortunado de estar a su lado mientras cumple su sueño.

—¿Estás nerviosa? —le pregunto en un tono íntimo tras colocarme a su espalda y apretándola contra mi pecho.

—Estoy emocionada. Muy emocionada. No me puedo creer que esté pasando —dice y la emoción brota de sus palabras.

—Te mereces lograr absolutamente todo lo que te propongas y yo voy a ayudarte a ello.

—Reese —dice, y se da la vuelta entre mis brazos para besarme, pero antes de que pueda profundizar el beso como me gustaría, el idiota de Levi aparece desde la parte trasera de la tienda.

—Vamos, tortolitos, descansad un poco de tanto sexo —bromea, y yo lo fulmino con la mirada—. No sabía que los lobos estaban todo el día en celo.

Estiro el brazo para agarrarlo del pecho, pero él se aleja para que no lo haga aprovechando que Faye se interpone entre los dos.

—Por lo menos no huelo a rata con alas —le digo.

—Vamos, chicos —dice Dorian, que también se ha sumado a nosotros desde la parte trasera de la tienda—. Que hay que abrir al público —nos amonesta—. Por si no os acordáis, hoy estamos de inauguración.

—¡Sí! —exclama emocionada Faye, haciendo que cada tontería que podría salir de mi boca quede olvidada—. Vamos a por todas —dice, y se acerca a la puerta para abrirla, pero antes de llegar a ella, se da la vuelta y nos mira—. ¿Creéis que vendrá alguien? —pregunta abriendo mucho los ojos y mirándonos con un miedo que casi me hace reír.

—Cariño, eres la mejor bruja de toda Nueva York. Se van a matar por venir a tu tienda. Todos los seres sobrenaturales de por aquí quieren tu ayuda —le digo completamente seguro de ello.

—Y eres la única que les ayuda sean lo que sean. Nada de ser una completa estirada —me secunda Levi—. Va a estar petada. No vas a dar abasto.

—Dios, más os vale que tengáis razón —nos advierte, lo que nos hace reír a los tres.

Luego se gira, le da la vuelta al cartel de cerrado para que indique que estamos abiertos y contiene el aliento. Respira un par de veces y, por fin, abre la puerta.

Tiene que apartarse para dejar paso a todos los seres que quieren invadir su local. Me mira con los ojos brillantes por la emoción y a mí se me hincha el pecho de tal manera que casi se me rompe.

—Te lo mereces, disfruta, cariño —le digo tras acercarme a ella. Luego me hago a un lado para que pueda atenderlos a todos.

Me quedo cerca, al igual que Levi y Dorian, para que pueda decirnos qué necesita y se lo acerquemos. Y disfruto al verla trabajar. La enorme sonrisa de satisfacción que tiene pintada en la cara.

Y pensar que, por no atreverme a amar, me podría haber perdido todo esto.

No quiero ni imaginarlo por un solo momento.

Cuando quedan pocos clientes y casi todos o están atendidos o son algunos amigos o seres para los que Faye ha trabajado con anterioridad, me acerco a ella para abrazarla.

Aprieto fuerte contra mi pecho a mi compañera, a la mujer más increíble que podría haber conocido en la vida, y le digo las mismas palabras que le llevo repitiendo desde el momento en el que me atreví a hacerlo por primera vez:

—Te amo. Quiero pasar toda la vida a tu lado.

Ella se gira en mis brazos y me besa el cuello con dulzura.

—Más te vale, lobito —bromea, y mira de nuevo al frente. Adonde nuestros amigos hablan y ríen.

Puede que seamos el grupo de personas más peculiar que he conocido nunca, pero no cambiaría a ninguno de ellos.

Soy jodidamente feliz.

Agradecimientos

Cuantas más veces escribes la palabra «agradecimientos», más difícil se vuelve. Llega un punto en que es imposible enumerar a todas las personas que te ayudan a llegar hasta aquí. No puedo sentirme más agradecida por los lectores tan maravillosos que tengo. Sin vuestro apoyo y mensajes de cariño, no sería lo mismo. Escribir no sería un viaje tan bonito. Gracias. Siempre estáis en mi corazón. Os adoro.

Esta historia llevaba en mi cabeza muchísimo tiempo. Tenía muchas ganas de escribir sobre brujas ya que AMO la magia. Es algo con lo que he crecido y que me ha hecho soñar en innumerables ocasiones. Reese llegó después. ¿Qué puede haber más comprometido que tener una compañera, alguien que es perfecto para ti marcado por el mismísimo destino, y que tú te sientas tan roto como para no saber valorarte a ti mismo? Se me ocurren pocas cosas, la verdad. Escribir su historia de amor ha sido un viaje apasionante. Un viaje lleno de risas y momentos que me han encogido el corazón. Espero haber sido capaz de haceros sentir lo mismo.

Y ahora quiero dar las gracias a todas esas personas con las que tengo la suerte de compartir mi vida.

A Lander, porque el mundo solo es hermoso si tú estás en él. Porque te quiero con locura y doy gracias cada día a la vida por tenerte a mi lado. Te quiero con locura.

A Alain, porque si el destino pudiera elegir un compañero para mí, sin duda hubieras sido tú. Cada vivencia a tu lado es digna de ser inmortalizada. Te quiero con todo mi corazón.

A mi editora, Clara, por darme esta gran oportunidad y apoyo en cada parte del camino. Gracias. Me encanta trabajar contigo.

A Silvia, porque cada locura a tu lado es maravillosa. Por estar siempre al otro lado del teléfono o del micro. Por muchos años de locuras literarias. Te quiero mucho.

A mis amigos Maru, Fransy, Nieves, Cristy, Irene, Gemma, Nani, Noe, Toñi, Vicky, Alejandro y Chema porque sois lo puto mejor que hay en este mundo. Porque convertís cualquier momento en algo digno de ser disfrutado. Os adoro.

A todos vosotros, gracias.